KERI ARTHUR

HÜTERIN DER NACHT

Buch

In Melbourne wurden drei grausam zugerichtete Frauenleichen gefunden. Obwohl sie vor ihrem Tod ganz offenbar Höllenqualen gelitten haben, sind die Frauen mit einem zufriedenen Lächeln auf dem Gesicht gestorben. Die schöne Riley Jenson, Mischling aus Werwolf und Vampir und Wächterin der Abteilung für andere Rassen, soll herausfinden, was hinter diesen rätselhaften Morden steckt. Dabei gerät ihr nicht nur ihr widerlicher Ex-Kollege Gautier in die Quere, sondern ebenso Quinn, ein überaus attraktiver Vampir, den sie seit Kurzem zu ihren Liebhabern zählt. Anscheinend ermittelt er ebenfalls in dem Fall und versucht mit allen Mitteln, ihre Untersuchungen zu torpedieren.

Aber Riley lässt sich nicht aufhalten, und als sie den scharfen Barkeeper Jin kennen lernt, bringt er sie auf eine heiße Spur. Jin arbeitet nebenbei in einem Fitnessclub, in dem neben Gymnastik und Bodybuilding noch ganz andere Dienstleitungen angeboten werden. Riley findet heraus, dass böse Dämonen, die ihre Energie aus dem Leid von Menschen speisen, nicht nur im Märchen existieren. Unbemerkt wird Riley selbst zum Spielball der finsteren Mächte und stellt sich am Ende allein dem Gott der Finsternis …

Autorin

Keri Arthur schreibt, seit sie zwölf Jahre alt ist und hat seitdem mehr als 15 Romane veröffentlicht. Hauptberuflich ist sie Köchin. Sie ist mit einem wundervollen Mann verheiratet, der sie nicht nur beim Schreiben unterstützt, sondern ihr auch noch den Großteil der Hausarbeit abnimmt. Sie haben eine Tochter, mit der sie in Melbourne, Australien, leben.

Mehr über die Autorin unter www.keriarthur.com

Von Keri Arthur bei Blanvalet lieferbar:

Die Mondjägerin (37382) · Wächterin des Mondes (37525) ·
Der Gefährte der Wölfin (37526)

KERI ARTHUR

HÜTERIN DER NACHT

Roman

Aus dem Amerikanischen von
Babette Schröder

blanvalet

Die Originalausgabe erschien 2006 unter dem Titel
»Dangerous Games« bei Bantam Dell,
a Division of Random House Inc., New York

MIX
Papier aus verantwortungsvollen Quellen
FSC® C014496

Verlagsgruppe Random House FSC-DEU-0100
Das FSC®-zertifizierte Papier *Holmen Book Cream*
für dieses Buch liefert Holmen Paper, Hallstavik, Schweden.

1. Auflage
Deutsche Erstausgabe Oktober 2011 bei Blanvalet,
einem Unternehmen der
Verlagsgruppe Random House GmbH, München

Published in agreement with the author, c/o Baror International, Inc.,
Armonk, New York, U.S.A.
Umschlaggestaltung: © Artwork HildenDesign, München,
unter Verwendung von Motiven von Chad Bontrager/Shutterstock
und kevinruss/iStockphoto
LH · Herstellung: sam
Satz: Uhl + Massopust, Aalen
Druck und Bindung: GGP Media GmbH, Pößneck
Printed in Germany
ISBN: 978-3-442-37527-1

www.blanvalet.de

Mein Dank gilt

allen Mitarbeitern des Bantam Verlags, die zu diesem Buch beigetragen haben – ganz besonders meiner Lektorin Anne, dem Lektoratsassistenten Joshua und der Redakteurin Madeline.

Außerdem möchte ich mich bei der Frau bedanken, die all das überhaupt erst möglich gemacht hat – meiner Agentin Miriam.

Dieses Buch ist meiner Familie gewidmet.

1

Ich stand in der Dunkelheit und beobachtete den toten Mann. Die Nacht war bitterkalt, und es regnete Bindfäden. Das Wasser rann die lange breite Nase des Vampirs hinunter, tropfte von dort auf sein kantiges Kinn und plätscherte weiter über seinen gelben Regenmantel. Die Pfütze, die sich um seine nackten Füße gebildet hatte, reichte bereits bis an seine Knöchel heran, und das Wasser kroch langsam seine behaarten Beine hinauf.

Wie die meisten frisch Verwandelten war er extrem mager. Doch seine Haut schimmerte rosig, was darauf hindeutete, dass er gut und regelmäßig getrunken hatte, auch wenn seine hellen Augen tief in den Höhlen lagen. Gruselig.

Eigentlich war das nicht ungewöhnlich. Nur, weil das Vampirdasein in Filmen und Büchern gern romantisch verklärt wurde, glaubten offenbar viel zu viele Menschen, dass man als Vampir blitzartig zu Macht, Sex und Wohlstand kam. Erst wenn sie schon verwandelt waren, stellten sie fest, dass untot zu sein nicht so lustig war wie häufig behauptet wurde; dass Wohlstand, Sex und Ansehen sich zwar einstellen *konnten*, aber nur, wenn man die entsetzlichen ersten Jahre überstand, in denen ein Vampir nur von seinem Instinkt und seinem Blutdurst beherrscht wurde. Und *falls* man sie überlebte, lernte man schnell, dass man auch sehr einsam war, dass man nie mehr die wärmenden Strahlen der Sonne und den Geschmack eines guten Essens genießen konnte und von einem Großteil der Bevölkerung gefürchtet oder verstoßen wurde.

Klar, die Diskriminierung von Vampiren und anderen Nichtmenschen war zwar per Gesetz verboten, aber das erst seit Kurzem. Inzwischen gab es sogar Leute, die für Vampire schwärmten, allerdings nur wenige, und es war eine relativ neue Erscheinung. Der Hass und die Angst vor Vampiren existierten seit Jahrhunderten, und ich war mir sicher, dass es auch Jahrhunderte dauern würde, sie zu überwinden. Falls das überhaupt möglich war.

Blutige Mordserien, wie sie der Vampir hier vor mir inszenierte, waren dabei nicht gerade eine Hilfe.

Ganze zwölf Leute waren im Laufe des letzten Monats ermordet worden, und wir waren ziemlich sicher, dass neun von ihnen auf das Konto dieses Vampirs gingen. Zwischen seinen Opfern und drei weiteren Leichen gab es allerdings große Unterschiede, so dass wir davon ausgingen, dass noch ein zweiter Psychopath sein Unwesen trieb. Neun Personen waren der Blutgier eines Vampirs zum Opfer gefallen. Die anderen drei hatte man vom Hals bis zum Knie akribisch mit einem Messer aufgeschlitzt und ihnen sorgfältig die Eingeweide entfernt, wozu frisch Verwandelte im Allgemeinen nicht in der

Lage waren. Wenn sich ihnen die Gelegenheit zum Trinken bot, tranken sie. Daran war nichts ordentlich oder sorgfältig.

Bei diesen drei Leichen handelte es sich um Frauen. Auf ihren Rücken fanden sich kaum verheilte Narben, allen fehlte der kleine Finger der linken Hand, und ihre Lippen waren zu einem seltsamen, fast zufriedenen Lächeln erstarrt. Frauen, die das Opfer eines Blutrausches wurden, starben nicht mit einem *solchen* Lächeln auf den Lippen, was die Seelen der neun Toten bezeugen könnten, wenn sie noch irgendwo herumschwebten.

Was ich nicht hoffte. Ich hatte in letzter Zeit mehr als genug Seelen auferstehen sehen. Das sollte nicht zur Gewohnheit werden.

Mit zwei Psychopathen, die sie zusätzlich zu den üblichen Ermittlungs- und Kontrollaufgaben beschäftigten, war die Abteilung völlig überlastet. Alle mussten Extraschichten schieben. Deshalb jagten Rhoan und ich in einer solchen Nacht kriminelle Blutsauger, nachdem wir bereits den ganzen Tag intensiv nach einer Spur von diesem Schlächter gesucht hatten. Diese charmante Bezeichnung stammte von Jack, unserem Chef, einem Vampir, der die Wächterdivision in der Abteilung für andere Rassen leitete.

Ich gähnte und lehnte mich mit der Schulter gegen die Betonmauer, von der die Gasse, in der ich mich versteckt hielt, auf der einen Seite begrenzt wurde. Die Mauer gehörte zu einem riesigen Fabrikkomplex, der den Großteil des alten West-Footscray-Gebietes beherrschte, und schützte mich ein bisschen vor dem heftigen Wind, allerdings nicht vor dem verdammten Regen.

Wenn es dem Vampir irgendwie unangenehm war, in dieser stürmischen Regennacht mitten in einem Schlagloch zu stehen, zeigte er es nicht. Aber die Toten scherten sich selten um so etwas.

In meinen Adern floss zwar Vampirblut, aber ich *war nicht* tot, und ich hasste dieses Wetter.

Der Winter in Melbourne war nie besonders lustig, aber dieses Jahr hatten wir so viel Regen, dass ich langsam vergaß, wie die Sonne überhaupt aussah. Die meisten Werwölfe waren gegen die Kälte immun, aber ich war ein Mischling, und offenbar fehlte mir *dieses* besondere Gen. Meine Füße waren eisig, und allmählich wurden meine Zehen taub. Und das, obwohl ich zwei Paar Wollsocken und Schuhe mit dicken Gummisohlen trug. Die entgegen den Behauptungen des Herstellers allerdings *nicht* wasserdicht waren.

Ich hätte Pumps anziehen sollen. Für meine Füße wäre das nicht schlimmer gewesen, und ich hätte mich wohler gefühlt. Und he, wenn er mich entdeckte, könnte ich so tun, als wäre ich nur eine abgehalfterte, frustrierte Prostituierte. Aber Jack bestand darauf, dass hohe Absätze einfach nicht zu meiner Arbeit passten.

Ich persönlich glaubte ja, dass er ein bisschen Angst vor meinen Schuhen hatte. Nicht so sehr der Farbe wegen, die zugegebenermaßen häufig ziemlich grell war, sondern wegen der hübschen, spitzen Holzabsätze. Holzpflöcke und Vampire waren keine gute Kombination.

Ich klappte den Kragen meiner Lederjacke hoch und versuchte, die dicken Wassertropfen zu ignorieren, die meinen Rücken hinunterliefen. Noch mehr als anständig aussehende Schuhe brauchte ich ein heißes Bad, einen riesigen Becher Kaffee und ein saftiges Steak zwischen zwei Brötchenhälften. Vorzugweise mit Zwiebeln und Ketchup. Gott, bei dem Gedanken lief mir das Wasser im Mund zusammen. Angesichts der Tatsache, dass wir uns mitten in einer Geisterstadt aus verlassenen Fabriken befanden, würde ich in unmittelbarer Zukunft allerdings nichts von alledem bekommen.

Ich strich mir die nassen Haare aus dem Gesicht und wünschte mir zum x-ten Mal, dass er endlich loslegte. Egal mit *was*.

Seine Verfolgung mochte zwar zu meiner Arbeit als Wächter gehören, aber das hieß noch lange nicht, dass ich deshalb begeistert war. Nachdem mir ein paar Wahnsinnige nicht zugelassene Medikamente verabreicht hatten, in deren Folge ich übersinnliche Fähigkeiten entwickelte, war mir nicht viel anderes übrig geblieben, als Wächter zu werden. Ich hatte die Wahl, mich entweder als Wächter der Abteilung anzuschließen, so dass meine wachsenden Fähigkeiten überwacht und sinnvoll eingesetzt werden konnten, oder mich zusammen mit anderen Unglücklichen, die eine ähnliche Dosis ARC1-23 erhalten hatten, zum Militär abschieben zu lassen. Ich wollte zwar kein Wächter sein, aber zum Militär wollte ich erst recht nicht. Da hatte ich lieber das Übel gewählt, das ich schon kannte.

Ich verlagerte mein Gewicht auf den anderen Fuß. Worauf wartete dieses tote Stück Fleisch? Er konnte mich nicht gespürt haben. Ich war zu weit entfernt, als dass er meinen Herzschlag oder das Rauschen meines Blutes hätte hören können. Er hatte nicht über seine Schulter zurückgesehen, also konnte er mich auch nicht mit seinem Infrarot-Vampirblick entdeckt haben, und Blutsauger verfügten im Allgemeinen über keinen sehr ausgeprägten Geruchssinn.

Wieso stand er also so verloren in der Pfütze inmitten dieses verlassenen Fabrikkomplexes?

Es reizte mich, den Mistkerl einfach umzulegen und der Quälerei ein Ende zu machen. Aber wir mussten diesem Babyvampir nach Hause folgen, um zu überprüfen, ob er in seinem Nest noch mehr böse Überraschungen bereithielt. Wie weitere Opfer oder vielleicht sogar seinen Erzeuger.

Denn es war äußerst ungewöhnlich, dass ein frisch Verwandelter neun dreiste Morde beging, ohne dass er dabei erwischt oder getötet wurde. Jedenfalls ohne fremde Hilfe.

Plötzlich trat der Vampir aus der Pfütze hervor und ging die leicht abschüssige Straße hinunter, wobei seine nackten Füße auf dem rissigen Asphalt patschten. Er war zwar von Schatten und finsterer Nacht umgeben, bemühte sich aber nicht, seine Gestalt zu verhüllen. In Anbetracht seiner behaarten weißen Beine und seines knallgelben Regenmantels war das seltsam. Allerdings befanden wir uns mitten im Nirwana. Vielleicht fühlte er sich sicher.

Ich trat aus der Gasse hervor, wo mir der Wind derart

heftig entgegenschlug, dass ich ein paar Schritte zur Seite taumelte und erst dann mein Gleichgewicht wiederfand. Ich huschte über die Straße und blieb erneut im Verborgenen stehen. Der Regen prasselte auf meinen Rücken, das Wasser drang durch meinen Mantel und wuchs zu einem Rinnsal an. Ich hätte nie gedacht, dass mir einmal so kalt sein könnte. Von wegen Kaffee oder Steak. Ich wünschte mir nur noch, dass mir *warm* wäre.

Ich betätigte den kleinen Knopf, der mir vor vier Monaten in mein Ohrläppchen eingesetzt worden war. Er funktionierte sowohl als Gegensprechanlage als auch als Peilsender, und Jack hatte nicht nur darauf bestanden, dass *ich* ihn behielt, sondern dass von jetzt an alle Wächter mit so etwas ausgestattet wurden. Er wollte jederzeit in der Lage sein, seine Leute zu orten, selbst wenn sie nicht im Dienst waren.

Für mich schmeckte das irgendwie nach totaler Überwachung, aber ich verstand seine Begründung. Wächter wuchsen nicht an Bäumen. Es war schwierig, Vampire zu finden, die die richtige Mischung aus Killerinstinkt und moralischem Anstand besaßen. Deshalb hatte die Abteilung immer noch nicht alle elf Wächter ersetzt, die wir vor zehn Monaten verloren hatten.

Einer der elf war eine Freundin von mir gewesen, und in meinen schlimmsten Nächten träumte ich noch immer von ihrem Tod. Dabei hatte ich nur den blutigen Sand gesehen, in dem man ihre DNA festgestellt hatte. Wie bei den meisten Wächtern, die verschwunden waren, hatte man ihre Leiche nicht gefunden.

Die Maßnahme mit dem Peilsender war aber nicht nur für diese elf zu spät gekommen, sondern auch für einen anderen – für Gautier. Nicht dass er tot war, obwohl ich mir das sehr wünschte. Bis vor vier Monaten war er der beste Wächter der Abteilung gewesen. Jetzt galt er als Verbrecher und stand ganz oben auf der Fahndungsliste der Abteilung. Bislang hatte er einen Bogen um jede Falle gemacht und war stets entkommen. Er lungerte immer noch dort draußen herum und wartete darauf, sich zu rächen.

An mir.

Mir lief eine Gänsehaut über den Rücken, und nur für eine Sekunde hätte ich schwören können, dass mir sein nach Tod riechender Gestank in die Nase stieg. Ich konnte nicht herausfinden, ob es stimmte oder ob ich es mir bloß einbildete, denn eine Windböe vertrieb den Geruch.

Auch wenn es nicht stimmte, erinnerte es mich daran, dass ich auf der Hut sein musste. Gautier war unberechenbar. Und was noch schlimmer war, er spielte gern mit seiner Beute. Er liebte es zuzusehen, wie jemand litt und sich ängstigte, bevor er ihn tötete.

Vermutlich sah er in mir seine neue Maus, obwohl er noch keines seiner Spiele an mir ausprobiert hatte. Doch ich spürte, dass sich das heute Nacht ändern würde.

Ich verzog das Gesicht zu einer Grimasse und tat mein Bestes, diese Erkenntnis zu ignorieren. Hellsehen mochte ja ganz praktisch sein, wenn man damit beispielsweise künftige Ereignisse voraussehen konnte, aber damit war mein Schicksal offenbar überfordert. Mich überkam lediglich ein seltsames Gefühl, *dass* ein Unheil drohte, ohne dass ich Aussagen zu den Details machen konnte. Es war nahezu unmöglich, so etwas zu trainieren, was Jack nicht davon abhielt, seine Leute dazu anzuhalten, es zumindest zu versuchen.

Niemand wusste, ob meine Fähigkeit sich verbesserte, wenn ich mich erst an sie gewöhnt hatte. Ich persönlich wünschte, sie würde sich wieder zu einer latenten Fähigkeit zurückentwickeln. Ich wusste, dass Gautier irgendwo dort draußen war. Ich wusste, dass er hinter mir her war. Ich brauchte nicht noch irgendwelche stümperhaften Fähigkeiten, die mich alle zwei Tage mit üblen Vorahnungen verschreckten.

Obwohl Gautier heute Abend wahrscheinlich *nicht* hier draußen war, sah ich mich unwillkürlich um und beobachtete die Schatten, während ich sagte: »Lieber Bruder, ich hasse diesen beschissenen Job.«

Rhoans leises Lachen schwappte in mein Ohr. Bei dem Geräusch fühlte ich mich gleich besser. Sicherer. »Solche Nächte sind Mist, stimmt's?«

»Das ist die Untertreibung des Jahres.« Ich spähte rasch um die Ecke und sah, dass der Vampir links abbog. Ich schlich hinter ihm her, wobei ich mich dicht an der Mauer hielt, dabei jedoch einen Bogen um die Pfützen machte. Meinen Füßen half das allerdings nicht mehr viel. »Ich möchte darauf hinweisen, dass ich mich nicht freiwillig für den Nachtdienst gemeldet habe.«

Rhoan kicherte leise. »Und ich möchte darauf hinweisen, dass du dich überhaupt nicht freiwillig gemeldet hast, sondern zwangsverpflichtet wurdest. Du kannst so viel meckern wie du willst. Es ist sowieso egal.«

Wie wahr. »Wo bist du?«

»Auf der Westseite bei der alten Keksfabrik.«

Also quasi auf der gegenüberliegenden Seite. Wir hatten ihn zwischen uns eingekesselt. Das bedeutete hoffentlich, dass er uns nicht entwischte.

Als ich auf die Ecke zukam, blieb ich stehen und lugte vorsichtig um die Mauer herum. Der Wind schlug mir heftig ins Gesicht, und der Regen schien auf meiner Haut zu Eis zu gefrieren. Der Vampir war am anderen Ende des Gebäudes stehen geblieben und blickte sich um. Als er in meine Richtung sah, zuckte ich zurück und traute mich kaum zu atmen, obwohl mein Verstand mir sagte, dass er mich auf keinen Fall gesehen haben konnte. Denn ich besaß nicht nur die Gene von Vampiren, sondern verfügte zusätzlich über eine Reihe ihrer Fähigkeiten. So konnte ich mich beispielsweise in die Schatten der Nacht hüllen, besaß ihren Infrarotblick und ihre blitzschnelle Geschwindigkeit.

Eine Tür knarrte. Ich riskierte einen weiteren Blick. Eine Metalltür stand offen, und der Vampir war nirgends zu sehen.

Eine Einladung oder eine Falle?

Ich wusste es nicht, aber ich würde ganz sicher kein Risiko eingehen. Jedenfalls nicht allein.

»Rhoan, er hat Gebäude Nummer vier betreten. Durch den Hintereingang rechter Hand.«

»Warte auf mich, bevor du hineingehst.«

»Ich bin vielleicht tollkühn, aber nicht dumm.«

Er lachte wieder. Ich glitt um die Ecke und schlich zur Tür, die von einer Windböe ergriffen und gegen die Backsteinmauer geschleudert wurde. Der Knall hallte durch die Nacht. Ein seltsam verlorenes Geräusch.

Ich erstarrte und konzentrierte mich auf mein Werwolfgehör, um die Geräusche, die der Wind zu mir herüberwehte, zu analysieren. Aber sein lautes Heulen übertönte einfach alles andere.

Ich witterte nichts außer Eis, Alter und Verlassenheit. Wenn es diese Gerüche überhaupt gab und sie nicht meiner blühenden Fantasie entsprangen.

Doch in mir verstärkte sich das Gefühl, dass etwas nicht stimmte. Ich rieb meine Arme unter der Lederjacke und hoffte inständig, dass mein Bruder bald hier war.

»Okay«, sagte Rhoan endlich. Ich fuhr vor Schreck zusammen, als seine Stimme so plötzlich in mein Ohr drang. »Ich bin vorne. Der Haupteingang ist verschlossen, aber einige Fensterscheiben sind zerbrochen. Ich gehe jetzt hinein.«

»Riechst du irgendjemand außer unserem Vampir?«

»Nein.« Er zögerte. »Du?«

»Nein. Aber hier ist irgendetwas oder irgendjemand anders, der sich schlecht anfühlt.«

Er hinterfragte mein Gefühl nicht. Im Laufe der Jahre hatte mein Gespür für Schwierigkeiten uns ebenso häufig gerettet, wie es uns überhaupt erst in etwas hineingeritten hatte. Anders war jetzt, dass meine sich entwickelnde Fähigkeit zum Hellsehen uns darauf vorbereitete, mit welcher Art von Schwierigkeiten wir zu rechnen hatten, und wir es nicht erst auf die harte Tour herausfinden mussten.

Deshalb war das Hellsehen vielleicht doch ganz praktisch, egal wie frustrierend es war.

»Dann nimm den Laser«, sagte er. »Lieber Vorsicht als Nachsicht.«

Ich griff in meine Manteltasche und ließ die neueste Errungenschaft in Sachen Lasertechnik in meine Hand gleiten. Es handelte sich um eine handtellergroße Waffe, die in der Lage war, eine dicke Backsteinmauer zum Einsturz zu bringen. Ganz zu schweigen davon, dass sie ziemlich hässliche Auswirkungen auf Menschen wie auf Nichtmenschen hatte.

»Wenn wir mit dem Laser auf den Vampir schießen, bevor Jack ihn nach seinem Erzeuger befragen konnte, zieht er uns das Fell über die Ohren.« Denn der Erzeuger war für den Vampir verantwortlich, und wenn er sein Baby wildern ließ, hatte er damit sein Todesurteil unterschrieben.

»Seine Wut ist mir immer noch lieber als eine tote Schwester.«

Ich grinste. »Du hast nur keine Lust, deine Wäsche selbst zu waschen.«

»Ich könnte Liander überreden, für mich zu waschen. Aber ich würde deine charmante, fröhliche Art am frühen Morgen vermissen.«

»Solange du mich gleich mit einem Kaffee versorgst,

ist alles gut«, erwiderte ich milde. »Ich würde mich nicht darauf verlassen, dass Liander sich um deine Wäsche kümmert. Als ich ihm das letzte Mal begegnet bin, schien er ganz schön genervt von dir zu sein.«

»Ja. Na ja, er sollte eben nicht versuchen, mich unnötig einzuschränken.«

»Haben wir genau diese Unterhaltung nicht schon vor vier Monaten geführt?« Ich spähte kurz durch die Türöffnung. Und sah nichts als Dunkelheit. Ich blinzelte und schaltete auf Infrarotsicht. Immer noch nichts außer etwas herumliegendem Abfall, ansonsten Leere. »Ich bin bereit, hineinzugehen.«

»Ich auch.« Er zögerte. »Und ja, wir haben genau diese Unterhaltung vor vier Monaten geführt.«

»Hast du so mit ihm gesprochen, wie ich es dir gesagt hatte?«

»So ähnlich.«

Was so viel hieß wie, dass er sich für die Variante »Alles ignorieren, Hauptsache guter Sex« entschieden hatte. Kein Wunder, dass Liander am nächsten Morgen so breit gegrinst hatte.

Und kein Wunder, dass er nun wieder unzufrieden war.

»Darf ich dich daran erinnern, wie schwer es ist, einen guten Mann zu finden?«

»Darf ich dich daran erinnern, dass du hier bist, um einen Vampir festzunehmen, und nicht, um deinem älteren, erfahrenen Bruder einen Vortrag zu halten?«

Ich grinste. Er hatte es ganze fünf Minuten vor mir auf die Welt geschafft. »Ich gehe jetzt rein.«

»Ich auch.«

Ich schlich geduckt um die Ecke und hielt mich nah an der Mauer, während ich die Umgebung im Auge behielt. Der Raum war groß, und am Rand befand sich eine breite Bühne. Es sah aus wie eine Laderampe, an die Lastwagen rücklings heranfuhren, um die Ware direkt dort abzuladen. Ich machte zwei Doppelschwingtüren aus. Eine befand sich direkt vor mir, die andere lag zu meiner Linken. Die linke schwang ganz leicht hin und her, es musste gerade jemand hindurchgegangen sein.

Aber wieso führte die Geruchsspur dann geradeaus?

Ich wusste es nicht. Aber an einem Ort, bei dem ich so deutlich das Gefühl hatte, dass es sich um eine Falle handelte, hielt ich mich nicht an offensichtliche Beweise. Ich schlich an der Wand entlang nach rechts und folgte dem schwachen Geruch von Tod die Rampe hinauf und durch die Tür.

Dahinter gelangte ich in einen langen Flur, von dem zahlreiche weitere Türen abgingen. Die Luft war abgestanden, beinahe faulig. Als hätte irgendetwas hier lange Zeit vor sich hingemodert.

Ich rümpfte die Nase und hoffte inständig, dass es nur verdorbener Abfall der fleischlosen Sorte war, aber mein Wolfinstinkt sagte mir, dass das zumindest bei einigen Gerüchen nicht der Fall war.

Offensichtlich hatte der Babyvampir noch mehr Opfer auf dem Gewissen, und vielleicht war sein Erzeuger dann angezeigt worden.

Ich ging weiter, öffnete jede Tür und versuchte, die

Zeichen von Verfall und Tod zu ignorieren, was mit jedem Raum schwieriger wurde. Der Babyvampir arbeitete nicht allein, so viel war klar. Hier lagen mindestens zehn Leichen und diverse Leichenteile wie Gliedmaßen, Köpfe und Organe herum. Selbst ein frisch gezeugter Vampir auf der Höhe seines Blutrausches konnte nicht so viel Blut konsumieren.

Schließlich erreichte ich eine weitere Schwingtür. Hier roch es noch stärker nach Tod, der Babyvampir musste in der Nähe sein. Sehr nah. Beispielsweise direkt hinter der Tür. Wollte er mir auflauern? Wenn dem so war, hätte er besser erst geduscht. Sein natürlicher Geruch nach Tod verriet ihn jedem, der ein einigermaßen gutes Riechorgan besaß.

Ich trat ein Stück zurück und stieß mit dem Fuß die Tür auf. Als sie krachend aufschwang, tauchte ich in einer geschmeidigen Bewegung hindurch, rollte nach vorne ab, landete wieder auf den Füßen und zielte mit der Laserwaffe auf den Vampir.

Er war jünger, als ich angenommen hatte, eher ein Jugendlicher, noch nicht einmal über zwanzig. Aus der Nähe waren die Venen unter seiner blassen Haut deutlich zu erkennen, sie hatten die gesunde blaue Farbe eines gut genährten Blutsaugers.

Sein plötzliches Lachen trieb mir eine Gänsehaut über den Leib. Nicht wegen des leisen, kalten Geräusches, sondern weil mich sein Lachen an jemanden erinnerte.

An Gautier.

War unser krimineller Wächter etwa der Erzeuger dieses Jungen? Das würde erklären, wieso er der Abteilung mit neun Morden entkommen konnte.

Ich hatte es kaum gedacht, als ich ein warnendes Prickeln auf meiner Haut spürte.

Er war hier. Gautier war hier.

Mist.

Panik ergriff mich, aber ich unterdrückte sie. Wenn ich der Panik nachgab, spielte ich Gautier nur in die Hände. Er liebte Angst. Er ernährte sich von ihr.

Aber ich konnte mich nicht um Gautier kümmern und gleichzeitig den Babyvampir im Auge behalten. Ich hatte schon gegen mehrere Vampire gleichzeitig gekämpft, aber Gautier war die erfolgreichste Tötungsmaschine, die die Abteilung je ausgebildet hatte. In unserem bislang einzigen Kampf hatte er mich brutal zusammengeschlagen.

Ich war noch nicht einmal sicher, ob Rhoan und ich ihn zu zweit überwältigen konnten.

»Rhoan, wir haben ein Problem.«

»Sag nicht, dass wir ihn verloren haben. Ich will nicht noch eine Nacht bei diesem Mistwetter da draußen verbringen.«

»Den Vampir habe ich. Das Problem ist etwas größer.« Größer und näher. Mich fröstelte, aber ich widerstand dem Drang, über meine Schulter zu sehen. Mein Instinkt sagte mir, dass der widerliche Gautier von der anderen Seite des Raumes auf mich zukam.

»In welcher Hinsicht größer?«

Ich gab der Versuchung nach und sah doch über meine Schulter zurück. »Ich weiß, dass du da bist, Gautier.«

Kaum hatte ich die Worte ausgesprochen, griff der Babyvampir mich an. Er fiel plötzlich über mich her, wobei er verzweifelt mit seinen dürren Armen und Beinen in der Luft herumfuchtelte. Ich taumelte rückwärts und schaffte es irgendwie, meinen Arm zwischen uns zu bringen. So schlitzte er mit seinen Zähnen meine Hand und nicht meinen Hals auf, aber der Schnitt war tief. Eine heiße Welle weißen Schmerzes schoss durch meinen Körper. Ich keuchte, aber mehr als der Schmerz nervte mich sein widerliches Saugen. Ich würde ganz sicher nicht als letzte Mahlzeit irgendeines Vampirs herhalten. Ich holte mit der Faust Schwung und zog ihm so fest ich konnte die Laserwaffe über den Kopf. Der Schlag war so heftig, dass er von mir abließ. Ich stöhnte vor Anstrengung, als ich ihn von mir stieß. Er landete auf dem Rücken, schlidderte noch ein Stück weiter und landete schließlich dicht vor dem in Schatten gehüllten Gautier.

»Töte ihn«, sagte Rhoan. »Wahrscheinlich ist Gautier sein Erzeuger, und wenn nicht, machen wir uns deshalb später Gedanken.«

Ich stieß lautstark die Luft aus und hoffte inständig, dass er recht hatte – andernfalls wäre Jack ziemlich wütend. Ich hob die Laserwaffe, feuerte und ließ den hellen Strahl von links nach rechts über den knochigen Hals des Vampirs gleiten. Er schnitt durch Haut und Knochen so leicht wie durch Papier, und der Geruch von verbranntem Fleisch breitete sich im Raum aus.

Mein Magen krampfte sich zusammen, aber das beachtete ich nicht weiter und konzentrierte mich auf Gautiers nicht sichtbare Anwesenheit. Seine Anwesenheit wirkte sogar noch düsterer und bedrohlicher als üblich, was ich bislang nicht für möglich gehalten hatte. »Du kannst wirklich aufhören, dich zu verstecken, Gautier. Ich weiß, dass du da bist. Du verrätst dich wie immer durch deinen fauligen Gestank.«

Sein leises Kichern tönte durch die Nacht und ging mir durch Mark und Bein. Er löste sich aus den Schatten und schlenderte auf mich zu. Gautier war größer und fieser als der Vampir auf dem Boden, aber seine Haut schimmerte genauso weiß. Wie der Babyvampir hatte auch Gautiers Haut nichts Durchscheinendes. Er sah aus wie ein Vampir, der gut und häufig aß.

Ich erinnerte mich an den Gestank in der Halle, an die verwesenden Leichen und die zahlreichen Leichenteile in den einzelnen Räumen. Mich fröstelte. Offenbar hatte sich Gautier in mehr als einer Hinsicht von der Abteilung losgesagt.

»Ich bin auf der Rampe links hinter dir«, meldete sich Rhoan. »Sobald er in Reichweite kommt, schießen wir gleichzeitig auf ihn.«

Das klang nach einem perfekten Plan. Vermutlich würde Jack den kranken Mistkerl gern verhören, um herauszufinden, welche makaberen Spielchen er seit seinem Verschwinden aus der Abteilung noch gespielt hatte, aber wenn es um Gautier ging, ignorierte ich seine Befehle nur zu gern.

Allerdings bezweifelte ich, dass Gautier so leicht zu schnappen war.

Als wollte er diesen Gedanken unterstreichen, blieb er direkt neben der Leiche des Babyvampirs stehen und quälte mich, denn die Reichweite meiner Laserwaffe endete direkt vor ihm. Wieder kicherte er leise. Das Geräusch kroch über meine Haut und ließ mich erschaudern. Ein gut gelaunter Gautier, das verhieß nichts Gutes.

»Du solltest dich schämen, meinen kleinen Freund hier umzubringen.« Er klang schmierig und belustigt. »Weißt du denn nicht, dass man die Babyvampire in der Abteilung gern verhört, um herauszufinden, wer ihr Erzeuger ist?«

»Wir wissen beide ganz genau, wer sein Erzeuger ist, Gautier«, erwiderte ich und war versucht, den Abzug des Lasers zu ziehen, obwohl ich wusste, dass es sinnlos war. »Ich bin allerdings etwas ratlos, wieso du dir ein so armseliges Wesen ausgesucht hast.«

»Gute Hilfskräfte sind heutzutage schwer zu finden.«

Vor allem wenn der Arbeitgeber ein blutrünstiger Psychopath war. »Bist du heute Abend hier aufgetaucht, weil du endlich zur Vernunft gekommen bist und aufgeben willst?«

Er hob eine Braue und setzte eine belustigte Miene auf. »Glaubst du wirklich, ich würde es dir so einfach machen?«

Eigentlich nicht, nein. Aber hoffen hat noch nie geschadet. Eines Tages würde mich das Schicksal vielleicht überraschen, indem es mir ausnahmsweise einmal nichts Übles wollte. »Was spielst du für ein Spiel, Gautier?«

»Ein gefährliches. Für dich und für den fantasievollen Kerl, der die anderen gefoltert hat.«

So etwas Ähnliches wie Angst verursachte mir ein Kribbeln auf der Haut. Woher wusste Gautier von den anderen Morden? Hatte er mit ihnen zu tun? Das wäre nicht sonderlich überraschend, denn Gleich und Gleich gesellt sich gern, und somit wäre es logisch, wenn Gautier sich zu anderen fiesen kleinen Psychopathen hingezogen fühlte. Er war nicht gerade ein großer Denker, selbst wenn er als Killer geboren und aufgewachsen war. »Dann weißt du, wer dahintersteckt?«

»Klar. Und ich bewundere seine Technik.«

Darauf möchte ich wetten.

»Ich greife ihn von der Seite an«, bemerkte Rhoan. »Sprich weiter mit ihm.«

»Hast du vergessen, dass die Abteilung auf die Festnahme von nichtmenschlichen Verbrechern spezialisiert ist, Gautier? Dass wir Wächter, Richter, Geschworene und Vollstrecker in einer Person sind? Wir finden den Kerl, der hinter diesen Morden steckt, und bringen ihn um.« Ich schenkte ihm ein gemeines Lächeln, das nicht nur gespielt war. Gautier ängstigte mich zwar zu Tode, und ich hatte keine Schwierigkeiten, mir das einzugestehen. Aber ihm gegenüber würde ich das niemals zugeben. »Und weißt du was, Stinker? Du wurdest bereits verurteilt und wirst dringend gesucht. Ob du etwas damit zu tun hast oder nicht, du bist ein toter Mann.«

Sein Lächeln ließ etwas nach, und ein Gefühl von Gefahr beschlich mich. »Es ist schön, dass die jüngsten Ereignisse dir noch nicht deine Überheblichkeit ausgetrieben haben. Denn das wollte ich gern persönlich tun.«

»Ja, ja. Schon klar, du bist der große böse Vampir, vor dem wir alle Angst haben müssen. Die Leier kenne ich. Komm zur Sache und sag, was du loswerden willst.«

»Ah, du kannst es kaum erwarten, dass das Spiel losgeht. Das ist schön.« Er zögerte, und sein Blick glitt zu der Rampe über mir. In dem Augenblick wusste ich, dass *er* wusste, dass Rhoan dort oben war, und ich erstarrte.

Es würde alles total schieflaufen.

»Aber zuerst«, fuhr er schmierig fort, »sagst du deinem Mitbewohner, wenn er noch einen Schritt tut, stirbt das Kind.«

O Gott, o Gott … Kind? Verdammt, wovon redete Gautier? Ich befeuchtete meine Lippen und versuchte die Angst, die in meinem Magen brannte, unter Kontrolle zu halten. Genau darauf war dieser kranke Mistkerl aus – Angst –, und ich wäre verdammt, würde ich sie ihm so leicht geben.

»Was redest du da für einen Mist, Gautier?«, fragte Rhoan harsch, als er aus dem Schatten hervor und näher an das Geländer herantrat. Ich war froh, dass er neben einem Stützbalken stand. So konnte er in Deckung gehen, sollte Gautier plötzlich eine Waffe ziehen.

Denn schließlich musste es einen Grund dafür geben, weshalb Gautier die Hände hinter dem Rücken versteckt hielt. Gautier tat nichts ohne Grund.

»Ich spreche von dem Kind, das über uns hängt.«

»Das ist der älteste Trick der Welt, Gautier.« Ich hatte ihn selbst schon einmal erfolgreich bei meinem Bruder angewandt. »Es überrascht mich, dass du noch nicht einmal mehr … kreativ bist?«

Er schenkte mir ein weiteres blasses Lächeln. »Oh, ich bin mir nicht zu schade, mich alter Tricks zu bedienen. Ich füge ihnen aber gern etwas Neues hinzu. Nehmen wir beispielsweise die klassische Frage Spatz in der Hand oder Taube auf dem Dach, Geld oder Liebe, alles oder nichts?«

Was zum Teufel? »Ist dir das Gehirn durchgeschmort, seit du nicht mehr bei uns bist? Du redest nur Unsinn.«

»Es ist ganz einfach. Wirklich. Es geht um Optionen. Was ist dir wichtiger: mich festzunehmen oder das Leben des Kindes über uns zu retten?«

»Welches Kind?«, fragte ich wieder.

Ich erstarrte, als er eine Hand hinter dem Rücken hervorzog, aber er beugte sich bloß lässig zur Seite und drückte einen Schalter. Ein paar Lampen flackerten auf und warfen unregelmäßige Lichtkegel in den dunklen Raum. Nicht dass irgendeiner von uns Licht gebraucht hätte. Das tat er nur des Effektes wegen.

»Mist«, fluchte Rhoan leise.

So gern ich gewollt hätte, ich sah nicht nach oben. Ich stand dichter bei Gautier. Sollte er sich bewegen, hatte ich die Chance, ihn zu überwältigen.

»Erzähl es mir«, bat ich mit ausdrucksloser Stimme.

»Über uns steht ein kleines Mädchen auf einem dünnen Brett. Es hat ein Seil um den Hals.«

»Tot oder lebendig?« Wenn sie tot war, würde ich Gautier umbringen, egal was er hinter seinem Rücken verbarg.

»Sie lebt.« Rhoan zögerte. »In ihren Adern fließt Blut, und ich kann ihren Herzschlag hören. Ganz schwach.«

Er war mehr Vampir als ich. Er musste bei Vollmond Blut trinken und war deshalb sehr sensibel, wenn es darum ging, das Pulsieren von Leben zu spüren. Die Nachricht, dass sie noch lebte, linderte meine Anspannung nicht. Ganz im Gegenteil.

Dass sie noch lebte, hieß nicht, dass Gautier vorhatte, es dabei zu belassen. Oder dass er uns erlaubte, ihr zu helfen.

»Wie lange ihr Herz noch schlägt, hängt ganz von euch ab.« Gautier bewegte die andere Hand, und endlich kam zum Vorschein, was er versteckt gehalten hatte. Die größte verdammte Laserwaffe, die ich je gesehen hatte. »Eine Bewegung, Riley, und dein Rudelgenosse ist tot. Diese Waffe hat einen Breitfeuerstrahl, der Haut genauso behandelt wie Beton. Mit Verachtung.«

»Gautier, bitte komm zum Punkt«, schnappte Rhoan.

Gautier lächelte lässig. Offenbar hatte er das alles bis ins letzte Detail geplant und es nicht eilig.

»Weißt du irgendetwas über das Erhängen?«

»Nein. Aber wenn du dich freiwillig zur Verfügung stellst, probiere ich es gern an dir aus.«

Ich hätte ebensogut schweigen können. Der große Gautier war gerade ganz weit oben, nichts konnte ihn aufhalten. So sehr ich dem kleinen Kind helfen wollte, ich glaubte Gautier, was er über den Laser gesagt hatte.

So oder so würde ich nicht das Leben meines Bruders aufs Spiel setzen, nur weil es eine geringe Chance gab, Gautier zu schnappen.

»Wenn man erhängt wird und dabei gar nicht oder nur ganz leicht herunterfällt, was bei dem Kind über uns der Fall ist, erfolgt der Tod normalerweise durch Ersticken. Asphyxie lautet der korrekte Terminus. Das Kind hat sich ein bis drei Minuten gewehrt, was dem üblichen Verlauf entspricht, und verhält sich seither so, wie ihr es jetzt seht. Es sind allerdings Fälle bekannt, in denen Leute selbst nach dreißig Minuten noch erfolgreich wiederbelebt wurden.« Er hielt inne und blickte auf die Uhr an seiner freien Hand. »Womit ihr noch genau neunzehn Minuten Zeit hättet.«

»Du bist ein Mistkerl, Gautier«, sagte ich voller Verachtung.

Er lachte. »Nun, ich dachte, das wäre bekannt.«

»Und was soll das ganze Affentheater?«, fragte Rhoan mit ausdrucksloser Stimme, was ein sicherer Hinweis darauf war, dass er kurz davor stand, die Beherrschung zu verlieren.

»Wie ich schon sagte, geht es bei allem um Optionen.« Er zögerte und lächelte wie eine Katze, die sich sicher war, dass die Maus ihr gehörte. »Option eins: Ihr spielt mein Spiel, und ich rette das Kind. Option zwei: Ihr schnappt mich, und das Kind stirbt.«

»Du hast Option Nummer drei vergessen: Wir töten dich und retten das Kind.«

»Es gibt keine Option Nummer drei. Wenn du dich

bewegst, stirbt Rhoan. Bewegt sich Rhoan, stirbt er ebenfalls. In jedem Fall gewinne ich.«

Denn er wusste, dass wir Rudelgenossen waren. Er dachte zwar, dass Rhoan ursprünglich ein Werwolf war, der in einen Vampir verwandelt worden war, aber das war egal. Er wusste, dass der *echte* Tod eines nahen Rudelgenossen einen Wochen, wenn nicht sogar Monate außer Gefecht setzte. Vor allem bei uns, denn Rhoan war nicht nur mein Rudelgenosse, er war mein Zwillingsbruder. Wir waren zwei Hälften eines Ganzen, und um ehrlich zu sein, wusste ich nicht, ob einer von uns ohne den anderen überhaupt weiterleben wollte. Wir waren zu sehr miteinander verwoben.

Ich verschränkte die Arme. Was bedeutete, dass ich den Laser nicht länger auf das Monster vor mir richtete und ich mich in gewisser Weise verletzlich machte, aber ich hatte keine Angst, dass er auf mich schoss. Weit gefehlt. Er hatte uns aus einem ganz bestimmten Grund hergelockt, und zwar nicht, um uns umzubringen. »Was ist das für ein Spiel, das du spielen möchtest, Gautier?«

»Ich hatte gehofft, dass ihr euch dafür entscheidet. So gern ich höre, wie das Leben langsam entweicht, das Spiel bietet für beide Seiten so viel mehr.«

»Herrgott, nun sag schon«, drängte Rhoan.

Gautiers Lächeln verschwand. Das Gefühl von Gefahr, das um mich herumwaberte, verstärkte sich abrupt, und ich begann zu schwitzen.

»Jack hat oft davon gesprochen, wie gut Rhoan ist und dass du genauso gut sein könntest, wenn du dich erst einmal der Abteilung anschließt, Riley. Also finde ich es nur gerecht, wenn wir einen kleinen Test machen, wer wirklich der beste Wächter ist. Natürlich besteht der Test darin, den Wahnsinnigen aufzuhalten, der hinter den jüngsten Morden steckt.«

»Ich möchte darauf hinweisen, dass du a) kein Wächter mehr bist und b) vorhin gesagt hast, du wüsstest, wer hinter den Morden steckt. Damit wärst du ziemlich im Vorteil, oder?«

Er grinste mich breit an. »Ich habe nicht behauptet, dass das Spiel einfach für *euch* wird.«

Nach dem Funkeln in seinen Augen zu urteilen, war er fest entschlossen, es noch schwieriger zu machen.

Nicht dass das überraschend gewesen wäre. »Angenommen, wir spielen dein kleines Spiel mit und jagen den Schlächter, was bekommt der Gewinner, abgesehen davon, dass besagtem Killer der Garaus gemacht wird?«

»Nun, ihr habt beide die Genugtuung, mich besiegt zu haben.«

»Na, toll.«

Er nickte. »Und natürlich werde ich den Staat verlassen.«

Und ich habe Flügel und kann fliegen. »Und wenn du gewinnst?«

»Dann spielen wir ein neues Spiel. Ich jage euch und alles, was euch lieb ist, während ihr versucht zu überleben.«

Was genau dem entsprach, was er mir vor vier Monaten versprochen hatte. »Ich kann nicht für Rhoan sprechen, aber wenn du jetzt gehst, nehme ich die Herausforderung an.«

Wenn wir so die Chance bekamen, das Kind zu retten, war es das wert.

»Geh, und ich bin dabei«, sagte Rhoan. Seine Stimme war kaum mehr als ein giftiges Zischen.

Gautier lächelte. »Ich dachte mir, dass ihr meiner Meinung seid. Wir sehen uns auf dem Schlachtfeld.« Er winkte zum Abschied mit der Laserwaffe.

Dann schoss er das Brett weg, auf dem das Kind stand.

2

Nein!«, schrie ich unwillkürlich auf, während ich vor den herabstürzenden Holzteilen zur Seite sprang.

Während Gautier sich in Schatten hüllte und für uns unsichtbar wurde, hallte das Echo seines Lachens wider.

Ich blickte zum ersten Mal nach oben und stellte fest, dass der winzige Körper fast direkt über mir hing. Ich sah die nackten, schmutzigen Füße mit den winzigen zerbrechlich wirkenden Zehen. Es war keine Jugendliche, wie ich aus irgendeinem Grund angenommen hatte, sondern fast noch ein Kleinkind.

Mistkerl. Dieser verdammte, elende Mistkerl…

»Rhoan, kannst du von dort aus die Seile durchschießen?«

»Ja. Fang du sie auf. Bist du bereit?«

Ich schob die Laserwaffe in meine Tasche und stellte mich unter das kleine Mädchen. »Ja.«

Ein bläulicher Strahl schoss durch die Dämmerung, durchtrennte das Seil und brachte die Fensterscheiben über und hinter mir zum Bersten. Gefährliche Glasscherben regneten auf uns herunter. Mit einem Stöhnen fing ich das Mädchen auf. Als ich mich über sie beugte und versuchte, sie vor dem Scherbenregen zu schützen, stieß ihr schlapper kleiner Arm gegen meine Nase.

Die messerscharfen Scherben prasselten auf meinen Rücken, aber der Ledermantel schützte mich vor dem Schlimmsten. Ich wartete, bis die letzte Scherbe gefallen war, dann legte ich das kleine Mädchen vorsichtig auf den Boden.

Sie lebte noch, ich spürte schwach ihren Puls unter meinen Fingerspitzen. Aber Gott, sie war so klein, so zerbrechlich ... so kalt.

Ich hörte ein dumpfes Geräusch, dann Schritte. Als ich aufsah, konnte ich durch meinen Tränenschleier gerade noch erkennen, dass Rhoan auf mich zukam.

»Ich kümmere mich um sie«, erklärte ich. »Verfolge du Gautier.«

»Sei vorsichtig.« Rhoans Stimme war deutlich die Wut anzuhören, die ich selbst verzweifelt zu unterdrücken versuchte. »Vielleicht hat er noch weitere Vampire gezeugt. Sie könnten sich hier irgendwo versteckt halten.«

Wenn dem so war, hätte ich sie gespürt. Aber ich nickte, und als Rhoan davonrannte, blickte ich wieder hinunter zu dem kleinen Mädchen und bemerkte, dass sich ihre Lippen bläulich gefärbt hatten. Das konnte an der Asphyxie oder aber auch an dem Blutverlust liegen. Aller Wahrscheinlichkeit nach war es eine Kombination aus beidem. Vor allem in Anbetracht der Bissspuren an ihrem Hals. Wenn sie irgendeine Überlebenschance haben sollte, musste ich so schnell wie möglich Hilfe holen.

Ich zog Mantel und Pullover aus und wickelte sie um den Körper des Mädchens. Das war nicht viel, aber zumindest wärmer als ihr dünnes Nachthemd. Dann zog ich mein Mobiltelefon heraus und rief eine Mica-Einheit. Die Micas waren Krankenwagen, die dazu gedacht waren, medizinische Soforthilfe zu leisten. Das war das Beste für das kleine Mädchen. Vielleicht war es sogar ihre einzige Chance.

In fünf Minuten, sagten sie.

Ich hoffte, dass das kleine Mädchen noch fünf Minuten *hatte*.

Als ich vorsichtig ein paar wirre braune Haarsträhnen aus ihrem Gesicht strich, spürte ich deutlich ihre kalten Wangen unter meinen warmen Fingerspitzen. Wieso war bei der Abteilung keine Vermisstenanzeige eingegangen? Die Cops gaben routinemäßig alle Anzeigen weiter, die mit der Entführung oder dem Verschwinden von Personen zu tun hatten, denn junge oder schwache Personen waren leichte Beute für ungehobelte Vampire. Natürlich steckten hinter einem Großteil der Anzeigen *keine* Vampire, aber die Abteilung überprüfte dennoch jede einzelne, um nicht die ein oder zwei Prozent zu übersehen, in die sie doch verwickelt waren.

Vielleicht hatte die Entführung erst kürzlich stattgefunden. Vielleicht hatten die armen Eltern noch nicht einmal bemerkt, dass ihr kleines Mädchen verschwunden war.

Was für ein grauenhafter Morgen, wenn ein Beamter auf der Türschwelle stand und dir erklärte, dein Baby sei entführt und ermordet worden.

Ich biss mir wieder auf die Lippe und kämpfte mit der aufsteigenden Wut und den Tränen. Tief in meinem Inneren wusste ich, dass meine Gefühle nicht nur mit der schrecklichen Situation zu tun hatten, sondern auch damit, dass ich selbst keine Kinder bekommen konnte. Dass ich nie erleben würde, wie Leben in meinem Bauch heranwuchs. Auf diesem Gebiet waren meine Vampirgene dominanter als meine Wolfsgene und machten mich zu einem Maulesel. Ich war nicht einfach nur unfruchtbar, ich konnte in meiner Gebärmutter kein Leben austragen. Es gab allerdings die Möglichkeit, dass jemand anders ein Kind für mich austrug. Denn man hatte einige Eier, die ich eingefroren hatte, getestet, und anscheinend waren sie lebensfähig. Aber diese Möglichkeit hätte ich gern vermieden.

Klar, in meinem Körper fand immer noch ein Kampf statt, und niemand konnte mir sagen, wie er ausging, wie sich meine Vampirgene auf meine Zukunft auswirkten. Vielleicht wurde ich stärker zum Vampir als Rhoan, vielleicht aber auch nicht. Und noch etwas anderes trug zu diesem unsicheren Zustand bei – das Zellen verändernde Medikament ARC1-23, das sich in meinem Blutkreislauf befand.

»Gautier ist schon lange weg.« Rhoan tauchte so plötzlich aus der Dunkelheit auf, dass ich vor Schreck zusammenzuckte. Ich war so intensiv damit beschäftigt gewesen, dem kleinen Mädchen zu helfen. Wäre Gautier zurückgekehrt, hätte dieser Fehler uns beide das Leben kosten können.

Rhoan trat zu uns, zog seine Jacke aus und reichte sie mir. Ich wickelte sie um den Körper des Mädchens. Sie wurde trotz Jacken und Pullover nicht wärmer. Vielleicht hatte sie zu viel Blut verloren.

»Wieso macht er das?«, fragte Rhoan leise. »Das ergibt keinen Sinn.«

Ich wischte eine Träne von meiner Wange und blickte zu ihm hoch. »Gautier ist ein Psychopath, und Psychopathen brauchen keinen guten Grund, um etwas zu tun.«

»Gautier ist kein normaler Psychopath, und er tut *nichts* ohne guten Grund.«

»Bislang war ihm der Spaß am Töten immer Grund genug.«

»Und trotzdem hat er das kleine Mädchen nicht umgebracht. Um zu entkommen, brauchte er sie nicht. Gautier ist ziemlich selbstbewusst und davon überzeugt, dass er uns jederzeit problemlos entwischen kann.« Er deutete mit dem Kopf auf das Mädchen. »Er hat zugelassen, dass wir sie retten, obwohl es mehr zu ihm gepasst hätte, uns erst Hoffnungen zu machen und sie dann zu enttäuschen. Da steckt irgendetwas anderes dahinter.«

Ich runzelte die Stirn. »Es passt aber zu ihm. Er will allen beweisen, wer der Beste ist. Wieso reicht das nicht als Grund? Wieso muss unbedingt noch mehr dahinterstecken?«

»Weil Gautier ein Killer ist. Es ist nicht logisch, dass er uns hierherlockt, uns dieses ›Spiel‹ vorschlägt und uns dann das Mädchen retten lässt.«

Das wir noch nicht gerettet hatten. Ich richtete mich

auf und sah auf meine Armbanduhr. Zwei Minuten noch, bis das Mica-Team hier sein wollte. Himmel, hoffentlich beeilten sie sich. Die Luft wurde kühler, und in der Dunkelheit dort drüben schien der Tod zu lauern. Ein echter dauerhafter Tod, kein Tod, der in Vampirgestalt herumlief.

»Wenn du glaubst, dass er das mit dem Spiel nicht ernst meint, was steckt deiner Meinung nach dann dahinter?«

»Oh, ich glaube, dass er das mit dem Spiel zum Großteil ernst meint, aber dass er uns damit gleichzeitig ablenken will.«

»Er hat gesagt, dass er den wahren Mörder kennt.«

»Das könnte gelogen sein. Muss aber nicht.«

»Es hörte sich nicht wie eine Lüge an.«

»Vielleicht. Aber kannst du dir wirklich vorstellen, dass Gautier irgendeinem Psychopathen erlaubt, sich auf einem Gebiet auszutoben, das er für sich beansprucht?«

»Nein. Er ist nicht gerade der fürsorgliche Typ, der gern etwas teilt.«

»Genau. Was hat er also wirklich vor?«

»Das wissen wir erst, wenn wir den Mistkerl schnappen.« Aber die Frage war ziemlich beunruhigend.

Rhoan veränderte seine Haltung und blickte zu der Tür, durch die ich hereingekommen war. Er roch zweifellos den Gestank von Müll und Tod, obwohl er hier nicht annähernd so intensiv war wie in dem Flur. »Jack ist da.«

Und zum Glück war er nicht allein. Ich trat zur Seite, damit das Mica-Team sich um das kleine Mädchen kümmern konnte, und sah einen Moment zu, um mich davon zu überzeugen, dass es noch lebte, dann drehte ich mich um und ging die Stufen hinunter. Jack hockte neben dem jungen Vampir, den ich umgebracht hatte.

Ich blieb neben ihm stehen und versuchte den Geruch von Tod zu ignorieren. Ich hatte kein schlechtes Gewissen, dass ich den Babyvampir getötet hatte, nicht nachdem ich so lange gebraucht hatte, um ihn zu finden. Nicht, nachdem ich mich mit den Folgen seines Blutrauschs und dem seines Meisters herumschlagen durfte.

Jack hob den Blick. »Hast du seine Gedanken gelesen, bevor du ihn umgebracht hast?«

Ich schüttelte den Kopf. »Das brauchte ich nicht. Gautier ist sein Erzeuger.«

»Woher weißt du das, wenn du seine Gedanken nicht gelesen hast?«

»Gautier hat es mir persönlich bestätigt.«

»Er war hier? Und ihr habt ihn entkommen lassen?«

Jack klang wütend, und ich hob beschwichtigend die Hand. »Wir haben ihn nicht einfach irgendetwas machen ›lassen‹. Wir hatten die Wahl, ein Leben zu nehmen oder eines zu retten. Wir haben uns für Letzteres entschieden.«

»Was die falsche Entscheidung war.« Sein Blick glitt an mir vorbei. »Dein weiches Herz wird dich eines Tages noch umbringen, Riley.«

»Ein Kind zu retten, ist nie die falsche Entscheidung, Jack.« Alles andere hätte ich nicht vor mir vertreten können.

»Weil ihr das Kind gerettet habt, müssen jetzt vielleicht andere sterben.«

Er versuchte ganz offensichtlich, mir ein schlechtes Gewissen zu machen, und in gewisser Weise hatte er damit Erfolg. Denn es war sehr wahrscheinlich, dass wegen unserer heutigen Entscheidung weitere Leute sterben würden. Dennoch, was hätte ich sonst tun können? Gar nichts. Nicht, wenn ich meinen Verstand und meine Seele nicht verlieren wollte. Dass ich versucht hatte, ein so junges Leben zu retten, konnte doch nicht wirklich falsch sein, egal wie hoch der Preis am Ende war.

Ich war jedoch sicher, dass Jack anderer Meinung war. Abgesehen davon, dass er eigentlich ein anständiger Kerl war, war er immer noch ein Vampir, und die hatten seltsame Vorstellungen, was den Wert eines Lebens anging.

»Wir hatten eine nette kleine Unterhaltung mit dem Widerling.« Ich rieb mir die Arme. Ich fror dermaßen in diesem Lagerhaus, als wäre ich nackt. »Er hat gesagt, er wüsste, wer der Schlächter ist.«

Jack hob eine Braue. »Und er hat euch eingeweiht?«

»Nein«, schaltete Rhoan sich ein und trat neben mich. »Er hat uns zu einem Wettstreit herausgefordert.«

»Was für einen Wettstreit?«

»Ein Spiel – wer zuerst den Serienmörder zur Strecke bringt, hat gewonnen.«

»Gautier ist schon klar, dass er kein Wächter mehr ist, oder?«, fragte Jack skeptisch.

»Oh, ja«, antwortete ich trocken. »Und wenn du dir

die hinteren Räume da ansiehst, bekommst du den Eindruck, dass er das sehr genießt.«

»Wieso sollte er dann einen solchen Vorschlag machen? Vor allem, wenn er damit mehr der Abteilung als sich selbst nutzt?«

»Vielleicht geht es ihm nur um die Genugtuung, besser zu sein als wir.« Ich zuckte mit den Schultern. »Er hat davon gesprochen, dass du immer von Rhoans Fähigkeiten geschwärmt hättest und davon, wie gut ich sein könnte. Er will sich und uns beweisen, dass das nicht stimmt.«

»Ja, klar.« Jack schnaubte leise und blickte zu Rhoan. »Glaubst du das?«

»Nicht im Geringsten. Vielleicht weiß er, wer der Mörder ist, aber ich glaube, dass sich hinter dem Wettstreit etwas sehr Düsteres verbirgt. Gautier ist ein Mörder und schon lange von seiner Überlegenheit überzeugt. Um das zu beweisen, braucht er keinen Wettbewerb. Das hat er nicht nötig.«

»Richtig. Wir müssen ihn umbringen, bevor er dazu kommt, seinen Plan, was auch immer das sein mag, in die Tat umzusetzen.«

Als ob wir das die letzten Monate nicht versucht hätten! Gautier war der beste Wächter, den die Abteilung jemals hervorgebracht hatte. Es war vollkommen absurd zu erwarten, dass die zweitklassigen und kaum ausgebildeten Wächter ihn rasch zur Strecke bringen und töten könnten.

»Gautier ist kein Narr«, bemerkte ich. »Er weiß, dass

wir ihn umbringen sollen, und wird es uns nicht leicht machen.«

»Nein. Aber wenn einer von euch die Chance bekommt, will ich, dass er sie ergreift.« Er sah uns finster aus seinen grünen Augen an. »Egal wer oder was euch in die Quere kommt.«

Rhoan nickte. Ich reagierte nicht. In meinem Leben als Wächter musste ich mich mit so einigem abfinden. Einen außer Kontrolle geratenen Babyvampir umzubrin gen, schlug mir zwar auf den Magen, aber ich konnte damit leben. Jemanden zu töten, der sich zwischen mich und Gautier stellte, war etwas vollkommen anderes. Ich hatte getötet, das konnte ich nicht leugnen. Aber entweder war es aus Notwehr geschehen oder um mein Rudel zu verteidigen, was in meinem Fall Rhoan war.

Vermutlich behaupteten einige, dass es kaltblütig gewesen wäre, Davern das Gehirn wegzublasen. Doch er hatte nicht nur meinen Bruder gequält, sondern war die treibende Kraft hinter dieser Klon- und Mischlingsgeschichte, deretwegen so viele sterben mussten. Ganz zu schweigen davon, dass er dafür verantwortlich war, dass mir das ARC1-23 verabreicht worden war.

Wer mit dem Feuer spielt, wird am Ende verbrennen, hatte meine Mom oft gesagt. Nun, Davern hatte mit mir und Rhoan ein bisschen zu häufig gespielt und schließlich sein Fett weggekriegt.

»Riley? Hast du gehört, was ich gesagt habe?«

Ich sah ihn an. »Ja.«

»Und?«

»Ich werde nicht kaltblütig für dich morden, Jack.«

»Selbst wenn es um Gautier geht?«

»Ich bringe Gautier bei der ersten Gelegenheit um. Aber ich werde dafür kein anderes Leben gefährden.«

»Du wehrst dich bis zum Schluss gegen das Unvermeidliche, was?«

»Wie schön, dass dich das immer noch amüsiert.«

Er lachte. »Wieso geht ihr zwei nicht nach Hause und wärmt euch auf? Kommt um neun und erstattet Bericht, dann sehen wir, wie wir weiter vorgehen.«

Rhoan drehte sich auf dem Absatz um und machte sich auf den Weg zur Tür, aber ich wollte erst noch nach dem kleinen Mädchen sehen. Ihre Wangen waren nach wie vor ganz bleich, und unter den Ärzten um sie herum herrschte hektisches Treiben. Das Unheil streckte seine eiskalten Finger nach mir aus und strich über meinen Rücken. Der Tod schien ganz in der Nähe zu lauern, und tief in meinem Inneren wusste ich, wenn ich meine übersinnlichen Fähigkeiten einsetzte, konnte ich ihr Schicksal fühlen. Den Tod fühlen, der dort draußen in der Dunkelheit wartete.

Ich zitterte und wandte mich ab. Noch gab es Hoffnung. Daran musste ich ganz fest glauben.

Als ich mich bewegte, sah einer der Mediziner auf und warf mir Mäntel und Pullover zu. »Findet den Mistkerl, der das getan hat.«

»Machen wir.« Ich ging. Ich konnte nichts mehr tun oder sagen, nur Gautier finden und ihm sein verrottetes Gehirn wegblasen.

Ich holte Rhoan ein, warf ihm seine Jacke zu und zog meinen Mantel an. Als wir aus dem Lagerhaus traten, schlug uns der kalte Wind so heftig entgegen, dass es mir den Atem verschlug. Rhoan legte den Arm um meine Schultern, zog mich an sich und wärmte mich ein bisschen. Gemeinsam kämpften wir uns durch die regennasse Nacht.

Leider hatte keiner von uns ein Auto dabei. Babyvampire benutzen für gewöhnlich kein Auto. Keine Ahnung wieso. Vermutlich hatte es etwas damit zu tun, dass die frisch Verwandelten mit einer Flut von neuen Empfindungen zurechtkommen mussten. Es war sicher schwer, sich auf so etwas Profanes wie Autofahren zu konzentrieren, wenn die ganze Welt nur aus Blutrausch, Lust und leicht zu erlegenden Opfern bestand.

Wenn die Vampire zu Fuß gingen, taten wir das natürlich auch. Nicht, dass ich überhaupt ein Auto besaß. Ich hatte noch keinen Ersatz gefunden, seit ich meins vor vier Monaten gegen einen Baum gesetzt hatte. Aber Rhoan hatte einen Wagen, und es wäre schön gewesen, einfach in seinen alten Ford zu steigen und damit zu unserer warmen Wohnung zu fahren.

Zum Glück für meinen durchgefrorenen Körper fanden wir schließlich ein Taxi.

»Steig du hier aus«, sagte Rhoan, als das Taxi vor unserem Haus anhielt. »Ich habe Lust, ein bisschen im *Blue Moon* auszuspannen.«

Das *Blue Moon* war einer von fünf Werwolfclubs in Melbourne und unser Lieblingsclub. Ich musterte ihn kurz, dann erwiderte ich: »Du solltest Liander anrufen.«

»Verdammt, Riley, halt mir keinen Vortrag. Nicht jetzt. Ich habe Lust, etwas Dampf abzulassen, und genau das werde ich jetzt tun.«

Uns war beiden klar, dass mein Bruder bei Liander so viel Dampf ablassen durfte, wie er wollte. Ich fragte mich, wieso er sich so dagegen wehrte, sich irgendwie zu Liander zu bekennen. Doch das wütende Funkeln in seinen grauen Augen sagte mir, dass jetzt nicht der richtige Zeitpunkt für dieses Thema war.

Er musste eigentlich wissen, dass er riskierte, den Mann zu verlieren, der vermutlich sein Seelenverwandter war. Er musste sein Seelenverwandter sein, denn niemand anders würde sich so von Rhoan behandeln lassen.

»Sei vorsichtig«, sagte ich bloß. Ich beugte mich vor und gab ihm einen Kuss, dann stieg ich aus.

Als das Taxi davonfuhr, winkte er. Ich lächelte und ging die Stufen zu unserem Haus hinauf.

Jack war nicht glücklich, dass wir immer noch hier wohnten. Nach Gautiers anfänglicher Drohung hatte er darauf bestanden, dass wir in ein sichereres Gebäude umzogen. Das hatte Gautier allerdings nicht abhalten können. Keine Ahnung, wie er es geschafft hatte, in die damalige Wohnung zu gelangen. Vampire konnten die Türschwelle zu einer Wohnung nicht übertreten, ohne dass man sie ausdrücklich dazu aufgefordert hatte. Er allerdings hatte uns eine blutige Rose und eine schlichte Nachricht hinterlassen:

Das Schönste an einem Mord ist die Vorfreude.
Die Jagd hat noch nicht einmal begonnen.

Danach waren wir wieder in unsere Wohnung zurückgezogen. Nicht dass wir etwa weniger vorsichtig waren, aber Gautiers Nachricht war eindeutig gewesen. Er konnte uns immer und überall kriegen. Es gab also keinen Grund, sich zu verstecken.

Ich stieß die alte hölzerne Haustür mit der Glasscheibe auf und stieg die Treppen hinauf. Ursprünglich war das alte Backsteingebäude ein Lagerhaus gewesen, diente aber mindestens seit fünfzig Jahren als Mietshaus. Das Gebäude und die Wohnungen waren zwar genauso heruntergekommen wie das gesamte Sunshine-Viertel, aber es lag verkehrsgünstig und nah zum Stadtzentrum. Außerdem waren die Wohnungen größer als alle, die heutzutage gebaut wurden. Ganz zu schweigen von der Tatsache, dass sie sehr billig waren.

Die alte Frau, der das Gebäude gehörte, hasste Nichtmenschen jeglicher Art. Es war zwar gesetzlich verboten, Nichtmenschen zu diskriminieren, aber deshalb hätte sie uns trotzdem nicht als Mieter nehmen müssen. Wenn sie wollten, fanden Menschen immer einen Weg, das Gesetz zu umgehen, doch wer Werwölfe im Haus hatte, hatte keine Probleme mit Ratten. Und in einer rattenverseuchten Gegend war das ein nicht zu unterschätzender Vorteil.

Keine Ahnung, wieso diese kleinen Mistkerle mit den Knopfaugen uns so sehr hassten. Bestimmt nicht, weil wir sie gern verspeisten. Sie schmeckten genauso widerlich, wie sie aussahen.

Rhoan und ich wohnten im sechsten Stock und somit ganz oben. Einen Fahrstuhl gab es nicht, nur eine Treppe. Die stieg ich jetzt hinauf. Abgesehen von dem Training, zu dem man uns in der Abteilung zwang, war das meine einzige sportliche Betätigung. Ich stieß die Tür vom Treppenhaus auf und trabte über den Flur auf unsere Wohnung zu. Ich muss zugeben, dass ich in dem Moment nicht an meine Sicherheit dachte. Ich wollte nur in die Wohnung, heiß duschen und Gallonen von Haselnusskaffee trinken. Das Ganze würde ich mit einer Tafel von meiner Lieblingsschokolade Marke Schwarzwald krönen.

Zu den vielen guten Seiten des Werwolfdaseins gehörte unser effizienter Stoffwechsel, der dafür sorgte, dass wir essen konnten, was wir wollten, ohne zuzunehmen.

Ich öffnete die Tür, warf meinen Mantel fort, legte meine Schlüssel auf den Telefontisch und begann mich auf dem Weg zum Badezimmer auszuziehen.

Ein leises Lachen kroch durch die Stille.

Mir blieb das Herz stehen, und ein paar schreckliche Sekunden lang dachte ich, ich hätte einen Fehler gemacht, der mich das Leben kosten würde. Dann erkannte ich die Stimme, und mein Herz machte einen seltsamen kleinen Hüpfer. Als ich mich umdrehte, musste ich unwillkürlich lächeln.

Quinn O'Conor, uralter Vampir, Milliardär, Geschäftsmann und einer meiner beiden festen Liebhaber, lehnte lässig mit verschränkten Armen an einer der Fensterscheiben, die die Rückwand unseres Wohnzimmers bildeten.

Er machte sich verdammt gut als Fensterdekoration.

Heute Nacht trug er ein dunkelblaues Hemd, das seine breiten Schultern betonte, und eine dunkle Jeans, die den Blick auf seine schlanken, sportlichen Beine lenkte. Seine vormals schulterlangen dunklen Haare waren kürzer geschnitten und so dick und voll, dass es mir in den Fingern juckte, hindurchzustreichen. Anders als die meisten Vampire konnte er eine Menge Sonne vertragen, so dass er alles andere als blass war und seine Haut einen warmen, fast goldenen Ton hatte. Ihn als gut aussehend zu beschreiben, wäre die Untertreibung des Jahres. Ich schwöre, dass selbst Engel ihn um sein Aussehen beneideten. Dennoch war er alles andere als unmännlich.

Aber eigentlich waren es seine glänzenden schwarzen Augen, denen ich jedes Mal aufs Neue verfiel, und jetzt sprach so viel Lust aus ihnen, dass mir blitzartig warm wurde. Wie jedes Mal, wenn unsere Blicke sich trafen, geschah etwas zwischen uns, bildete sich eine Spannung, die mein Herz aus dem Takt brachte und mir eine Gänsehaut über den Leib trieb. Ich hatte diese Spannung bereits bei unserer ersten Begegnung gespürt, und sie schien von Monat zu Monat stärker zu werden.

Das letzte Mal hatte ich ihn vor zwei Wochen gesehen. Da hatte er mich nach einem köstlichen Abendessen mit meiner Lust sitzen gelassen. Ich wusste nicht, wieso er sich all meinen Bemühungen, ihn in mein Bett oder wohin auch immer zu lotsen, widersetzt hatte, aber ich vermutete, dass das Teil seines Plans war.

Nun musste ich nur noch herausfinden, wie dieser Plan aussah. Das war keine leichte Aufgabe, denn er hatte über zwölfhundert Jahre Übung im Bewahren von Geheimnissen.

»Na, das ist aber eine schöne Überraschung«, sagte ich, entledigte mich weiter meiner nassen Kleidung und ließ sie auf den Boden fallen, während ich auf ihn zuging.

Seine Augen funkelten vor Lust, und um mich herum waberte Verlangen. Es war ein intensiver, verlockender Geruch, der mich nur noch mehr erregte. Wenn das etwas zu bedeuten hatte, war es heute Nacht nicht schwer, ihn herumzubekommen.

»Ich habe gehört, du magst Überraschungen.« Um seine sinnlichen Lippen spielte ein Lächeln. Er berührte leicht meine Schultern, beugte sich nach vorn und küsste mich auf die Stirn.

Das war nicht ganz der Kuss, den ich mir erhofft hatte.

Ich machte mich von ihm frei, zog meinen BH aus und warf ihn zu meinem T-Shirt. Es war ein ziemlich lahmer Wurf, aber das war mir in dem Moment egal.

»Besteht die Überraschung darin, dass du uneingeladen in meiner Wohnung auftauchst, oder hast du noch etwas Interessanteres auf Lager?«

Lächelnd strich er mit seinem warmen Finger über meine Wange und folgte den Konturen meiner Lippen. Ich öffnete den Mund und saugte kurz an seiner Fingerspitze. Das Verlangen brannte noch heller in seinen dunklen Augen, und der süße Geruch der Lust verstärkte sich, bis ich das Gefühl hatte, von ihm erdrückt zu werden. Was für eine wundervolle Art zu sterben.

»Ich dachte, dass du vielleicht gern zum Abendessen ausgehen würdest.« Der irische Singsang in seiner Stimme war auf einmal intensiver.

»Ich vernasche etwas Essbares, und du vernaschst mich?« Ich hob herausfordernd eine Braue und lächelte ihn an. »Wenn du willst, können wir sofort damit anfangen.«

Während ich das sagte, strich ich mit den Händen über seine muskulöse Brust und seinen Bauch und wünschte, er wäre nackt, damit ich seine Haut fühlen könnte. Als ich den Knopf seiner Jeans erreichte, spielte ich etwas daran herum und ließ einen Finger zu der Spitze seiner Erektion hinuntergleiten, die sich unter dem Stoff abzeichnete. Ich musste nur den Reißverschluss öffnen, schon wäre er frei und gehörte mir.

Aber bevor ich meinen Gedanken in die Tat umsetzen konnte, griff er meine Hände und führte sie an seine Lippen. Er hauchte einen Kuss auf meine Finger, was irgendwie distanziert wirkte, obwohl sein Blick alles andere als distanziert war. Dieser Vampir begehrte mich genauso wie ich ihn, und ich wusste einfach nicht, wieso er sich so dagegen wehrte. Wir waren beide nicht gerade unbedarft, was die Liebe anging.

Und wir waren uns ganz sicher nicht fremd. Monatelang hatten wir es wie die Karnickel miteinander getrieben. Nun, zumindest bis vor ein paar Wochen, bis er mit dieser »Frustrieren wir Riley«-Masche angefangen hatte.

»Du bist nass und kalt«, stellte er nüchtern fest.

»Meine Haut fühlt sich vielleicht kalt und feucht an, aber glaub mir, da, wo es darauf ankommt, bin ich ganz warm.« Ich trat nah an ihn heran und presste sanft meine Brüste gegen ihn. Die Seide fühlte sich so gut an meinen Nippeln an, dass ich sie an seinem Hemd rieb und das Gefühl des weichen, kühlen Stoffes genoss. »Willst du fühlen, wie warm und feucht ich bin?«

»Ich will«, sagte er, beugte sich vor und küsste mich flüchtig auf den Mund, »dass du duschst und dich anziehst, damit wir zum Abendessen gehen können.«

»Kein Spaß vorweg?«

»Nein.«

»Verdammt.«

Er lächelte, und mein Herz zog sich seltsam zusammen. Im Laufe der Jahre hatte ich viele gut aussehende Männer kennengelernt, und viele von ihnen hatten ein schönes Lächeln gehabt, aber Quinn spielte in einer ganz eigenen Liga.

»Was, wenn ich verspreche, dass es sich lohnt?«, fragte er.

»Ein Abendessen lohnt sich nur, wenn ich dich zum Dessert vernaschen darf.«

»Vielleicht darfst du das. Vielleicht will ich dich aber auch überhaupt nicht zum Abendessen ausführen, sondern dich irgendwohin bringen, wo ich dich ungestört besinnungslos vögeln kann. Wenn du dich nicht fertig machst, wirst du es nie erfahren.«

Ich gab mich vorübergehend geschlagen und rückte von ihm ab. »Ich nehme an, du willst nicht mit mir gemeinsam duschen?«

»Ich würde gern mit dir duschen, aber ich glaube, das würde sehr lange dauern.«

»Und wo ist das Problem?«

»Es gibt keins.« Er schenkte mir ein weiteres umwerfendes Lächeln. »Geh und mach dich fertig, junge Frau.«

Ich ging. Normalerweise blieb ich lange unter der Dusche und genoss es, die Wasserstrahlen auf meiner Haut zu spüren, aber heute war ich alles andere als entspannt. Ich trat aus der Dusche und trocknete mich in Rekordzeit ab. Dann tanzte ich nackt aus dem Badezimmer und zu meinem Schlafzimmer hinüber. Quinn stand mit dem Rücken zu mir und starrte hinaus auf die Myriaden von Lichtern, die sich vor unserem Fenster erstreckten. Aber wie Motten von einer flackernden Kerze zogen sich unsere Blicke in der Scheibe magisch an.

Ich blieb ruhig stehen und sah eine Weile einfach nur in seine Augen. Das kam bei mir äußerst selten vor. Werwölfe standen fast nie still. Rhoan vertrat die Theorie, dass das an unserer schwer zu bändigenden Tierenergie lag. Aber jetzt war mein Bewegungsdrang verflogen, denn die Macht des Vampirs vor mir war überwältigend. Ich verlor mich in dem Sog aus Begehren und Lust und noch etwas anderem. Einer Art Entschiedenheit, nur viel stärker.

Dann löste er den Blick von meinem und ließ ihn an meinem Körper hinuntergleiten, es war eine sinnliche, quälend langsame Erkundung, die mir Schweißperlen auf die Haut trieb. Ich konnte mich gerade noch beherrschen, nicht durch den Raum zu laufen und in seine Arme zu springen. Nehmen oder genommen werden.

In dieser Sekunde lächelte er, und ich wusste, dass er mein Gefühl, wenn nicht sogar meine Gedanken gelesen hatte. Quinn verfügte über beeindruckende empathische wie telepathische Fähigkeiten, und während die meisten Vampire nicht an meinen geistigen Schutzschildern vorbeikamen, war *dieser* Vampir in der Lage, meine Verteidigung zu durchbrechen und meine Sinne zu verwirren.

Das lag nicht nur an der Verbindung, die wir zwischen uns geschaffen hatten, um an Orten, die gegen geistiges Eindringen geschützt waren, miteinander kommunizieren zu können. Es war mehr, und das war es schon, bevor wir Blut miteinander geteilt hatten.

Aber er war ein Vampir und kein Wolf. Meinem Körper war mein Traum von einem weißen Gartenzaun und einer Schar Kinder zwar egal, aber so tief die Verbindung zwischen uns war, sie konnte nicht über die Tatsache hinwegtäuschen, dass wir aus zwei unterschiedlichen Welten kamen. Ich würde nie ausschließlich mit ihm zusammen sein können, so wie er es sich wünschte, und er konnte mir nicht bieten, was ich mir wünschte. Ich war vielleicht nicht in der Lage, Kinder auszutragen, aber meine Eier waren zumindest noch fruchtbar. Quinn war jedoch nicht in der Lage, mir Kinder zu schenken. Er war ein Untoter.

Noch ließ er zu, dass mir jemand anders gab, wozu er

nicht in der Lage war. Obwohl ihm klar war, dass das zur Natur eines Werwolfs gehörte, fand er es furchtbar, dass ich andere Liebhaber hatte und weiterhin in die Clubs ging und tanzte, mit wem ich wollte. Dabei wusste er genau, dass wir dieses Verhalten nur für unseren Seelenverwandten aufgaben.

Obwohl ich eine tiefe Bindung zu Quinn spürte, war er kein Wolf und konnte nicht mein Seelenverwandter sein.

Egal, wie sehr er sich etwas anderes wünschte.

Sein Blick glitt zurück zu den Lichtern und löste mich aus meiner Erstarrung, aber ich war erregt, sehnsüchtig und ziemlich frustriert. Ich hatte zwar keine Idee, was für ein Spiel er spielte, aber ich würde mich nicht länger damit abfinden. Vielleicht lagen Jahrhunderte voller Geheimnisse hinter ihm, aber ich war ein Werwolf, und Sinnlichkeit gehörte naturgemäß zu meinem Dasein. Sex war für uns genauso wichtig wie Blut für einen Vampir, und wenn Quinn erwartete, dass ich mich einfach in seine Pläne fügte, würde er ein böses Erwachen erleben.

Ich ging in das Schlafzimmer zu meinem Kleiderschrank, der nicht mehr so spärlich ausgestattet war wie noch vor ein paar Monaten. Rhoan war wieder einmal einkaufen gewesen und hatte mir wie üblich etwas zum Anziehen mitgebracht. Vermutlich hoffte er, dass ich nicht schimpfte, wenn er seine Beute mit mir teilte. Ich muss zugeben, dass er einen deutlich besseren Geschmack hatte als ich, auch wenn mich seine Vorliebe für grelle Farben manchmal etwas verschreckte.

»Soll ich mich lässig, elegant oder vornehm kleiden?«, rief ich, während ich verschiedene Optionen durchging.

»Bequem«, erwiderte er eindeutig amüsiert.

Verflixt. Es war schwer, in bequemer Kleidung verführerisch zu wirken. Nachdem ich mich zuerst mal nicht entscheiden konnte, griff ich eine Jeans und einen dicken Wollpullover. Wenn ich nicht auf sexy machen konnte, konnte ich mich ebenso gut warm anziehen. Ich griff Socken und einen Slip, verzichtete aber auf einen BH. Der Mond leuchtete, und die Mondhitze, wie wir die sieben Tage vor Vollmond nannten, stand kurz bevor. In dieser Zeit strömte die Kraft des Mondes mit zunehmender Intensität durch unsere Adern, und unsere Lust auf Sex wurde so stark, dass wir sie nicht ignorieren konnten oder wollten. Die Hitze traf mich normalerweise nicht ganz so heftig wie Vollblutwerwölfe, aber alle paar Monate litt ich unter den üblichen Symptomen. Dann waren meine Brüste schwer und überempfindlich. Und ich war geiler als eine läufige Hündin.

Vermutlich war ich eine.

Ich zog mich an, griff aus den Wollmäusen unter meinem Bett ein Paar Schuhe und ging zurück ins Wohnzimmer. Er musterte mich von oben bis unten, dann sagte er: »Perfekt.«

»Ich weiß.« Ich widerstand der Versuchung, eine verführerische Pose einzunehmen, was in Jeans und weitem Wollpullover ohnehin schwierig war, und schob Wohnungsschlüssel und Geldbörse in meine Tasche. »Also, sag schon. Wohin gehen wir?«

»Das ist eine Überraschung.« Er schob mich aus der Tür und die Treppen hinunter. Draußen wehte der Wind so stark, dass mir die Tür aus der Hand gerissen und gegen die Außenwand geschleudert wurde.

Es war nach wie vor eiskalt, aber zumindest hatte es aufgehört zu regnen. Am Straßenrand wartete eine weiße Limousine. Der Fahrer stand neben der Tür zum Fond und öffnete sie, als wir näher kamen. Als wir saßen, stieg der Fahrer ein, startete den Wagen und fuhr los. Offensichtlich war er in den Plan eingeweiht, was auch immer das für ein Plan war.

Ich ignorierte den Sicherheitsgurt und rutschte über den weichen Ledersitz, bis ich praktisch auf Quinns Schoß saß. »Ich habe es noch nie in einer Limousine gemacht«, flüsterte ich und schob meine Hand provozierend sein Bein hinauf.

»Dann müssen wir vielleicht noch einmal einen anderen Ausflug machen.« Er hielt meine Hand fest, bevor sie in die interessanten Gefilde vordringen konnte.

»Wenn du vorhast, mich zu frustrieren, bist du gerade auf dem besten Weg.«

Seine schwarzen Augen funkelten belustigt. »Gut.«

»Nein, das ist nicht gut. Ich bin ein Werwolf, falls du dich erinnerst, und bald ist Vollmond.«

»Das habe ich nicht vergessen.«

»Aber die Eine-Millionen-Dollar-Frage lautet, willst du etwas dagegen unternehmen?«

Ich spürte deutlich seine Lust und sein Verlangen, und nur für einen kurzen Augenblick vertrieben sie die dunklen Schatten aus seinen Augen. Meine Hormone schlugen aufgeregte Purzelbäume, obwohl ich ganz ehrlich keine Ahnung hatte, wieso, denn er sagte lediglich: »Hab Geduld.«

»Geduld war noch nie meine Stärke.«

Er lachte leise, legte den Arm um meine Schulter und zog mich näher zu sich heran. Ich war es nicht gewöhnt, solche Vertraulichkeiten *ohne* Sex zu bekommen, und es fühlte sich seltsam, aber gut an. Ich lehnte mich an ihn, legte den Kopf an seine Schulter und genoss die Nähe, während ich mich zugleich nach erheblich mehr sehnte.

Wir waren gut zehn Minuten unterwegs, als ich begriff, dass wir in Richtung Essendon-Flughafen fuhren. Aufregung ergriff mich. Ich kam dieser Tage nicht häufig aus Melbourne heraus, und obwohl unsere lässige Kleidung vermuten ließ, dass unser Ziel nicht sonderlich exotisch war, verhieß der Flughafen zumindest, dass wir woanders hinreisten.

Wenige Minuten darauf fuhr der Fahrer die Scheibe zwischen ihm und uns herunter und sagte: »Ich glaube, wir werden verfolgt, Sir.«

»Derselbe Wagen wie vorhin?«

»Ja. Ein weißer Saab mit zwei Insassen.«

»Nimm die Ausfahrt Flughafen West und versuche sie in den Seitenstraßen abzuhängen.«

Ich löste mich aus seinem Arm und richtete mich auf. »Wie lange wirst du schon verfolgt?«

»Seit ich heute Abend am Flughafen angekommen bin. Ich dachte, wir hätten sie abgehängt.«

»Vielleicht haben sie den Wagen verwanzt.« Während ich das sagte, packte mich Angst. Eine Person, die zu so etwas in der Lage war, war Gautier. Ich zweifelte nicht daran, dass er plante, erst alle umzubringen, die mir etwas bedeuteten, bevor er mich umbrachte. *Wenn* er von Quinn wusste und uns jetzt verfolgte, hatte Rhoan recht, und Gautiers Spiel ging deutlich weiter, als er bislang zugegeben hatte. »War es dunkel, als du gelandet bist?«

Quinn runzelte die Stirn. »In der Dämmerung. Wieso?«

Ich erzählte ihm, was heute Abend geschehen war, und berichtete ihm von Gautiers Vorschlag.

»Glaubst du ihm?«, fragte er etwas skeptisch.

»Ich weiß wirklich nicht, was ich denken soll.«

»Wieso hast du gefragt, ob es dunkel war?« Als der Fahrer scharf links abbog und beschleunigte, packte er meinen Arm und hielt mich fest, damit ich nicht quer über die Sitzbank schoss.

»Wenn du in der Dämmerung gelandet bist, kann es nicht Gautier gewesen sein.«

Denn er war vielleicht der fähigste Wächter aller Zeiten, aber er war immer noch ein Vampir und konnte sich den Beschränkungen, denen Vampire unterworfen waren, nicht entziehen. Er war ein Klon und in Vampirjahren zu jung, um sich nur einem einzigen Sonnenstrahl aussetzen zu können.

»Er kann sich vielleicht nicht selbst der Dämmerung aussetzen, aber er kann jemanden anheuern.«

»Glaub mir, Gautier arbeitet nicht mit anderen Leuten zusammen.«

»Alle Vampire arbeiten mit anderen zusammen, wenn es sein muss. Selbst Lone Ranger hatte Hilfe.«

Ich musste kichern. »Lone Ranger? Das ist eine Figur aus einer widerlichen alten Fernsehserie, nicht das wahre Leben.«

»Ich bin ein Fan dieser Serie«, erklärte er steif, sah mich jedoch mit amüsiertem Blick an.

»Ich *weiß.*« Schließlich hatten wir uns diverse Nächte vor dieser verfluchten Sendung gelangweilt. Bis ich es geschafft hatte, ihn abzulenken, versteht sich.

»Wenn du nicht mehr Respekt vor den Klassikern zeigst, fängst du dir eine, du junges Hündchen.«

»Versprochen?«

Er schüttelte den Kopf und tat, als würde er sich ekeln, lächelte dabei jedoch. »Vielleicht. Aber erst müssen wir herausfinden, wer unsere Verfolger sind und wer sie angeheuert hat.«

»Als du mir einen aufregenden Abend versprochen hast, habe ich nicht mit *dieser* Art von Aufregung gerechnet«, bemerkte ich trocken, woraufhin er sich lächelnd vorbeugte und mich küsste. Wie bei allen anderen Küssen heute Abend wollte er es bestimmt wieder kurz und knapp machen, aber das hatten meine Hormone langsam satt. Als seine Lippen meine berührten, strich ich durch seine seidigen Haare und griff in seinen Schopf, so dass er nicht zurückweichen konnte. Dann ließ ich mir Zeit, küsste ihn leidenschaftlich und ausgiebig, reizte ihn und genoss seinen Geschmack. Als ich ihn losließ, waren wir beide erregt.

»Die Rache des Wolfes«, sagte er leise, und ich spürte seinen heißen Atem an meinen Lippen.

»Das war nur der Anfang. Der Rest folgt, wenn wir herausgefunden haben, wer uns verfolgt.«

»Ich glaube, dass meine Pläne für den heutigen Abend gerade den Bach hinuntergehen.«

»Vollkommen.« Ich küsste ihn noch einmal, diesmal nur flüchtig. »Also los.«

»Harry, bieg in die nächste Seitenstraße ab und lass uns aussteigen. Dann fahr weiter in die nächste Straße und versperr ihnen den Weg.«

Der Fahrer nickte offensichtlich völlig unbeeindruckt.

Als der Wagen nach vorne raste, verspannte ich mich. Sicher hatten unsere Verfolger längst bemerkt, dass sie entdeckt worden waren. Wahrscheinlich hatten wir uns schon damit verraten, dass wir in ein Industriegebiet abgebogen waren, und erst recht mit unserer plötzlichen Beschleunigung.

Der Fahrer riss den Wagen nach links und bog in eine andere Straße ein, dann hielt er an. Wir krabbelten hinaus und konnten gerade noch die Türen schließen, bevor er davonfegte. In der Dunkelheit tauchten Lichtkegel auf, erleuchteten die Hauptstraße und kamen schnell näher. Ich hüllte mich in Schatten und lief auf den halb verdeckten Eingang eines Lagerhauses zu. Quinn folgte mir, drückte sich neben mich in die dunkle Ecke und presste seinen Körper fest gegen meinen. Kurz setzte mein Herz aus, dann begann es zu rasen. Gefahr war ein sehr wirksames Aphrodisiakum für einen Wolf und weckte mit aller Macht den wilden Teil meiner Seele. Lust durchströmte mich und wurde durch seine Nähe und durch seine heftige Erektion, die er äußerst einladend gegen meine Lende presste, noch gesteigert. Aber am meisten erregte mich die drohende Gefahr.

Ich schloss die Augen, versuchte das Bedürfnis meines Körpers zu ignorieren und mich auf das näher kommende Auto zu konzentrieren. Das Geräusch des Motors war nah, sehr nah.

Aber Quinn war noch näher.

Ich hob mein Gesicht, und auf einmal presste er seinen Mund auf meine Lippen und küsste mich fordernd, gierig und überwältigend. Genau wie im Wagen, nur noch intensiver. Und ach, so wundervoll.

Der Wagen bog mit quietschenden Reifen um die Ecke und schoss mit jaulendem Motor davon.

Quinn stieß mich augenblicklich zurück. »Gehen wir«, sagte er knapp, und ich fragte mich, ob er angespannt war, weil wir verfolgt wurden, oder ob er wütend war, weil er so stark auf meine Nähe reagiert hatte. Er verlor nicht gern die Kontrolle. Nicht in *jeder* Situation.

Er war sofort weg und lief mit Windgeschwindigkeit hinter dem Wagen her. Ich folgte ihm auf der linken Straßenseite, und obwohl ich über Vampirgeschwindigkeit verfügte, konnte ich kaum mithalten.

Als der Wagen um die nächste Ecke raste, waren wir dicht hinter ihm. Wie angeordnet stand dort die Limousine quer auf der Straße.

Der Saab drosselte abrupt die Geschwindigkeit und

hielt an. Ich blieb stehen und sah, dass Quinn dasselbe tat. Im Auto war keine Bewegung auszumachen. Ich konnte durch die verdunkelten Scheiben noch nicht einmal den Umriss des Fahrers oder des Beifahrers erkennen. Der Wagen stand ruhig im Leerlauf da.

Ich blickte hinüber zu Quinn und spürte, dass er gegen meine psychischen Schutzschilder stieß. Ich öffnete die Tür, die wir im Geist zwischen uns gebildet hatten und sagte: *Meine Sinne geben mir keine Rückmeldung.*

Mit Infrarot kann ich auch nichts erkennen.

Ich schaltete kurz auf Infrarot. Er hatte recht. In den Umrissen des Wagens war nirgends ein Anzeichen von Körperwärme zu sehen. *Könnten sie dagegen geschützt sein?*

Vielleicht, obwohl ich so etwas noch nie gehört habe. Lass uns vorsichtig herangehen.

Ich stieß die Luft aus und nickte. Je näher ich dem Wagen kam, desto angespannter wurde ich. Doch in dem Innenraum rührte sich immer noch nichts, und weder ein Geruch noch sonst irgendetwas deutete darauf hin, dass sich dort etwas Lebendiges befand.

Sie *mussten* irgendwo im Wagen sein. Sie *mussten* sich da drinnen verstecken. Zwei Leute konnten doch nicht einfach verschwinden, ohne überhaupt die Tür zu öffnen.

Ich schlich seitlich an dem Wagen entlang und wünschte, ich hätte meine Laserwaffe mitgenommen. Eine Waffe in der Hand hätte mir stärker das Gefühl gegeben, die Situation meistern zu können.

Was zeigte, wie sehr ich mich bereits mit meinem Dasein als Wächter abgefunden hatte. Früher, und das war noch nicht lange her, hatte ich mir einmal geschworen, niemals für die Abteilung eine Waffe in die Hand zu nehmen, ganz zu schweigen davon, sie zu benutzen.

Wie lange würde es wohl noch dauern, bis ich klein beigab und nicht mehr nur aus Notwehr schoss oder um mein Rudel zu schützen?

Ein Schaudern überlief meinen Körper. Ich achtete nicht weiter darauf und packte den Griff der Fahrertür. Das Fenster war leicht geöffnet, und durch den schmalen Schlitz war der Innenraum nun deutlich zu erkennen. Immer noch war niemand zu sehen. Nachdem ich über das Dach des Wagens hinweg Blickkontakt zu Quinn aufgenommen hatte, riss ich die Tür auf und sprang zur Seite für den Fall, dass von innen geschossen wurde.

Das hätte ich mir sparen können.

Der Wagen war genauso leer, wie er ausgesehen hatte.

3

»Das ist unmöglich.« Ich trat näher heran und wedelte mit der Hand über den Beifahrersitz. Kein Widerstand. Es saßen keine unsichtbaren Lebewesen im Wagen.

»Anscheinend nicht, denn der Wagen ist leer.« Quinn öffnete die Hintertür und tastete den Innenraum ab. Genau wie ich stieß auch er auf keinen Widerstand.

Als er die Tür zuschlug, hallte das Geräusch durch die stürmische Nacht. Er sagte nichts, stand nur da, die Hände in die Seiten gestemmt, und musterte die Gebäude und Schatten um uns herum. Nach einem Augenblick ging er hinüber zu der Limousine.

Während er mit dem Fahrer sprach, griff ich mein Bildtelefon und rief die Abteilung an. Jack hatte bestimmt noch in dem Lagerhaus zu tun, aber Salliane, eine Vampirfrau und meine Nachfolgerin als Jacks Assistentin, musste im Dienst sein.

»Sal, hier spricht Riley Jenson«, sagte ich, als ihre finstere Miene auf dem Monitor erschien. »Du musst mir bitte einen Gefallen tun.«

»Das kommt ganz darauf an.« Ihre heisere Stimme klang genauso reserviert wie üblich, wenn sie mit mir sprach. »Ob du dich dazu herablässt, mich mit meinem richtigen Namen anzusprechen oder nicht.«

Ich verdrehte die Augen. Vampire. Selbst die, die sich wuschen, konnten manchmal ganz schön nervig sein. Aber wenn es sein musste, war ich bereit nachzugeben. Ich hatte allerdings keine Ahnung, was für ein Problem sie mit mir hatte. Jack war dabei auch keine Hilfe, denn er behauptete steif und fest, ich würde mir nur etwas einbilden.

Was mich nur in meiner Theorie bestätigte, dass er auf seine Assistentin mit den karamellfarbenen Haaren scharf war.

»Salliane, du musst mir bitte einen Gefallen tun.«

»Welchen?«

Ihre braunen Augen funkelten. Das war selbst auf dem Telefonmonitor deutlich zu erkennen. Dass ich klein beigegeben hatte, gefiel ihr. Genieß es, du alte Kuh, denn das kommt bestimmt nicht noch einmal vor.

»Ich muss ein Fahrzeug überprüfen.« Ich nannte ihr die Details.

»Hat das mit der Abteilung zu tun?«

»Ja.«

»Ich kläre das mit Jack ab.«

Sie war nicht nur eine alte Kuh, sondern obendrein eine Zicke. »Gut. Überprüfe bitte das Kennzeichen.«

»Bleib dran.«

Ich wartete, ließ währenddessen den Blick zu Quinn

schweifen und beobachtete, wie er sich umdrehte und in eine kleine Gasse rechts neben der Limousine starrte.

Sal kam wieder an den Apparat. »Der Wagen ist auf eine Karen Herbert zugelassen.«

»Könntest du sie für mich überprüfen?«

»Bist du sicher, dass das mit der Abteilung zu tun hat?«

»Ja«, erwiderte ich, während ich insgeheim dachte: ›Mach einfach, du Zicke.‹ Klugerweise behielt ich das für mich.

»Ich sehe zu, was ich herausfinden kann, und rufe dich zurück.«

»Danke.«

Ich legte auf und rief sofort Jack an, erreichte jedoch nur seine Mailbox. Vielleicht hatte die Kuh ihn auf der Kurzwahltaste gespeichert. Ich hinterließ eine Nachricht, erklärte ihm, wieso ich das Kennzeichen und die Person überprüfen lassen wollte, legte auf und ging hinüber zu Quinn. »Der Wagen gehört einer Karen Herbert. Das ist doch nicht etwa eine verärgerte Ex-Freundin von dir?«

»Ich habe den Namen noch nie gehört.«

Ich hatte nicht erwartet, dass die Antwort so einfach sein würde. Ich blickte in die Gasse, die er nicht aus den Augen ließ. Etwas reizte meine Sinne, irgendetwas war dort und auch wieder nicht. Was nicht wirklich logisch war. Ich runzelte die Stirn und sah wieder zu Quinn. »Wer will dich also umbringen?«

Er lächelte. »Ich bin ein sehr erfolgreicher, oft skrupelloser Geschäftsmann und noch dazu ein Vampir. Schon allein deshalb habe ich mehr Feinde als die meisten Leute.«

»Es wäre hilfreich, wenn du das Feld etwas eingrenzen könntest.«

Er sah mich wieder mit diesem ausdruckslosen, kalten Blick an. Er hatte einen Verdacht, so viel war klar. Aber er wollte es mir nicht verraten, und ich fragte mich, wieso nicht. Er mochte einen ganzen Laster voller Geheimnisse haben, über die er nicht sprach, aber das hier *durfte* er nicht für sich behalten. Ich hatte ein Recht, es zu erfahren, ganz einfach weil ich selbst davon betroffen war.

Aber er sagte nur: »In der Gasse versteckt sich etwas.«

Das lenkte mich von ihm ab, was ganz bestimmt seine Absicht war. Ich konzentrierte mich auf meine Sinneswahrnehmung. Das Gefühl, dass wir von etwas Undefinierbarem beobachtet wurden, verstärkte sich, bis sich als Reaktion darauf mein Magen zusammenkrampfte. »Was ist das?«

Ich flüsterte, und er antwortete mir ebenso leise. »Etwas, das ich seit Jahrhunderten nicht gefühlt habe.«

Ich hob eine Braue. »Was?«

Er schüttelte den Kopf. »Warte hier.«

Als er gehen wollte, fasste ich seinen Arm und hielt ihn zurück. »Du darfst da nicht allein hineingehen.«

»Ich muss. Wenn du dabei bist, wird er nicht mit mir sprechen.«

»Warum nicht?«

Er berührte kurz mein Gesicht. Meine Haut war plötzlich so eisig, dass sich seine Finger ganz warm anfühlten. »Vertrau mir und warte hier.«

Ich vertraute ihm. Aber ich hatte Angst um ihn, und

außerdem war es bei einem Kampf immer besser, zu zweit zu sein. Das wusste ich nur zu gut aus zahlreichen unglücklichen Situationen in meiner Kindheit.

Ich verschränkte die Arme und beobachtete, wie er in die Gasse trat. Die Schatten legten sich zärtlich wie ein Liebhaber um ihn und schützten ihn vor meinen Blicken. Selbst mit Infrarotsicht war er nicht mehr zu erkennen. Ich musste meine gesamte Willenskraft aufbringen, um am Wagen stehen zu bleiben und zu warten, wie er es wollte. Um das Vertrauen zu haben, dass er schon wusste, was er tat.

Natürlich wusste er das. Man wird nicht über zwölfhundert Jahre alt, ohne dass mehr als nur ein bisschen Verstand an einem hängen bleibt. Ganz zu schweigen von ein paar nützlichen Kampftechniken.

Nach einer Weile legte sich der Wind, und die Nacht wurde noch kälter. Innerhalb von Minuten begann es zu regnen, nicht so heftig wie vorher, aber Regen war Regen.

Ich rieb zitternd meine Arme und war hin- und hergerissen zwischen dem Impuls, ihm in die Gasse zu folgen und nachzusehen, wieso es so lange dauerte, und dem Wunsch, in die Limousine zu steigen, um der Kälte zu entkommen. Ich hatte mich gerade für Ersteres entschieden, als Quinn aus der Gasse trat.

Er war unversehrt, worüber ich sehr erleichtert war. Aber das hielt nicht lange an, denn dann traf mich voller Wucht seine Wut. Wie eine Sturmflut rauschte sie über meine Schutzschilde hinweg. Ich rang nach Luft.

»Quinn«, stieß ich keuchend hervor.

Die Gefühlswelle verebbte augenblicklich. »Tut mir leid.«

Ich holte tief Luft und stieß sie langsam wieder aus. Ich bebte und fühlte mich so wackelig auf den Beinen, als hätte ich ein paar kräftige Schläge erhalten. In gewisser Weise hatte ich das, nur dass die Schläge empathischer und nicht körperlicher Natur waren.

Seltsam, dass mir das scheinbar immer nur mit *diesem* Vampir passierte.

»Was war los?«

»Nichts weiter.«

Seine Stimme klang distanziert, und er sah mich mit leerem Blick an, als wenn er eigentlich nicht mich oder unsere Umgebung ansah, sondern etwas ganz anderes. Etwas Innerliches.

»Was soll das heißen? Nichts weiter? Wer war in der Gasse? Was wollte er?«

»Nichts, was dich betrifft.«

Ich verschränkte die Arme und funkelte ihn an. »Sind wir jetzt wieder bei diesem alten Mist angelangt, ja?«

Er blinzelte, und in seine Augen kehrte etwas Leben zurück. »Das ist eine andere Art von Mist, glaub mir.«

»Das würde ich ja gern, Quinn, aber immer, wenn ich dir eine schwierige Frage stelle – zum Beispiel, wo du geboren bist oder was zum Teufel dort in der Gasse war –, wiederholst du dieselbe Leier. Nun, das reicht mir nicht. Nicht, wenn du mehr als irgendein Fick für mich sein willst.«

Sein Blick verhärtete sich. »Es gibt Sachen, die ich nicht erklären kann. Ich habe vor langer Zeit ein Versprechen abgegeben, an das ich mich halten muss, ob ich will oder nicht.«

»Das heißt?«

»Ich darf dir nicht sagen, wer in der Gasse war und was ich jetzt tun muss.«

»Warum? Ich dachte, dir dürften nur Vampire etwas befehlen, die älter sind als du. Und was auch immer dort in der Gasse ist, ein Vampir ist das nicht.« Oder etwas anderes, das ich kannte.

»Nein.« Er zögerte, trat vor und streckte eine Hand nach mir aus.

Ich zuckte zur Seite und wich zurück. »Ich habe dich immer nur um eine einzige Sache gebeten, um die Wahrheit. Doch anscheinend bist du nach wie vor nicht bereit, mir das zu gewähren.«

»Ich *darf* nicht darüber sprechen.« Seine leise Stimme klang so wütend wie noch nie zuvor. »Außerdem habe ich keine Zeit, hier herumzustehen und mit dir zu streiten. Ich muss gehen.«

»Dann gehen wir.«

»Nicht du. Ich. Du kannst den anderen Wagen nehmen …«

»Einen Teufel werde ich tun.«

Er seufzte. »Riley, bitte. Ich will dich nicht dazu zwingen, vernünftig zu handeln.«

»Vernünftig wäre, mir zu erklären, was zum Teufel hier los ist!«

Er zögerte, dann sagte er: »Diese Wesen in dem Wagen waren nicht menschlich.«

»Ach was, das habe ich mir fast gedacht. Menschen lösen sich nämlich nicht einfach in Luft auf.«

»Es waren auch keine Nichtmenschen.«

»Was zum Teufel waren es dann?« Was gab es denn sonst noch an menschenähnlichen Wesen?

»Dämonen.«

Ich blinzelte und war nicht sicher, ob ich ihn richtig verstanden hatte. »Was?«

»Dämonen. Wesen aus den Tiefen der Hölle.« Er stockte. »Diese speziellen Dämonen gehören einer unteren Kategorie an. Sie eignen sich gut dazu, jemanden zu verfolgen und zu schikanieren, können aber gerade einmal einen Menschen umbringen. Ich bin überrascht, dass man sie überhaupt auf mich angesetzt hat.«

Ich starrte ihn an und fragte mich, ob er in der Gasse vielleicht einen Schlag auf den Kopf erhalten hatte und dabei der einen oder anderen Gehirnzelle verlustig gegangen war. »Es gibt keine Dämonen.«

»So wenig, wie es keine Engel gibt?« Er schnaubte leise. »Du hast tatsächlich ein sehr behütetes Leben geführt.«

Ich trat einen Schritt nach vorn und berührte seinen Arm. »Ich glaube, du solltest dich besser setzen ...«

Er riss sich gereizt von mir los. »Ich bin nicht verrückt. Dämonen sind missgünstige Nebelwesen, und wenn zwei von ihnen frei in der Stadt herumlaufen, müssen wir herausfinden, wer sie beauftragt hat und warum.«

»Okay. Lass uns einsteigen und gleich anfangen.«

»Ich. Du gehst nach Hause.«

»Ich dachte, das hätten wir bereits geklärt. Die Antwort lautet immer noch nein.«

Er starrte mich einige Sekunden an, und mich fröstelte. In seinen Augen schimmerte plötzlich etwas sehr Altes, sehr Totes und eindeutig nicht *Menschliches*, das nichts mehr mit seinem Vampirdasein zu tun hatte. Das hatte ich noch nie zuvor bei ihm gesehen.

»Ich will dich nicht zwingen, Riley.«

Ich öffnete den Mund, um zu widersprechen, schloss ihn aber wieder. Was nutzte es, entschieden zu widersprechen, wenn er mich sehr wahrscheinlich zwingen *konnte*? Wir hatten einst Blut miteinander geteilt, und ich war mir ziemlich sicher, dass das mehr Folgen hatte, als er bislang zugegeben hatte. Ich wollte nicht wirklich wissen, ob er mich dazu bringen konnte, ihm hörig zu sein.

Denn wenn ich mir dessen sicher war, bedeutete dies das Aus für uns. Ich konnte nicht mit einem Mann zusammen sein, der in einer Beziehung psychische Gewalt gegen mich einsetzen konnte oder wollte.

»Gut.« Ich deutete gereizt auf den Wagen. »Verpiss dich, und lass dich eine Weile nicht blicken.«

»Riley, bitte, glaube mir, ich habe keine andere Wahl.« Er streckte wieder die Hand nach mir aus, und wieder wich ich seiner Berührung aus.

»Nicht. Ich bin wütend auf dich, und vielleicht sage ich ansonsten etwas, das uns beiden leid tut. Geh einfach.«

Er ging.

Ohne sich noch einmal umzudrehen.

Während ich zusah, wie die Rücklichter der Limousine in der Nacht verschwanden, fluchte ich wie ein alter Seebär. Ich hatte nicht geglaubt, dass er wirklich gehen würde.

Eines Tages würde meine naive, romantische Seite lernen, sich keine falschen Hoffnungen mehr zu machen. Entweder das – oder ich musste endlich aufhören, Sachen zu sagen, die ich nicht wirklich meinte.

Ich stampfte mit dem Fuß auf, drehte mich um und starrte zu der Gasse hinüber. Ich konnte in der Dunkelheit immer noch nichts erkennen oder fühlen, und dennoch war ich sicher, dass dort etwas war. Es reizte meine Sinne. Wie ein Stich, an dem ich mich nicht kratzen konnte. Ich musste dem nachgehen. Womit Quinn auch gesprochen hatte, es war noch da. Er mochte glauben, dass, was immer es war, nicht mit mir sprechen wollte, aber woher wusste ich, dass er die Wahrheit sagte?

Vielleicht war es nur wieder ein Trick, damit ich weiterhin im Dunkeln tappte?

Vielleicht war es aber auch ein Trick, um mich zu schützen?

Zitternd rieb ich wieder meine Arme. Von dem Regen war ich beinahe vollkommen durchnässt, aber wenigstens war mein Pullover aus Wolle. Größtenteils war ich warm, wenn auch vollkommen nass.

Aber ich zitterte nicht wegen des Regens oder der Nässe. Ich zitterte bei dem Gedanken, dem zu begegnen, was dort in der Gasse lauerte.

Es wartete eindeutig auf etwas oder auf jemanden.

Und da ich das einzige Etwas oder der einzige Jemand in der Nähe war, wartete es wahrscheinlich auf mich.

Ich kaute leicht auf meiner Unterlippe und sann über meine Möglichkeiten nach, dann zwang ich mich, auf die Gasse zuzugehen. Das Glück favorisierte die Mutigen … und die ganz Dummen. Letzteres hatte bei mir bereits häufig gestimmt, womöglich auch hier. Egal, denn ich musste einfach herausfinden, mit was – oder mit wem – Quinn gesprochen hatte.

Je näher ich der Gasse kam, desto kälter wurde mir. Das hatte nichts mit der Nacht oder der Nässe zu tun. Diese spezielle Kälte kam tief aus meinem Inneren, von der Stelle, an der meine Wolfsseele ruhte. Sie drängte nach außen und ließ meine Schritte zunehmend zögerlicher werden.

Was immer sich in der Dunkelheit versteckte, mein Wolf fürchtete sich davor. Wenn sich mein Instinkt davor fürchtete, sollte ich es erst recht tun. Als ich mich dem Eingang der Gasse näherte, sammelte sich Nebel in der Dunkelheit und streckte geisterhaft seine Finger nach mir aus. Ich wich unwillkürlich zurück, rasch und verängstigt, ohne eigentlich zu wissen, vor was.

Der Nebel stockte und zog sich zurück.

Ich holte tief Luft und stieß sie langsam wieder aus. So kam ich nicht an Antworten. Ich musste mich dem Nebel aussetzen, ich musste weitergehen.

Ich musste.

Ich befeuchtete meine Lippen, fragte mich, wieso ich

vor etwas so Harmlosem wie *Nebel* Angst hatte, und ging weiter. Wieder formten sich aus dem Nebel Hände und griffen nach mir. Diesmal achtete ich nicht weiter auf sie und schritt weiter. Sie berührten mich vorsichtig forschend und zugleich drängend, als wollten sie mich sanft festhalten. Ich hatte erwartet, dass der Nebel kalt und feucht war, und irgendwie war er das auch. Dennoch brannte er auf meiner Haut wie Zitronensaft auf einer Schnittwunde. Und je weiter ich in die Gasse vorzudringen versuchte, desto stärker wurde das Brennen.

Ich blieb eher deshalb stehen als vor Angst.

Nach wie vor nahm ich mit meinen Sinnen nichts wahr und sah nichts. Da war nur dieses Brennen, das mir sagte, dass etwas da war, dass mich etwas beobachtete.

»Was bist du?«, stieß ich mit krächzender Stimme hervor, und der Nebel vor mir richtete sich etwas auf.

Aus der dunklen Gasse jenseits des Nebels kam keine Antwort. Ich versuchte es noch einmal. »Ich weiß, dass du da bist. Ich kann dich spüren.«

Die kleine Wölfin ist mutig.

Die Stimme war männlich und kam von überall und nirgends. Sie hing in der diesigen Luft und hallte durch meinen Kopf. Sie war sanft und zugleich barsch.

Vorsichtig ausgedrückt war sie sonderbar.

»Die kleine Wölfin macht sich in die Hose vor Angst, aber sie will Antworten.« Ich konnte nichts Schlechtes daran finden, gleich mit der Wahrheit herauszurücken. Irgendetwas sagte mir, dass alles andere gefährlich sein konnte.

Auf dieselbe Art wie die Worte waberte Belustigung durch die Nacht.

Ich verstehe, was er an dir findet.

»Quinn? Oh, ja, er kommandiert mich gern herum und versucht mich dazu zu bringen, Sachen zu tun, die ich nicht tun will.«

Wir wurden als Beschützer geboren, kleiner Wolf. Dieser Instinkt steckt in uns drin.

Ich hob eine Braue. »Heißt das, dass es zwischen Quinn und dir eine Verbindung gibt? Ich meine, anders als nur auf einer Arbeitgeber-Arbeitnehmer-Ebene?«

Diese Frage darf ich nicht beantworten.

»Warum nicht?«

Weil du nicht die richtige Person fragst.

»Na ja, Quinn zu fragen, ist ziemlich sinnlos. Er erzählt mir nichts.«

Vampire leben sehr lange, und vermutlich macht es ihnen Spaß, ein Geheimnis erst allmählich zu lüften.

»Tut mir leid, aber Geduld war noch nie meine Stärke.«

Wieder wurde ich von Belustigung umspült, diesmal schwang darin jedoch eine seltsame Zustimmung mit. Keine Ahnung, wieso.

»Okay, wenn meine erste Frage falsch war, sagst du mir dann, wer du bist?« Was, wer, wo – laut Abteilung waren das die Basisfragen eines jeden Verhörs. Natürlich stellte man sie selten so höflich.

Das Wesen schien sehr lange über meine Frage nachzudenken. Oder vielleicht kam es mir vor Angst auch nur so vor.

Ich bin ein Hoher Priester der Aedh.

»Von denen habe ich noch nie gehört.«

Das überrascht mich nicht. Nur wenige wissen in der heutigen Zeit noch von uns.

In der heutigen Zeit? Meinte er damit in diesem Jahrhundert? Oder länger? Etwas an der Art, wie er es gesagt hatte, ließ Letzteres vermuten. »Und du bist hergekommen, um mit Quinn zu reden?«

Reden? Nein.

»Was dann?«

Das muss er dir erklären, wenn er es denn will.

»Er sagt, dass er nichts erzählen darf.«

Da die Aedh bereits vor langer Zeit ausgestorben sind, ist er nicht länger an diese Regel gebunden. Es sei denn, er wünscht es.

Ich weiß nicht, wieso mich das überraschte. Schließlich behielt Quinn seine Geheimnisse normalerweise stets für sich und wich mit Hilfe diverser anständiger sowie fauler Tricks Fragen über seine Vergangenheit aus. »Wie können die Aed ausgestorben sein, wenn du ihr Hoher Priester bist?«

Wieder schwirrte Erheiterung um mich herum, dieses Mal mischte sich jedoch ein trauriger Ton hinein. *Ich bin der Einzige, der von uns noch übrig ist.*

»In welcher Verbindung steht Quinn zu dir und den Aed?«

Er hat sich einst ausbilden lassen, um einer von uns zu werden.

Quinn hatte eine Ausbildung zum Priester durchlaufen? Bei dem bloßen Gedanken musste ich lachen, und dennoch erklärte das in gewisser Weise seine irgendwie altmodische Einstellung, wenn es um Sex ging. »Und du warst sein Lehrer?«

Nein.

»In welcher Verbindung stehst du dann zu ihm?«

Noch einmal, das muss er dir erklären. Das Wesen zögerte. *Sei nicht zu neugierig, was diese Sache angeht, kleiner Wolf. Du könntest auf Antworten stoßen, die dir nicht gefallen.*

Unliebsame Antworten hatten mich noch nie davon abgehalten, Fragen zu stellen. Und ich hatte das seltsame Gefühl, dass er das wusste – und dass er mich absichtlich versuchte, zu etwas zu bringen, was ich hinterher bereuen würde. »Hast du ihm von den Wesen im Wagen erzählt? Hast du ihm befohlen, die Person zu jagen, die sie beauftragt hat?«

Ich gebe nur Informationen weiter. Ich kann keine Befehle mehr erteilen.

Wieso war Quinn dann so wütend? Wieso schien er zu glauben, dass man ihm einen Befehl erteilt hatte? »Waren die Wesen in dem Wagen wirklich Dämonen?«

Deinem Tonfall entnehme ich, dass du nicht an Dämonen glaubst?

»Ehrlich gesagt, nein.«

Er lachte. Es hörte sich so gruselig an, dass ich unwillkürlich einen Schritt zurückwich, jedoch sofort stehen blieb, als mir bewusst wurde, was ich tat. Bis zu diesem Augenblick hatte ich nicht den Eindruck gehabt, dass, was auch immer sich in dem Nebel verbarg, mir etwas

Übles wollte, aber jetzt hatte ich das Gefühl, an einem Abgrund zu stehen. Und in meinem Rücken lauerte das Wesen und war bereit, mich in die Tiefe zu stürzen.

Wenn das alles vorbei ist, glaubst du an Dämonen, kleiner Wolf. Und du wirst lernen, dass nicht alle Dämonen mythische oder magische Wesen sind, sondern dass es durchaus welche aus Fleisch und Blut gibt.

Mit diesen Worten löste er sich zusammen mit dem Nebel auf.

Genauso schnell und plötzlich wie die Wesen im Wagen.

Nachdem Nebel und Wesen verschwunden waren, wurde mir schlagartig wieder das Wetter bewusst. Der Regen fiel jetzt dichter. Ich war bis auf die Haut durchnässt und zitterte wie ein neugeborener Welpe, war mir allerdings nicht ganz sicher, ob das Zittern nur eine Folge der Kälte war.

Ich wischte mir mit der Hand den Regen aus dem Gesicht, was eine vollkommen sinnlose Geste war. Dann drehte ich mich um und platschte zurück zu Karen Herberts Wagen.

Zum Glück steckte der Schlüssel noch. Vielleicht konnten Dämonen ihn in Geistergestalt nicht tragen – wer wusste das schon? Ich bestimmt nicht. Verdammt, ich wusste einfach nicht, was ich von dieser Offenbarung halten sollte.

Ich stieg ein, startete den Wagen und stellte die Heizung auf die höchste Stufe. Ich fuhr jedoch nicht los, denn ich wusste nicht, wohin. Einerseits wollte ich mich gern zu Hause aufwärmen und den Kaffee und die Schokolade genießen, auf die ich mich schon so gefreut hatte.

Andererseits sehnte ich mich nach einem noch sinnlicheren Vergnügen. Es war halt bald Vollmond, und die Mondhitze wurde intensiver. Quinn mochten seine Spielchen vielleicht Spaß machen, aber ich würde nicht herumsitzen und warten, bis sich mir der Sinn erschloss. Ich hatte Grundbedürfnisse, genau wie er.

Wieso fuhr ich also nicht einfach zu einem der Werwolfclubs?

Verdammt, wenn ich das wüsste. Ich wusste nur, dass ich heute Nacht *ihn* begehrte und keine Lust auf irgendeine Zufallsbegegnung mit einem Fremden hatte.

Was vermutlich der ganze Sinn von seinem »Frustrieren wir Riley«-Gehabe war. Er wollte, dass ich ihn begehrte, und zwar nur ihn.

Offenbar versuchte er, mich für sich allein zu haben, obwohl er ganz genau wusste, dass ich mit einem Vampir nicht exklusiv zusammen sein wollte. Vor allem, weil er mir nicht den einen Wunsch erfüllen konnte, der mich begleitete, solange ich denken konnte.

Kinder und eine eigene Familie.

Ich schlug verzweifelt auf das Lenkrad, hin- und hergerissen zwischen der Sehnsucht nach ihm und dem Wunsch, mich nicht nach ihm zu sehnen. Zwischen dem Bedürfnis, mein Verlangen zu stillen, und mit ihm auf die Reise zu gehen, selbst wenn das Reiseziel nicht meinen Vorstellungen entsprach.

Am Ende siegte meine gewöhnliche Seite. Was auch immer ich mir wünschte oder nicht wünschte, es gab eine Sache, die ich nicht ändern konnte. Ich war ein Werwolf, und Sex war Teil meiner Natur und meiner Seele. Was auch immer in meinem Leben geschah, *das* konnte ich nicht ändern.

Das *wollte* ich nicht ändern.

Dennoch fuhr ich nicht direkt in einen Club. Ich wollte zwar gerade am liebsten mit Quinn zusammen sein, aber er war schließlich nicht der einzige Mann in meinem Leben. Und wenn ich nicht mit Fremden spielen wollte, gab es nur noch eine Möglichkeit.

Ich griff das Telefon und rief Kellen an.

»Sinclair am Apparat.« Seine Stimme klang schroff und so müde, dass ich erstaunt die Brauen hob. Ich wusste zwar, dass er in letzter Zeit schwer gearbeitet hatte, weil er sein Frachtgeschäft nach Melbourne verlagerte, damit er und ich mehr Zeit miteinander verbringen konnten, aber jetzt hörte er sich an, als hätte er tagelang nicht geschlafen.

»Kellen? Ich bin's.«

»Riley?« Auf einmal klang seine Stimme nicht mehr müde, sondern so warm, dass mein Herz seltsame kleine Purzelbäume schlug. Ich mochte Quinn mehr begehren, als gut für mich war, aber die Verbindung zu diesem Wolf gewann unbestreitbar ebenfalls an Intensität. Vielleicht war sie noch nicht so stark wie die zu Quinn, aber wir hatten auch deutlich weniger Zeit miteinander verbracht.

Wozu Quinn sein Bestes beigetragen hatte, wie ich

auf einmal gereizt feststellte. Obwohl ich ursprünglich vorgehabt hatte, beide gleich häufig zu treffen, hatte ich nichts dagegen unternommen.

Seltsam.

»Ich dachte, ich würde erst in ein paar Tagen wieder von dir hören«, fuhr er mit sanfter Stimme fort. »Ich dachte, du wärst mit O'Conor unterwegs.«

Die Art, wie er Quinns Namen betonte, sprach Bände. Die beiden waren schon lange bevor ich aufgetaucht war nicht die besten Freunde gewesen.

»Er hat geschäftlich zu tun. Ich dachte, ich rufe stattdessen dich an.« Das hörte sich an, als wäre er die zweite Wahl, und in gewisser Weise war das vermutlich richtig. Selbst wenn Kellen viel mehr in der Lage war, mir meine Träume zu erfüllen, als Quinn es jemals sein würde.

Eine Weile sagte er nichts, und ich spürte, wie gereizt er war, was er ganz offensichtlich versuchte in den Griff zu bekommen. Kellen liebte es genauso wenig, die zweite Wahl zu sein, wie Quinn.

»Ich habe keine Lust, heute Nacht in einen Club zu gehen«, erklärte er. »Ich habe die letzten achtundvierzig Stunden gearbeitet, und die Umzugsleute sind gerade erst gegangen. Die Hütte sieht total chaotisch aus, und mein Büro muss morgen funktionieren.«

Er hatte vor ein paar Monaten ein altes fünfstöckiges Hotel in der Spencer Street ganz in der Nähe des Southern-Cross-Bahnhofs gekauft und war seither intensiv mit der Renovierung beschäftigt gewesen. Als ich vor zwei Wochen zum letzten Mal dort gewesen war, waren die vier Bürokorridore fertig gewesen, aber in dem Wohnbereich im fünften Stock hatte es noch verheerend ausgesehen. Wenn er eingezogen war, musste die Etage fertig geworden sein.

»Ich habe nicht an einen Club gedacht. Ich könnte eine Flasche Wein besorgen und einfach bei dir vorbeikommen.«

Wieder zögerte er. »Bleibst du über Nacht?«

»Kommt darauf an.«

»Worauf?«

»Ob du vorhast, meinen Körper zu würdigen, wie es ihm gebührt.«

Er lachte. Es war ein leises, heiseres Geräusch, das mir lustvolle Schauer über den Körper trieb. »Hatte ich dir das beim letzten Mal nicht versprochen?«

»Kurz bevor du eingeschlafen bist.«

»Riley, wir waren zehn Stunden zusammen.«

»Ja, elf hast du nicht geschafft, was?«, neckte ich ihn. »Dein Durchhaltevermögen hat schwer nachgelassen, Wolf.«

»Nun, ich bezweifle, dass ich in meinem jetzigen Zustand überhaupt zehn Stunden schaffe, aber ich verspreche dir, deinen Körper angemessen zu würdigen, und guten Sex gibt es noch obendrein. Reicht das?«

»Hört sich gut an.« Ich blickte auf meine Armbanduhr. »Ich bin in zwanzig Minuten da.«

»Beeil dich.«

Das tat ich. Nach genau siebzehn Minuten fuhr ich vor dem rußgeschwärzten Sandsteingebäude vor und parkte meinen geliehenen Wagen direkt hinter seinen strahlend neuen Mercedes. Es war ein Viertürer anstelle eines Zweitürers. Offenbar schätzte er es, genügend Platz im Fond zu haben. Wir hatten diesen Platz bei einigen abgefahrenen Gelegenheiten gut genutzt.

Als ich aus dem Wagen stieg, brannte meine Haut erwartungsvoll, nicht einmal die eiskalte Nachtluft konnte die Hitze lindern. Ich ging die Treppe hinauf, drückte die Klingel und blickte in die Sicherheitskamera.

»Komm gleich herauf«, sagte er, während die Eingangstür sich mit einem Summen öffnete.

Ich trat ein, ging zum Fahrstuhl, der dort bereits wartete, und fuhr nach oben. Als der Aufzug hielt und die Türen zur Seite glitten, durchquerte ich die Sicherheitszone, aber bevor ich die Klingel betätigen konnte, öffnete sich die metallene Sicherheitstür, und dort stand Kellen.

Er war ein schlanker, muskulöser brauner Wolf, nicht dieses schmutzige Braun, das man bei braunen Rudeln häufig sah, sondern eher schokoladenbraun. Mit seinen markanten Gesichtszügen und den wundervollen grünen Augen mit den goldenen Sprenkeln sah er sehr gut aus. Jetzt strahlte er mich aus diesen Augen so lustvoll an, dass meine Sinne sofort reagierten und mein Blut in Wallung geriet.

Ich blieb stehen und legte die Hand auf seine unrasierte Wange, obwohl ich am liebsten einfach nur seinen intensiven würzigen Geruch eingeatmet hätte, damit er in meine Lunge und meine Seele strömte, während er seine Arme um meinen Körper legte und ihm seine ganze Aufmerksamkeit widmete

»Du siehst fertig aus«, sagte ich leise.

»Ich fühle mich fertig.« Er nahm meine Hand, führte sie an seine Lippen und küsste sie zärtlich. »Macht dir das etwas aus?«

»Fertig steht dir, ich finde es irgendwie sexy.«

»Schön, dass du das so siehst.« Er trat zurück, zog mich in die Wohnung, schlug die Tür zu und umarmte mich wieder. Ich spürte seinen warmen, festen Körper an meinem und sah seinen leidenschaftlichen Blick.

»Danach habe ich mich so sehr gesehnt.« Er presste seine Lippen auf meinen Mund und spielte genüsslich, fordernd und leidenschaftlich mit meiner Zunge.

Der Kuss trieb meinen Puls in die Höhe und steigerte meine Lust. Er berührte meine Seele und erregte mich so sehr, dass ich nicht mehr denken noch atmen konnte. Ich bestand nur noch aus Begehren.

Und wie ich ihn begehrte.

Heftig.

Er schob mich zurück, bis ich gegen die Wand stieß, und packte mich. Als er mich auszog, brannten seine Hände auf meiner Haut. Ich riss ihm das Hemd vom Leib und knöpfte seine Hose auf. Wir streichelten und reizten einander, bis das bereits heftige Verlangen dem Höhepunkt entgegenstrebte. Als er mich auf seine Hüften hob und in mich eindrang, schmolz ich dahin und stimmte in sein lustvolles Stöhnen ein. Er begann sich kraftvoll in mir zu bewegen. Wie er zuvor meinen Mund erobert hatte, eroberte er jetzt meinen Körper. Mein Begehren wuchs und wurde zu einem Kaleidoskop der Gefühle, das meinen Verstand ausschaltete. Dann begann ich zu beben. Ich keuchte, packte seine Schultern, schlang meine Beine um seine Hüften und schob ihn tiefer in mich hinein. Mit jedem Stoß wuchs meine Lust, bis wir beide zu einem überwältigenden Orgasmus kamen, der uns selig und zufrieden zurückließ.

Als meine Muskeln sich langsam entspannten, lachte er leise und lehnte seine Stirn gegen meine. »So viel zu dem Thema sinnliche Verführung und Körper würdigen.«

Ich lachte, ließ meine Beine zurück auf den Boden gleiten und strich über seine heiße, kratzige Wange. »Wir haben noch die ganze Nacht Zeit. Du willst doch nicht etwa behaupten, dass du das nicht noch zustande bringst?«

Er grinste frech und gefährlich charmant. Die Sorte Charme, die das Herz eines Mädchens schmelzen ließ und sie dazu brachte, in Sekundenschnelle ihr Höschen auszuziehen. Nicht, dass ich noch ein Höschen gehabt hätte, um das ich mich hätte sorgen müssen.

»Das ist keine leichte Aufgabe«, sagte er leise. »Aber ich bin bereit, mich ihr zu stellen.«

Ich glitt mit meinem Blick seinen Körper hinunter und lächelte ihn herausfordernd an. »Das glaube ich auch.«

»Verlieren wir keine Zeit.« Er griff meine Hand und zog mich durch das mit Kartons verstellte Wohnzimmer in Richtung Schlafzimmer.

Er verlor tatsächlich keine Zeit.

Und wie er meinen Körper zu würdigen wusste.

Ein schrilles Klingeln riss mich aus tiefem Schlaf. Ich befreite einen Arm aus der Decke und tastete blind nach meinem Telefon. Im fünften Anlauf fand ich es und nahm es mit unter die Decke. Kellen ließ seinen Arm um meine Taille gleiten und zog mich an seinen warmen Körper.

Ich kuschelte mich mit dem Rücken an ihn, drückte die Annahmetaste und sagte: »Hm?«

»Meine Güte, ich liebe das Niveau unserer Gespräche, wenn du gerade aufgewacht bist.«

Und ich fand es furchtbar, dass Rhoan so verdammt fröhlich war, wenn er gerade erst aufgewacht war. Das gehörte sich nicht, jedenfalls nicht, bevor man ein paar Becher Kaffee intus hatte.

»Wenn du mich angerufen hast, um mir das zu sagen, erzähle ich Liander, was du gestern Nacht getan hast, lehne mich zurück und genieße das Feuerwerk.«

»Du bist eine Zicke.«

»Ich bin ein Wolf, und ich bin eine Frau. Da wird man automatisch zur Zicke. Was hast du für eine Entschuldigung?«

»Dass ich mit einer Zicke zusammenlebe.«

Ich schnaubte leise. »Was willst du, Klugscheißer?«

»Wann hast du vor, zum Bericht zu erscheinen?«

»Oh, Mist.« Ich war offensichtlich spät dran, ansonsten hätte Rhoan das nicht gefragt. Ich zog die Decke von meinem Kopf und versuchte den Wecker zu entziffern. Viertel nach neun.

Ja, ich war spät dran.

»Jack möchte wissen, wann wir mit deiner Anwesenheit rechnen dürfen.«

»Ich bin bei Kellen.« Seine Wohnung lag nicht weit von der Abteilung entfernt, so dass ich mich zumindest nicht groß mit dem Verkehr herumschlagen musste. »Aber ich muss noch duschen und mich anziehen. Gib mir eine halbe Stunde.«

»Komm nicht später. Er hat schlechte Laune.«

Na, toll. Dann war irgendetwas nicht gut gelaufen, und es war egal, ob dieses Etwas sein Privatleben oder seine Arbeit betraf. Ich war allerdings nicht sicher, ob Jack überhaupt ein Privatleben besaß. »Ich bin gleich da.«

Ich legte auf.

»Arbeit?«, fragte Kellen.

»Ja. Ich soll so schnell wie möglich kommen.«

»Willst du trotzdem einen Kaffee, bevor du gehst?«

Ich drehte mich um und küsste ihn. »Das wäre fantastisch.«

Seine grünen Augen glitzerten im Morgenlicht und stellten alles Mögliche mit meinen Hormonen an.

»Es wäre fantastisch, wenn du mit mir im Bett bleiben könntest«, sagte er.

»Ich kann nicht.«

»Ich weiß.« Er gab mir einen leichten Klaps auf mein Hinterteil. »Geh duschen. Ich kümmere mich um das Frühstück.«

Ich ging. Nachdem ich in Rekordzeit geduscht und mich angezogen hatte und dieses Wunder somit bereits zum zweiten Mal innerhalb von vierundzwanzig Stunden vollbracht hatte, stürzte ich hastig einen Becher Kaffee hinunter, verschlang eine Scheibe Toast, küsste Kellen ausgiebig zum Abschied und eilte hinunter zu meinem geliehenen Wagen.

Nur ein paar Minuten später als die versprochene halbe Stunde war ich da. Aber bis ich den Wagen geparkt, alle Sicherheitskontrollen passiert und zu dem alten Konferenzraum im dritten Untergeschoss gelangt war, den man vorübergehend zum Büro der Tagschicht umfunktioniert hatte, waren weitere zehn Minuten verstrichen. Als ich eintrat, drehte Jack sich abrupt zu mir um, seine grünen Augen funkelten so wütend wie noch nie zuvor. Irgendetwas musste im Laufe der letzten Nacht verdammt schiefgelaufen sein. Es kam bei mir häufig vor, dass ich zu spät kam. Das hatte ihn noch nie groß gestört, und ich glaubte kaum, dass es jetzt der Auslöser seiner Wut war.

Dennoch öffnete ich den Mund, um mich zu entschuldigen, aber bevor ich überhaupt ein Wort hervorbringen konnte, stand er schon vor mir und brüllte mich an.

»Was zum Teufel hast du gestern Abend gemacht?«

»Ich hatte so guten Sex wie selten in meinem Leben.« Ich hielt einen Moment inne, dann fügte ich trocken hinzu: »Du ganz offensichtlich nicht.«

Hinter uns ertönte ein ersticktes Schnauben. Rhoan.

Ich reagierte nicht, sondern hielt dem wütenden Blick aus Jacks blutunterlaufenen Augen mit einer Gelassenheit stand, die ich gewiss nicht empfand. Ich hatte ihn selten richtig wütend erlebt, aber ich *hatte* es erlebt. Und wenn es etwas gab, das ich in den fast acht Jahren als seine persönliche Assistentin gelernt hatte, dann, dass es besser war, diese Situation mit Humor zu nehmen, anstatt zurückzufeuern. Wozu mein Instinkt eigentlich stark tendierte.

»Nein«, gab er zu. »Ich bin von meiner persönlichen Assistentin schikaniert worden, weil irgendjemand ohne Erlaubnis die Quellen der Abteilung angezapft hat.«

Aha, dann hatte ich also recht gehabt. Die Karamellkuh hatte ihn angerufen. »Chef, es würde uns allen das Leben erleichtern, wenn du es endlich hinter dich bringst und mit der Frau vögelst.«

Er blinzelte, und von jetzt auf gleich war sein Ärger verschwunden. Er lachte kurz und scharf, worin sich die Anspannung zeigte, die ich sehr wohl spürte. »Da könntest du recht haben.«

»Wenn es um Sex geht, sollte man unbedingt auf Werwölfe hören. Unser Urteil ist nicht von so vielen Komplexen beeinflusst.«

»Möglich.«

Er musterte mich noch ein paar Sekunden, dann trat er zur Seite. Ich vermied es, hastig die Flucht anzutreten. Rhoan und ich waren derzeit die einzigen offiziellen Mitglieder der Tageswächtereinheit. Kade sollte eigentlich längst vom Militär zu uns gewechselt sein, aber offenbar dauerte der endlose Papierkrieg weiter an. Iktar, die gesichtslose Geisterechse, der uns bei der Vernichtung von Daverns Klon- und Zuchtimperium geholfen hatte, befand sich noch in der Ausbildung und würde erst in ungefähr zehn Monaten offiziell zum Wächter werden. Berna hatte Jacks Angebot abgelehnt und war nach Hause gefahren. Dann gab es noch Dia und Liander, die mehr als »Berater« denn als Wächter fungierten.

Ich setzte mich auf die Schreibtischkante meines Bruders und fragte: »Wie geht es dem kleinen Mädchen?«

»Es ist vergangene Nacht auf der Intensivstation gestorben. Ihre Eltern hat man noch nicht gefunden.«

In mir stieg Wut auf, in die sich Schuldgefühle mischten. Wir hatten unser Bestes getan, um sie zu retten, aber es war umsonst gewesen. Nun war Gautier nach wie vor dort draußen und drauf und dran, noch mehr unschuldige Leben zu opfern. Ich rieb mir die brennenden Augen und fragte: »Hat man die Kartei mit den vermissten Personen überprüft?«

»Ja«, erwiderte Rhoan. »Nichts.«

»Die Cops kommen durchaus allein mit der Situation zurecht«, unterbrach Jack etwas ungeduldig. »Wie wäre es, wenn wir uns zur Abwechslung auf unsere eigene Arbeit konzentrierten?«

Ich sah ihn an. »Nun, du hast da etwas von irgendwelchen Quellen erzählt, die unerlaubt angezapft wurden?«

Mein Motto lautete: Spiel die Unschuldige, bis alle Fakten auf dem Tisch lagen. Verdammt, ich hatte schließlich keine Ahnung, *was* er gehört hatte. So wie ich Sal kannte, hatte sie ihm nicht die Wahrheit gesagt, sondern die Geschichte so hingedreht, dass sie gut dastand und ich die Übeltäterin war. Keine Ahnung, wieso sie das nötig hatte. Ich stand ihrem Vorhaben, mit Jack ins Bett zu steigen, bestimmt nicht im Weg. Ich mochte ihn als Person und als Chef, aber als Sexualpartner? Nein.

Er drückte sich einen Kaffee aus der Thermoskanne und kippte ihn mit einem Schluck hinunter. Wenn er das schon seit Stunden machte, war es kein Wunder, dass er so außer sich war.

»Wieso hast du die Quellen der Abteilung benutzt, um ein Auto zu überprüfen?«, fragte er.

»Weil Quinn und ich von dem Wagen verfolgt worden sind. Er steht übrigens unten im Parkhaus. Und ich habe eine Nachricht auf deinem Telefon hinterlassen.«

»Ach, das erklärt, wieso du so zufrieden gelächelt hast, als du eben hereingetanzt bist«, frotzelte Rhoan.

Ich wandte ihm meinen Blick zu. »Nein.«

»Wieso nicht? Wenn du mit ihm zusammen warst?«

»Weil ich nicht lange mit ihm zusammen war.«

»Mit wem warst du dann zusammen?«

»Das habe ich dir heute Morgen erklärt. Mit Kellen. Er fand, dass es letzte Nacht an der Zeit war, meinen Körper einmal richtig zu verwöhnen, und schließlich bin ich dort geblieben. Eine Tatsache, die dir bekannt wäre, wärst du deinerseits zu Hause gewesen.«

»Zicke.«

Ich wusste nicht, ob dieser Kommentar sich auf das Verwöhnen meines Körpers bezog oder auf die Spitze. Ich entschied mich für Ersteres. »He, du hast einen Mann, der liebend gern deinen Körper verwöhnen würde. Du bist nur zu feige, zu ihm zu gehen.«

»Kinder, bitte konzentriert euch auf die Sachen, die jetzt anstehen, und nicht auf die Eroberungen von letzter Nacht.«

Ich versuchte, ein Grinsen zu unterdrücken und eine pflichtbewusste interessierte Miene aufzusetzen. Jacks Blick nach zu urteilen wollte mir das offenbar nicht recht gelingen.

»Quinn hat genügend eigene Quellen, um Autokennzeichen zu überprüfen«, fuhr Jack fort. »Verdammt, er kommt vermutlich schneller an die Information als wir. Du kannst die Abteilung nicht einfach als deine persönliche Auskunft missbrauchen.«

»Wieso nicht? Schließlich habe ich das sieben Jahre als deine persönliche Assistentin auch getan.« Ich zögerte und fügte hinzu: »Hat Sal die Halterin überprüft?« Vermutlich war das nicht so klug.

»Ja, aber sie hat nichts Auffälliges feststellen können.«

»Hat man wegen des Wagens Kontakt zu der Halterin aufgenommen? Wurde er als gestohlen gemeldet?«

»Nein. Und sie geht nicht ans Telefon. Wir gehen dem heute Vormittag nach.« Er strich sich mit der Hand über seine Glatze. »Also, erzähl schon, was zum Teufel hast du gestern Abend getrieben?«

»Wie schon gesagt, man hat uns verfolgt. Wir haben ihnen in einer Seitenstraße eine Falle gestellt, um sie auffliegen zu lassen. Aber als wir zu dem Auto kamen, war es leer.«

»Sie sind geflüchtet, bevor ihr dort wart?«

»Aus dem Wagen ist niemand ausgestiegen, es ist keine Tür geöffnet worden. Sie sind einfach verschwunden.«

Er runzelte die Stirn. »Das ist unmöglich.«

»Nun, vielleicht für einen Menschen oder Nichtmenschen, aber offenbar handelt es sich um Dämonen einer niederen Kategorie.«

»Dämonen?« Jack hob die Brauen. »Wie kommst du zu dieser Vermutung?«

»Quinn hat es mir gesagt.«

»Quinn hat dir erzählt, das wären *Dämonen*?«, fragte Rhoan ungläubig. »Wieso zum Teufel sollte er das tun?«

»Weil er es glaubt.« Ich blickte wieder zu Jack. »Was weißt du von einer Sippe mit Namen Aed?«

Er runzelte die Stirn. »Bei dem Namen klingelt etwas bei mir, aber ich kann es nicht genau festnageln. Warum?«

»Weil Quinn sich mit jemandem getroffen hat, der von sich behauptet, ein Hoher Priester der Aed zu sein. Er hat Quinn aufgefordert herauszufinden, wer die Dämonen gerufen hat.«

Jack wirkte noch nachdenklicher. »Quinn ist nicht der Typ, der sich herumkommandieren lässt.«

»Was du nicht sagst.« Wie oft hatte ich versucht, ihm etwas vorzuschreiben, und dieser verfluchte Kerl tat einfach nie, worum man ihn bat. Dass er *nie* tat, worum ich ihn bat, hatte allerdings schon oft zu sehr lustvollen Erlebnissen geführt, deshalb konnte ich mich nicht ernsthaft beklagen. »Meine nächste Frage sollte wohl lauten: Gibt es Dämonen wirklich?«

»Und wenn ja, wieso rennen sie frei in Melbourne herum und verfolgen Quinn?«, fügte Rhoan hinzu.

Jack stieß die Luft aus und lief von der einen Seite des Raumes zur anderen. Was nicht sehr weit war, denn der Raum gehörte zu den kleineren Konferenzräumen der Abteilung, an dem Tisch hatten höchstens zwölf Leute Platz. Wenn noch Schreibtische für Kade und Iktar hinzukamen, wurde es kuschelig. Nicht, dass ich etwas dagegen hatte, mit Kade zu kuscheln. Aber mit Iktar … Ich konnte mich gerade noch beherrschen, mich zu schütteln.

»Es gibt Dämonen«, erklärte Jack, »aber normalerweise kann man einen Dämon nur mit einem Magier heraufbeschwören, der die Magie des Blutes beherrscht. Ich habe noch nie von einem Magier gehört, der in der Lage war, zwei oder mehr Dämonen herbeizurufen.«

»Magie des Blutes?« Ich hob erstaunt eine Braue. »Du meinst, das ist keine Erfindung der Literatur?«

»Nein. Die Magie des Blutes ist eine äußerst alte Form der Magie, bei der die Kraft des Zauberspruches durch das Blut des Magiers geweckt wird. Ich habe allerdings schon seit Jahren nicht mehr von so etwas gehört.« Er drehte sich schwungvoll herum, sein faltiges Gesicht wirkte nachdenklich. »Wenn ein Magier in der Stadt ist, müssen wir herausfinden, warum.«

»Vor allem, weil Quinn darin verstrickt ist …«

»Quinn kann sehr gut auf sich selbst aufpassen«, würgte

Jack mich ab. »Und ob ein Magier in der Stadt ist oder nicht, ist nicht euer Problem. Ihr zwei konzentriert euch darauf, die Person zu fassen, die hinter den rituellen Morden steckt.«

Da ich eine vielseitig begabte Person war, fand ich, dass ich locker beides tun konnte. Das würde ich auch, und wenn nur, damit Quinn mir erklärte, wieso er die Person verfolgen sollte, die die sogenannten Dämonen herbeigerufen hatte. Ich war jedoch klug genug, mein Vorhaben für mich zu behalten. Ich wollte so schnell nicht noch einmal erleben, dass Jack ausrastete.

»Es könnte doch einen Zusammenhang zwischen beiden Vorgängen bestehen? Ich meine, wenn ein Magier Blut braucht, um diese Bestien herbeizurufen, wäre es dann nicht naheliegend, sich bei einem Opfer zu bedienen, anstatt das eigene Blut zu benutzen?«

»Es ist wirkungsvoller, wenn ein Magier sein eigenes Blut verwendet. So wie ich das verstanden habe, ist das eine Frage des Risikos.«

»Je größer die Blutmenge, desto höher ist das Risiko und desto stärker ist die Zauberkraft«, bemerkte Rhoan. »Das klingt logisch.«

»Vielleicht. Aber das heißt noch nicht, dass die aufgeschlitzten Personen nicht Teil des Rituals sind, mit dem der Magier die Dämonen heraufbeschwört.«

»Nein, das nicht, aber ich glaube es nicht«, entgegnete Jack. »Ich habe schon rituelle Blutmagie gesehen, und diese Morde fühlen sich anders an.«

Hieß das, dass drei Verrückte in der Stadt umherliefen? Großartig. Das hatte Rhoan und mir bei der aufkommenden Mondhitze gerade noch gefehlt. Nicht dass wir die einzigen Wächter der Abteilung waren, aber wir waren derzeit die einzigen, die Tageslicht vertrugen.

»Okay, sie haben nichts miteinander zu tun. Aber wissen wir inzwischen mehr darüber, wer hinter den Morden steckt?«

Jack verzog das Gesicht. »Nicht wirklich.«

Ich hob die Brauen und sagte neckend: »Sexuelle Frustration ist also nicht der einzige Grund, wieso du vorhin so schlechte Laune hattest?«

Er hatte den Anstand, beschämt zu wirken. Deshalb mochte ich ihn. Er verhielt sich mehr wie ein normaler Kerl als wie ein Vampir. Jedenfalls meistens. »Nun, ich bin sicher, dass es ein bisschen damit zu tun hatte. Außerdem ist es nicht gerade angenehm, wenn meine persönliche Assistentin herumnörgelt.«

»Jetzt weißt du meine ›Erledige schnell deine Arbeit, damit du schnell hier raus bist‹-Haltung zu schätzen, oder?«

»Ja. Obwohl ich sagen muss, dass sie besser zurechtgemacht ist.«

Ich grinste. »Sie steht auf dich, Chef. Ich habe keine Ahnung, wieso du dich zurückhältst, nachdem sie dich so anmacht.«

»Es ist nicht gut, Arbeit und Privates miteinander zu vermischen.«

»Dann wird sie weiterhin tun, was sie kann, damit du

ihrer Stimme und ihrem Körper die nötige Aufmerksamkeit schenkst.«

»Meinst du, die Oberteile werden noch knapper?«, meldete sich Rhoan zu Wort. »Das ist cool.«

Ich griff einen Stift und warf damit nach ihm. »Du bist doch vom anderen Ufer?«

»Das hat mich noch nie davon abhalten können, einen gut gebauten Körper zu bewundern.«

Ich wandte mich wieder Jack zu. »Also, abgesehen davon, dass Sal dir die Hölle heiß gemacht hat, weil ich eine ungenehmigte Suchanfrage gestellt habe, was ist noch schiefgelaufen?«

»Alles.« Er stieß die Luft aus und pumpte den nächsten Kaffee aus der Kanne. »Es ist eine weitere Leiche aufgetaucht. Rhoan, ich will, dass du das überprüfst.«

Jack griff zwei Aktenmappen von der Kaffeemaschine und warf eine von ihnen Rhoan zu. »Man hat sie in der Nähe der Ford-Fabrik in Campbellfield entdeckt.«

Rhoan runzelte die Stirn. »In der Nähe? Die anderen Leichen hat man in verlassenen Fabriken gefunden, nicht in der Nähe von solchen, die noch in Betrieb sind.«

»Ich weiß, aber wir müssen das überprüfen.«

»Wieso schicken wir nicht die Cops hin?«

»Wenn es eine von unseren Leichen ist, will ich nicht, dass sie das Gelände versauen. Peri Knowles wartet oben und wird dich begleiten. Die Leiche ist anscheinend noch nicht lange tot, vielleicht spürt sie etwas, das uns einen Hinweis auf den Mörder gibt.«

Peri? Ich blickte zu meinem Bruder, der mit den Schultern zuckte. Offensichtlich war der Name auch für ihn neu. Während er aufstand, schlug sich Rhoan mit der Akte auf den Oberschenkel. »Ich melde mich, sobald ich dort bin.«

Er ging. Jack reichte mir die andere Aktenmappe.

»Ich will, dass du mit diesem Mann sprichst.«

Der Mann hieß Bob Dunleavy, und als ich die Akte oberflächlich durchblätterte, stellte ich fest, dass es sich um einen hübschen Kriminellen handelte, der zahlreiche Gefängnisaufenthalte hinter sich hatte, was seinen Diebestouren allerdings keinen Abbruch getan hatte. »Er wirkt nicht gerade wie das schärfste Messer in der Schublade«, bemerkte ich. »Wieso soll ich mit ihm sprechen?«

»Weil Dunleavy uns im Laufe der Jahre ein paar nützliche Informationen geliefert hat. Dafür hat er ein milderes Urteil erhalten. Gestern Abend hat er angerufen, gesagt, dass er dringend unsere Hilfe bräuchte, und dafür einige Informationen angeboten, die er bei einer Freundin aufgeschnappt hat. Sie hätten mit unserem Fall zu tun.«

»Wenn er schon gestern Abend angerufen hat, wieso handelt ihr dann erst jetzt?«

»Weil ich bis jetzt niemanden hatte, der sich darum kümmern konnte. Und wenn du nicht gleich deinen Hintern lüftest und dich in Bewegung setzt, werde ich etwas nachhelfen.«

»Du bist so charmant, wenn du sexuell frustriert bist«, erwiderte ich trocken und wedelte mit der Akte. »Um mich mit Dunleavy zu unterhalten, brauche ich ein Auto.«

»In das letzte hast du eine Beule gefahren.«

»Das war nicht meine Schuld.«

»Der Meinung ist der Besitzer des anderen Wagens aber nicht.«

Na klar. Der Idiot war nicht versichert und musste selbst für den Schaden an seinem Wagen aufkommen, es sei denn, er wälzte die Schuld auf mich ab. »Ich brauche mindestens eine Stunde, um mit öffentlichen Verkehrsmitteln nach Springvale zu kommen.«

»Ich weiß. Deshalb habe ich Salliane gebeten, dir ein anderes Auto zu besorgen. Versuch nur, es nicht zu verbeulen oder zu Schrott zu fahren.«

Ich sparte mir den Hinweis, dass ich das letzte Auto nicht zu Schrott gefahren hatte, und sprang von dem Schreibtisch herunter. »Ich melde mich, sobald ich mit Dunleavy gesprochen habe.«

»Mach das. Alex arbeitet an dem jungen Vampir, um herausfinden, was Gautier wirklich vorhat.«

Ich runzelte die Stirn. »Der Babyvampir ist tot. Wie zum Teufel kann sie an einem Toten arbeiten?«

»Er ist ein Vampir. Wenn man uns nicht gerade im Sonnenlicht verbrennt, können Grundfunktionen des Gehirns einschließlich der Fähigkeit zur Regeneration noch Stunden erhalten bleiben. Einige von den älteren, stärkeren Vampiren können sogar mit gebrochenem Hals überleben. Das heißt, es sind noch genügend Gedanken da, die man lesen kann.«

Die Vorstellung war überaus gruselig. Aber ich hatte dem jungen Vampir nicht den Hals gebrochen, ich hatte ihn abgetrennt. Ich hätte gedacht, dass das eine vollkommen andere Sache war. »Ich dachte, einem Vampir den Hals zu brechen, wäre die zweitsicherste Art, ihn zu töten?«

»Das ist es auch, nur nicht bei ganz alten. In einer relativ sicheren Position können sich die Alten irgendwann erholen. Bei den jungen und sehr jungen dauert es lediglich länger, bis sie wirklich sterben.«

»Jemand, der so alt ist wie Quinn, könnte sich also erholen?«

»Nein. Direktorin Hunter könnte es. Quinn ist wahrscheinlich knapp vor dem erforderlichen Alter, so dass er eine Fünfzig-fünfzig-Überlebenschance hätte.«

Je länger ich mit Vampiren zusammenarbeitete, desto mehr lernte ich über sie. Und umso geheimnisvoller erschienen mir diese Mistkerle. »Was für kleine Feinheiten verheimlicht ihr Vampire eigentlich noch vor uns anderen?«

»Nicht viel, das schwöre ich.«

»Na klar, und ich glaube, dass du das ernst meinst.«

Anstatt etwas zu erwidern, blickte Jack auf seine Armbanduhr. Ich verstand den Wink und machte mich schnell auf den Weg, um mir die Wagenschlüssel von der Karamellkuh zu besorgen.

Bob Dunleavy bewohnte ein kleines Haus oder Stadthaus, wie sie von Immobilienmaklern gern bezeichnet wurden, nur wenige Blocks von der Polizeiwache von Springvale entfernt. Vielleicht wollten die Jungs in Blau ihn im Auge behalten. Oder vielleicht glaubte Dunleavy, dass sie gerade nicht auf ihn achteten, wenn er so dicht in ihrer Nähe wohnte. Angesichts seines Strafregisters schien dieser Plan bislang allerdings nicht aufgegangen zu sein.

Ich lächelte, legte die Arme auf das Lenkrad und musterte die Stadthäuser auf der gegenüberliegenden Straßenseite, nicht nur, weil ich nach einem Hinweis suchte, dass Dunleavy zu Hause war, sondern auch, um mir ein Bild von dem Mann zu machen.

Nach dem Haus zu urteilen war Dunleavy ein Chaot. Was sein langes Strafregister erklärte, denn ein ordentlicher Dieb wurde nicht so schnell geschnappt wie ein unordentlicher.

Auf den Grundstücken in diesem alteingesessenen Teil von Springvale hatten locker drei Häuser Platz, und in der Straße hatte man die meisten alten Villen bereits abgerissen, um Platz für ihre kleineren Verwandten zu schaffen. Die Schilder mit der Aufschrift »Zu verkaufen« in den Vorgärten der zwei noch verbliebenen Villen ließen vermuten, dass es nicht mehr lange dauern würde, bis die gesamte Straße aus Mietshäusern bestand.

Dunleavy gehörte das hintere Stadthaus, das an den rückwärtigen Zaun und die Bahnschienen grenzte, die dahinter entlangliefen. Da es frontal zur Auffahrt stand und nicht seitlich wie die beiden anderen, war es von der Straße aus deutlich zu sehen. Dunleavys Nachbarn dürfte das wenig gefallen. Denn im Gegensatz zu ihren kleinen Gärten war seiner alles andere als sauber und gepflegt.

Das sorgte bestimmt für schlechte Stimmung unter den Nachbarn.

Zwei der vorderen Fenster waren kaputt. Die fehlenden Scheiben hatte man durch vollkommen durchweichte Pappe ersetzt, die von langen schwarzen Klebestreifen gehalten wurde. Auf beiden Seiten der Fenster hingen traurige alte Vorhänge, die vergilbt und zerschlissen aussahen. Vor die anderen Fenster war Zeitungspapier geklebt. Von der Eingangstür blätterte die Farbe ab, und selbst das Mauerwerk sah reichlich mitgenommen aus, als hätte sich der Staub von Jahrtausenden darauf festgesetzt.

Innen war niemand zu sehen, wohingegen sich in den beiden anderen Stadthäusern deutlich jemand bewegte. Doch das musste nichts heißen. Dunleavy arbeitete überwiegend nachts, also schlief er jetzt vermutlich.

Ich griff meinen Mantel und stieg aus dem Wagen. Der Wind schlug mir heftig entgegen, zerrte an meinen Haaren und wehte eisig über meine Haut. Ich zog zitternd meinen Mantel an und verfluchte das Winterwetter. Wenigstens regnete es nicht.

Nachdem ich den Wagen abgeschlossen hatte, schob ich die Hände in die Manteltaschen und überquerte die Straße. Hinter einem Fenster in dem ersten Stadthaus bewegte sich eine Gardine, und hinter der Scheibe tauchte kurz ein Kopf auf. Es war eine ältere Frau mit verhärmten, harschen Gesichtszügen. Ich lächelte ihr wissend zu, woraufhin sie die Gardine schnell wieder zurückfallen ließ.

Vielleicht war Dunleavy nicht so oft festgenommen

worden, weil er so schlampig war, sondern weil er so neugierige Nachbarn hatte.

Ich ging an dem zweiten Stadthaus vorbei. Aus einem Radio oder Fernseher dröhnten die Elf-Uhr-Nachrichten, und in der Luft lag der Geruch von verbranntem Toast. Ich atmete tief ein und genoss das scharfe Aroma. Mein Magen knurrte und erinnerte mich daran, dass ich zum Frühstück nur einen Toast gegessen hatte. Ich beschloss, mir auf dem Rückweg zur Abteilung einen Burger zu besorgen.

Vor Dunleavys Garage parkte ein kleiner Lieferwagen. Durch die Fenster waren Zeitungsstapel und ausrangierte Transportbehälter zu erkennen, und an der Wand war eine Plastikkiste montiert, in der sorgfältig diverse Jutesäcke gestapelt waren. Offensichtlich Dunleavys Arbeitszeug. Ich stieg die kaputten Betonstufen hinauf und hob die Hand, um an die Tür zu klopfen, erstarrte jedoch, als ich einen vertrauten Geruch um mich herum wahrnahm.

Blut. Dick, geronnen und sehr, sehr frisch.

Mit dem Geschmack von Blut wehte mir der Geruch von Tod und Exkrementen entgegen. Gerüche, die ich nur allzu gut kannte.

Dunleavy – oder jemand anders – lag tot in diesem Haus.

Und Gautier war hier gewesen.

4

Eine Weile blieb ich wie erstarrt stehen. Ich wagte kaum zu atmen, lauschte dem Wind und versuchte, die verschiedenen Geräusche und Gerüche zu unterscheiden. In diesem Haus gab es kein Anzeichen von Leben oder von *Untoten*, nur in den Nachbarhäusern.

Gautier mochte hier gewesen sein, aber jetzt war er nicht mehr da. Ich hätte ihn genau wie jeden anderen Vampir gespürt.

Obwohl ein Teil des Exkrementengeruchs eindeutig ihm zuzuschreiben war, hatte der Geruch nicht nur mit ihm zu tun. Es roch sehr menschlich, und wenn Gautier etwas nie gewesen war, dann menschlich.

Wahrscheinlich hatte sich jemand dort drinnen in die Hose geschissen. Klar, jeder, der nur halbwegs bei Verstand war, würde sich bei Gautiers Auftauchen in die Hose machen. Er war ein widerliches Monster.

Ich trat von der Tür zurück. Das Schloss war unversehrt, und nichts deutete darauf hin, dass es mit Gewalt geöffnet worden war. Wenn Gautier hier gewesen *war*, war er nicht durch die Haustür hereingekommen. Obwohl er überhaupt nur hereingekommen sein konnte, wenn Dunleavy ihn vorher eingeladen hatte. Denn diese eine Regel stimmte: Vampire konnten nicht ohne ausdrückliche Aufforderung eine Türschwelle übertreten.

»Ich habe die Cops angerufen, wissen Sie.«

Ich wusste nicht, was höher sprang, meine Füße oder mein Herz. Ich fuhr herum und griff nach meiner nicht vorhandenen Waffe. Ich hatte sie gestern Abend an der Garderobe abgelegt und war nicht zurückgefahren, um sie zu holen, nachdem ich heute Morgen so hastig bei Kellen aufgebrochen war. Wenn Jack das herausfand, würde er mir das Fell über die Ohren ziehen.

Zum Glück brauchte ich sie nicht. Die Stimme gehörte der alten Frau mit dem hageren Gesicht aus dem ersten Haus. Ich holte tief Luft, versuchte meinen rasenden Puls zu beruhigen und dachte nicht weiter darüber nach, dass sich jeder an mich hätte heranschleichen können. Gott, ich war noch so unerfahren, ich war eine Gefahr für mich selbst.

»Was?«, sagte ich vielleicht etwas unfreundlicher, als ich es hätte tun sollen.

»Ich habe die Cops angerufen.«

Toll. Das hatte mir – abgesehen von einem möglichen Mord – gerade noch gefehlt. »Und Sie sind …?«

»Miss Radcliffe.« Der Wind blies kräftig um uns herum, und sie zog ihren gehäkelten Schal fester um die mageren Schultern.

»Miss Radcliffe, ich bin eine Wächterin.« Als ich ihre verständnislose Miene sah, fügte ich hinzu: »Ich arbeite für die Abteilung für andere Rassen.« Ich holte meinen Ausweis hervor, den ich ständig bei mir trug, und zeigte ihn ihr. »Ich bin hier, um mit Mr. Dunleavy zu sprechen. Es gibt also keinen Grund, die Polizei …«

»Nicht jetzt«, unterbrach sie mich und wirkte plötzlich verärgert. »Vorhin. Als das ganze Spektakel in vollem Gange war.«

»Wann? Von welchem Spektakel sprechen Sie?«

»Es muss zwischen halb acht und acht gewesen sein, so um den Dreh. Und der Lärm …« Sie schniefte. »Es hat sich angehört, als würden sie mit Gegenständen werfen und das Haus verwüsten.«

»Haben Sie Schreie gehört? Einen Streit? Irgendetwas in der Art?«

»Nein. Diesmal waren sie still, bis auf das Herumwerfen natürlich.«

»Wer sind sie?«

»Er und sein dreckiges kleines Flittchen.«

Ich hob meine Brauen und verkniff es mir, über die deutliche Missachtung in den Worten der alten Frau zu grinsen. »Seine Freundin?«

Sie schniefte wieder und schaffte es, das Geräusch irgendwie herablassend klingen zu lassen. »Wenn Sie sie so nennen wollen.«

»Wie sieht sie aus?« Nicht, dass ich das wirklich wissen wollte, aber ich hatte keine Ahnung, wie gut die alte Frau sehen konnte. Vielleicht hatte sie Gautier gesehen und es nicht bemerkt.

»Dünn mit dicken Titten. Dunkle Haare, dunkle Haut.«

Dann war es nicht Gautier. Wieder tobte der Wind um uns herum. Der Geruch ließ schnell nach. Wenn ich herausfinden wollte, was er da drinnen gewollt hatte, musste ich hineingehen. Dazu musste ich die alte Schachtel loswerden, und das war *offensichtlich* nicht einfach.

»Miss Radcliffe, ich muss unbedingt mit Mr. Dunleavy sprechen ...«

»Das hat nicht viel Sinn, wissen Sie«, unterbrach sie mich. »Der Lärm hat vor Stunden aufgehört. Seitdem ist es totenstill da drin.«

Tot war das richtige Wort. »Miss Radcliffe, bitte gehen Sie aus der Kälte und zurück in Ihr Haus. Ich komme später zu Ihnen, wenn ich hier fertig bin.«

»Ja, das habe ich schon einmal gehört«, murmelte sie, drehte sich jedoch um und ging zu ihrem Stadthaus zurück. Ich hatte allerdings keinen Zweifel, dass sie durch die Vorhänge spähen und jede meiner Bewegungen beobachten würde, sobald sie wieder im Haus war.

Ich wandte mich Dunleavys Zuhause zu und musterte die Fenster. Es sah nicht so aus, als wäre ein Fenster gewaltsam geöffnet worden, aber das war auch nicht nötig. Man musste nur die Pappe eindrücken, die zwei der Scheiben ersetzte. Doch das hatte niemand getan. Vielleicht wegen der alten Adleraugen im ersten Stadthaus.

An der Garage fanden sich ebenfalls keine Hinweise, dass jemand gewaltsam in das Gebäude eingedrungen war. Wer Dunleavy, oder wer auch immer tot dort drinnen lag, umgebracht hatte, musste entweder durch ein Seitenfenster oder durch die Hintertür eingedrungen sein. Ich lief bis zum Ende der Veranda und spähte um die Ecke. Es waren keine Fenster zu sehen, weder kaputte noch andere. Nur eine nicht gemähte Rasenfläche und ein Zaun, der deutlich zu nah an dem Gebäude zu stehen schien. Ich verließ die Veranda und ging an der Mauer entlang. Auf einmal schien der Boden unter meinen Füßen zu vibrieren, und um mich herum kam ein Sturm auf. Mit rasendem Herzen blieb ich stehen und fragte mich, was zum Teufel hier vor sich ging. Dann sah ich die Ursache und schnaubte über meine eigene Dummheit. Es war lediglich ein verdammter Zug.

Wieso war ich so nervös? Als Wächter war ich zwar noch unerfahren, aber mich konnte so bald nichts erschrecken. Und nun brachten mich eine alte Frau und ein Zug aus dem Tritt.

Warum?

Das Blut.

Kaum hatte ich die Frage gestellt, fiel es mir ein. Ich war zwar ein Wolf, ich liebte die Jagd, und ich *hatte* getötet, um mein Rudel und mich zu schützen, aber der Geruch von frischem Blut war mir von jeher zuwider. Es war das Einzige, das Rhoan und ich nicht miteinander teilten. Er liebte nicht nur die Jagd, er hatte auch Spaß daran, etwas zu erlegen, es zu zerreißen und zu töten. Das war bei mir nie so, selbst wenn ich gelegentlich mitgemacht hatte.

Ein blutig gebratenes Steak zu essen war absolut *nicht* das Gleiche, wie die Zähne in einen Leib zu schlagen. Selbst wenn es sich nur um ein Kaninchen handelte, denn etwas anderes durften wir Wölfe laut Gesetz heutzutage nicht jagen. Ein Steak wurde in Plastikfolie geliefert, man musste es nur auspacken und braten. Ein Steak kämpfte nicht noch um sein Leben, nachdem man bereits hineingebissen hatte.

Dennoch saß tief in mir die Angst, dass ich eines Tages Gefallen daran finden könnte. Dass meine Vampirgene sich eines Tages durchsetzten und ich es genoss, wie das warme Blut in meinen Mund floss, nachdem ich meine Zähne im lebendigen Fleisch versenkt hatte.

Ich schüttelte mich heftig. Aber in Wirklichkeit hatte ich keine Wahl. Mein Schicksal nahte zunehmend schneller, und niemand wusste, was die Zukunft für mich bereithielt. Ich war ein Werpir, und wozu ich mich entwickeln würde, war in meiner DNA angelegt. Ich mochte derzeit mehr Wolf als Vampir sein, aber wer wusste, was die Zukunft brachte? Vor allem wegen des Medikaments, das mir diese Psychopathen, die sich als meine Liebhaber getarnt hatten, über ein Jahr hinweg heimlich verabreicht hatten.

Dass ich ein Wächter geworden war und nun regelmäßig mit Tod, Zerstörung und Blut zu tun hatte, konnte bereits der erste Schritt in diese Richtung sein. Es war bekannt, dass man sich deutlich leichter mit dem Tod abfand, wenn man täglich mit ihm zu tun hatte. Ich konnte zwar dagegen ankämpfen, aber wie lange?

Würde eine Zeit kommen, in der ich ebenso viel Spaß an der Jagd *und* dem Nachspiel haben würde wie mein Bruder? So wie Gautier?

Na, hoffentlich nicht. Das Schicksal hatte mir schon genug Mist zugemutet, das musste nicht noch zusätzlich sein.

Ich rieb mir zitternd die Arme, und als der letzte Waggon vorbeigerattert war, ging ich weiter. Blut oder nicht, ich musste nachsehen, was in dem Haus geschehen war.

Ich blieb am Ende des Stadthauses stehen und linste kurz um die Ecke. Es war niemand zu sehen. Ich duckte mich und lief an den unbeschädigten Fenstern vorbei. Auf dem Beton neben der Hintertreppe befand sich ein seltsamer, dunkler, russähnlicher Fleck. Dunleavy hatte offenbar kürzlich etwas verbrannt, aber es war nicht ersichtlich, wieso er das so nah am Haus getan hatte.

Die Hintertür stand weit offen, und der Blutgeruch wurde intensiver. Ich ignorierte meine wilde Seite, die den Geruch, wenn nicht sogar den Geschmack genoss, und ging vorsichtig die Stufen hinauf.

Die kleine Waschküche hinter der Eingangstür war ruhig und dunkel. Der Deckel der Waschmaschine stand offen, und die Trommel war zur Hälfte mit Kleidung gefüllt. Ich musterte sie, bemerkte dunkle Overalls und nahm den schwachen Geruch von Öl und Benzin wahr. Arbeitskleidung. Oder vielleicht treffender: Diebeskleidung. Ich durchquerte die Waschküche, blieb an der nächsten Tür stehen, konzentrierte mich auf den Geruch und lauschte. Der Blutgeruch kam von rechts, aus einem Raum, der wie ein Schlafzimmer aussah, der Scheißgeruch von links. Dort im Wohnzimmer waren Fernseher und Clubsessel umgekippt und deuteten darauf hin, dass ganz offensichtlich ein Kampf stattgefunden hatte.

Wieso kam Gautiers Geruch dann scheinbar überwiegend aus dem Schlafzimmer? Soweit ich wusste, war Gautier nicht homosexuell. Er hatte auf mich eigentlich immer ziemlich asexuell gewirkt. Ich hatte von Gautier noch nie sexuelle Schwingungen empfangen. Ich hatte ihn noch nie mit einer Frau gesehen oder ihn auf eine erotische Art über Frauen sprechen hören – oder über Männer. Obwohl Vampire doch von Natur aus sexuelle Wesen waren. Dafür dass sie einem Blut abzapften, belohnten sie einen mit einem Orgasmus, und nachdem ich das dank Quinn am eigenen Leib erfahren hatte, musste ich sagen, dass es das bisschen Blutverlust allemal wert war.

Nicht, dass ich irgendeinen anderen Vampir in die Nähe meines Halses ließe. Himmel, viele von ihnen neigten dazu, sich nicht zu waschen, und allein der Geruch hielt mich bei den meisten davon ab, ihnen zu nahe zu kommen.

Aber Gautier war ein Vampir, der in einem Labor und nicht durch ein Blutritual gezeugt worden war. Vielleicht waren bei seinem Zeugungsprozess seine sexuellen Bedürfnisse verloren gegangen. Oder hatten sich in Blutlust verwandelt. Niemand bezweifelte, dass er auf Töten stand.

Ein leises Stöhnen tönte durch die Stille, ein Geräusch, das so leidend klang, dass sich meine Nackenhaare aufstellten. Ich betrat den Flur. Das Stöhnen kam aus dem

Schlafzimmer, und dennoch konnte ich dort kein Leben spüren. Wenn Dunleavy ein Mensch war, war das allerdings nicht weiter überraschend. Anders als Nichtmenschen tauchten Menschen nicht auf meinem Wahrnehmungsradar auf, aber wenn ich ihnen nah genug war, konnte ich ihre Gedanken lesen und kontrollieren. Ich blickte über meine Schulter in das Wohnzimmer, und als ein weiteres Stöhnen ertönte, schlich ich, aufmerksam auf jedes Geräusch und jede Bewegung achtend, in Richtung Schlafzimmer.

Die einzigen Geräusche waren mein leises Atmen und das gelegentliche Knarren einer Holzbohle unter meinen Füßen.

Im Schlafzimmer fand ich Dunleavy.

Er lag mit ausgebreiteten Armen bäuchlings auf dem Bett, doch ich hatte keinen Zweifel, dass er es war. Die Größe, die Haarfarbe und das Profil entsprachen den Fotos, die ich in der Akte von ihm gesehen hatte.

Er rührte sich nicht, schien nicht zu atmen, und auf den weißen Laken unter ihm hatten sich dunkle Blutlachen gesammelt.

Nicht von einer Wunde. Oder zumindest nicht von einer normalen Wunde, wie von einem Schuss oder einem Messer.

Dunleavy war vollkommen gehäutet worden.

Von seinem Nacken bis zu den Fersen. Es war weder schön noch besonders ordentlich gemacht worden. In gewisser Weise erinnerte es mich an die Arbeit eines Schlachterlehrlings, der das Häuten noch übte.

Mir wurde übel. Ich schloss die Augen und atmete ein paar Mal schnell und flach durch den Mund anstatt durch die Nase. Es half nicht viel. Der Gestank von Blut und Tod war so intensiv, dass ich ihn fast schmeckte. Das Bild dieses blutigen Haufens aus Muskeln und Fleisch schien sich in meine Netzhaut zu brennen.

Ich hatte in den letzten Monaten sehr viel Grausames gesehen, unter anderem den Tod des wehrlosen Mädchens gestern. Einige dieser Tode hatte ich begrüßt, manche hatte ich beklagt oder beweint. Aber einem Menschen bei lebendigem Leib die Haut abzuziehen wie einem Tier schien mir schlimmer als alles andere. Und die Tatsache, dass der Killer die Hautfetzen ordentlich über das Bettende drapiert hatte, als wären sie eine zwar blutige, aber feine Decke, die man noch einmal benutzen konnte, machte es nur noch grausamer.

Ich zog das Bildtelefon aus meiner Tasche und forderte bei der Abteilung sowohl ein medizinisches als auch ein forensisches Team an. Dann stellte ich das Bildtelefon auf Aufnahme und Senden, stellte es auf eine Kommode und trat in das Zimmer, ohne auf meinen rebellierenden Magen zu achten.

»Mr. Dunleavy?« Ich zog einen Handschuh an und legte meine Finger an seinen Hals. Kein Puls. Ich hob sein Handgelenk hoch und versuchte es noch einmal. Wieder nichts. Ich fragte mich, ob ich wirklich Stöhnen gehört hatte oder ob es etwas anderes gewesen war. Etwas, das sich im Bereich des Übersinnlichen bewegte.

Mir lief eine Gänsehaut über den Körper. Ich versuchte

die seltsame Vorahnung, dass das hier nicht alles war, zu ignorieren, und meldete Dunleavys Tod sowie die Uhrzeit für die Aufnahme auf dem Bildtelefon. Als ich seine Hand zurück auf das Bett fallen ließ, stieg ein dünnes Wölkchen, eine Art Dampf, von seiner Leiche auf. Auf einmal schien es in dem Raum deutlich kälter zu werden, als würde der aufsteigende Nebel der Luft die Wärme entziehen, und mir lief ein eisiger Schauder über die Haut.

Ich bemerkte, dass es kein einfacher Nebel war. Es war Dunleavys Seele.

Es war nicht das erste Mal, dass ich eine Seele aufsteigen sah, allerdings hatte ich beim ersten Mal gehofft, dass es das letzte Mal sein würde. Dass es eine kleine Fehlleitung und nicht die Entwicklung einer seltsamen neuen Fähigkeit war. Ich wollte keine Geister oder Seelen oder irgendetwas anderes in dieser Richtung sehen. Was zum Teufel nutzte es, wenn man Tote sehen konnte? Vor allem, wenn es sich um *tote* Tote handelte und nicht um Vampirtote? Wozu waren Tote auf der Erde gut, wenn sie nicht länger Teil der gegenständlichen Welt waren?

Als das letzte Wölkchen von Dunleavys blutigem Körper aufgestiegen war und sich mit den anderen zu einer einzigen Wolke verbunden hatte, schien sein Körper leicht in sich zusammenzusacken, und ein weiteres Stöhnen ertönte, diesmal so leise, dass ich es kaum hören konnte.

Es klang wie ein Wort. *Dahaki.*

Ich blinzelte und fragte mich, ob ich mir das eingebildet hatte oder wer oder was zum Teufel Dahaki war.

Ich blickte zu dem Bildtelefon und hoffte, dass es nah genug gelegen hatte, um das leise Flüstern aufzunehmen. Dann riss ich mich zusammen und musterte die Sauerei, die einmal sein Rücken gewesen war.

In einigen Bereichen war die Haut in einem Stück abgezogen worden, so dass Muskeln und Fleisch vollkommen unversehrt waren. In anderen waren Haut und Muskeln zerfetzt und bildeten ein widerliches Durcheinander. Es war eine Menge Blut geflossen, denn die Haut bildete die Hülle des Körpers. Sie schützt uns, und unter ihrer Oberfläche fließt sehr viel Blut. Deshalb bluteten einfache Wunden häufig am stärksten. Aber um so etwas zu tun, brauchte man Geschick, Praxis und eine rasiermesserscharfe Klinge. Wieso sollte Gautier so viel Aufwand betreiben, wenn er die wirkungsvollste Tötungsmaschine war, die die Abteilung je hervorgebracht hatte?

Aber abgesehen von Dunleavy fanden sich nur zwei andere Gerüche in dem Raum. Einer davon gehörte Gautier. Der andere war blumiger, weiblicher und stammte zweifellos von der Freundin, die die alte Frau erwähnt hatte.

Wenn es Gautiers Kunstwerk war, wo zum Teufel hatte er gelernt, so geschickt einen Körper zu enthäuten? Dunleavys Rücken sah zwar stellenweise furchtbar aus, aber die Arbeit war trotzdem besser, als es ein Laie zustande gebracht hätte. Was Gautier mit Sicherheit war. Er war zwar seit Monaten nicht mehr an die Abteilung gebunden, aber reichte die Zeit aus, um ohne Lehrer die Technik des Häutens zu lernen?

Selbst, wenn er geübt hatte, wo waren dann die Leichen?

Dann fielen mir die Leichenteile ein, die ich in der Fabrik gefunden hatte. Hätte ich mir die Zeit genommen, die Teile gründlich durchzusehen, hätte ich vielleicht Hautstücke gefunden, ganze und zerfetzte.

Möglicherweise waren die Einzelteile nicht die Folge von dem Blutrausch eines Babyvampirs, sondern von Gautiers Versuch, neue schreckliche Fähigkeiten zu erlernen.

Ich rieb zitternd meine Arme. Womöglich war es noch beunruhigender, dass Gautier das Stadthaus ganz offensichtlich nach Sonnenaufgang verlassen hatte. Die alte Frau hatte gesagt, dass der Lärm vor Stunden aufgehört hatte. Das musste dennoch deutlich nach Sonnenaufgang gewesen sein. Die Konsistenz des Blutes auf den Laken und auf Dunleavys Leiche passte zu dieser Vermutung.

Gautier war ein junger Vampir. Er dürfte nicht in der Lage sein, sich nach Sonnenaufgang draußen aufzuhalten, und dennoch sah es ganz danach aus. Ich hatte das Gefühl, wir sollten lieber *ganz schnell* herausfinden, wie er das machte, ansonsten steckten wir ziemlich in der Klemme.

Ich holte tief Luft, stieß sie langsam wieder aus und ließ den Blick über Dunleavys Leiche gleiten. Nichts deutete auf einen Kampf hin, weder seine Hände noch seine Füße waren gefesselt, und in dem Zimmer war nichts umgefallen oder umgekippt.

Gautier musste Dunleavy mittels Bewusstseinskontrolle hierhergebracht und offensichtlich auf diese Art auch seine Freundin außer Gefecht gesetzt haben, denn die alte Frau in dem vorderen Stadthaus hatte keine Schreie gehört. Aber wer hatte die Hütte verwüstet? Wieso hatte er das nicht ebenfalls verhindert? Gautier war sicher stark genug, um zwei Menschen zu kontrollieren. Es sei denn, er wollte es nicht.

Bei dem Gedanken liefen mir Schauer über die Haut. Gautier tat nichts ohne Grund. Wie oft hatte ich das schon gedacht?

Ich runzelte nachdenklich die Stirn, wandte den Blick von Dunleavys Leiche ab und sah mich um. In dem begehbaren Kleiderschrank hing sowohl Frauen- als auch Männerkleidung. Entweder wohnte Dunleavys Freundin hier oder sie verbrachte verdammt viel Zeit in diesem Haus. Ansonsten stand wenig in dem Zimmer. Dunleavy gab nicht viel Geld für Möbel aus, die Einrichtung in diesem Raum bestand aus billiger Standardware. Entweder war er als Dieb nicht sehr erfolgreich oder er verwendete seine Einnahmen für andere Sachen. Vielleicht verriet das Wohnzimmer mehr darüber.

Als ich mich umdrehte, um den Raum zu verlassen, kribbelte mein Nacken, und der Geruch von Moschus stieg mir in die Nase.

»Riley Jenson?«, sagte eine unbekannte Stimme. »Cole Reece, Säuberungsteam der Abteilung.«

Ich lächelte, weil er so vorsichtig klang. Offensichtlich hatte Cole mit ein paar schnell erregbaren Kollegen oder vielleicht sollte ich sagen, reaktionsschnellen Wächtern zu tun gehabt. »Ich bin hier.«

Schritte hallten durch den Flur – sie waren zu dritt, alles Männer. Das verriet ihr schwerer Gang ebenso wie ihr intensiver Geruch. Ein großer Mann unbestimmten Alters mit einem faltigen Gesicht tauchte im Türrahmen auf, seine grauen Haare glänzten silberig in dem harten Licht, das durch die Fenster hereinfiel. Sein würziger Moschusgeruch umfing mich und wirkte in der unangenehmen Atmosphäre dieses Hauses so erfrischend wie eine Meeresbrise auf mich. Meine Hormone scharrten aufgeregt mit den Füßen, wozu es allerdings nicht viel brauchte, wenn die Mondhitze einsetzte.

Sein Geruch verriet mir, dass er ein Wolf war, allerdings kein Werwolf. Jede Rasse hatte ihren ganz speziellen Geruch, eine Art Basisgeruch, in den sich individuelle Duftnoten mischten. Männliche Werwölfe hatten einen intensiveren Grundgeruch als die Männer anderer Rassen. Vielleicht kam uns Frauen das auch nur so vor, weil wir uns von ihnen stärker angezogen fühlten. Werwölfe verbrachten zwar viel Zeit mit Sex, aber egal was andere Rassen dachten, hinter diesem ganzen Vergnügen verbarg sich ein ernstes Ziel. Der Wunsch, unseren Seelenverwandten zu finden, war in unserer DNA angelegt, und nur wenige Werwölfe wurden sesshaft, bevor sie dieses Ziel erreicht hatten. Sich mit anderen Rassen zu amüsieren, brachte uns nichts, außer Spaß. Aber kein Wolf konnte auf Dauer mit Spaß überleben.

Egal was mein Bruder dachte.

Der Gestaltwandler ließ den Blick durch den Raum schweifen, verharrte kurz bei Dunleavys Leiche und landete schließlich bei mir. Die Überraschung verdrängte einen Moment die Wachsamkeit aus seinen hellblauen Augen. »Agentin Jenson?«

Ich nickte. »Damit haben Sie wohl nicht gerechnet, was?«

Er lächelte, und um seine Augen bildeten sich kleine Fältchen, die sein verlebtes Gesicht deutlich attraktiver wirken ließen, als ich gedacht hatte. »Nicht im Geringsten. Ich wusste nicht, dass wir eine Werwolfwächterin gewinnen konnten.«

Zwei weitere Männer drängten hinter ihm in den Eingang. Einer der beiden fluchte leise, als sein Blick auf Dunleavy fiel. Der andere zeigte keinerlei Reaktion. Beide waren Gestaltwandler wie Cole. Der eine verströmte einen Katzengeruch, der andere roch nach Vogel oder so etwas in der Art. Keiner der beiden reizte im Geringsten meine Hormone. Was gut war, denn nichts war schlimmer als eine Mondhitze, die mich nach allem lechzen ließ, das einen Schwanz hatte. Vor allem, wenn ich arbeiten musste.

Cole deutete mit dem Kinn auf die Leiche. »Was ist passiert?«

»Er wurde gehäutet.«

Cole musterte mich einen Augenblick, das kurze amüsierte Funkeln erlosch. »Von dir?«

»Zum Teufel, ja. Und danach haben wir im Flur Tango getanzt.«

Er hob zweifelnd eine Braue, als ob er mir nicht ganz glaubte. Andererseits arbeitete er schon zu lange mit Wächtern, um genau zu wissen, wozu sie in der Lage waren.

Da ich mich als eine von ihnen zu erkennen gegeben hatte, war er vermutlich zu Recht vorsichtig.

»Manche Wächter foltern sehr gern.«

»Ich bin ein Werwolf«, erwiderte ich trocken. »Ich kann mit besseren Mitteln als mit Folter aufwarten, um an Informationen von einem Verdächtigen zu kommen.«

Er musterte mich von oben bis unten, aber auf eine vollkommen asexuelle Art. Sehr zur Enttäuschung meiner Hormone. »Darauf möchte ich wetten.«

Wenn vier unschuldige Worte deutlich ein Vorurteil zum Ausdruck bringen konnten, dann diese. Er hatte mich zwar nicht direkt als Hure bezeichnet, aber sein Ton ließ daran keinen Zweifel. Wenn ich in Wolfsgestalt gewesen wäre, hätten sich jetzt die Haare in meinem Nacken aufgerichtet.

Ich unterdrückte die Wut, die in mir hochkochte, und sagte, so milde ich konnte: »Du weißt doch, wie sehr uns Werwölfen die Einstellung der Menschen zu schaffen macht. Wir brauchen das ganz bestimmt nicht noch von unserer eigenen Rasse.«

Er trat einen Schritt vor und ließ die beiden anderen Männer in den Raum, dann sagte er: »Ich gehöre nicht zu deiner Rasse. Ich bin ein Gestaltwandler.«

Gott sei Dank.

Die unausgesprochenen Worte hingen quasi in der Luft und leuchteten in grellen Neonfarben. Ich dehnte die Finger. »Du bist ein Wolf und gehörst deshalb zur Verwandtschaft, ob dir das passt oder nicht. Und Gestaltwandler aller Art haben ein großes Sexualbedürfnis, also versuch nicht, dich über mich zu erheben.«

Ich blickte zu dem Bildtelefon, denn mir fiel plötzlich ein, dass es immer noch eingeschaltet war und aufzeichnete. Na, toll. Eine Daueraufnahme unprofessioneller Überempfindlichkeit. Nicht dass das irgendjemanden in der Abteilung überraschen würde. Ich stieß die Luft aus und sammelte mein Telefon ein. Coles Assistenten bauten ihr eigenes Aufnahmegerät auf, so dass ich mich nicht mehr darum kümmern musste. Ich kam Cole dadurch ein ganzes Stück näher, und sein Geruch umfing mich warm und quälend.

»Wenn du das restliche Haus überprüfen willst«, er blähte die Nasenflügel, als würde er einen Geruch wahrnehmen, der ihn zugleich anzog und abstieß, »muss ich erst das mobile Aufnahmegerät aufbauen.«

»Dann beeil dich.« Ich drängte an ihm vorbei und ging den Flur hinunter. Wenn Schritte wütend klingen konnten, dann ganz sicher meine.

Verdammt, das brauchte ich wirklich nicht, dass ich mich zu einem Mann hingezogen fühlte, der hasste, was ich war. Das hatte ich schon bei Quinn. Die Mondhitze scherte sich natürlich nicht um so etwas. Für sie war er bloß ein faltiger Leckerbissen, den sie gern vernaschen wollte.

Zu meinem Glück hatte das Mondfieber noch nicht richtig eingesetzt.

Ich blieb am Eingang zum Wohnzimmer stehen und machte einen Schwenk mit meinem Telefon, das immer noch auf Aufnahme geschaltet war. Hier hatte eindeutig ein Kampf stattgefunden, die Möbel waren umgeworfen, der Fernseher und der Kaffeetisch aus Glas zertrümmert, und überall lagen Bücher und Zeitschriften verstreut. Wenn Dunleavy um sein Leben gekämpft hatte, wieso fanden sich dann keine Spuren an seinem Körper? Oder konnte ich sie nur nicht sehen, weil er darauf lag?

Würde ich blaue Flecken auf einer Haut sehen, die man abgezogen hatte?

Der Geruch nach Exkrementen war hier stärker als überall sonst, aber wieder roch es mehr nach Mensch als nach Gautier. Obwohl Gautiers Geruch ebenfalls in der Luft hing, nur nicht so stark oder frisch. Als ich den Blick über den Boden gleiten ließ und die Ursache suchte, entdeckte ich Füße.

Weibliche Füße, um genau zu sein. Selbst aus dieser Entfernung konnte ich den rosa Nagellack auf ihren Zehennägeln erkennen. Der Rest ihres Körpers war von der umgekippten Couch und diversen Lagen aus Büchern und Zeitungen verdeckt.

Ich spähte über meine Schulter. Cole kniete neben einer offenen Tasche und baute das mobile Aufnahmegerät auf. Wieso es mobil hieß, wenn man es nirgendwohin bewegen, sondern es nur an der Decke aufhängen konnte, damit es eine 360-Grad-Aufnahme von einem Raum machte, wusste niemand.

»Im Wohnzimmer ist eine zweite Leiche. Beeil dich mit dem Gerät.«

»Es ist Wächtern nicht gestattet, sich in die Ermittlungen einzumischen.« Er klang kurz angebunden, ungeduldig.

»Was Wächter tun oder lassen sollten, interessiert mich nicht.« Was mehr der Wahrheit entsprach, als Cole sich vorstellen konnte, und Jack höllisch geärgert hätte. Überraschen würde es ihn allerdings nicht. »Vielleicht hörst du auf, dir Gedanken darüber zu machen, was ich tun sollte, und beeilst dich etwas mit dem, was *du* zu tun hast?«

»Wenn du verdammt noch mal die Klappe halten würdest, könnte ich mich konzentrieren und käme vielleicht dazu.«

Ich verkniff mir ein Grinsen und blickte zurück in das verwüstete Wohnzimmer. Etwas Glänzendes hinten links in der Ecke fing meine Aufmerksamkeit, es lag unter einem der rückwärtigen Fenster. Als die Sonne kurz hinter den Wolken hervorgekommen war, hatte es unter einem Sonnenstrahl hübsch rot gefunkelt. Es wirkte nicht wie glitzerndes Glas. Auch nicht, wenn es mit Blut bedeckt war.

Ich runzelte die Stirn und bahnte mir vorsichtig einen Weg durch das Chaos. Hinter mir ertönte ein unterdrücktes Fluchen. Cole hatte die mobile Einheit offensichtlich immer noch nicht zusammengesetzt. Ich ließ mein Telefon auf Aufnahme geschaltet und kniete neben dem Schatten nieder.

In dem Staub, der sich hinter dem umgestürzten Fernseher gesammelt hatte, lag ein Ring. Ich hielt seine Position mit dem Telefon fest und hob ihn vorsichtig auf. Es war ein dicker Silberring von einigem Wert. So etwas ließ ein Dieb eigentlich nicht einfach herumliegen. Wo kam der Ring also her? Gehörte er Gautier? Ich hatte noch nie Ringe oder irgendeine Art von Schmuck an ihm gesehen. Auf der anderen Seite hatte ich bis heute auch nicht gewusst, dass er eine Vorliebe für das Häuten von Menschen hatte. Vielleicht hatte der Ring Dunleavy gehört, aber er war für einen Mann mit schlanken Fingern gemacht, und Dunleavy hatte kleine dicke Wurstfinger. Wenn er ihn gestohlen hatte, hätte er außerdem sicher besser auf ihn aufgepasst.

Gautier würde der Ring passen. War er doch von ihm? Und hatte er ihn mit Absicht oder versehentlich verloren? Diesem Psycho war alles zuzutrauen.

Als ich den Ring mit ans Licht nahm, wurde eine Gravur auf der massiven flachen Oberseite sichtbar. Es war ein dreiköpfiger Drache mit gefährlichen Krallen an den Pranken und einem schlangenähnlichen Körper. Die Augen des Drachen bestanden aus sechs funkelnden blutroten Rubinen.

Allein der Anblick jagte mir Schauer über den Rücken. Ich hatte keine Ahnung, wieso.

»Du darfst keine Beweismittel entfernen.«

Bei Coles scharfem Ton zuckte ich leicht zusammen.

Ich versuchte, es zu überspielen, indem ich den Ring in meiner Hand drehte und die Innenseite untersuchte. »Ich habe den Fundort mit dem Telefon festgehalten.«

»Darum geht es nicht.«

»Nein, es geht darum, dass ich in dein Revier eindringe und dass dir das nicht gefällt.« Ich sah zu ihm hoch. »Gewöhn dich lieber daran, Kumpel. Ich werde dein Leben in den nächsten Monaten noch gehörig durcheinanderwirbeln.«

Er versteifte sich etwas. Kein männlicher Wolf wurde gern herausgefordert, vor allem wenn sich die Herausforderung so zweideutig anhörte wie meine. »Ab dem Augenblick, in dem das Säuberungsteam an einem Tatort eintrifft, hat es dort die Verantwortung und *nicht* der bezahlte Killer.«

Aus seiner Stimme sprach kalte Verachtung, und wieder stieg Wut in mir hoch. Leute, die Pauschalurteile fällten, anstatt den Einzelfall zu betrachten, gingen mir höllisch auf die Nerven. Es reichte mir schon, dass ich meine Kultur vor allem und jedem verteidigen musste. Dass ich nun obendrein meine Arbeit verteidigen musste, war wirklich überflüssig, vor allem, da ich diese Arbeit überhaupt nicht gewollt hatte. »Nun, *dieser* bezahlte Killer hat sich noch nie an die Regeln gehalten. Frag Jack.«

»Oh, das werde ich.«

Ich schüttelte missbilligend den Kopf und starrte hinunter auf den Ring. Auf der Innenseite befand sich eine Gravur in einer mir unbekannten Sprache. Es waren zahlreiche seltsame kleine Symbole.

Ich machte ein Foto und stand auf. Cole presste die mobile Einheit an die Decke und wartete, bis sie sich festsaugte, dann drückte er den Aufnahmeknopf. Das Gerät erwachte zum Leben, und eine der Linsen, die von schwarzem Glas geschützt wurden, drehte eine Runde durch den Raum, kehrte wieder zu uns zurück und verweilte auf uns. Jetzt wurde jede Bewegung und jedes Wort festgehalten.

»Was?«, sagte er und wandte mir endlich wieder seinen Blick zu.

Ich hielt ihm den Ring hin. »Kennst du die Sprache?«

Er nahm den Ring und musterte ihn aufmerksam. »Sieht aus wie altes Persisch, aber sicher bin ich nicht.«

Ich hob eine Braue. »Persien als solches existiert nicht mehr.«

»Nein, aber die alte persische Keilschrift gibt es noch, und die sieht genau so aus.«

»Woher weißt du das?«

»Ich beschäftige mich in meiner Freizeit mit alten Sprachen.«

Das war ein Witz, oder? »Diese seltsamen kleinen Bilder sind Worte?«

»Ja.«

»Könntest du schnell eine Übersetzung davon anfertigen lassen und mir das Ergebnis schicken?«

Er musterte mich ein paar Sekunden, dann ging er zur Tür und zog eine Plastiktüte aus seiner Ausrüstung hervor. »Ich werde sehen, was ich tun kann.«

Ich schluckte meinen Ärger hinunter und deutete auf

die Leiche. »Hast du irgendetwas dagegen, wenn ich sie untersuche?«

Er blickte nach oben zu seiner mobilen Einheit. »Alle Gegenstände an der Nordseite aufzeichnen.«

»Wird aufgezeichnet.«

Ich sah überrascht auf. »Ich wusste nicht, dass die Geräte sprechen.«

Er hob eine Braue, als wäre er entzückt, dass ein Wächter zugab, etwas nicht zu wissen.

Mistkerl.

So richtig ärgerte ich mich allerdings nicht. Das kurze Funkeln in seinen hellblauen Augen war einfach viel zu süß, als dass meine Hormone es ignorieren konnten, und wenn *die* sich für jemanden interessierten, war alles andere egal.

»Die neueste Technik«, sagte er. »Ich habe gehört, dass man in den Laboren an wirklich mobilen Einheiten arbeitet.«

»Na, das muss dich doch total anmachen.«

»Genauso wie dich das Töten.«

»Womit bewiesen wäre, dass einige Mitglieder des Säuberungsteams nicht sehr viel Fantasie besitzen.«

Die mobile Einheit piepte. »Bereich aufgezeichnet.«

»Sehen wir nach, Kemosabe.«

Er sah mich an, als wäre ich nicht ganz richtig. Anscheinend war er kein großer Freund von Lone Ranger. Ich verkniff mir ein Lächeln, als er den Raum durchquerte und neben dem Sofa stehen blieb, unter dem die Frau lag. Nachdem er eine ganze Weile den Boden betrachtet hatte, blickte er über die Schulter zu mir. »Wir können es gefahrlos bewegen. Willst du an der anderen Seite anfassen?«

»Für dich tu ich doch alles.«

Er strafte mich mit einem Blick, der mit Sicherheit jeden zum Schweigen gebracht hätte, der nur halbwegs bei Verstand war. Aber natürlich war ich nicht jeder. Wieder unterdrückte ich ein Lächeln und ging vorsichtig zu ihm. So dicht bei der Frau war der Geruch von Exkrementen erdrückend. Ich rümpfte die Nase und fragte mich, wie zum Teufel Cole damit zurechtkam. Er hatte bei seiner Arbeit sicher mit noch viel schlimmeren Gerüchen zu tun. Das musste ein Albtraum sein, wenn man eine so empfindliche Nase wie ein Wolf hatte. Das konnte ich mir für mich nicht vorstellen, nicht Tag für Tag, Monat für Monat.

Andererseits hatte ich mir auch nicht vorstellen können, den Rest meines Lebens als Wächter zu arbeiten. Und jetzt blieb mir gar nichts anderes übrig.

Nachdem wir das Sofa aufgerichtet hatten, wurde die Ursache des Gestanks offensichtlich. Die Frau lag nackt auf dem Rücken, ihre Arme steckten unter ihrem Körper, die Beine waren gespreizt. Die Prellungen an den Oberschenkeln deuteten daraufhin, dass sie vergewaltigt worden war, und die blauen Flecken auf ihrem übrigen Körper, dass sie sich mit aller Macht dagegen gewehrt hatte.

Wer auch immer sie vergewaltigt hatte, hatte ihr den Hals aufgerissen und das Leben aus ihr herausgesaugt.

Aber das hatte nicht gereicht. Oh, nein. Dann hatten sie noch auf sie geschissen. Der Beweis lag flüssig und höllisch stinkend zwischen ihren Brüsten.

»Vampirscheiße«, sagte Cole. »Es gibt kaum Wesen, die so wässerige Exkremente absondern.«

Ich blickte auf und bemerkte, dass er mich ansah. »Was?«

Er deutete auf die braune Flüssigkeit. »Das ist der Kot von einem Vampir, wahrscheinlich von einem Babyvampir. Bei älteren Vampiren hat er weniger Farbe und Form. Babyvampire haben noch ›menschliche‹ Anteile und produzieren üblicherweise etwas, das entfernt an normalen Kot erinnert.«

»Sieht aus, als würde ich jeden verdammten Tag etwas Neues über Vampire lernen.« Obwohl mich der Kot von Vampiren nicht wirklich interessierte, geschweige denn, dass ich länger darüber nachdenken wollte.

»Ich habe noch nie einen Wächter gesehen, der so wütend ausgesehen hat wie du jetzt.« Er hielt den Kopf etwas schief und wirkte überrascht und neugierig. »Es ist fast so, als würde dich dieser Tod ärgern.«

»Ärgerst du dich etwa nicht über einen sinnlosen Tod? Ärgert es dich etwa nicht, dass irgend so ein Mistkerl auf diese Frau geschissen hat, nachdem er sie vergewaltigt und ermordet hat?«

Er zuckte mit den Schultern. »Ich habe zu viel gesehen, als dass ich mich noch über so etwas aufregen würde.«

Ich schnaubte leise. »Und du glaubst, *ich* wäre ein kaltblütiges Monster?«

»Eine kaltblütige Mörderin«, fügte er leise hinzu. »Das ist ein Unterschied.«

Nicht wirklich, ganz bestimmt nicht. Ich sah mich nach der Frau um und bemerkte zum ersten Mal, dass sie dunkle Haare und dunkle Haut hatte. Wenn die Beschreibung der alten Frau aus dem ersten Haus stimmte, musste das Dunleavys Freundin sein.

Wenn Gautier für den Tod an Dunleavy verantwortlich war, wer hatte sich dann um seine Freundin gekümmert?

Mein Blick glitt zu ihrem übel zugerichteten Hals und den Exkrementen. Mein Magen krampfte sich zusammen, und eine dunkle Vorahnung kroch meinen Rücken hinauf. Ich drehte mich um und musterte die Glasscherben und die im Raum verteilten Möbel. Schließlich fand ich, was ich gesucht hatte. Es lag verdeckt auf dem Ofen. Ich stand auf und ging hinüber.

Ich nahm den Fotorahmen in die Hand und sah die dunkelhaarige Frau mit dem Kind. Ich schloss kurz die Augen und verfluchte die Ungerechtigkeit des Schicksals.

»Was ist so interessant an dem Rahmen?«, fragte Cole.

»Nicht der Rahmen, das Foto.« Ich drehte mich um und zeigte es ihm. »Siehst du das kleine Mädchen auf dem Foto? Wir haben sie letzte Nacht gefunden. Sie ist heute Morgen gestorben.«

»Wer das getan hat, hatte es also eigentlich auf das Kind abgesehen?«

»Nein, ich glaube, dass sie nur ein Köder war.« Ich rieb mir die Augen. Deshalb hatte der junge Vampir so lange im Regen gestanden. Gautier wollte sichergehen, dass wir ihm folgten. Er wusste, dass wir versuchen würden, das Mädchen zu retten. Wusste, dass wir versuchen würden, ihre Eltern ausfindig zu machen. Und er wollte, dass wir diesen Ring fanden.

Die Frage war, wieso?

Nachdenklich ließ ich den Blick wieder zu der Frau gleiten. »Wie lange ist sie schon tot?«

Cole sah hinunter auf die Leiche. »Die Leichenstarre hat noch nicht eingesetzt, keine drei Stunden.« Dann wandte er sich wieder zu mir um. »Warum?«

»Weil mit dem Zeitplan etwas nicht stimmt. Diese zwei wurden erst kürzlich ermordet, aber das kleine Mädchen hat man viel früher entführt.« Wir hatten Gautiers Vampirschützling gestern Nacht umgebracht. Er konnte es also nicht gewesen sein. Es war allerdings möglich, dass Gautier noch mehr Babyvampire in seinem Nest beherbergte.

Das beantwortete aber noch nicht die Frage, wie der Babyvampir nach Sonnenaufgang hier weggekommen war. Gautier war zwar ein junger Vampir, aber er konnte geringfügig mehr Sonne vertragen als irgendwelche jungen Burschen, die er verwandelt hatte. Für sie bedeutete der kleinste Sonnenstrahl den sofortigen Tod.

»Vielleicht hat man sie entführt, um sie zum Schweigen zu bringen«, überlegte Cole.

Vielleicht. Dunleavy hatte gestern Abend angerufen und verzweifelt um Hilfe gebeten. Ganz offensichtlich deshalb. Wenn Jack früher gehandelt hätte, wenn die

Abteilung über mehr Personal verfügte, wäre das kleine Mädchen vielleicht noch am Leben. Vielleicht sogar ihre Mom und Dunleavy.

Ich fragte mich, was sie wohl gewusst hatten. Es musste etwas sehr Gewichtiges gewesen sein, denn man hatte sie ziemlich schnell beseitigt. Aber was wussten sie von Gautier? Und was hatte Gautier mit dem Schlächter zu tun?

Denn langsam sah es so aus, als hätte er mit ihm zu tun, egal was Jack sagte und egal ob Gautiers sogenannter Wettbewerb etwas anderes vermuten ließ.

Ich sah hinunter auf das Bild. Es war angenehmer, als die echte Frau auf dem Boden anzusehen. »Ich glaube, ich befrage noch einmal die Nachbarin. Vielleicht hat sie etwas gesehen. Aber brich bitte erst in Jubel aus, wenn ich draußen bin.«

»Das wird nicht leicht, aber ich glaube, ich bin Manns genug, es zu schaffen.« Ein Lächeln erschien auf seinen Lippen und ließ sein faltiges Gesicht und die hellen Augen auf einmal warm und einladend wirken.

»Ich glaube, du bist Manns genug, um so einiges zu schaffen.« Mir fiel das mobile Aufnahmegerät ein, und ich widerstand der Versuchung, noch etwas hinzuzufügen. Wie beispielsweise, *aber bist du auch Manns genug für mich*? Cole war ein Wolfswandler. Er witterte mein Interesse. Wenn er es nicht erwiderte, würde ich ihn nicht bedrängen. »Hast du irgendetwas dagegen, wenn ich das mitnehme?«

»Nein.« Er zögerte. »Sobald sie da ist, schicke ich dir die Übersetzung von der Gravur.«

»Und die Identität der Frau, wenn es geht.«

Er nickte. Ich drehte mich um und ging aus der Tür. Sein Blick brannte nicht etwa auf meinem Rücken, sondern auf meinem Hintern. Ich widerstand der Versuchung, mit ihm zu wackeln, und sah zu, dass ich dort wegkam, bevor ich mich noch in Schwierigkeiten brachte.

Miss Radcliffe bestätigte, dass das Kind Dunleavys Freundin gehörte. »Wann haben Sie sie das letzte Mal gesehen?«, fragte ich und rümpfte die Nase, denn aus dem Haus schlug mir der penetrante Geruch von gekochtem Kohl entgegen.

»Gestern, als die Frau sie zum Kindergarten gebracht hat.« Sie schniefte. »Ihr Vater muss sie später abgeholt haben. Sie teilen sich das Sorgerecht, und er kümmert sich genauso darum.«

»Sie wissen nicht zufällig, wie er heißt?«

»Robert Worthington. Er wohnt in Prahan oder irgend so einem vornehmen Viertel. Das Kind heißt Ellana.«

»Und die Freundin? Sie könnten sich nicht zufällig auch an ihren Namen erinnern?«

Sie schnaubte. »Trudi Stone. Sie arbeitet ab und an als Kellnerin und Stripperin in einem von diesen Clubs für Männer.«

»Haben Sie irgendjemand anders aus dem Haus kommen oder gehen sehen?«

»Nein.« Sie schniefte. »Aber er hat irgendetwas hinter dem Haus verbrannt, nachdem der Lärm vorbei war. Es hat schrecklich gestunken.«

Ich erinnerte mich an den verbrannten Fleck vor dem

rückwärtigen Eingang. Der Babyvampir vielleicht? Von der Zeit her käme es wahrscheinlich hin, aber es war nicht logisch. Wieso sollte Gautier die Art, mit der er sich selbst vor der Sonne schützte, nicht mit seinem Zögling teilen? Oder hatte der Babyvampir hiermit seine Aufgabe erledigt, und anschließend hatte Gautier keine Verwendung mehr für ihn gehabt? Ihn von der Sonne grillen zu lassen, war eine sichere Art, ihn loszuwerden, ohne der Abteilung nützliche Beweise zu hinterlassen.

»Miss Radcliffe, Sie haben uns sehr geholfen. Danke, dass Sie sich die Zeit genommen haben.«

»Es ist mir immer ein Vergnügen, der Polizei zu helfen.«

Ich verkniff mir ein Lächeln und empfand unwillkürlich Mitleid mit der örtlichen Polizei. Die würde in den kommenden Tagen sicher mit »hilfreichen« Berichten der alten Frau bombardiert werden.

Ich ging zu meinem Wagen zurück und schaffte es gerade noch einzusteigen, bevor der Himmel sich erneut öffnete und es anfing zu regnen. Während das Wasser auf die Windschutzscheibe prasselte, warf ich das Foto auf den Beifahrersitz, zog mein Telefon heraus und rief die Abteilung an.

Karamellkuh ging an den Apparat.

»Sal, Riley Jenson noch einmal. Du musst eine Person für mich überprüfen.«

»Ich bin nicht deine persönliche Assistentin«, erwiderte sie kühl. »Es gibt offizielle Dienstwege.«

»Ich mag keine offiziellen Dienstwege, und ich brauche die Information schnell.«

»Anfragen dieser Art sind genehmigungspflichtig …«

»Ich habe keine Zeit für diesen Mist, Sal. Hör auf zu diskutieren und tu einfach, was ich dir sage, oder ich werde Jack ein paar gemeine Dinge über seine scharfe Assistentin ins Ohr flüstern.« Ich nannte ihr schnell Trudis Namen und Dunleavys Adresse. »Anscheinend arbeitet sie als Teilzeit-Kellnerin und Stripperin. Ich muss wissen, wo.«

»Du bist ein widerliches Miststück.« Obwohl sie ziemlich genervt klang, hörte ich deutlich das leise Tippen auf der Tastatur.

»Aber ein Miststück, auf das Jack hört.« Zumindest manchmal. Ich wartete ein paar Sekunden, dann fragte ich: »Was gefunden?«

»Ja. Ich schicke dir ihre Akte.«

»Steht eine Adresse von ihrer Arbeit drin?«

Salliane zögerte. »Sie arbeitet als Cocktailkellnerin im *Cattle Club*. Von einem Striplokal steht hier nichts.«

Vermutlich war es eines dieser illegalen Striplokale, und sie bekam das Geld bar auf die Hand. »Wo ist dieser *Cattle Club*? Von dem habe noch nie gehört.«

»So viel zu deinem Ruf als Partylöwe«, sagte sie irgendwie gehässig. »Der Laden ist total angesagt.«

»Für Werwölfe oder für Vampire, die auf ihren Chef stehen?«

»Menschen, Miststück. Noch etwas?«

»Nein. Es war mir ein großes Vergnügen, mit dir zu sprechen, Sal.«

»Du kannst mich mal, Wolfsmädchen.«

Sie legte auf, und ich grinste. Wenn ich sie weiterhin ärgerte, würde ich Schwierigkeiten bekommen. Das wusste ich, aber verdammt, es machte so viel Spaß. Sie wirkte so angespannt, dass ihr Gesicht bestimmt Risse bekam, wenn sie lächelte. Aber immerhin war sie effizient. Ich hatte kaum aufgelegt, da kam die Information über Trudi Stone bereits durch. Ich betrachtete eine Weile ihre Akte, stellte fest, dass sie keine kriminelle Laufbahn hinter sich hatte und an ihr anscheinend nichts Ungewöhnliches festzustellen war.

Die Tochter wurde ebenso erwähnt wie der Exmann. Ich tippte eine Anmerkung hinein und bat darum, den Vater über den Tod seiner kleinen Tochter zu informieren. Dann gab ich den Namen des *Cattle Club* in den Navigator ein und erhielt die Adresse samt Wegbeschreibung.

Der Club befand sich mitten in dem bekannten Clubviertel in der King Street. Es war das Pendant zu den Werwolf-Clubs, nur ohne Sex. Obwohl er anscheinend auch hier zu haben war, wenn man das nötige Bargeld besaß und nichts gegen eine schnelle Nummer in einer Gasse oder einem Auto einzuwenden hatte. Ich fragte mich, ob Trudi dieser Szene angehört hatte. Es hätte mich nicht sonderlich überrascht. Auf dem Foto in ihrer Akte hatten ihre Augen diesen trüben, resignierten Ausdruck einer Prostituierten, die schon eine Weile dabei war.

Stammte die Information, deretwegen man sie umgebracht hatte, von einem Kunden oder woanders her?

Stellte der *Cattle Club* überhaupt eine Verbindung dar oder etwa der Stripclub, über den wir nichts wussten?

Das konnte ich nur herausfinden, indem ich dort hinfuhr und herumschnüffelte. Obwohl es noch früh am Nachmittag war, hatte der Club zweifellos bereits geöffnet. Die meisten Läden in der King Street hatten inzwischen Rund-um-die-Uhr-Lizenzen, servierten Essen, schenkten Alkohol aus und versprachen jedem Gast eine gute Zeit. Es war nicht ungewöhnlich, dass die Schlangen um die Mittagszeit genauso lang waren wie nachts. Die Leute wollten sich in ihrer Mittagspause ein bisschen amüsieren. Das Problem war nur, dass ich dort, so lässig wie ich gekleidet war, nicht hineinkam, ohne meinen Ausweis zu zeigen, und ich hatte das Gefühl, dass ich das lieber umgehen sollte, bis ich den Laden ausgekundschaftet hatte.

Diese Hellseherei nervt total, dachte ich, als ich den Wagen startete. Wenn sie mich schon mit kleinen Warnungen versorgte, konnte sie mir doch wenigstens auch sagen, *warum* etwas passierte.

Ich fuhr nach Hause, zog mir etwas an, das schick und sexy wirkte, griff meinen dicksten Mantel und machte mich auf den Weg zu dem Club.

Vor der Tür stand eine Schlange, aber sie war nicht lang. Ab und an regnete es noch, und der eisige Wind in der King Street riss an den losen Enden meines langen Wollmantels. Als ich an der Tür ankam, waren meine nackten Beine beinahe blau angelaufen. Zusammen mit meinen roten Haaren sah das nicht sehr vorteilhaft aus.

»Du wirkst etwas durchgefroren«, stellte der Mann am Eingang mit einem Strahlen fest, als er die Tür öffnete.

»Besser ihr habt einen Kaffee für mich, ansonsten könnte es unangenehm werden«, erwiderte ich mit zusammengebissenen Zähnen. Himmel, was tat ich nicht alles für meine Arbeit.

Der Türsteher lachte und zeigte seine strahlendweißen Zähne, die einen starken Kontrast zu seiner dunklen Haut bildeten. »Frisch gebrüht und so stark, dass der Löffel drin steht.«

»Und das soll gut sein?«

»Davon wird dir schnell warm ums Herz.«

»Nun, das kann ich auf jeden Fall gebrauchen.«

Er musterte mich von oben bis unten und ließ den Blick nur einen Moment auf dem tiefen Ausschnitt meines dunkelgrünen Kaschmir-Pullovers verweilen. »Das kann ich schwer beurteilen bei dem dicken Mantel.« Er grinste, und seine braunen Augen blitzten. »Innen ist eine Garderobe, wenn du ihn loswerden willst.«

»Ja. Danke.«

Er nickte und schloss die Tür hinter mir. Ich blieb stehen und wartete, bis sich meine Augen an die plötzliche Dunkelheit gewöhnt hatten, gab meinen Mantel ab und ging die Treppe in den eigentlichen Club hinunter.

Der Hauptraum wirkte etwas retromäßig und war größer, als ich erwartet hatte. Eine geschwungene, gut beleuchtete Bar in Rot, Grün und Blau nahm einen Großteil des Raumes ein. Vor ihr standen altmodische silberne Barhocker in einer Reihe. Ausgefallene Discokugeln sorgten für regenbogenfarbene Effekte auf der großen Tanzfläche, und an den übrigen Wänden, die im Dämmerlicht lagen, fanden sich tiefe Sofas und altmodische Tische sowie Nischen, in denen man sitzen konnte.

Die Musik war eine Mischung aus Tanz- und Technomusik. Nicht ganz mein Geschmack, aber wenigstens nicht sehr laut. Vielleicht drehten sie die Lautstärke tagsüber etwas herunter.

Ich ließ meinen Blick durch den Raum gleiten. Es waren ziemlich viele Leute da, worauf die Schlange vor der Tür bereits hingedeutet hatte, aber der Raum war so groß, dass er dennoch großzügig wirkte, was nur in wenigen Clubs der Fall war. Ich persönlich mochte es allerdings, wenn ein Club richtig voll war. Meine Wolfsseele liebte es, wenn sich die Körper lustvoll aneinanderdrängten.

Ich ging zur Bar hinüber und ließ mich auf einem der Hocker nieder. Der Mann hinter der Theke hatte asiatische Gesichtzüge. Er kam vom anderen Ende zu mir herüber und schenkte mir ein freundliches Lächeln. »Was kann ich für Sie tun, schöne Frau?«

»Der Mann an der Tür hat behauptet, der Kaffee sei hier so stark, dass mir warm ums Herz würde.« Ich hob eine Braue und lächelte. »Nun will ich sehen, ob das stimmt.«

Ein belustigter Ausdruck spielte um seine Augen und vollen Lippen, der meine Hormone aufweckte. »Kalt draußen, was?«

»Verdammt eisig.« Als er zur Kaffeemaschine ging, um

mir einen Becher zu holen, ließ ich meinen Blick über seinen Rücken gleiten. Gute Schultern. Hübscher Hintern. Schade, dass das hier kein Werwolfclub war. Ich schob den Gedanken beiseite. Schließlich war ich zum Arbeiten hier und nicht, damit meine albernen Hormone auf ihre Kosten kamen.

»Milch? Zucker?«

Er sah mich aufmerksam aus seinen dunkelbraunen Augen an. Er wusste ganz genau, dass ich ihn beobachtet hatte, und es störte ihn nicht im Geringsten. Vielleicht gefiel es ihm sogar. »Weiß und einer, danke.«

Er nickte, goss mir einen Becher ein und kam zurück. Ich muss sagen, dass die Verpackung von vorn genauso hübsch war. Er schob den Becher über den rot lackierten Tresen und winkte ab, als ich bezahlen wollte. »Wenn du ein paar Stunden hier bleibst, machen wir einen Deckel, und du zahlst, wenn du gehst.«

»Danke.« Ich umschloss den Becher mit beiden Händen, um sie daran zu wärmen. Ein Schluck bewies, dass der Türsteher nicht übertrieben hatte. Der Kaffee war fast dickflüssig – dick und stark, schmeckte aber erstaunlich gut.

»Und, wird er seinem Ruf gerecht?«, fragte der Barmann, der meine Miene mit wachsender Belustigung beobachtete.

»Ich glaube, ich kann behaupten, dass ich noch nie etwas Vergleichbares getrunken habe. Von dem wird mir bestimmt warm ums Herz.« Ich grinste und streckte ihm die Hand entgegen. »Ich bin Riley.«

»Jin.«

Seine Finger fühlten sich warm an, seine Handflächen waren rau und sein Griff fest. Es waren nicht die Hände von jemandem, der von der Arbeit in einer Bar lebte. »Arbeitest du oft hier?«

Er zuckte mit den Schultern, griff ein Geschirrhandtuch und begann Gläser zu polieren. »Ein paarmal die Woche. Für einen Aushilfsjob ist er gut bezahlt.«

»Ah.« Ich trank einen Schluck von meinem Kaffee. »Deshalb habe ich dich wahrscheinlich noch nie hier gesehen.«

»Kommst du denn oft her?«

Als er ein weiteres Glas griff, blitzte an seiner linken Hand ein Ring auf. Zum Glück saß er auf dem Zeige- und nicht auf dem Ringfinger. Ich flirtete nur ungern mit verheirateten Männern. Das war für alle Beteiligten reine Zeitverschwendung.

»Ab und an.« Ich grinste. »Jedes Mal hat sich ein attraktiver Barmann besonders aufmerksam um mich gekümmert.«

»Wir sind alle ziemlich freundlich hier.« Er musterte mich etwas länger, sein Interesse war nicht zu übersehen. »Bist du deshalb heute hier?«

»Eigentlich nicht. Ich will eine alte Freundin treffen, die hier ab und zu arbeitet.«

»Wie heißt sie?«

»Trudi Stone.« Ich beobachtete ihn, bemerkte jedoch keinerlei Reaktion auf ihren Namen. Keine Ahnung, wieso ich damit gerechnet hatte.

»Warte einen Moment. Ich sehe nach, wann ihre nächste Schicht ist.« Er ging in die Mitte der Bar, bediente einen Mann, der mich beiläufig musterte, und verschwand dann in einem kleinen Büro. Kurz darauf war er wieder da. »Laut Dienstplan ist sie erst morgen Abend wieder hier.«

»Verdammt, ich könnte schwören, dass sie gesagt hat, sie hätte heute Dienst.« Ich stellte den Kaffeebecher ab, verschränkte die Arme auf dem Tresen und beugte mich etwas nach vorn, damit er meine Brüste besser sehen konnte. He, er war sexy, und während ich nach Informationen suchte, konnte ich mich ebenso gut amüsieren. Ich durfte nicht das Risiko eingehen, hier seine Gedanken zu lesen, nicht, wenn überall Sicherheitskameras installiert waren. Meine telepathischen Kräfte waren zwar stark, aber hier konnte jeder zusehen. Es brauchte nur jemand zu bemerken, wie der Barkeeper plötzlich erstarrte, während ich seinen Verstand durchsuchte. Schon war ich geliefert. So etwas sollte ich lieber erst dann tun, wenn ich mit ihm allein war. »Wann bist du denn fertig?«

Sein Blick glitt von meinem Gesicht hinunter zu meinen Brüsten und wieder zurück nach oben. Er verzog amüsiert die sehr küssenswerten Lippen. »Wann willst du mich denn haben?«

»Wie wäre es mit heute Abend?«

»Es ist mir ein Vergnügen.«

Ich hob eine Braue. »Ich hoffe, für mich auch.«

Er lachte leise. »Oh, das verspreche ich dir. Aber ich brauche eine Telefonnummer, unter der ich dich erreichen kann.«

»Wenn du einen Stift hast, habe ich die Nummer.«

Er holte mit der linken Hand Stift und Papier unter dem Tresen hervor. Zum ersten Mal konnte ich den Ring an seinem Finger richtig sehen.

Auf der flachen silbernen Oberfläche war ein dreiköpfiger Drachen mit scharfen Krallen und blutroten Augen.

Genau wie auf dem Ring, den ich bei Dunleavy gefunden hatte.

5

»Schöner Ring«, murmelte ich nach kurzem Zögern, griff beiläufig den Stift und schrieb meine Mobilnummer auf.

»Dieses alte Ding?« Er bewegte die Finger, so dass die feurigen Augen der Drachenköpfe im Licht glitzerten und funkelten. »Das ist nur ein Clubring. Der ist nicht viel wert, aber er fällt hübschen Mädchen auf.«

Falls er log, spürte ich es nicht, was allerdings nichts bedeuten musste. Schließlich war er ein Mensch. »Er hilft also, ein Gespräch anzuknüpfen?«

»Es kann nie schaden, so etwas zu haben.« Er nahm den Zettel mit der Nummer und steckte ihn sorgfältig in seine Hemdtasche. »Wann wollen wir uns treffen?«

Ich nahm meinen Kaffeebecher und trank noch einen Schluck. »Wann hast du hier Schluss?«

»Um sieben.«

»Wie wäre es dann um neun?«

»Perfekt. Wollen wir uns irgendwo auf einen Kaffee treffen oder zusammen abendessen?«

»Abendessen.« Ich zögerte. »Es gibt ein italienisches

Restaurant in der Rathdown Street, Riceni. Das ist klein und intim.«

Er nickte. »Gute Wahl.«

»Ich treffe immer eine gute Wahl«, schnurrte ich mit tiefer Stimme, und seine Augen leuchteten lustvoll auf. Ich lächelte ihn lasziv an. »Und weißt du, ob das Restaurant oben noch geöffnet hat?«

»Es hat immer geöffnet. Wenn du jetzt hinaufgehst, sage ich dem Koch Bescheid, dass er sich um dich kümmert.«

»Danke.« Ich glitt von dem Hocker, nahm meinen Kaffee und ging die Treppe hinauf, wobei mir bewusst war, dass Jin mir mit seinem Blick folgte. Ich genoss jede Minute.

Der Koch kümmerte sich tatsächlich um mich, servierte mir ein butterweiches Steak und dazu haufenweise Pommes Frites und Gemüse. Eine Stunde später trat ein sehr satter und glücklicher Werwolf auf die Straße hinaus.

Als ich im Auto saß, holte ich mein Telefon hervor und aktivierte das Bildtelefon, dann rief ich die Abteilung an. Jack, nicht die Karamellkuh.

»He, Chef, hier ist Riley.«

»Guter Gott, sie meldet sich. Es geschehen noch Zeichen und Wunder.«

Ich grinste. »Wenn ich will, kann ich ein braver kleiner Wolf sein.«

»Was allerdings nicht häufig vorkommt. Was ist bei Dunleavy passiert?«

Ich schilderte ihm kurz die Ereignisse, berichtete ihm

von meinen Überlegungen zu Gautier, beschrieb ihm alle Einzelheiten zu dem Ring und erklärte ihm, wer die Mutter des kleinen Mädchens war.

»Ich verstehe nicht, wie Gautier nach Sonnenaufgang herumlaufen kann.«

»Ich weiß es nicht. Er sollte dazu eigentlich nicht in der Lage sein.«

»Aber er tut es. Also sollten wir lieber ziemlich schnell herausfinden, wie er das macht.«

Er stöhnte. »Es ist eine Schande, dass beide Opfer bereits tot waren, als du dort angekommen bist. Du hättest ihre Gedanken lesen können, um herauszufinden, welche Informationen sie uns geben wollten.«

Das war das Stichwort, um ihm zu berichten, was ich in dem Schlafzimmer gesehen und … gehört hatte. »Nun, in gewisser Weise hat Dunleavy noch gelebt, als ich dort ankam.«

»Was heißt ›in gewisser Weise‹?«

»Als ich hineinkam, hat er gestöhnt, und als ich neben ihm stand, ist sein Körper irgendwie in sich zusammengesackt, und seine Seele hat sich gelöst.« Ich zögerte wieder. »Ich schwöre, dass er Dahaki gesagt hat.«

»Dahaki?«

»Ja. Ich bin nicht sicher, ob aus dem sterbenden Körper vielleicht einfach nur Luft entwichen ist oder ob sein Geist tatsächlich versucht hat, mit mir Kontakt aufzunehmen.« Oder ob ich so verrückt war, wie ich mich anhörte.

»Die Berichte legen nahe, dass deine hellseherischen

Fähigkeiten sich in sehr ungewöhnlichen Bereichen entwickeln. Deshalb halte ich es durchaus für möglich, dass du tatsächlich seinen Geist gehört hast. Was, gelinde gesagt, interessant ist.«

»Es ist gruselig.«

»Vielleicht. Aber wenn wir in der Lage wären, echte Tote zu befragen, wären wir gegenüber den Verrückten, die wir jagen, enorm im Vorteil.«

»Nur, wenn ich zu dem Zeitpunkt da bin, wenn sie sterben, Jack.«

»Oder wenn ihre Geister herumlungern.«

Mich überlief ein eisiger Schauder. Ich wollte mir nicht vorstellen, dass irgendwo Geister herumlungerten und darauf warteten, mit mir zu plaudern.

»Ich habe Cole gebeten, mir so rasch wie möglich eine Übersetzung der Inschrift aus dem Ring zu schicken. Ich habe ihn auch gefilmt und dir die Aufnahmen per Telefon geschickt, falls du ihn dir ansehen willst.«

»Ich sage Salliane, dass sie die Aufnahmen besorgt, und lasse das Design überprüfen. Warten wir ab, was dabei herauskommt. Was ist mit Trudi Stone – hattest du Glück mit deiner Überprüfung?«

Die Karamellkuh hatte mich doch tatsächlich verpetzt. Schon wieder. »Ich war in dem Club, in dem sie gearbeitet hat, und habe mit einem asiatischen Kollegen von ihr gesprochen. Er hat genauso einen Ring getragen, wie wir ihn bei Dunleavy gefunden haben.«

»Das könnte Zufall sein.«

»Könnte sein. Aber ich habe da so meine Zweifel. Ich

bin heute Abend mit ihm verabredet und werde ein bisschen in seinen Gedanken lesen, aber ich habe mich gefragt, ob du dich in die Kartei des *Cattle Clubs* hacken und einen Blick in seine Akte werfen könntest.«

»Wie heißt er?«

»Sein Vorname ist Jin. Er muss hier geboren sein, denn er hat überhaupt keinen Akzent.«

»Mensch oder nicht?«

»Mensch.«

»Pass gut auf. Er darf keinen Verdacht schöpfen, dass du etwas anderes als ein Mensch sein könntest.«

»Chef, ich glaube, ihn interessiert nur, dass ich eine ziemlich scharfe Frau bin.«

»Dann belass es dabei.«

»Ja.« Ich schwieg und ließ den Motor an, damit ich die Heizung aufdrehen konnte. Das Wageninnere fühlte sich langsam wie ein Grab an, und ich wusste nicht, ob das von dem kalten Wetter kam oder eine Vorahnung war. »Wie ist es mit Rhoans Ermittlung gelaufen?«

»Es handelt sich offenbar um den gewöhnlichen Mord von einem Vampir, der trinken musste. Jemand von der Nachtschicht kann sich darum kümmern.«

Ich war sicher, dass die Jungs von der Nachtschicht, viele von ihnen waren mehrere Jahrhunderte alt, sich darauf freuten. »Ich fahre nach Hause und ruhe mich vor heute Abend etwas aus. Meinen Bericht schicke ich dir per E-Mail von dort.«

»Aber mach das auch. Und hör bitte auf, meine Assistentin zu schikanieren.«

Ich grinste. »Ich muss eben auf dem schnellsten Weg an gewisse Informationen kommen.«

»Ich habe nicht gesagt, dass du nicht anrufen sollst, wenn du Informationen brauchst. Ich bitte dich nur darum, dabei weniger zickig zu sein.«

»Falls es dir entgangen sein sollte, ich *bin* eine waschechte Zicke. Geh mit ihr ins Bett, Jack. Bring es endlich hinter dich.«

»Ich schätze, es ist sinnlos, dir zu sagen, dass du dich lieber um deine eigenen Sachen kümmern solltest.«

Ich kicherte. »Vollkommen.«

»Werwölfe«, murmelte er. »Sieh zu, dass du dich nach deiner Verabredung heute Abend meldest.«

»Mach ich, Chef.«

Ich legte auf und fuhr nach Hause.

Als Rhoan endlich nach Hause kam, stand ich in ein Handtuch gewickelt vor meinem Kleiderschrank und überlegte, was ich anziehen sollte.

»He, Schwester.« Er ließ sich unelegant auf mein großes altes Bett plumpsen. »Heiße Verabredung?«

»Eine heiße Verabredung und eine mögliche Spur.« Ich zog ein schwarzes Kleid heraus und zeigte es ihm. »Jack hat mir vorhin erzählt, dass es sich bei deinem Fall um einen ganz normalen Mord gehandelt hätte. Bist du sicher?«

»Das Kleid ist zu förmlich. Du willst doch, dass er sich auf deinen Körper konzentriert und sich ausmalt, was er alles mit ihm anstellen könnte, anstatt auf deine Fragen zu achten.« Er stieß sich vom Bett ab und trat neben mich. »Und ja, der Fall hat nichts mit unserem Schlächter zu tun. Peri glaubt, dass wir es mit ein paar Babyvampiren zu tun haben, die sich gemeinschaftlich um ihre Ernährung kümmern.«

»Na, das hat uns gerade noch gefehlt«, empörte ich mich. »Wieso können die Blutsauger nicht auf ihre Kinder aufpassen?«

»Das tun die meisten. Es sind ja wirklich nur wenige, die frei herumlaufen.«

»Aus Sicht der Opfer sind das ein paar zu viel.«

Er zuckte mit den Schultern, griff in den Kleiderschrank und zog ein limonenfarbenes Rüschenkleid hervor, das an den Seiten Schlitze hatte, vorne tief ausgeschnitten war und den Rücken ganz frei ließ. »Wo gehst du hin?«

»Riceni. Darin friere ich mir den Arsch ab.« Abgesehen davon, dass ich in dem Dämmerlicht neonfarben leuchten würde.

»Du musst es nur richtig angehen, Baby. Dann strahlt er so viel Lust und Verlangen aus, dass dir brennend heiß ist.«

»Das löst aber nicht mein Problem mit der Farbe.«

»Himmel, je älter du wirst, desto langweiliger wirst du.«

»Mit dem Kleid kann man gut in einen Club gehen, aber es ist kein diskretes Kleid für ein italienisches Restaurant.«

Er hing das Kleid zurück. Ich verschränkte die Arme und beobachtete, wie er weitere Kleider durchsah. Gereizt stellte ich fest, dass er die meisten, die ich gekauft hatte, kaum beachtete. Aber ich hatte nun einmal einen etwas konservativeren Geschmack als mein Bruder.

»Was hattest du heute für Jack zu tun?« Er zog ein langärmeliges Kleid aus dunkelgrünem Stretchsatin hervor, das an den Seiten sowie den Schultern Aussparungen im Stoff hatte. Er hielt es mir an und sagte: »Perfekt. Sexy, ohne zu viel zu verraten.«

»Ich sollte einen Informanten treffen und habe stattdessen eine Leiche vorgefunden.« Ich nahm ihm den Kleiderbügel samt Kleid ab und ging hinüber zum Bett. »Es hat sich herausgestellt, dass das kleine Mädchen von gestern Abend die Tochter von der Freundin unseres Informanten war.«

»Sind sie beide tot?«

»Ja. Dahinter steckt Gautier.«

Er funkelte mich mit kaltem, wütendem Blick an. »Wir kriegen diesen Mistkerl. Ganz bestimmt.«

»Ich weiß.« Ich schob das Kleid über meine Hüften und strich das Material nach unten. Stretchsatin hätte ich selbst nicht gewählt, aber ich musste zugeben, dass es sich sehr angenehm anfühlte.

»Sehr hübsche Rückenansicht«, bemerkte Rhoan. »Ich würde auf Unterwäsche und Strümpfe verzichten, wenn es dir nicht zu kalt ist. Liander würde sagen: Wir wollen doch nicht, dass das hübsche Ensemble verunstaltet wird, weil sich darunter ein hässlicher Slip abzeichnet.«

Ich schnaubte leise. »Liander muss ja nicht damit zurechtkommen, dass es, wie du ganz richtig sagst, kühl ist.«

Ich zog meine Pumps an. »Aber wo wir gerade von Liander sprechen, hast du ihn gesehen?«

»Ich habe mit ihm zu Abend gegessen.« Er hob herausfordernd eine Braue. »Und wo wir gerade dabei sind, was ist mit Quinn und Kellen?«

»Quinn ist immer noch auf der Jagd nach Dämonen, und du weißt ja, dass ich wegen Kellen heute Morgen zu spät gekommen bin.« Ich lächelte, als ich an unsere frühmorgendliche Unterhaltung während des eiligen Frühstücks dachte. »Er wollte mich nächstes Wochenende an einen einsamen Ort entführen.«

Rhoan grinste. »Der Mann ist wild entschlossen, dich von deinem Vampir wegzulocken, stimmt's?«

Eindeutig. Und wieso sollte mich das stören, wenn ich dadurch eine gute Zeit erlebte? »Ich habe das Wochenende wegen unseres aktuellen Falls abgesagt, aber ich habe eingewilligt, anschließend drei Wochen mit ihm an einen exotischen Ort zu verreisen. Ich habe bei Jack noch Urlaub gut.«

»Mann, das wird Quinn aber nerven.« Rhoans Grinsen implizierte, dass er das keineswegs schlecht fand. Er und Quinn waren zwar Freunde, aber meinen Bruder nervte es, wie Quinn sich mir gegenüber in den vergangenen Monaten verhalten hatte.

Ihm wäre es am liebsten, wenn ich überhaupt nicht mit ihm ausginge.

»Quinn hat mich mitten in Flughafen West sitzen lassen und seither keinen Mucks von sich gegeben. Der soll bleiben, wo der Pfeffer wächst.«

Rhoan kicherte. »Es ist herrlich, wenn ihr zwei Streit habt. Es macht großen Spaß zuzusehen, wie die Fetzen fliegen.«

»Schön, dass du dich amüsierst.« Ich griff eine dunkelgrüne Handtasche, ging zu ihm und küsste ihn auf die Wange. »Pass auf dich auf, großer Bruder.«

»Du auch. Und vergiss die Kondome nicht, falls du so tust, als wärst du ein Mensch. Du kannst dich zwar nicht anstecken, aber es könnte ihm merkwürdig vorkommen, wenn du dich auf ungeschützten Sex einlässt.«

Ich grinste und tippte auf meine Handtasche. »Ich habe vorhin welche gekauft. Gerippt, genoppt und Eis.«

Er hob erstaunt eine Braue. »Eis?«

»In der Packungsbeilage steht, dass sie sich wie Eis anfühlen und man dadurch die Hitze des eigenen Körpers deutlicher wahrnimmt. Ich werde dir berichten, ob es sich lohnt.«

»Ja, bitte. Ich bin immer auf der Suche nach einer neuen Erfahrung.«

»Das hat sich schon herumgesprochen.«

Er kniff mir in den Po. »Würdest du einer Autoritätsperson gegenüber wohl etwas mehr Respekt zeigen. Und jetzt mach dich auf den Weg, sonst kommst du noch zu spät.«

Ich ging.

Es regnete immer noch, und die Straßen waren glatt. Natürlich hielt das einige Idioten nicht davon ab, mit hundert Sachen zu überholen. Zum wiederholten Mal wünschte ich, ich hätte ein Blaulicht, das ich auf das

Dach setzen könnte, um diesen Mistkerlen einen Schrecken einzujagen.

Als ich einen Parkplatz gefunden hatte und zum Restaurant geplatscht war, war ich fünfzehn Minuten zu spät. Der Oberkellner empfing mich an der Tür, half mir aus meinem durchnässten Mantel und führte mich zu einem Tisch im hinteren Teil des Restaurants, an dem Jin auf mich wartete. Als ich auf ihn zukam, stand er auf. Er trug einen dunkelblauen Anzug und ein hellgraues Hemd, das ganz hervorragend zu seinem Teint passte. Er musterte mich von oben bis unten, und als er mir wieder in die Augen sah, las ich intensive Lust in seinem Blick.

Ich grinste und beugte mich nach vorn, um ihn auf die Wange zu küssen. Seine Haut fühlte sich samtweich an, und sein Rasierwasser roch köstlich nach einer Mischung aus exotischen Hölzern, Limone und Mandarine. »Schön, dich wiederzusehen.«

Er lächelte und wartete, bis der Oberkellner mir auf den Stuhl geholfen hatte. Erst dann nahm er selbst Platz. »Man hat mich eigentlich gefragt, ob ich heute Abend noch eine zweite Schicht übernehmen könnte. Aber ich habe gesagt: ›Auf gar keinen Fall.‹«

»Da bin ich aber froh.«

»Ich auch.« Er sah auf, als der Kellner an unseren Tisch trat. »Möchtest du etwas trinken? Einen Weißwein vielleicht?«

»Das wäre perfekt.«

Und tatsächlich: Der Wein, das Essen und die Gesellschaft waren vollkommen. Wir redeten über alles Mögliche, neckten uns, flirteten und amüsierten uns. Ich mochte ihn, mochte seinen Sinn für Humor und wie er das Gespräch mühelos von einem Thema zum nächsten lenkte. Selbst die kurzen Gesprächspausen waren angenehm. Ich schob meine Fragen so lange vor mir her, bis der Nachtisch abgeräumt wurde und es sich nicht mehr aufschieben ließ.

»Also«, sagte ich, während ich den Wein sanft in meinem Glas schwenkte. Wahrscheinlich hatte ich ein bisschen zu viel getrunken, denn ich spürte ein warmes Summen in meinen Adern. Vielleicht war es auch nur das aufgeregte Brummen meiner Hormone. »Erzähl, was machst du eigentlich beruflich?«

Während ich die Frage stellte, senkte ich meine Schutzschilde und tastete vorsichtig nach seinen Gedanken. Doch ich stieß gegen eine Schutzwand, die stärker war als alles, was mir bislang begegnet war. Es fühlte sich nicht wie der natürliche Schutzschild eines Mediums an.

Komischerweise fühlte es sich aber auch nicht nach einem Nanodraht an. Diese Abwehrdrähte waren die neueste Entwicklung der Nanotechnologie und schützten den Träger vor ungewollten psychischen Übergriffen. Ich wusste nicht, wie sie eigentlich funktionierten, aber ich wusste, dass sie irgendwie durch die Körperwärme aktiviert wurden und ganz schwache elektronische Strömungen erzeugten, wenn sie in Betrieb waren.

Wenn er also keine natürlichen Schutzschilde besaß und auch keine technischen, was war es dann? Was war da?

Ich wusste es nicht, aber ich würde es mit Sicherheit herausfinden.

In der Zwischenzeit musste ich versuchen, auf altmodische Weise an Informationen zu kommen, durch Sex und Herumschnüffeln, denn in der Personalakte aus dem *Cattle Club* hatte nur Jins Anschrift gestanden, ansonsten nichts Brauchbares. Selbst eine Gesamtüberprüfung hatte nicht mehr ergeben, als dass er keine kriminelle Laufbahn hinter sich hatte und an der lokalen Universität Psychologie studiert hatte.

Ja okay, noch vor fünf Monaten war ich wild entschlossen gewesen, nie im Auftrag der Abteilung mit jemandem zu schlafen. Und jetzt war ich drauf und dran, genau das zu tun. Es war sehr hilfreich, dass er so nett war und ich keine negativen psychischen Schwingungen von ihm empfing. Wenn er gut ausgesehen, sich aber schlecht angefühlt hätte, wäre das etwas anderes gewesen.

Vielleicht.

Er hob seine Brauen. »Was ist falsch daran, sein Geld als Barkeeper zu verdienen?«

Ich lächelte. »Nichts. Du wirkst nur einfach nicht wie jemand, dem es reicht, sein Leben lang in einer Bar zu arbeiten.«

»Aha.« Er zögerte kurz, dann zuckte er mit den Schultern. »Ich sehe mich momentan um und mache ein bisschen dieses und jenes. Ich habe diesen ganzen Collegezirkus mitgemacht, hatte dann aber keine Lust, in dem Bereich zu arbeiten, für den ich ausgebildet worden bin.«

»Hast du noch andere Jobs?«

»Ich arbeite im *Hunter's Club*.« Er sah mich an, als müsste mir das etwas sagen. »Das ist ein Fitnessclub in der Stadt. Die bieten Yoga- und Pilateskurse an, Massagen und Spa-Therapie und haben ein Fitness-Center. Solche Sachen.«

Ich lächelte. »Du willst mir doch nicht etwa erzählen, dass du als Masseur arbeitest, nur damit du die ganzen hübschen Mädchen begrabschen kannst?«

Er griff über den Tisch nach meiner Hand und drehte sie um. Dann strich er sanft mit dem Finger über meine Handfläche bis zu meinem Handgelenk und schickte kleine Wonneschauer meinen Arm hinauf. »Ich kümmere mich nur um ganz besondere Frauen. Normalerweise arbeite ich als Trainer im Fitnessclub. In einer meiner Findungsphasen habe ich eine Ausbildung gemacht.«

»Ist der Ring dann ein *Hunter's-Club*-Ring?«

»Nicht wirklich.« Sein Griff um meine Hand verstärkte sich, und er quetschte meine Finger etwas zusammen. Das war eine seltsame Mischung. Erst dieses verführerische Streicheln und dann dieser kurze Schmerz. Es erregte mich, als würde ich gleich etwas Neues kennenlernen. Das war seltsam, denn es gab nicht viel, was ich im Bereich von normalem Sex nicht kannte. »Willst du hier noch einen Kaffee trinken, oder ziehst du einen intimeren Ort vor?«

Während er das sagte, suchte er meinen Blick, und in den warmen braunen Tiefen seiner Augen sah ich, dass er seine Lust kaum noch beherrschen konnte. Dabei entging mir nicht, dass er rasch das Thema gewechselt hatte.

Er wollte nicht über den Ring sprechen, jedenfalls nicht im Detail. Was interessant war, wenn er ihn angeblich nutzte, um mit jemandem ins Gespräch zu kommen. Ich hob herausfordernd eine Braue. »Und wo genau wäre dieser intimere Ort?«

Er lächelte lasziv und verführerisch, und meine immer bereiten Hormone führten ihren üblichen kleinen Freudentanz auf. »Bei mir. Ich wohne nur einen Block von hier entfernt.«

»Ah. Gut.« Ich zögerte und gab vor nachzudenken. »Ich habe keine Ahnung, ob der ›Kaffee‹ den Weg durch den Regen lohnt.«

»Dann möchtest du vielleicht einen kleinen Vorgeschmack?« Er zog mich sanft an meiner Hand nach vorn über den Tisch.

»Gern«, murmelte ich, kurz bevor seine Lippen meinen Mund berührten. Unser Kuss war vorsichtig und zärtlich, es war der forschende Kuss zweier Fremder, die sich nicht mehr lange fremd bleiben wollten. Als wir aufhörten, atmeten wir beide alles andere als regelmäßig.

»Also«, sagte er, sein Atem strich warm über meinen Mund. »Habe ich den Test bestanden?«

Ich strich mit der Zunge über meine Lippen und genoss seinen Geschmack und seinen Atem. »Ich glaube schon.«

»Dann lass uns gehen.« Er ließ mich los und signalisierte dem Kellner, uns die Rechnung zu bringen. Nachdem wir gezahlt hatten, half er mir in meinen Mantel und führte mich hinaus, wobei seine Hand in der Mitte meines Rückens ruhte. Um seine Finger herum wurde es so warm, dass ich es selbst durch meinen dicken Mantel hindurch spürte.

Draußen regnete es nach wie vor, aber das Prasseln von vorhin hatte sich in ein feines Nieseln verwandelt. Es war immer noch kalt, aber nach dem ganzen Alkohol, den ich konsumiert hatte, und an der Seite von Jins erhitztem Körper machte mir das nichts aus.

Wir waren allerdings kaum einen halben Block gelaufen, als ich an einem vertrauten Kribbeln merkte, dass wir nicht allein waren.

Vampire verfolgten uns.

Toll. Einfach toll. Wie sollte ich mit ihnen umgehen, ohne mich vor Jin zu verraten?

Ich blieb stehen, zog einen Schuh aus und schüttelte ihn leicht, während ich versuchte, die Vampire zu orten. Sie befanden sich auf der anderen Straßenseite und hatten sich in Schatten gehüllt, während sie sich beeilten, uns zu überholen. Ihr Hunger mischte sich mit ihrem Geruch, strich wie ein Dieb durch die Nacht, stieg mir in die Nase und jagte mir Schauder über den Rücken. Sie rochen nach frischem Tod. Es waren Babyvampire, keine reifen.

Waren es etwa dieselben, die die Leiche so übel zugerichtet hatten, um die Rhoan sich kümmern sollte, oder waren es andere? Und wer zeugte diese ganzen Vampire und ließ sie dann unbeaufsichtigt herumlaufen?

Aus einem unbestimmten Grund tauchte Gautiers Bild in meinem Kopf auf. Aus seiner Sicht musste das Ganze irgendeinen kranken Sinn ergeben. Er wusste, dass die Abteilung an Personalknappheit litt. Er wusste, dass uns diese Fälle bis an die Grenze unserer Belastbarkeit trieben und wir nur sehr bedingt in der Lage waren, *ihn* zu verfolgen.

Jin drehte sich um, ließ den Blick durch die Nacht gleiten und sah dann wieder mich an. »Was ist los?«

»Ich habe einen Stein im …«

Ich kam nicht mehr dazu, den Satz zu beenden, denn die beiden Vampire lösten sich aus den Schatten und griffen an. Jin gab einen kehligen Ton von sich und stieß mich zur Seite. Ich taumelte einige Schritte rückwärts, fand mein Gleichgewicht wieder und wich einer Faust aus, die einer der Vampire in meine Richtung stieß. Er lachte leise, was an meinen Nerven zerrte. Als der Vampir ein zweites Mal auf mich zukam, schleuderte ich den zweiten Schuh von mir, fing ihn in der Luft auf, wirbelte herum und hämmerte den Holzabsatz gegen sein Kinn. Wo das Holz über die Haut ratschte, schossen Flammen auf, und der Geruch verbrannter Haut stieg in die Luft. Er runzelte die Stirn und blickte überrascht auf die Schuhe in meiner Hand.

Offenbar war ihm nicht klar, dass die Absätze aus Holz waren. Ich ließ ihm keine Zeit, darüber nachzudenken, denn ich trat ihm so fest ich konnte in den Unterleib. Mit einem zischenden Geräusch, das sich ziemlich leidend anhörte, stieß er die Luft aus, und als er sich nach vorne krümmte, holte ich mit einer Faust Schwung, erwischte ihn mit voller Wucht am Kinn und schlug ihn bewusstlos.

Ich wirbelte herum, um Jin zu helfen, und blieb schockiert stehen. Der andere Babyvampir lag mit seltsam verdrehten Armen und Beinen zu seinen Füßen und stöhnte. Jins Atem ging kaum schneller, aber ich sah, wie er die Augen schloss und tief inhalierte, als würde der Schmerz des Babys ihn irgendwie stärken.

Das war ein sehr merkwürdiger Gedanke. Aber ich erschauderte sowieso, denn kein Mensch sollte in der Lage sein, einen Vampir zu besiegen. Auch keinen Babyvampir.

War Jin etwa etwas anderes als ein Mensch? Und wenn dem so war, wieso nahmen meine Sinne ihn dann immer noch als Menschen wahr? Oder verfügte er nur über übersinnliche Fähigkeiten? Ich blickte auf den Vampir hinunter, dessen Gesicht von Schmerz und Angst gezeichnet war. Übersinnliche Fähigkeiten, mit denen man Knochen brechen konnte? So etwas hatte ich noch nie gehört, aber ich war kein Experte. Ich konnte ja noch nicht einmal meine eigenen Fähigkeiten erklären.

Ich griff mein Mobiltelefon und rief schnell die Abteilung an, um ein Säuberungsteam zu ordern. Für Jin ließ ich es aussehen, als würde ich lediglich einen Überfall melden. Ich bin sicher, die Karamellkuh hielt mich für durchgeknallt. Aber das tat sie vermutlich schon lange vor diesem Telefonat.

Als ich aufgelegt hatte, stieß Jin leise die Luft aus, öffnete die Augen und drehte sich ganz zu mir herum. In seinen Augen war ein Funkeln, das beinahe außerirdisch wirkte. Wie aus einer anderen Welt. Wieder lief mir ein

Schauder über den Körper, aber perverserweise reagierte der Wolf in mir darauf mit heftiger Lust. Das stärkste Alphatier im Rudel war immer das, welches am meisten begehrt wurde, und dieser Mann, ob er außerirdische Augen hatte oder nicht, weckte ein so starkes Begehren in mir, dass es fast wehtat.

Als sich unsere Blicke begegneten, lächelte er. Es war ein gruseliger Anblick. Ich dachte kurz daran, einen Rückzieher zu machen, aber bevor ich mich entscheiden konnte, war er schon mit fünf schnellen Schritten bei mir, legte eine Hand um meinen Nacken und küsste mich. Heftig. Die andere Hand ließ er um meine Taille gleiten und zog mich an sich, so dass ich seine starke Erektion an meiner Leiste spürte. Es fühlte sich so unglaublich gut an.

»Ich will dich.« Seine Stimme war ein heiseres Knurren, in dem sich meine Leidenschaft spiegelte. Er ließ die Hand über meinen Rücken hinunter und weiter über meinen Hintern bis zu meinem Oberschenkel gleiten. Eine Gänsehaut lief mir über den Leib, und ich war nicht ganz sicher, ob vor Lust oder weil sich seine Berührung so unnatürlich warm anfühlte. »Hier. Jetzt.«

»Nicht hier.« Er schob seine Finger unter den Satinstoff, und ich konnte mich gerade noch beherrschen, mich nicht zu bewegen und seine Finger an die Stelle zu lotsen, die sich so sehr danach sehnte. »Bei dir. Dort ist es wärmer.«

Er knurrte frustriert, griff meine Hand, zog mich mit sich und zwang mich zu laufen. Wasser spritzte an meinen nackten Beinen herauf, aber wenn ich fror, spürte ich es nicht. Jins Hitze und seine Lust und noch irgendetwas anderes – eine Energie, die ich spürte, aber nicht benennen konnte – schwappten in Wellen über mich hinweg, trieben mir Schweißperlen auf die Haut und brachten das Blut in meinen Adern zum Kochen.

Wenn er ein Werwolf gewesen wäre, hätte ich gedacht, dass er mich mit Hilfe seiner Aura erregte und gefügig machte. Und, Gott hilf mir, ich *war* erregt und zu allem bereit, egal was er mir bot.

Wir bogen links in eine Seitenstraße ab. Drei Häuser weiter stieß er ein Tor auf und raste mit mir die Eingangsstufen hinauf. Ich nahm kurz ein weißes zweigeschossiges Stadthaus im klassischen viktorianischen Stil wahr, dann öffnete sich die Kassettentür, und ich wurde hineingeschoben.

»Die erste rechts«, sagte er, während er die Tür zuschlug.

Ich ging in das Wohnzimmer, zog meinen Mantel aus und warf ihn auf den erstbesten Stuhl. Meine Schuhe flogen in dieselbe Richtung, meine Tasche behielt ich noch so lange, bis ich ein paar Kondome herausgeholt hatte.

Obwohl ich trotz des Holzfußbodens keine Schritte gehört hatte, stand er plötzlich hinter mir, strich kurz mit seinen heißen Händen über meine Schenkel, griff mein Kleid und zerrte es mir über den Kopf.

Er gab ein leises anerkennendes Geräusch von sich, legte eine Hand auf meinen Rücken und trieb mich durch den Raum zu der Lehne eines großen alten Ledersofas.

»Halt dich fest«, befahl er.

Das tat ich. Er nahm mir die Kondome ab, behielt eins und warf den Rest auf das Sofa. Nachdem er mit den Füßen meine Beine auseinandergeschoben hatte, begann er mich zu erforschen, seine Berührung war so grob, dass es beinahe wehtat, als er mich streichelte und reizte, bis ich mich so danach sehnte, ihn in mir zu spüren, dass ich dachte, ich würde explodieren.

Dann biss er mich. Heftig. In die Schulter. In den letzten paar Minuten mussten Schmerz und Lust irgendwie eins geworden sein, denn ich keuchte laut, so gut fühlte es sich an.

»Du magst es gern grob«, bemerkte er, während er heftig und schnell an meiner Schulter atmete.

»Nein«, stieß ich irgendwie hervor. »Aber das hat sich gut angefühlt.«

Warum war die Frage. Ich hatte nie etwas mit diesen Lust-und-Schmerz-Sachen zu tun, obwohl ich ein paar Mal ansatzweise damit experimentiert hatte.

Das hier ging bereits weiter als alles, was ich jemals versucht hatte. Weiter, als ich jemals gehen wollte. Und dennoch konnte ich es nicht verhindern, wollte ich es nicht verhindern, und irgendwo tief in meinem Innern sorgte mich das. Ich fragte mich, ob mich die Lust oder irgendetwas anderes dazu trieb, meine Grenzen zu überschreiten.

Aber dieses kurze Aufblitzen von Sorge konnte das

Geschehen nicht aufhalten. Denn in mir bildete sich eine mächtige Welle der Lust.

Er kratzte mit den Zähnen an meiner Haut, knabberte an mir und reizte mich, während er sich weiter nach unten bewegte. Dann begann er wieder zu beißen, diesmal in mein Hinterteil. Ich bebte und war nicht in der Lage, ein lautes Stöhnen zurückzuhalten, das zum Teil aus Lust, zum Teil aus Schmerz erwuchs.

Er holte tief Luft, als wollte er das Geräusch in sich aufsaugen. Seine Finger zitterten auf meiner Haut, offenbar konnte er sich kaum noch kontrollieren. »Vielleicht noch ein bisschen härter?«

Ein Teil von mir erschauderte bei dem Gedanken, aber ich sagte nichts, denn ich war zu gebannt von dem Moment, als dass ich in der Lage gewesen wäre zu widersprechen.

Er schlug mir auf den Hintern. Wie der Biss war auch der Schlag heftig und jagte mir kleine brennende Stromschläge über die Haut. Ich stöhnte, schwankte zwischen Lust und Schmerz, wollte es einerseits noch weiter treiben und mich auf der anderen Seite wehren und zurückschlagen.

»Na, fühlt sich das gut an?«

Er ließ mir keine Chance zu antworten, sondern schlug erneut zu, noch härter diesmal, so dass mein Hintern brannte und meine Körper bebte.

»Sehr gut«, keuchte ich. Wieso war ich auf einmal bereit, mit Jin meine Grenzen zu überschreiten? Ich hatte keine Ahnung, und das allein war gruselig genug.

Dann erinnerte ich mich wieder an die seltsame Energie, die ich vorhin gespürt hatte. Benutzte Jin eine Aura wie ein Werwolf? Aber wie war das möglich, wenn er ein Mensch war?

»Und das?« Der plötzliche Biss war brutal, aber der aufbrandende Schmerz wurde von einem Kuss gelindert. Irgendwie nahmen seine heißen Lippen mir den Schmerz. Die Gefühle, die auf mich einstürmten, verursachten mir weiche Knie.

»Gut. Gut«, stieß ich hervor.

Er schlug wieder zu, diesmal auf meinen Oberschenkel, so stark, dass mir Tränen in den Augen brannten. Und dann war er in mir, schob sich tief in mich hinein, und das eisige Gefühl des Kondoms bildete einen fast schmerzhaften Gegensatz zu der Hitze meines Körpers. Aber es fühlte sich so gut an, dass ich stöhnte.

Er hielt grob meine Hüften fest, während er immer wieder zustieß, als wollte er mit dem heißkalten Latex jedes Stück meines Körpers in Besitz nehmen.

Ich keuchte, die Luft war schwer von unserem Verlangen. Unter seinem lustvollen Angriff bildete sich in meiner Mitte ein stetiger Druck und steigerte sich rasch zum Höhepunkt.

Wir kamen gleichzeitig, sein Brüllen mischte sich mit meinem Schreien, und sein Körper schlug so heftig gegen meinen, dass das gesamte Sofa bebte.

Dann war es vorüber. Ich zitterte, schwitzte und fühlte mich so schwach, dass ich das Gefühl hatte, mich kaum auf den Beinen halten zu können. Ich holte tief Luft, erschauderte und stieß sie langsam wieder aus. »Das war ein verdammt guter Kaffee.«

Er lachte und küsste meine Schulter. »Vielleicht sollten wir hinunter in die Küche gehen und uns einen richtigen machen.«

»Das sollten wir.« Obwohl ich bezweifelte, dass sich dadurch mein Puls beruhigte oder das seltsame Beben in meinen Gliedern nachließ.

Er nahm meine Hand und führte mich durch den dunklen Flur in die Küche. Dort warf er das Kondom in den Mülleimer, stellte den Kessel auf den Herd und holte einen schweren Schokoladenkuchen aus dem Kühlschrank. Zu meiner Überraschung war ich, obwohl ich gerade erst ein dreigängiges Menü verputzt hatte, schon wieder hungrig.

Wir aßen, tranken und redeten. Nach fast einer Stunde zog er mich hoch und führte mich zurück durch den Flur in sein Schlafzimmer. Wir hatten noch härteren und brutaleren Sex als zuvor. Es laugte mich aus, und dennoch befriedigte es mich.

So blieb es den Rest der Nacht.

Schließlich erwachte ich, weil mein Körper ungewohnt schmerzte. Es fühlte sich an, als hätte ich an einem Marathon teilgenommen, und in gewisser Weise hatte ich das vermutlich sogar, obwohl ich ein Werwolf war und an Nächte mit intensivem Sex gewohnt. Sex mit einem Menschen hätte mich nicht so mitnehmen dürfen. Aber ich litt nicht nur unter Muskelkater. Mein Körper war über und über von wunden, brennenden Stellen übersät, wo Jin mich gebissen oder zu fest oder zu oft zugeschlagen hatte.

Ich hatte im Laufe der Nacht mehrfach gespürt, dass er gern noch weiter gegangen wäre.

Und war verdammt froh, dass er es nicht getan hatte.

Ich stöhnte leise und öffnete die schweren Lider. Der Raum wurde von Licht durchflutet, offenbar war die Sonne bereits aufgegangen. Ich richtete mich auf, genoss kurz das Gefühl der seidenen Laken auf meiner nackten Haut und blickte auf die Uhr. Neun Uhr morgens. Ich würde wohl wieder zu spät zur Arbeit kommen.

Ich rollte mich auf den Rücken. Es war kein Geräusch zu hören. Nirgends rührte sich etwas, kein pfeifender Wasserkessel, nichts, was darauf hindeutete, dass jemand im Haus war. Ich runzelte die Stirn, lauschte aufmerksam und hörte etwas, das mich kurz verwirrte. Dann wusste ich, was es war. Da schnarchte jemand.

Ich war wohl doch nicht allein. Aber Jins Geruch hing nur noch schwach in der Luft. Er war offenbar nicht mehr zu Hause.

Ich war zunehmend irritiert, schlug die Decke zurück und stieg aus dem Bett. Kurz verstärkten sich meine Schmerzen, und ich zuckte zusammen. Verdammt, wenn ich ab jetzt täglich Sex mit Jin haben sollte, war ich nach spätestens einer Woche grün und blau. Ich würde vermutlich gar nicht erst eine Woche mit ihm durchhalten, und ein solches Geständnis sollte bei einem Werwolf schon etwas heißen.

Als ich die Schlafzimmertür öffnete, quietschte sie.

Ich zuckte zusammen und wartete angespannt auf eine Reaktion. Nichts passierte. Abgesehen von dem leisen Schnarchen, das aus dem Raum hinter der gegenüberliegenden Tür kam, war nur das leise Zischen der Deckenlüftung zu hören, die warme Luft ausblies.

Ich griff mir einen Bademantel von der Rückseite der Tür, schlüpfte hinein und knotete den Gürtel um meine Taille, während ich leise den Flur hinuntertappte.

In der Küche war Jin auch nicht, hatte aber eine Nachricht hinterlassen, die an dem Salzstreuer lehnte.

Tut mir leid, dass ich dich einfach allein lassen muss, Riley, aber ich werde dringend bei der Arbeit gebraucht. Nimm dir etwas zu essen, dusche oder mach, was immer du willst, bevor du gehst. Ich rufe dich heute Abend an.

Wenn man von dem schnarchenden Mitbewohner einmal absah, war das die Gelegenheit, Jins Sachen zu durchsuchen und etwas mehr über ihn herauszufinden als das, was er mir bislang erzählt hatte.

Ich kaute einen Augenblick auf meiner Unterlippe, betrachtete den Wasserkessel und überlegte, ob mein Wunsch nach einem Morgenkaffee das Risiko rechtfertigte, den Mitbewohner aufzuwecken.

Die Antwort lautete definitiv nein. Ich drehte mich um und tappte leise zurück in das Wohnzimmer, sammelte meine Sachen ein und sah mich kurz um. In dem

Raum schien sich nichts Seltsames oder Ungewöhnliches zu befinden. Nichts, auf das meine Sinne reagierten.

Ich stieß die Luft aus und ging zurück ins Schlafzimmer. Ich musste dringend duschen, aber da der Schnarcher von Wassergeräuschen aufwachen konnte, war es vermutlich schlauer, erst das Schlafzimmer zu durchsuchen.

Ich schloss vorsichtig die Tür, warf meine Sachen auf das Bett und begann ruhig und sorgfältig, seine Schubladen zu durchsuchen. Eine Sache fiel mir sofort auf: Jin hatte eine Vorliebe für feine Kleidung. Meine Güte, seine Boxershorts waren aus Seide.

Das Einzige, das mein Interesse fand, war ein Stapel Visitenkarten, der ordentlich sortiert in seiner Sockenschublade lag. Die Karten selbst waren schwarz. Darauf war in roter Schrift der Name *Hellion Club* gedruckt, darunter stand Jins Name. Ich griff eine der Karten, sammelte meine Sachen zusammen und ging in die Dusche.

Zum Glück wachte der Schnarcher nicht auf. Ich hatte jetzt keine Lust, mich mit einem Fremden abzugeben. Ich musste nach Hause, Jack meinen Bericht schicken und mich ein bisschen ausruhen, denn ich fühlte mich wackeliger als ein neugeborener Welpe.

Über Nacht hatte es aufgehört zu regnen, und der Tag begann mit einem dieser knackigen, sonnigen Morgen, die wir in Melbourne häufig im Winter hatten. Es war jedoch immer noch so kalt, dass selbst einem Hund die Eier gefroren. Aber zumindest schien die Sonne.

Ich schloss vorsichtig die Tür und zog meinen Mantel an, während ich mit nackten Füßen die Stufen hinuntertappte. Am Tor blieb ich stehen und zog meine Schuhe an, dann machte ich mich auf den Weg zu meinem Wagen.

Ich war kaum zwei Häuserblocks gelaufen, als sich eine Hand um meinen Arm schloss. Ich reagierte sofort und trat nach hinten aus, wo ich die Körperwärme der Person in meinem Rücken spürte.

Dann bemerkte ich, wer diese Person war.

Quinn.

6

Er ließ meinen Arm los, sprang zur Seite und wich meinem Tritt aus. Ich drehte mich um. Er war von Kopf bis Fuß schwarz gekleidet, ein Schatten, der an diesem hellen Morgen irgendwie deplatziert wirkte. Es reichte, ihn wiederzusehen, schon erwachten meine Hormone. Allerdings mit deutlich weniger Enthusiasmus als normalerweise. Seltsam. »Was zum Teufel tust du hier?«

»Das wollte ich dich gerade fragen.« In den warmen Klang seiner Stimme mischte sich etwas Missmut.

Ich schnaubte leise. »Ich trage mein Partykleid von gestern Abend und komme aus einem Haus, das nicht mein eigenes ist. Dreimal darfst du raten.«

»Oh, das habe ich schon kapiert. Ich frage mich nur, ob du dich einfach nur amüsiert hast oder ob du im Auftrag der Abteilung unterwegs warst.«

»Wenn du nicht auf meine Fragen antwortest, wieso zum Teufel sollte ich dann auf deine antworten?« Vor allem, wenn meine Antwort nur Kummer auslösen würde. Quinn hatte zwar beschlossen, dass er das Rennen nur gewinnen konnte, wenn er daran teilnahm, aber er war alles andere als glücklich darüber, dass ich andere Partner hatte. Insbesondere wenn diese anderen Partner vollkommen Fremde waren.

Ich drehte auf dem Absatz um und ging, bevor er dazu kam zu antworten. Diesen Mist konnte ich jetzt wirklich nicht gebrauchen. Ich wollte nur noch nach Hause.

»Warte, Riley.« Wieder ergriff er meinen Arm, doch diesmal war die Berührung zärtlicher, weniger fordernd.

Ich blieb stehen und sah ihn an. »Was?«

Er drehte mich zu sich herum und sah mir intensiv in die Augen. »Bist du in Ordnung?«

Ich versuchte, mich aus seinem Griff zu befreien, aber er hielt mich unmerklich stärker fest. »Klar. Lass mich los.«

Aber das tat er nicht. »Du siehst ausgelaugt aus.«

Ein vages Gefühl von Angst packte mich. »Was?«

»Ich habe gesagt, dass du …«

»Ich weiß, was du gesagt hast, aber was zum Teufel hast du damit gemeint?«

»Dass du aussiehst, als hätte sich jemand von dir ernährt.«

Das Gefühl von Angst verstärkte sich. »Zum Beispiel ein Vampir?«

Er nickte, fasste mit der freien Hand mein Kinn und drehte meinen Kopf vorsichtig von einer Seite zur anderen. »Am Hals sind keine Bissspuren zu sehen. Vielleicht woanders?«

Überall, Baby. Ich befreite mich aus seinem Griff und wich zurück. »Der Mann, mit dem ich zusammen war, war kein Vampir.«

Er runzelte die Stirn. »Bist du sicher?«

»Er ist ein Mensch.«

Sein Gesichtsausdruck deutete darauf hin, dass er mir nicht glaubte. »Erinnerst du dich noch an unseren Flug, bei dem du dich mir aufgedrängt hast?«

Ich verschränkte die Arme. »Du hast dich nicht großartig gewehrt.«

»Nein. Aber ich habe zu viel Blut getrunken, weißt du noch?«

Als ob ich das vergessen könnte. »Und?«

»Kannst du dich erinnern, wie du dich danach gefühlt hast?«

»Kaputt, wackelig.« Ich zögerte. Endlich verstand ich, worauf er hinauswollte. »Er hat kein Blut von mir getrunken, Quinn. Glaub mir das.«

»Blutvampire sind nicht die einzigen Vampire, die es gibt.«

Ich blinzelte. »Nicht?«

»Nein.« Er strich sanft mit seinen warmen Fingern über meine kühle Wange. »Du musst etwas essen und dich anschließend ausruhen. Sofort.«

»Nun, das hatte ich gerade vor, aber irgendjemand hat mich rüde auf der Straße aufgehalten.«

Er lächelte, aber sein Blick wirkte weiterhin besorgt. Und meine Wut darüber, dass er mich bei einer heißen Verabredung mitten in der Nacht hatte sitzen lassen, legte sich ein bisschen. Aber nur ein bisschen.

»Wie wäre es, wenn ich dich zum Frühstück einlade und dich nach Hause fahre?«

Ich musterte ihn einen Moment und schwankte zwischen dem Wunsch, mit ihm zusammen zu sein oder es ihm heimzuzahlen, dass er mich vorgestern Abend einfach im Stich gelassen hatte. »Und was ist mit der Person, der du hierher gefolgt bist?«

Er lächelte. »Ich hätte wissen müssen, dass du es herausfindest.«

»Das war nicht schwer. Wenn du nicht auch gerade herumhurst, gibt es nur eine logische Erklärung, wieso du hier bist. Du bist jemandem gefolgt.«

»Ich hure nicht herum …«

»Ach ja«, unterbrach ich ihn. »Du bist ein Milliardär und musst nicht dafür bezahlen. Deshalb ist es bei dir okay, wenn du mit jedem vögelst, und bei mir nicht.«

Er seufzte, und es hörte sich sehr verzweifelt an. »Müssen wir das hier besprechen? Du musst wirklich unbedingt wieder zu Kräften kommen.«

Ich blieb stur stehen, wo ich war. »Und was ist mit dem Mann oder der Frau, der du gefolgt bist?«

»Ich glaube, mein Zielobjekt wird den Großteil des Tages verschlafen. Sie mag die Nacht lieber.«

Woher wusste er das? Hatte er vielleicht selbst doch ein bisschen gehurt? »Und dein Zielobjekt befindet sich derzeit in dem Haus, aus dem ich gerade gekommen bin?« Sollte der Schnarcher etwa eine Frau gewesen sein?

»Ja.« Er zögerte. »Jetzt verstehe ich. Warst du mit dem Mann aus, der das Haus bei Sonnenaufgang verlassen hat?«

»Ja.«

»Der war irgendwie merkwürdig.«

»Was du nicht sagst«, murmelte ich und machte mich auf den Weg zu meinem Wagen. Quinn lief dicht neben mir her, so als hätte er Angst, ich könnte jede Sekunde umfallen. Ich war zwar wackelig auf den Beinen, aber so wackelig nun auch wieder nicht.

»Er hat sich wie ein Mensch angefühlt, aber er hatte irgendetwas Übersinnliches an sich, als wäre er noch etwas anderes.« Er musterte mich von der Seite. »Wie war der Sex mit ihm?«

Ich hob eine Braue. »Wie war der Sex für dich?«

»Ich habe seit Tagen keinen Sex mehr gehabt.« Ein Lächeln umspielte seine Lippen. »Gut, letzte Woche war ich mit dieser fantastischen Rothaarigen zusammen …«

»Die immer noch ziemlich wütend ist, dass du sie neulich Abend hast sitzen lassen, und die nicht mehr verarscht werden will.«

Er sah mir kurz in die Augen, dann wandte er den Blick ab. Sein Lächeln verschwand, und er setzte sein Vampirgesicht auf. »Ich tue das alles, um dich so gut wie möglich zu schützen, Riley.«

»Trotzdem stecke ich nach jedem deiner Versuche anscheinend noch tiefer in der Patsche. Du musst lernen, mir zu vertrauen, Quinn.«

Kurz zuckte ein überraschter Ausdruck über seine starre Miene. »Das tue ich.«

»Nein, das tust du nicht. Jedenfalls nicht blind.«

»Riley, du darfst dich nicht so in Gefahr bringen.«

»Und du darfst keine Geheimnisse vor mir haben, wenn

du ernsthaft zu meinem Leben gehören willst.« Ich fischte meine Schlüssel aus der Tasche. »Also, beantworte meine Frage. Hattest du Sex mit der Frau, der du heute Nacht gefolgt bist?«

Sein Lächeln wirkte eine Spur bitter, was ich nicht verstand. »Nein, das hatte ich nicht.«

»Warum nicht?«

»Weil das vollkommen falsch wäre und ich nicht auf die Art von Sex stehe, die sie bevorzugt.«

»Wieso wäre das falsch? Und hast du früher mit ihr geschlafen? Oder ihr dabei zugesehen?«

»Nein, und nein.« Er nahm mir die Schlüssel aus der Hand, führte mich auf die andere Seite des Wagens und half mir auf den Beifahrersitz. »Es wäre falsch, weil ich sie verabscheue.«

»Woher weißt du dann, auf welche Art von Sex sie steht?«

»Ich verfüge über ein gutes Vorstellungsvermögen.« Er schlug die Tür zu, ging zum Fahrersitz und stieg ein. Nachdem er den Wagen gestartet hatte, fügte er hinzu: »Sie besitzt einen Sexclub.«

»So eine Art Werwolfclub?«

»Nein. Ein Bestrafungszentrum.«

Ich hob erstaunt die Brauen. »Du meinst, sie lässt sich dafür bezahlen, dass sie einem den Hintern versohlt?«

»Das ist denen viel zu harmlos. Es geht um Folter, Demütigung und Leid. Sie wollen das Gefühl absoluter Aussichtslosigkeit haben, dass sie nicht fort können, sich nicht wehren können.«

»Gibt es wirklich Leute, die bei dem Gefühl kommen?«

»Einige schon.«

»Nun, jeder, wie er's mag.« Diese Art von Sex entsprach zwar nicht meinem Geschmack, aber deshalb sah ich nicht abfällig auf jene herunter, die auf so etwas standen. Verdammt, ich wusste, wie sich das anfühlte. Ich verschränkte die Arme und blickte auf die Straße. »Wieso bist du der Peitschenschwingerin gefolgt?«

Er sah mich an. »Wieso hast du mit dem Menschen gevögelt?«

»Quinn, beantworte zur Abwechslung einfach meine Frage.«

Wieder lächelte er. »Ich suche die Person, die die Dämonen herbeiruft und kontrolliert. Diese Typen werden generell von finsteren Gefühlen angezogen. Ich bin der Frau gefolgt, weil ihr einer von drei Clubs in Melbourne gehört, die auf diese Art von Bedürfnissen spezialisiert sind. Ich beobachte, mit wem sie in Verbindung steht.«

Er log. Oder zumindest sagte er mir nicht die ganze Wahrheit. Ich wusste nicht, wieso ich so sicher war, wusste nicht, ob es Intuition oder bloß meine schlechte Erfahrung mit ihm war, aber egal warum, ich war sicher, dass es noch mehr Gründe gab, wieso er dieser Frau gefolgt war.

»Könnte sich dein Dämonenmeister nicht zu einem der beiden anderen Clubs hingezogen fühlen?«

»Vielleicht. Aber der Club meines Zielobjektes ist der

größte und übt deshalb vermutlich auch die größte Anziehungskraft auf Leute aus, die auf so etwas stehen.«

Ich erinnerte mich an die Karte, die ich in Jins Schublade gefunden hatte. »Der Club heißt nicht zufällig *Hellion Club*?«

»Doch.« Er sah wieder zu mir herüber, diesmal wirkte er besorgt. »Woher weißt du das?«

»Ich habe eine Visitenkarte in Jins Schublade gefunden.«

»Wenn du seine Schubladen durchsuchst, handelt es sich bei ihm wohl eher um einen Auftrag, als dass du dich nur mit ihm amüsierst.«

»Nun, eigentlich wollte ich mich nur mit ihm amüsieren, bis ich gesehen habe, dass er den gleichen Ring trägt, den wir an einem Tatort gefunden haben.« Ich zögerte. »Konntest du dir Zugang zu den Personalakten des *Hellion Clubs* verschaffen?«

»Ich lasse derzeit daran arbeiten. Wieso?«

»Weil auf der Visitenkarte, die ich gefunden habe, Jins Name stand.«

Er sah kurz mit undurchdringlicher Miene zu mir herüber. »Steht dieser Jin auf brutalen Sex?«

»Ein bisschen. Allerdings nicht so extrem, wie es offensichtlich in dem Club angeboten wird.«

»Trotzdem, ich dachte immer, du stehst nicht auf brutalen Sex.«

»Das tue ich auch nicht. Jin hat sich zurückgehalten.« Ich sah ihn von der Seite an. »Und schließlich kümmert sich ja derzeit niemand anders um meine Bedürfnisse.«

»Sex ist nicht alles, Riley.«

»Für einen Werwolf kurz vor Vollmond schon.« Ich schüttelte den Kopf. »Das wirst du nie begreifen, stimmt's?«

»Deiner Miene nach zu urteilen vermutlich nicht.«

Wie recht er hatte. Als er nach links in eine unbekannte Straße abbog, sah ich mich um und stellte fest, dass wir nicht zu meiner Wohnung fuhren, sondern in die andere Richtung. »Verdammt, in welches Restaurant bringst du mich? Ich muss essen und schlafen.« Ganz zu schweigen davon, dass ich meinen Bericht bei Jack abliefern musste.

»Du wolltest frühstücken. Ich dachte, ich koche etwas für dich.«

»Du kochst?«

»Zwölfhundert Jahre sind eine Menge Zeit, es zu lernen.«

»Wo steht denn dein Palast?« Während der ganzen Zeit, die wir miteinander ausgingen, hatte er mich noch nie mit in seinen Melbourner Wohnsitz genommen. Entweder waren wir bei mir gewesen oder in seinem Flugzeug oder in irgendeinem vornehmen Hotelzimmer, das er für die Nacht reserviert hatte. Aber nie bei ihm privat. »Und wieso jetzt auf einmal?«

Er zuckte mit den Schultern. »Weil ich es dir schuldig bin. Weil du recht hast, wenn du sagst, dass ich dir mehr von mir erzählen muss, wenn aus uns mehr als nur eine Bumsbeziehung werden soll.«

»Wow, eine Premiere – der Vampir gibt zum ersten Mal zu, dass ich recht habe.«

»Ich kann dich gern woanders hinbringen.«

Diesmal war ich klug und hielt lieber den Mund.

Wir landeten in Warrandyte, einem kleinen, aber äußerst angesagten »Künstler«-Viertel am Rande der Stadt, das direkt neben dem Yarra River und einem öffentlichen Park lag. Die Leute hatten den Ruf, konservativ und nachbarschaftlich zu sein. Es war nicht gerade der Ort, an dem ich einen auf Sicherheit bedachten, Privatsphäre schätzenden Milliardär vermutet hätte.

Die nächste Überraschung war das Haus. Den Vorgarten umgab ein weißer Lattenzaun, und das kleine, verwitterte Gebäude hatte nicht nur dringend einen Anstrich, sondern auch einen Gärtner nötig. Zu sagen, die Pflanzen hätten den Garten eingenommen, wäre deutlich untertrieben.

»Wo ist die Villa?«, fragte ich, als er mir aus dem Wagen half. Der köstliche Geruch von Lavendel und Eukalyptus wehte mir entgegen, und ich atmete tief ein. Durch die frische Luft fiel etwas Müdigkeit von meinem Körper ab.

»Die Villa steht in Brighton. Das ist mein Haus. Das ist mein Zuhause.« Er verschränkte seine Finger mit meinen und führte mich die steilen Stufen hinauf. Der Holzboden der Veranda knarrte unter unseren Schritten, und als er stehen blieb, um die Tür zu öffnen, blickte ich vorsichtig nach unten. »Kann die zwei Leute tragen?«

»Sie ist alt, nicht morsch.« Er stieß die Tür auf. »Willkommen in meiner Welt.«

Seine Welt war warm und gemütlich und das ganze Gegenteil von dem, was ich mir vorgestellt hatte. Das

Haus an sich war winzig und bestand nur aus zwei Schlafzimmern, einer Küche, einem Badezimmer und einem Wohnzimmer. Dennoch wirkte es überhaupt nicht beengt. Durch die Holzbohlen aus Kiefernholz, das Mauerwerk und den farbigen Anstrich strahlte das gesamte Haus eine großzügige warme und friedliche Atmosphäre aus, die sich einfach … richtig anfühlte. Dieser Eindruck wurde durch die verwohnten, aber sehr bequemen Möbel verstärkt.

»Herrlich.« Ich trat an das hintere Fenster. Sein Garten erstreckte sich bis hinunter zum Flussufer des Yarra. Die Aussicht war einfach unglaublich. Wäre nicht das ein oder andere Dach zu sehen gewesen, hätte man sich einbilden können, ganz allein in der Wildnis zu sein.

»Was möchtest du zum Frühstück haben?«, fragte er aus der Küche. »Pfannkuchen? Eier mit Speck?«

Ich sah zu ihm hinüber und lächelte. »Bin ich gefräßig, wenn ich beides will?«

»Ja.« Er zog eine Bratpfanne unter der Arbeitsplatte hervor und machte sich an die Arbeit. Ich sah zu und genoss es, einem hinreißenden Mann beim Kochen zuzusehen, dann löste ich mich von seinem Anblick und sagte: »Ich muss Jack anrufen. Wie ist der Empfang hier draußen?«

»Im Haus gibt es kein Telefon. Wenn du dein Mobiltelefon benutzen willst, gehst du besser nach draußen.«

Er warf mir einen Schlüssel zu. Ich stellte meine Handtasche auf einen Stuhl, griff mein Telefon und schloss die Tür auf. Draußen schien die Sonne durch die Bäume, und die Luft war ziemlich kühl. Aber irgendwie entschädigte die Ruhe des Ortes für jegliche Kälte.

Ich ging an das andere Ende der Veranda, lehnte mich an das Geländer und rief Jack an.

»Schön, dass du zu deinen schlechten Gewohnheiten zurückgekehrt bist«, sagte er anstelle einer Begrüßung.

»Erwarte keine Wunder, Chef. Vor allem nicht, wenn ich mich so für die Abteilung aufgerieben habe.« Was absolut der Wahrheit entsprach. Mein Hinterteil tat immer noch weh. Ich gab ihm einen kurzen Überblick über die Ereignisse und fragte: »Habt ihr schon mehr über Karen Herbert herausgefunden?«

»Wir haben keine Spur von ihr. Sie wird seit einigen Tagen bei der Arbeit vermisst. Aber bei dem, was wir momentan zu tun haben, hat ihr Fall derzeit keine Priorität.«

Was hieß, dass er sich erst um sie kümmern würde, wenn sie irgendwo tot aufgefunden wurde. Mistkerl. »Was ist mit Gautier?«

»Was soll mit ihm sein?«

»Glaubst du, dass er damit zu hat, dass auf einmal so viele Babyvampire auftauchen, und würde er so etwas tun, nur um uns zu ärgern?«

»Wahrscheinlich.«

»Habt ihr herausgefunden, wie er es geschafft hat, nach Sonnenaufgang das Haus zu verlassen?«

»Dazu brauchte er nur einen Lieferwagen mit verdunkelten Scheiben.«

»Wenn ein Lieferwagen dort gewesen wäre, hätte die

alte Schachtel von nebenan ihn gesehen und erwähnt. Das hat sie aber nicht, also war keiner dort.« Ich schwieg einen Moment. »Nach der Art zu urteilen, wie man sie getötet hat, müssen Dunleavy und seine Freundin etwas wirklich Wichtiges gewusst haben. Hat die Personenüberprüfung irgendetwas ergeben?«

»Nein. Aber auf den Überwachungsbändern aus dem *Cattle Club* ist zu sehen, dass Trudi und Jin ein paar Mal zusammengearbeitet haben. Vielleicht hat sie etwas gehört, das nicht für ihre Ohren bestimmt war.«

Vielleicht. Aber das würden wir niemals erfahren. Ich kratzte nervös an einem Stich an meinem Bein. »Ich habe noch etwas Seltsames für dich, Chef. Wie kann Jin, der als Mensch registriert ist und sich wie ein Mensch anfühlt, einen Vampir überwältigen?«

»Das weiß ich nicht.« Er zögerte, und ich konnte beinahe hören, wie sein Gehirn arbeitete. Es war nicht schwer zu erraten, woran. Schließlich sagte er: »Aber ich glaube, du musst dich weiter mit ihm treffen und es herausfinden.«

»Na, das ist aber eine Überraschung.«

Er schnaubte leise. »He, du hast zugegeben, dass du dich amüsiert hast.«

»Das ist nicht der Punkt. Hinter seinen sexuellen Vorlieben steckt mehr, Jack. Um ihn herum ist eine seltsame Energie. So etwas ist mir noch nie begegnet.«

»Fühlt es sich gefährlich an?«

»Nein. Aber…« Ich zögerte und war nicht sicher, ob ich diese seltsame Mischung aus Unbehagen und Lust, die Jins Energie bei mir auslöste, richtig beschreiben konnte. »Ich bin ein Werwolf, Jack. Wenn ich Sex mit einem Menschen hatte, darf ich mich nicht so wackelig fühlen wie heute morgen.«

»Es sei denn, er ist ein Emovampir.«

»Du meinst, er ernährt sich von Emotionen?« Das hatte Quinn vermutlich gemeint, als er sagte, dass es noch andere Vampire als Blutvampire gäbe.

»Ja. Manche ernähren sich von Freude, andere von Leid. Manche mögen eine Mischung. Jin hört sich eher wie Letzteres an.«

»Wieso fühlt er sich dann an wie ein Mensch?«

»Das weiß ich nicht. Das dürfte nicht sein.«

»Wenn er ein Emovampir *wäre*, könnte er dann einen normalen Blutvampir überwältigen? Einen, der kein Baby mehr ist?«

»Im Allgemeinen nicht. Emovampire sind mehr Energiewesen als körperlich.«

Nun, Jin war eindeutig ein körperliches Wesen. »Wie kann ich mich davor schützen, dass er von meinen Gefühlen frisst?«

»Das kannst du nicht. Du musst nur darauf achten, dass du dich zwischen den Treffen erholst und etwas isst. Je reichhaltiger, desto besser, dann füllen sich deine Energiespeicher schneller.«

Deshalb hatte Jin mich gestern Nacht offensichtlich mit klebrigem Schokoladenkuchen gefüttert. »Obwohl er nur meine Gefühle aus mir heraussaugt, muss ich essen, um wieder zu Kräften zu kommen? Genau wie bei einem normalen Vampir?«

»Ich fürchte. Aber bei Emovampiren ist man oft ein paar Stunden danach gefühlsmäßig noch etwas angeschlagen.«

Diese Phase musste ich verschlafen haben, denn als ich Jins Haus verlassen hatte, fühlte ich mich okay. »Was geschieht, wenn ich nicht esse und mich stärke? Kann das gefährlich werden?«

»Nun, er kann dich so sehr aussaugen, dass du nicht mehr in der Lage bist, dich körperlich zu verteidigen, aber anders als ein Blutvampir kann er dich durch sein Saugen nicht töten.« Er zögerte. »Versuch an Haarproben zu kommen. Wir führen ein paar Tests durch und sehen, womit wir es genau zu tun haben.«

»Er will mich heute Abend anrufen. Dann sehe ich, was passiert.« Ich überlegte einen Moment. »Hast du entziffern können, was in dem Ring steht?«

»Noch nicht. Es handelt sich um irgendwelche Hieroglyphen. Wir versuchen, etwas Passendes zu finden.«

»Gibt es etwas anderes Interessantes in Coles Bericht?«

»Ja, du hast am Tatort ziemlich genervt. Nicht, dass das etwa eine Überraschung wäre.«

»He, ich habe lediglich Fragen gestellt. Der muss an seiner Einstellung arbeiten.« Und brauchte eine anständige Portion Werwolfsex. »Wie ist Dunleavy eigentlich gestorben?«

»An einer Herzattacke.«

Ich hob die Brauen. »Wirklich?«

»Die erste Attacke hat ihn während des Häutens ereilt, die tödliche nach elf.«

Das war, als ich sein Haus betreten hatte. Der arme Mann hatte wahrscheinlich gedacht, Gautier wäre zurückgekommen, um die Sache zu Ende zu bringen. »Wann ist die Frau gestorben?«

»Gegen acht. Das heißt, dass Gautier mit irgendetwas dort weggekommen sein muss, das ihn vor der Sonne geschützt hat. Selbst wenn die alte Frau von nebenan nichts gesehen hat.«

»Von der Logik her stimme ich dir zu. Aber ich habe das Gefühl, dass noch mehr dahintersteckt.«

»Hast du versucht, Klarheit über dein Gefühl zu bekommen?«

»Ich kann nichts klären, das so unklar wie ein Gefühl ist.«

»Doch, das kannst du. Du musst es nur üben.«

»Ich muss schlafen. Vor allem, wenn du willst, dass ich heute Abend mit Jin ausgehe.«

»Nimm dir den Tag über frei, aber lass dein Telefon eingeschaltet, falls ich dich erreichen muss.«

»Abgemacht.«

Ich legte auf und ging zurück ins Haus. Der Geruch von Haselnusskaffee hing in der Luft, und mir lief das Wasser im Mund zusammen. »Du warst auf meinen Besuch vorbereitet.«

Er nickte, während er ein paar Pfannkuchen auf einen Teller legte. »Es ist der einzige Grund, weshalb ich überhaupt etwas Essbares im Haus habe. Das ist normalerweise nicht der Fall.«

Ich setzte mich auf einen Hocker und legte die Arme

auf die Arbeitsplatte. »Dann ist es eine Weile her, seit du eine Frau hierher eingeladen hast?«

Er legte Eier und Speck dazu, schob den Haufen über die Theke und sah mir in die Augen. »Ich habe noch nie zuvor eine Frau hierher eingeladen.«

Ich hob erstaunt die Brauen, während eine unerklärliche Wärme meinen Körper durchströmte. »Noch nie?«

»Noch nie.«

»Wow.« Ich nahm Messer und Gabel in die Hand. »Danke. Was für eine Ehre.«

Sein Lächeln war erfüllt von einer warmen Herzlichkeit, und noch einmal erwachten meine Hormone schwach zum Leben. Hoffentlich war der Fall Jin bald abgeschlossen. Es gefiel mir überhaupt nicht, welchen Einfluss er auf mein Sexualleben ausübte. Normalerweise wäre ich nach einem solchen Lächeln über die Theke gesprungen.

»Zumindest kannst du jetzt nicht mehr sagen, dass ich nicht etwas von mir zeige.«

Ich wollte darauf hinweisen, dass es sich hierbei nur um sein Haus handelte, wenn es auch sein Heiligtum war, und dass ich eigentlich ihn gemeint hatte. Seine Vergangenheit, seine Hoffnungen, seine Träume, alles, was ihn zu dem Vampir gemacht hatte, der er heute war. Aber ich tat es nicht. Es war ein erster Schritt, und für den Moment war das genug.

»Willst du mich mit diesem köstlichen Kaffeegeruch ärgern?«

Er lächelte noch breiter, dann drehte er sich um, nahm

einen Becher und schenkte mir Kaffee ein. Ich bewunderte die Aussicht, wünschte, ich hätte mehr Energie und machte mich über das Essen her, das er mir hingestellt hatte.

Nach Frühstück, Kaffee und einem netten unverfänglichen Gespräch nahm er meine Hand und führte mich den kleinen Flur hinunter zu seinem Schlafzimmer. »Du musst schlafen.« Er zog die handgefertigte Überdecke aus Stoffresten von dem großen alten Holzbett und sah mich streng an. »Allein.«

»Nun, das macht aber keinen Spaß.«

Er legte zärtlich seine warme Hand auf meine Wange. »Vielleicht nicht. Aber du musst dich ausruhen.«

Meiner Persönlichkeit und meiner Lust zum Trotz gähnte ich. Ausgiebig. Er lachte und beugte sich vor, um mich sanft auf die Lippen zu küssen. »Wenn du Lust hast, dich noch ein bisschen zu amüsieren, haben wir dafür bestimmt später noch Zeit.«

»Ich nehme dich beim Wort.« Ich zog mein Kleid aus und stieg in das Bett. Die Baumwolllaken umfingen mich kühl und weich, und das Kissen hielt meinen Kopf so sanft wie ein Liebhaber. Ich schlief schon, bevor ich überhaupt Gute Nacht gesagt hatte.

Erneut erwachte ich in vollkommener Stille. Ich streckte gähnend meine Glieder und stellte erleichtert fest, dass ich kaum noch Schmerzen hatte, dann öffnete ich die Augen und blickte mich um. Quinn war nicht im Zimmer, aber sein warmer, erotischer Geruch hing noch in der Luft. Schwache Sonnenstrahlen fielen durch die

Schlitze zwischen den dicken Vorhängen, die rechts von mir vor dem Fenster hingen, und deuteten darauf hin, dass der Großteil des Tages bereits vorüber war. Ich richtete mich auf, sah auf den Wecker, der neben dem Bett auf dem Nachttisch stand, und stellte fest, dass es kurz nach vier war.

»Quinn?«

Meine Stimme schien in dem kleinen Haus widerzuhallen. Ich runzelte die Stirn, schlug die Decke zurück und stand auf. Quinn war weder im Wohnzimmer noch in der Küche und auch nicht im Badezimmer. Er war tatsächlich überhaupt nicht im Haus.

Eine seltsame Mischung aus Sorge und Wut ergriff mich. Ich drehte um und ging zurück in das Schlafzimmer. Meine Kleidung lag nicht mehr dort, wo ich sie zurückgelassen hatte. Während ich zurück in das Wohnzimmer ging, wurde die Sorge langsam von der Wut verdrängt. Meine Tasche, meine Schuhe und mein Telefon waren ebenfalls verschwunden.

Dieser *Mistkerl.*

Er hatte mich nicht hierhergebracht, um mir einen Einblick in sein Leben zu gewähren. Er hatte mich hergebracht, um mich von einem Fall fernzuhalten, den *er* für gefährlich hielt.

Ich hätte es wissen müssen.

Hätte merken müssen, dass es zu schön war, um wahr zu sein.

Ich hob eine kleine nackte Figurine auf, die auf dem Küchentisch stand, und schleuderte sie mit voller Wucht gegen die Wand. Sie zerbrach. Weiße Porzellanscherben flogen durch den Raum. Hoffentlich war sie teuer gewesen. *Verdammt* teuer.

Ich holte tief Luft und versuchte, meine Wut unter Kontrolle zu bekommen. Ich fühlte mich zwar besser, wenn ich herumrannte und Sachen zerschlug, aber auf Dauer half es mir nicht weiter. Eins nach dem anderen. Überprüfen, ob ich noch einen Wagen hatte, nach Ersatzkleidung suchen, dann so schnell wie möglich weg von hier.

Ein Blick durch die vorderen Vorhänge brachte die wenig überraschende Erkenntnis, dass mein Wagen ebenfalls fort war. Ich widerstand dem Drang, die Vorhänge aus den Schienen zu reißen, und ließ sie zurück an ihren Platz fallen.

Nächster Punkt: etwas zum Anziehen. Wie sich herausstellte, war nicht nur meine gesamte Kleidung verschwunden, sondern auch seine. Nicht, dass es mir viel ausmachte, nackt herumzulaufen, aber die Nacht versprach kühl zu werden. Die Kälte lag bereits in der Luft.

Der dritte Punkt auf meiner Liste löste sich ebenfalls schnell in Luft auf, denn die Haustür war abgeschlossen. Genau wie die Fenster und die Schiebetür zum Garten. Der Schlüssel von vorhin war weg. Was ziemlich dumm war, ganz abgesehen davon, dass es gegen die gesetzlichen Brandschutzbestimmungen verstieß.

»Mistkerl, Mistkerl, Mistkerl.«

Ich musste ausbrechen. Mir blieb keine andere Wahl. Ohne nachzudenken griff ich einen Stuhl und donnerte ihn durch das Fenster. Er krachte durch die Scheibe, landete auf der Terrasse, sprang noch einmal hoch, zertrümmerte das Geländer und verschwand an der Seite.

Ich wandelte meine Gestalt und sprang durch das Loch. Ich hoffte inständig, dass jemand das Fenster bemerken und es dazu nutzen würde, die ganzen feinen und zweifellos teuren Sachen zu stehlen.

Das war das Mindeste, was er verdient hatte.

Ich folgte dem Flussufer, genoss die feuchte Erde unter meinen Pfoten und den frischen Wind, der durch mein Fell strich. An meiner schlechten Laune änderte das allerdings wenig.

Als ich mich dem Zentrum von Warrandyte näherte, verließ ich das Ufer, wechselte in die Straßen und tappte in aller Ruhe über den Bürgersteig. Nur wenige Leute nahmen Notiz von mir. Die meisten hatten es eilig, nach Hause zu kommen, und in der Dämmerung sah ich sowieso wie ein streunender Hund aus. Normalerweise sorgte die Magie, durch die ich mich verwandelte, auch dafür, dass ich meine Kleidung wiederbekam, wenn ich mich in einen Menschen zurückverwandelte. Keine Ahnung, wie das funktionierte. Ich hinterfragte die Magie nicht, ich akzeptierte sie einfach. Natürlich war die Kleidung meist zerrissen. Die Magie schien die Kleidung nur zu verstecken, solange wir in Wolfsgestalt herumliefen, aber offenbar passte sie nicht auf sie auf. *Dieses* Problem hatte ich *diesmal* jedenfalls nicht.

Würde ich ihm jemals sagen, wie wütend ich auf ihn war, wenn ich ihm begegnete?

Als ich eine Hauptstraße fand und aus den Bäumen heraus war, wandelte ich die Gestalt und betätigte den Verbindungsknopf an meinem Ohr. »Riley an Basis – hört mich jemand?«

Nichts als Schweigen schlug mir entgegen – nicht dass ich etwas anderes erwartet hatte. Der Peilsender hatte eine große Reichweite, aber der Kommunikationsteil des Gerätes war stark eingeschränkt. Bei den ganzen Bergen und Bäumen wäre es ein Wunder, wenn ich durchkäme.

Ich versuchte es noch ein paarmal, gab schließlich auf und sah ein, dass ich auf altmodische Weise zu ihnen Kontakt aufnehmen musste. Ich lief die Straße hinunter, bis ich eine Telefonzelle gefunden hatte. Zum Glück waren nur wenige Leute unterwegs, so dass ich mir nicht gleich Sorgen machen musste, dass jemand meine Nacktheit der Polizei meldete. Ich hob den Hörer ab, wählte die Notrufnummer der Abteilung und wurde zu Jack durchgestellt.

Aber nicht etwa Jack, nein, die Karamellkuh meldete sich. »Wächterabteilung. Anschluss von Jack Parnell.«

»Sal, ich bin es, Riley. Wo ist Jack?«

»In einer Besprechung mit der Direktorin. Was willst du?«

Dass du dich in den widerlichen Sarg zurückziehst, aus dem du gekrochen bist. Ich räusperte mich und sagte: »Ich brauche an meinem jetzigen Standort einen Wagen und Kleidung.«

»Du hast deine Kleider verloren?« Ihre kühle Stimme

klang belustigt. »Aber ich nehme an, es ist nicht das erste Mal. Ihr Werwölfe geht ja generell nicht sehr sorgfältig mit euren Sachen um.«

»Vielleicht, aber diesmal nicht. Jemand wollte mich davon abhalten, an einem bestimmten Fall zu arbeiten.«

Sal schniefte. Wenn ich je ein überhebliches Geräusch gehört hatte, dann das. »Ich habe dich geortet. Wir haben einen Wagen in der Gegend. Ich habe ihm Anweisung gegeben, dich abzuholen. Er bringt dich nach Hause, damit du dir neue Sachen holen kannst.«

Besser als nichts. Wenn es allerdings nach der zunehmenden Belustigung in Sals Stimme ging, war sie nicht so hilfreich, wie sie vorgab. »Kannst du mich zu der folgenden Mobilnummer durchstellen?« Ich ratterte Jins Nummer herunter. »Ich muss mein Zielobjekt anrufen und erklären, wieso ich zu spät bin.«

»Schon passiert, Wolfsmädchen. Ich berichte Jack von deiner misslichen Lage.«

Und genießt zweifellos jeden Augenblick. »Sag ihm, dass es Quinn war und dass ich mich melde, sobald ich zu meiner Zielperson Kontakt aufgenommen habe.«

Sie antwortete nicht, sondern stellte mich einfach durch. Während ich wartete, kam ein Jugendlicher vorbei und brach sich beinahe den Hals, als er sich zweimal nach mir umsah. Ich winkte ihm zu. Er grinste. Er schien auf der Stelle festgewachsen zu sein, zog sein Mobiltelefon heraus und begann zu wählen. Nach seinem Grinsen zu urteilen rief er nicht die Polizei an, sondern seine Kumpels. Vermutlich kam es nicht alle Tage vor, dass ein

Jugendlicher eine nackte Frau in einer Telefonzelle entdeckte. Wetten, dass ich bald Zuschauer haben würde?

Ich lächelte, und als er das Telefon auf mich richtete, hielt ich den Daumen nach oben. Ich hörte die erstaunten Ahs und Ohs bis zu mir.

»Hallo?«

Jin meldete sich auf seine lässige Art, und ich konzentrierte mich wieder auf meine Arbeit. »Jin, hier ist Riley.«

Es folgte eine kurze Pause, ein Stuhl quietschte, es waren Schritte zu hören und das Öffnen einer Tür. Erst dann sagte er: »Hallo, liebe Riley.«

Seine Stimme klang einige Oktaven tiefer und strich wie weiche Seide über meine Haut. Als würde er meine wilde Seite allein durch seine Sprache wecken, strömte eine Wärme durch meinen Körper, die zum Teil aus Lust und zum Teil aus Angst erwuchs.

»Als du nicht ans Telefon gegangen bist«, fuhr er fort, »habe ich schon gedacht, ich hätte dich verschreckt.«

»So zartbesaitet bin ich nicht.« Obwohl ich mich ganz genauso gefühlt hatte, als ich aufgewacht war. »Ich habe mein Telefon verlegt. Das ist alles.«

»Ach, dann bin ich froh, dass du angerufen hast.« Er hielt inne. Im Hintergrund waren Stimmen zu hören, eine männliche und eine weibliche. Sie wurden von einem unangenehmen klatschenden Geräusch begleitet. Es hörte sich an, als würde jemand mit einem Ledergürtel auf nackte Haut schlagen.

Den Visitenkarten nach zu urteilen war das vermutlich der Fall.

»Als ich dich vorhin nicht erreichen konnte, habe ich leider zugesagt, zur Arbeit zu kommen. Aber wir können danach etwas unternehmen, wenn du willst.«

»Gern«, erwiderte ich abwesend und versuchte mich auf die leisen Geräusche im Hintergrund zu konzentrieren. Jetzt waren neben dem Klatschen leise Töne zu hören, die sich eher leidend als lustvoll anhörten, und irgendetwas daran sprach meine Lust an. »Wo wollen wir uns treffen?«

»Ich weiß nicht genau, wann ich hier fertig bin. Wir haben noch einiges zu tun.«

Ja, und ganz bestimmt nicht Getränke servieren.

»Ich kann einfach in den Club kommen und warten, bis du Feierabend hast.«

Obwohl, wenn er in diesem *Hellion Club* war, würde ich einen Rückzieher machen. Mit Schlagen und Beißen und selbst mit Fesseln kam ich irgendwie zurecht, aber Folter und Demütigung brachten mich nicht in Stimmung.

»Ich bin nicht im *Cattle Club*.«

Ich fluchte in Gedanken. Wie konnte ich die Verabredung für heute Abend wieder rückgängig machen? Um keinen Preis der Welt würde ich mich in die Nähe des *Hellion Clubs* begeben. So sehr fühlte ich mich meiner Arbeit nicht verbunden.

»Ich bin im *Hunter's Club*«, erklärte er.

Das weckte meine Neugierde. Der *Hunter's Club* war ein Fitnessclub. Aber bei welcher Sportart machten die Leute so erstickte Geräusche? »Gut. Dann komme ich vorbei und sehe den ganzen attraktiven Männern beim Training zu, während ich auf dich warte.«

»Du könntest auch auf eine Massage und eine Spa-Behandlung vorbeikommen. Auf Kosten des Hauses.«

»Du willst wohl nicht, dass ich die ganzen attraktiven Männer sehe?«

Er lachte. »Um ganz ehrlich zu sein, nein. Außerdem wird es wahrscheinlich nach einer Weile langweilig, Männern beim Schwitzen zuzusehen.«

Nicht für einen Werwolf. Ich grinste. »Wann soll ich da sein?«

»Wie wäre es in einer Stunde? Wenn du eine Behandlung haben möchtest, dauert das ein paar Stunden.«

»Bist du mein Masseur?«

»Darauf kannst du wetten, Baby.«

Mich befiel eine ungute Vorahnung, und plötzlich konnte ich nichts anderes mehr denken, als dass dieser Kerl böse war, dass er mir gefährlich werden konnte und ich vorsichtig sein musste. Und das galt genauso für den Club, vor allem angesichts dieser seltsamen Geräusche.

»Ich muss erst noch nach Hause und mich umziehen. Vielleicht dauert es etwas länger als eine Stunde.«

»Ich warte hier«, sagte er schlicht und beendete das Gespräch.

Ich legte den Hörer auf die Gabel, und als ich mich umdrehte, sah ich, dass mein jugendlicher Beobachter Gesellschaft bekommen hatte. Sie waren allesamt mit Telefonen bewaffnet. Ein kluger Werwolf wäre diskret gewesen und hätte die Gestalt gewandelt, aber ich fand nichts dabei, ein paar Jungs ein bisschen kostenlose Abwechslung zu bieten.

Ein blauer Ford hielt vor der Telefonzelle, und einen Augenblick dachte ich, meine ruhmreiche Zeit würde durch den langen Arm des Gesetzes sein abruptes Ende finden. Doch dann flog die Beifahrertür auf, und eine Stimme sagte harsch: »Steig ein.«

Auf einmal verstand ich, wieso Sal vorhin so amüsiert gewirkt hatte. Die Stimme gehörte Cole. Offensichtlich hatte sie nicht begriffen, dass sie mir damit einen Gefallen tat. Mit einem breiten Grinsen hauchte ich den Jungs einen Kuss zu und stieg in den Wagen.

Er fuhr los, bevor ich überhaupt angeschnallt war. »Die Jungs haben die nächsten zwei Wochen feuchte Träume.«

»Nur zwei Wochen wären wenig.«

Er lachte leise, und ich hob erstaunt die Brauen. »Der Gestaltwandler amüsiert sich und ist nicht genervt?«

Er sah mich an. Obwohl er sich amüsierte, überwog die Wachsamkeit in seinem Blick. »Oh, ich bin ziemlich verärgert, weil ich eine verdammte Wölfin retten muss, die, nur weil sie nicht richtig aufgepasst hat, Auto *und* Kleidung verloren hat. Aber zumindest bekomme ich die Überstunden bezahlt.«

»Du hältst mir also keinen Vortrag, weil ich ganz bewusst ein paar jungen Männern eine Show geliefert habe?«

»Weißt du, ich war selbst einmal jung. Diese Kinder sind für ihre Freunde jetzt Helden.« Sein Blick glitt meinen Körper hinunter und ruhte so lange auf meinen Brüsten, dass ein warmer Strom durch meinen Körper floss, dann sah er wieder auf die Straße. »Hinten ist ein Mantel, wenn dir kalt ist.«

»Ich bin erregt, mir ist nicht kalt.«

»Ich weiß.« Er sah mich an. »Ich bin nur höflich.«

»Sind alle Wolfwandler so verklemmt wie du?« Ich drehte mich nach hinten um, griff den Mantel und achtete darauf, dass meine Brust dabei über seinen Arm strich.

Er zog die Augen zusammen, sagte aber nur: »Könntest du deine Adresse in den Navigator eingeben?«

»Nachdem ich mich bedeckt habe oder vorher?«

»Davor.« Er sah mich an, seine Lippen zuckten amüsiert und wirkten auf einmal sinnlich und küssenswert. »Ich habe nie behauptet, dass ich die Aussicht nicht genießen würde.«

»Dann gibt es also noch Hoffnung für dich?« Ich beugte mich vor und gab meine Adresse in den Computer ein, wobei sein Blick die ganze Zeit auf meinen Brüsten ruhte. Offensichtlich stand der Gestaltwandler auf Brüste. Nur gut, dass ich nicht so flachbrüstig war wie die meisten Werwölfe.

»Für mich gibt es noch Hoffnung. Aber für dich? Keine Chance.«

Ich grinste, lehnte mich zurück und streckte etwas die Brust heraus, um meine Vorzüge voll zur Geltung zu bringen. »Fordere nie einen Werwolf heraus, Cole. Du kannst nur verlieren.«

»In diesem Fall nicht.«

»Na, dann los.«

Er sah mich belustigt an. »Um in mein Bett zu kommen, braucht man mehr als nur einen hübschen Busen.«

»Besteht die Aufgabe darin herauszufinden, was man noch dazu braucht? Ich glaube, das könnte mir Spaß machen.«

Er schüttelte den Kopf und erwiderte nichts. Der Rest der Fahrt verlief schweigend. Ich machte mir nicht die Mühe, den Mantel anzuziehen, sondern legte ihn nur über Schoß und Beine, um sie zu wärmen. Die Atmosphäre im Wagen war angenehm und von einer unterschwelligen Anspannung aus Erregung und Lust geprägt. Der Gestaltwandler wollte mich vielleicht nicht begehren, aber er tat es. Und ich genoss das Gefühl. Ich drängte ihn zu nichts. Cole war offensichtlich ein längerfristiges Projekt, aber eins, das ich zweifellos gewinnen konnte.

Er hielt mit laufendem Motor vor meiner Tür und sah an dem alten Lagerhaus nach oben. »Sieht aus, als hättet ihr jede Menge Platz da oben.«

»Das stimmt. Und große Fenster.« Und ein riesengroßes Bett, auf dem du dich gut machen würdest, wenn du dich nackt darauf herumräkelst.

Er sah mir in die Augen, und ich nahm den intensiven Geruch seiner Lust wahr. »Hinter denen du dich bestimmt gern zeigst.«

»Wieso nicht? Die Nachbarn haben nichts dagegen.«

»Das überrascht mich nicht.« Er wandte den Blick ab. »Wir sehen uns bestimmt bei der Arbeit.«

»Bestimmt, Wandler. Dafür werde ich schon sorgen.«

Er sah mich noch einmal an, sagte jedoch nichts. Ich kletterte aus dem Wagen und lief die Stufen hinauf. Mir war klar, dass er mein nacktes Hinterteil mit dem Blick verfolgte, und diesmal wackelte ich so gut ich konnte mit dem Po.

Als ich die Tür öffnete, düste er davon. Ich grinste in mich hinein, freute mich auf die Herausforderung, die er mir bot, und lief die Treppen zu meiner Wohnung hinauf. Die Tür war zu, aber ein fester Tritt auf die richtige Stelle, und das Problem war gelöst. Rhoan und ich verstanden beide nicht, wieso man Qualitätsschlösser einbaute, wenn die Tür selbst dünner als Pappe war. Aber die alte Frau, der das Gebäude gehörte, weigerte sich, sie gegen bessere zu tauschen.

Klar, Vampire ließen sich auch nicht von Schlössern abhalten. Ganz offensichtlich nicht. Denn ich entdeckte meine Handtasche, mein Telefon, die Schlüssel und meine Kleidung ordentlich auf dem Kaffeetisch. Ich bezweifelte nicht, dass mein Wagen irgendwo in der Straße geparkt war. Wie nett von Quinn, alles zurückzubringen.

Ich erfrischte mich kurz mit einer Dusche, zog meinen Trainingsanzug an und packte eine Tasche mit ein paar Kleidern, Toilettenartikeln und etwas Schminke. Ich wusste nicht, wo Jin nach der Behandlung mit mir hinwollte. Besser, ich war auf alle Eventualitäten vorbereitet.

Ich griff meine Tasche und mein Telefon, dann rief ich ein Taxi. Zehn Minuten, sagten sie. Da ich aus Erfahrung wusste, dass es eher zwanzig als zehn dauerte, ging ich in die Küche, um mir einen Kaffee zu kochen. Ich hatte noch keine zwei Schritte getan, da klingelte es an der Tür. Ich öffnete und sah mich erneut Cole gegenüber. Er hatte die Hände in den Taschen vergraben und wirkte ziemlich verärgert.

»Du bist doch nicht etwa zu dem Schluss gekommen«, sagte ich mit gehobenen Brauen, »dass du gern einen Werwolf in Aktion sehen würdest?«

»Eher friert die Hölle zu«, murmelte er. Er strich mit der Hand durch seine vollen silberfarbenen Haare. »Jack hat eben angerufen. Es ist eine weitere Leiche aufgetaucht, und er will, dass wir beide dorthin kommen.«

7

Die Frau lag auf dem Rücken, Arme und Beine waren weit abgespreizt wie bei einem Seestern. Sie war nackt, und der Ausdruck auf ihrem toten Gesicht wirkte beinahe verzückt. Als hätte die Art ihres Todes sie erregt und zum Höhepunkt gebracht.

Genau wie bei den anderen Frauen, die wir gefunden hatten.

Ich erschauderte, aber ich wusste nicht, ob aus Angst oder wegen der seltsamen Kälte, die in der Luft lag. Einer Kälte, die darauf hindeutete, dass wir nicht allein in dem Lagerhaus waren.

Die Toten lebten hier fort.

Ich rieb meine Arme und ließ den Blick über den weißen Körper der Frau gleiten. Wie die anderen Opfer hatte man sie vom Hals bis zum Knie aufgeschlitzt und die wichtigsten inneren Organe entfernt. Nach einem solchen Mord musste eigentlich alles voll Blut sein, aber das war nicht der Fall, und das war in mehrfacher Hinsicht deutlich schlimmer. Denn das hieß, dass jemand sie ausgesaugt hatte, sie ausgesaugt hatte, während man sie aufgeschlitzt und ihr die Organe entfernt hatte. Sie ausgesaugt hatte, während sie mit diesem verzückten Gesichtsausdruck dagelegen hatte.

Ich zitterte und war auf einmal froh, dass ich seit dem Frühstück nichts mehr gegessen hatte. In dem Augenblick hätte ich vermutlich nichts bei mir behalten können.

Ich zwang mich, den Blick von ihrem malträtierten Körper abzuwenden, und sah zu ihrer linken Hand. Wie bei den anderen Opfern fehlte die Hälfte des kleinen Fingers. Die Wunde war zwar verheilt, wirkte jedoch erstaunlich frisch.

Aus irgendeinem Grund wurde mir beim Anblick des fehlenden kleinen Fingers noch kälter und schlechter als bei allem anderen, was man ihr angetan hatte. Das war ziemlich seltsam, selbst für mich.

Ich sah an ihr vorbei. Jack und Cole standen am anderen Ende der Fabrik und redeten leise miteinander. Wenn ich mich konzentrierte, konnte ich wahrscheinlich hören, was sie sagten, aber das schien mir zu viel Aufwand, wenn ich Jack genauso gut später danach fragen konnte. Stattdessen betrachtete ich die unmittelbare Umgebung. Als wir angekommen waren, war Coles Team schon seit einer guten halben Stunde hier zugange gewesen und hatte die wenigen Beweisstücke bereits eingesammelt. Wie zuvor war mit Ruß ein Pentagramm auf den Beton gezeichnet worden, auf dessen Spitzen man schwarzes Wachs getropft hatte. Ich kannte mich zwar nicht gut aus mit Magie, aber ich wusste, dass schwarze

Kerzen eher für den Weg der Finsternis als den des Lichtes standen.

Um das zu erkennen, reichte allerdings auch schon ein Blick auf die verstümmelte Leiche.

Als ich mich wieder der Frau zuwandte, bewegte sich dort etwas. Ein feines Fähnchen, vielleicht aus Rauch, stieg in einer spiralförmigen Bewegung nach oben, leise und in dem grellen Scheinwerferlicht, das das Säuberungsteam aufgebaut hatte, kaum zu erkennen.

Wieder erschauderte ich.

Das war kein Rauch. Das war ihre Seele.

Die Rauchfähnchen fanden sich zu einer Wolke zusammen, aus der sodann eine Stimme ertönte. Sie sagte etwas. *Dahaki*, sagte sie. *Azhi Dahaki.*

Eiseskälte befiel mich, ich hatte das Gefühl, Finger aus Eis würden in meine Seele vordringen. Als brächte die Seele der Frau die unendliche Kälte der Unterwelt mit sich. *Wer zum Teufel ist Azhi Dahaki?*

Ich war nicht ganz sicher, ob ich die Worte laut ausgesprochen oder sie auf telepathische Art ausgedrückt hatte. Ich wusste auch nicht, ob der Geist der Frau antworten würde. Die Rauchwolke bewegte sich etwas und drehte sich weiter nach oben. Mit jeder Drehung entstand eine immer stärkere Energie, bis die kleinen Haare in meinem Nacken senkrecht nach oben standen. Auf einmal hörte ich wieder etwas. *Du musst ihn aufhalten.*

Mit dieser Aussage erstarb die Energie, und die Seele löste sich auf, um in das Leben nach dem Tod zu schweben, in welches auch immer.

Ich holte tief Luft und schüttelte mich. Es war schon schlimm genug, dass ich Seelen sah, jetzt fingen diese verdammten Dinger auch noch an, mit mir zu *reden.*

»Riley?«

Jack sprach mich leise und vorsichtig an, dennoch zuckte ich heftig zusammen. Ich sah auf und stellte fest, dass er ganz in meiner Nähe stand und Cole mit besorgter Miene neben ihm. Ich hatte sie nicht kommen hören.

»Sie hat mit mir gesprochen, Jack.« Ich rieb meine Arme. »Verdammt, sie hat tatsächlich *gesprochen.*«

»Ich habe dich gewarnt, dass das passieren könnte.«

Ich schnaubte leise. »Na ja. Gut. Ich hatte gehofft, dass du dich irrst.« Ich blickte hinunter auf die Leiche, über der nun keine Seele mehr schwebte. »Ich will nicht mit den Seelen toter Leute reden, Jack. Das ist einfach zu gruselig.«

Cole hob die Brauen. »Du kannst dich mit Geistern unterhalten? Cool.«

Ich sah ihn kurz mit gereiztem Blick an und konzentrierte mich wieder auf Jack. »Sie hat einen Namen gesagt, denselben, den Dunleavys Seele mir gegeben hat. Nur dass es diesmal *Azhi* Dahaki war. Vielleicht ist das ein ganzer Name?«

»Das ist gut möglich. Es ist allerdings ein seltsamer Name.«

»Na ja, es ist eine seltsame Fähigkeit.« Und genau *deshalb* hatte Jack mich heute Abend hergeholt. Er hatte gehofft, dass ich so etwas sehen würde. »Wisst ihr schon, wer sie ist?«

»Karen Herbert«, erklärte Cole und blickte hinunter auf einen Minicomputer in seiner Hand. »Zweiundzwanzig Jahre alt. Ledig. Die Eltern machen derzeit Urlaub in Queensland.«

Ich sah Jack an. »*Die* Karen Herbert? Die, von der ich wollte, dass man sich um sie kümmert?«

Er hatte den Anstand, sich ganz offensichtlich nicht wohl in seiner Haut zu fühlen. »Ich fürchte.«

»Na, wenn das nicht der Beweis ist, dass es eine Verbindung zwischen Quinns und unserem Fall gibt, dann weiß ich nicht.«

»Deshalb wirst du ihn, wenn du ihn das nächste Mal siehst, verhören.«

Ja. Als ob dabei etwas Nützliches herauskäme. Ich deutete auf Karens Gesicht. »Sie ist nicht verängstigt gestorben. Bei den anderen Frauen hat man keine Spuren von Drogen gefunden, und ich bezweifle, dass das hier der Fall ist. Anscheinend ist sie freiwillig hergekommen, Jack.«

»Oder man hat ihr Bewusstsein kontrolliert. Das kann man nach dem Tod nicht mehr feststellen.«

»Jin ist kein Medium, vielleicht folge ich der falschen Person.«

»Wenn Jin dich telepathisch blockt, ist er eine Art Medium. Außerdem wohnt er mit der Frau zusammen, hinter der Quinn her ist. Er arbeitet in demselben Laden wie Dunleavys Freundin, die von Gautier umgebracht wurde, weil sie irgendetwas Wichtiges gesehen oder gehört hat. Und er trägt den gleichen Ring, der am Tatort eines Mordes aufgetaucht ist. Das sind zu viele Zufälle auf einmal. Das hängt alles miteinander zusammen. Wir sehen das große Ganze nur noch nicht.«

Aber das mussten wir, bevor die nächste Frau ermordet wurde. Mein Blick glitt zurück zu der Leiche. »Sind das rituelle Morde oder Opferungen?«

»Ich glaube, Opferungen. Wofür, weiß ich nicht.«

»Blut- *und* Organopfer«, korrigierte Cole, dann sagte er an mich gerichtet, »was zusammen eine stärkere und dunklere Magie ergibt.«

»Am Ende sind es immer noch tote Frauen, Kumpel.«

Seine blassen Augen funkelten wütend. »Die Natur der Magie ist häufig ein direkter Hinweis auf die Natur des Magiers.«

»Man muss nicht gerade ein Genie sein, um sich vorzustellen, dass wir es mit jemandem zu tun haben, der von Natur aus *sehr* böse ist.«

»Nein, aber die Tatsache, dass Blut und Organe verwendet werden, bedeutet, dass wir es mit einer äußerst mächtigen Art von schwarzer Magie zu tun haben. Und wenn der Magier sein eigenes Blut hinzufügt, ist es jemand, der die Macht hat, deutlich mehr zu bewirken, als nur ein paar Dämonen heraufzubeschwören.«

»Du denkst also nicht, dass Quinns Fall mit unserem zu tun hat?«

»Das kann schon sein, aber unser Junge hier stellt mit seiner Macht mehr an, als nur ein paar Dämonen loszulassen, die einen Vampir schikanieren.« Jack musterte mich einen Augenblick. »Es scheint dich nicht sehr zu beunruhigen, dass Quinn dich eingeschlossen hat.«

»Du hast sein Haus nicht gesehen.« Ich blickte auf meine Armbanduhr. Wenn ich nicht bald ging, würde Jin sich fragen, was zum Teufel los war. »Wenn ihr mich nicht mehr braucht, ich habe eine Verabredung mit einem Verdächtigen.«

»Geh. Aber stell sicher, dass deine Verbindung aktiv ist, falls es schwierig wird und du Hilfe brauchst.«

Ich hob die Brauen. »Wieso sagst du das? Ich weiß, dass du das zu anderen Wächtern nicht sagst.«

»Weil es die anderen Wächter mit normalen durchschnittlichen Psychopathen zu tun haben. Ich habe das Gefühl, dass dein spezieller Psycho selbst nach unseren Maßstäben ziemlich außergewöhnlich ist.«

»Ach. Na, das ist ja ein tröstlicher Gedanke.« Ich musterte ihn und fügte hinzu: »Außerdem willst du nicht, dass ich jetzt schon sterbe, weil du erst sehen willst, was die Drogen aus meinen Fähigkeiten machen.«

»Genau.« Er lächelte und warf mir einen Schlüsselbund zu. »Da du mit Cole hergekommen bist, nimm jetzt meinen Wagen. Aber ich will ihn heil zurückhaben.«

»Du bist selbst schuld, wenn du mir deine Schlüssel gibst.« Ich grinste, warf die Schlüssel kurz in die Luft und ging.

Mittlerweile war es dunkel geworden. Es war eine kalte, klare Nacht. Der Mond stand dick und gelb am Himmel, er war noch nicht ganz voll, aber das dauerte nicht mehr lange. Seine Hitze sang in meinen Adern. Es war eine heftige Lust, die in den nächsten Nächten noch zunehmen würde. Vermutlich ist jetzt die beste Zeit für den Auftrag, mit einem bösen Mann zu vögeln, dachte ich grimmig.

Wenn ich heute Nacht mit ihm fertig war, würde ich Kellen anrufen.

Ich sehnte mich nach ein bisschen Zärtlichkeit, Fürsorge und sanftem Sex, um damit die unangenehme Erinnerung an Jins Berührung endlich aus meinem Kopf zu verdrängen.

Ich fand Jacks Wagen und fuhr in die Stadt. Es war Montagabend. Deshalb war es ruhig in den Straßen und leicht, einen Parkplatz zu finden. Ich griff meine Tasche, lief die Straße hinauf in Richtung Club und stellte fest, dass die Hausnummer, die Jin mir genannt hatte, zu einem mehrstöckigen Gebäude gehörte und sich der Club im neunzehnten Stock befand.

Was eine echte Herausforderung für meine Höhenangst darstellte.

Ich atmete tief durch, zwang ein Lächeln auf mein Gesicht und schritt auf den Wachmann zu. »Hallo«, jubelte ich, obwohl mein Magen gerade rebellierte. »Ich möchte zum *Hunter's Club*.«

»Haben Sie einen Mitgliedsausweis?«

»Nein.«

»Ohne einen Mitgliedsausweis darf ich Sie nicht hereinlassen.«

Offensichtlich wurde dieser Wachmann nicht dafür bezahlt, hilfsbereit zu sein. Entweder das, oder er hatte

Langeweile und amüsierte sich ein bisschen. »Ich heiße Riley Jenson. Ich bin Gast von Jin Lu.«

Er blickte auf ein Blatt, das vor ihm auf dem Schreibtisch lag, holte ein Buch hervor und legte es auf den Tisch. »Sie müssen hier unterschreiben.« Er deutete auf eine Stelle. »Und dahinter bitte noch einmal den Namen in Druckbuchstaben.«

Ich unterschrieb. Er nahm das Buch, zog einen Ausweis aus der Schublade, notierte eine Nummer neben meinem Namen und händigte ihn mir aus. »Mit der funktioniert der Fahrstuhl, und Sie können damit die Türen zur Halle passieren. Wenn Sie fertig sind, müssen Sie den Ausweis wieder abgeben und sich austragen.«

Ich nickte, nahm den Ausweis entgegen und ging zum Fahrstuhl. Die schnelle Fahrt nach oben zuckte durch meine Glieder, aber zum Glück machte mein Magen keinen Ärger. Der Eingang zum Club war sehr luxuriös in Gold und Weiß gestaltet, und der Teppich war so edel, dass ich am liebsten die Schuhe ausgezogen hätte und barfuß darübergelaufen wäre. Aber als ich das Schild über den Eingangstüren entdeckte, musste ich unwillkürlich ironisch lächeln. Dort stand nicht nur in riesigen extravaganten Buchstaben »Hunter's Club«, sondern darunter »Zutritt nur für Menschen«.

Charmant.

Die Menschen kämpften immer noch für ein Gesetz, das die »Kein Zutritt für Menschen«-Regelung in den Werwolf-Clubs offiziell untersagte, aber uns einfach so mir nichts, dir nichts auszuschließen, war für sie kein

Thema. Je eher wir nichtmenschliche Vertreter in den Reihen der Regierung hatten, desto besser.

Als ich auf die Türen zuging, glitten sie automatisch auseinander, und in der Sekunde sah ich die Sensoren in den Türrahmen. Sie meinten es wirklich ernst, dass sie in diesem Club ausschließlich Menschen haben wollten.

Wenn ich dort hindurchging, würde sich herausstellen, dass ich etwas anderes als ein Mensch war.

Ich fluchte leise vor mich hin und schielte zu der Blondine am Empfangstresen. Sie war eine von diesen sexy sportlichen Typen, die jede normale Frau nervös machten. Aber wichtiger war, dass sie anscheinend nicht bemerkt hatte, dass ich kurz vor der Türschwelle stehen geblieben war. Sie trug keinen Nanodraht, es sei denn, man versteckte die jetzt in Designerohrringen, und in dem Raum schien sich keine andere Abwehrtechnik gegen psychisches Eindringen zu befinden. Die konnte mich allerdings sowieso nicht mehr aufhalten.

Ich stieß die Luft aus, fuhr einige Schutzschilde herunter, drang in ihren Verstand ein und übernahm augenblicklich die Kontrolle. Ich konnte Menschen zwar nicht fühlen, aber ich konnte sie sehr gut kontrollieren. Ich brachte sie dazu, den Alarm auszuschalten, so dass ich für die paar Stunden, die ich dort war, in dem Club sicher war. Und nur für den Fall, dass es jemand höher Gestelltem auffiel, ließ ich sie den Stecker aus der Wand ziehen. Das war das Problem mit Sensoren, die erst nach Errichtung des Gebäudes angebracht worden waren. Sie konnten leicht durch eine unvorsichtige Bewegung ausgeschaltet werden. Deshalb waren viele von ihnen jetzt direkt an das Stromnetz angeschlossen.

Ich zog mich aus ihrem Kopf zurück, trat durch die Tür und ging auf den Schreibtisch zu. Um zu hören, was sie dachte und sicherzugehen, dass sie nicht doch etwas davon mitbekommen hatte, was eben geschehen war, blieb ich jedoch noch mit ihr in Kontakt.

Sie blinzelte wie jemand, der soeben aus einem Traum erwachte, und schenkte mir ein strahlendes Lächeln.

»Ach, hallo«, sagte sie in einem herzlichen Tonfall, der genauso falsch war wie ihre Bräune. »Wir sind wohl neu hier im Club, was?«

»Das sind wir.« Ich zeigte ihr meinen Ausweis. »Ich bin ein Gast von Jin Lu.«

Etwas flackerte in ihren Augen, eine Emotion, die ich so schnell nicht deuten konnte, aber das Lächeln blieb. Ihre Gedanken verrieten jedoch, was ihre Augen nur angedeutet hatten: Sie hatte keine hohe Meinung von Jin. Sie hielt ihn für ein arrogantes Schwein, der beim Sex viel zu brutal war. Sie hatte sogar ihren Freund belügen müssen, weil die blauen Flecken *ewig* gebraucht hatten, um zu verschwinden.

Offensichtlich hielt sie nicht viel von Monogamie in einer Beziehung. Ich unterdrückte ein Lächeln, nahm den Stift, den sie mir reichte, und unterschrieb ein zweites Mal.

»Ich sage ihm eben Bescheid«, erklärte sie und reichte mir einen Spindschlüssel. »Wenn Sie auf dem Sofa warten wollen.«

Ich blickte zu dem Sofa, dann auf die Glasscheibe dahinter und stellte fest, dass man von dort aus den gesamten Fitnessbereich überblicken konnte. Es trainierten jede Menge Männer an den Geräten. Ihre schweißnasse Haut glänzte, und ihre Muskeln traten deutlich hervor. Eine sehr ansprechende Aussicht. Ich ging zu dem Sofa und machte das Beste daraus.

Jin wurde über Lautsprecher ausgerufen, und fünf Minuten später kribbelte meine Haut. Obwohl ich, vermutlich wegen der dicken Teppiche, keine Schritte hörte, wusste ich, dass es Jin war. Seine Hitze und sein Geruch weckten meine wilde Seite schon von ferne.

Ich spähte über meine Schulter hinter mich. Er schritt in schwarzer Fitnesshose und schwarzem ärmellosem Top auf mich zu. Der Schweiß verlieh seiner Haut einen glänzenden Schimmer, und er wirkte geradezu verboten attraktiv. In mir regte sich Lust, aber als ich in seine Augen sah, verschwand sie genauso schnell, wie sie gekommen war. In seinem Blick lag eine Bösartigkeit, wie ich sie noch nie zuvor gesehen hatte. Eine Bösartigkeit, die sehr alt und nicht menschlich wirkte. Als ob ich in dem kurzen Moment in seine Seele geblickt hätte und diese nicht in diese Zeit gehörte.

Nicht auf diese Erde.

Dann blinzelte er und lächelte, und der seltsame Ausdruck war verschwunden. Ich fragte mich, ob mich das Gespräch mit der toten Frau vielleicht mehr mitgenommen hatte, als ich dachte. Ich meine, Jin war vielleicht kein Mensch an sich, aber er musste zumindest eine Unterart oder irgendeine Art Nichtmensch sein. Oder etwa nicht? Was gab es denn noch?

Eine Bemerkung, die Quinn vor ein paar Monaten gemacht hatte, waberte durch meinen Kopf. Er hatte gesagt, dass er zwar als Mensch aufgewachsen sei, technisch gesehen aber nur zum Teil ein Mensch war. Dass seine andere Hälfte zu einer Spezies gehörte, die nicht mehr existierte.

Wenn ein Mischling über Jahrhunderte hinweg überleben konnte, obwohl er einer Rasse angehörte, die nicht mehr existierte, konnten es andere, dunklere Wesen mit Sicherheit erst recht.

Das Schaudern, das meine Seele nun befiel, kam von einer bösen Vorahnung. Ich wollte nichts von diesen finsteren Wesen wissen. Wirklich nicht. Aber ich hatte das extrem dumme Gefühl, dass ich nicht nur mit einem von ihnen bumste, sondern dass ich immer weiter in ihre Welt vordrang, je länger ich mit Jin zusammen war.

Er blieb stehen, beugte sich vor, um mich zu küssen, und ich konnte mich gerade noch beherrschen, nicht zurückzuzucken. Seine Lippen waren kühl, und er küsste mich nur flüchtig, wofür ich dankbar war. In dem Augenblick wäre mir jede Leidenschaft zu viel gewesen.

»Hallo«, sagte er leise. »Schön, dich wiederzusehen.«

Er roch nach Moschus und nach Mann und dunklen Gewürzen – alles Gerüche, die meine Hormone normalerweise garantiert zum Tanzen brachten. Und zugegeben, trotz der ganzen dunklen Vorahnungen regte sich meine Lust. Schließlich war ich ein Wolf, und Gefahr war ein Aphrodisiakum für mich.

Aber hinter seinem verführerischen Geruch nahm ich eine Spur Sex und Blut wahr, in die sich ein Hauch Jasmin mischte. Ich fragte mich unwillkürlich, ob sein Training keine normale Fitnessstunde war, sondern in der horizontalen stattgefunden hatte und mit brutalen Gurten und Peitschen auf nackter, parfümierter Haut zu tun hatte.

»Sieht aus, als hätte ich einen ungünstigen Zeitpunkt erwischt.«

Er zuckte mit den Schultern. »Es gibt derzeit ein spezielles Angebot im Fitness- und Spa-Bereich, so dass heute Abend mehr los ist als sonst. Ich fürchte, ich kann dir die versprochene Massage nicht geben, aber ich hole Terri, damit sie mit den Anwendungen beginnt, und versuche in ungefähr zwanzig Minuten eine Pause zu machen.«

»Hör zu, vielleicht sollte ich lieber gehen und später wiederkommen …«

»Nein.«

Er griff fester meinen Arm, und kurz blitzte wieder dieser fremde, krasse Schimmer in seinen Augen auf.

»Ich habe keine Ahnung, wie lange ich noch brauche«, fuhr er fort, »aber ich möchte, dass du wartest.«

»Dann warte ich.«

Er nickte, zog mich an sich und küsste mich leidenschaftlich. Es war deutlich eine Absichtserklärung, und mir sank der Mut. Es fühlte sich an, als wäre die letzte

Nacht nur ein Vorgeschmack gewesen, als würde ich heute Nacht tiefer in den Bereich der finsteren Lust und Begierden vordringen.

Wie weit wollte ich gehen, um meinem Dienst an der Abteilung Genüge zu tun und einen Mörder zur Strecke zu bringen?

Ich wusste es nicht mehr, und das war vielleicht das Gruseligste von allem. Wenn ich meinen Entschluss, *nicht* das zu tun, was Jack und die Abteilung von mir verlangten, schon nach ein paar Monaten aufgegeben hatte, wo stand ich dann in einem Jahr? Würde ich mich in die kämpfende und bumsende Maschine verwandelt haben, zu der Jack mich machen wollte? War das so unausweichlich wie der Kreislauf des Mondes?

Ich bebte. Jin beendete den Kuss und lächelte. »Ich versuche, mich zu beeilen.« Er strich mit seiner heißen Fingerspitze über meinen Hals. Neben meiner pochenden Halsschlagader hielt er inne und lächelte noch breiter. »Eine so wunderbare Erregung will ich mir nicht entgehen lassen.«

»Dann tu es nicht.« Ich trat zurück. »Je eher du gehst, desto früher bist du zurück.«

Er lachte, drehte sich um und ging davon. Ich unterdrückte ein weiteres Zittern und versuchte meine summenden Hormone zu ignorieren, die es wundervoll fanden, dass Jin so gefährlich wirkte. Manchmal war es schrecklich nervig, ein Werwolf zu sein.

Ich blickte hinüber zu der Blondine am Empfang. Ihr Gesichtsausdruck war bemüht neutral, aber ihre Missachtung hing deutlich im Raum. Ich widerstand der Versuchung, ihr mitzuteilen, dass ich ganz ihrer Meinung war, und sagte stattdessen: »Wo geht es zu den Anwendungen?«

»Nehmen Sie einfach die Tür da rechts. Terri kümmert sich gleich um Sie.«

Ich folgte ihren Anweisungen und schob mich durch eine Reihe Schwingtüren. Eine kernig aussehende schwarze Frau mit dicken, streng zurückgekämmten Haaren und so kräftigen Händen, dass sie damit einen Bus hätte zerteilen können, kam vom anderen Ende des Flurs auf mich zu. Als sie mich sah, blieb sie stehen und hob alarmiert die wohlgeformten Brauen. Es war nicht schwer zu erraten, wieso. Sie wusste, was ich war, ganz einfach, weil sie selbst kein Mensch war.

Ich blieb ein paar Schritte vor ihr stehen und musterte sie von oben bis unten. Ich war bereits einmal einer Bärenwandlerin begegnet, aber diese Frau schlug Berna locker, was Größe und Muskeln anging.

»Wie bist du an den Sensoren am Eingang vorbeigekommen?«, fragte sie mit einer tiefen brummenden Stimme, die eher neugierig als feindselig klang.

Ich sah in ihre dunklen Augen und hob meinerseits die Brauen. »Wahrscheinlich auf dieselbe Art wie du.«

»Bist du ein Mischling?«

»Ja.«

Sie nickte. »Die Sensoren halten Mischlinge für Menschen. Das ist in einem solchen Fall ganz praktisch.«

Das wäre es gewesen, wenn ich tatsächlich ein Halbmensch wäre. »Du meinst, wenn wir irgendwohin wollen, wo man uns nicht hineinlassen will?«

Sie grinste. »Die Clubregeln lassen keine Nichtmenschen zu. Von Mischlingen steht da nichts.« Sie zeigte den Flur hinunter. »Ich habe Kabine drei für dich vorbereitet. Ich massiere dich, dann zeigt Raj dir den Spa-Bereich. Die Behandlung ist leider auf zwanzig Minuten begrenzt, weil es heute Abend so voll ist.«

»Darf ich neugierig sein und fragen, wieso du hier arbeitest? Das ist doch ein bisschen riskant, oder nicht?«

Sie zuckte mit den Schultern. »Schlimmstenfalls feuern sie mich. Die Bezahlung ist hier besser als in anderen Clubs. Wenn man eine Familie ernähren muss, muss man zusehen, wie man sein Geld zusammenkriegt, weißt du?«

Ich nickte und konzentrierte mich auf die Gerüche und Geräusche, während wir den Flur hinuntergingen. Der Duft von süßen Ölen und weiblichem Moschus hing in der Luft und mischte sich mit würzigen männlichen Gerüchen. Außerdem roch es schwach nach Chlor. Aber nicht nach Jasmin. Und nicht nach Sex.

Was immer Jin tat, es fand nicht in diesem Bereich statt.

»Bist du der einzige Nichtmensch, der hier arbeitet?«

»Ja. Alle Angestellten müssen bei der Einstellung ihre Geburtsurkunde vorlegen und nachweisen, dass sie Menschen sind, aber in meiner steht, dass ich ein Mensch bin. Deshalb war das okay.«

Ich hob meine Brauen. Seit mindestens dreißig Jahren musste laut Gesetz bei jeder Geburt ein DNA-Test durchgeführt werden, und Terri sah deutlich jünger aus. »Und wie hast du das geschafft?«

Sie grinste. »Mein alter Herr hat im Labor gearbeitet und den Nachweis gefälscht.«

»Gefährliche Sache.« Wenn das herauskam, wanderte er zehn Jahre ins Gefängnis.

Sie zuckte mit den Schultern. »Er ist tot, sie können ihm nichts mehr anhaben.« Sie öffnete die vorletzte Tür auf der linken Seite. »Bitte zieh dich aus und schließe deine Wertsachen in den Spind. Ich warte draußen.«

»Soll ich hier etwa nackt herumlaufen?«

Sie grinste. »Ich habe gehört, dass das bei euch Wölfen so üblich ist.«

»Ja, aber Menschen macht das leicht nervös.«

»Deshalb solltest du den Bademantel überziehen, der neben dem dir zugeteilten Spind hängt.«

»Ach. Danke.«

Die Umkleidekabine befand sich an der Stirnseite und roch leicht nach Zitrone und Ingwer. Es waren nicht viele Spinds in Benutzung. Offenbar waren heute Abend nicht viele Frauen hier. Nachdem ich mich schnell ausgezogen und alles in dem Spind verstaut hatte, nahm ich den Bademantel und lief vorsichtig Witterung aufnehmend in dem Raum umher. Ich stellte fest, dass der Jasminduft aus einem Spind auf der anderen Seite der Umkleide kam.

Ich blickte auf die Tür und fragte mich, ob ich die Gelegenheit nutzen sollte, um in den Spind einzubrechen. Ich musste herausfinden, wer die Frau zu dem Geruch war, schon allein, weil sie zu Jins Stammgästen gehören konnte und vielleicht etwas mehr über ihn wusste. Zum Beispiel, was er wirklich war.

Ich sah prüfend an die Decke, konnte aber keine Kameras entdecken. Nicht, dass in Umkleideräumen üblicherweise Kameras angebracht waren, aber ich durfte keinesfalls riskieren, dass der Sicherheitsdienst etwas von meiner Aktion mitbekam.

Ich schob meinen Schlüssel zwischen Tür und Rahmen des Spinds und bog die Tür so weit auf, dass ich sie mit den Fingern greifen konnte. Dann zog ich kurz und heftig an ihr. Spindtüren waren nicht dazu gemacht, der Kraft eines Werwolfs standzuhalten, ganz zu schweigen einem Werwolf, der auch noch über Vampirkräfte verfügte.

Nachdem die Tür offen stand, verstärkte sich der Jasminduft. Die Frau hatte ihre Kleidung ordentlich zusammengefaltet und ihre Handtasche seitlich an einem Haken aufgehängt. Ich öffnete sie und durchsuchte das Durcheinander von Taschentüchern, Schminke und Schlüsseln, bis ich die Brieftasche mit ihren Kreditkarten und ihrem Ausweis gefunden hatte. Sie hieß Jan Tait und war eine hübsche Frau mit grünen Augen und blonden Strähnen in den braunen Haaren. Ich merkte mir ihre Adresse in Carlton, durchsuchte die restliche Brieftasche, fand weitere Kreditkarten, eine Goldkarte für das Kino und ein Bild von einer schwarzweißen Katze. Vermutlich war sie alleinstehend. Verheiratete oder liierte Frauen trugen normalerweise ein Bild von ihrer besseren Hälfte oder von den Kindern bei sich.

Ich stopfte alles zurück in die Tasche, schloss die Tür und gab ihr einen leichten Stoß, so dass der Spind wieder verschlossen war. Nachdem ich den Bademantel übergezogen hatte, ging ich hinaus, wo Terri auf mich wartete. Wir hatten vier Türen passiert, als sie stehen blieb und mich in eine kleine Kabine lotste, in deren Mitte lediglich eine Massagebank stand.

»Hereinspaziert. Mach dich frei und leg dich hin. Ich bin sofort bei dir.«

»Danke, Terri.«

Sie nickte und schloss die Tür. Ich zog den Bademantel aus und warf ihn über das Ende der Bank, dann legte ich mich darauf, genau wie sie gesagt hatte. Nach ungefähr fünf Minuten kam Terri herein und machte sich an die Arbeit. Ich muss sagen, dass sie das sehr gut machte. Als sie fertig war, waren meine Muskeln ganz weich und entspannt. Wie nach fantastischem Sex, nur ohne die Anstrengung und den Spaß.

»Okay«, sagte sie, während sie die Flasche mit dem Massageöl zuschraubte. »Ich sage eben Raj Bescheid, dass er dich hinunter in den Spa-Bereich bringt.«

»Ist der nicht in diesem Stockwerk?«

Sie schüttelte den Kopf. »Eine Etage tiefer, neben dem Verwaltungsbereich.«

Wenn es eine zweite Etage nur für die Verwaltung und den Spa-Bereich gab, war der Laden größer, als er auf den ersten Blick wirkte. »Das ist aber unpraktisch, oder?«

Sie zuckte mit den Schultern. »Es ist nur eine Treppe.«

Wahrscheinlich. Ich zog wieder meinen Bademantel

an und knotete den Gürtel zusammen. Raj, ein pickeliger Junge, der aussah, als wäre er nicht älter als siebzehn oder achtzehn Jahre alt, schlenderte kurz darauf herein und bedeutete mir mit einer respektlosen Geste, ihm zu folgen. Wir liefen eine mit Teppich bezogene Treppe hinunter und betraten einen weiteren großen Flur, von dem diverse Türen abgingen. Hinter jeder war das Geräusch von blubberndem Wasser sowie leise Musik zu hören.

»Einzel-Spas?«, fragte ich und blickte kurz den Flur auf und ab. Auch hier gab es keine Sicherheitskameras. Sehr praktisch.

Der Junge nickte und stieß eine Tür auf, wobei unter seinem Hemd eine Magnetkarte zum Vorschein kam, an deren unterem Ende ein Strichcode zu sehen war. Vermutlich brauchte man eine solche Karte, um in die Bereiche zu gelangen, die nicht für jedermann zugänglich waren.

Mist.

»Die Kunden scheinen Einzel-Spas zu bevorzugen«, erklärte der Junge, »und die Verwaltung kann dafür höhere Preise verlangen.« Er grinste und deutete mit der Hand auf die kleine Kabine, die von einer riesigen Wanne beherrscht wurde. »Duschen Sie sich erst ab, bevor Sie in das Wasser steigen. Die Bedienung für die Düsen und die Musik befinden sich auf der linken Seite, die für das Licht auf der rechten.«

»Und die Toiletten?« Ich senkte einen Schutzschild und tastete telepathisch nach seinem Verstand. Seine Gedanken waren leuchtend hell und bewegten sich rasend schnell. Sein Gehirn erinnerte mich an diese Computerspiele, nach denen die Jugendlichen von heute so süchtig waren.

Es war einfach *zu* leicht, ihm die Karte abzunehmen und sicherzustellen, dass er sich nicht daran erinnerte.

»Die Toiletten sind am Ende des Ganges auf der linken Seite«, erklärte er, ohne zu stocken oder zu blinzeln, so dass auch ein heimlicher Beobachter nichts bemerkt haben konnte. Nicht, dass ich davon ausging, dass uns jemand beobachtete, aber man konnte nie vorsichtig genug sein. »Sie haben zwanzig Minuten, dann kommt wieder jemand zu Ihnen.«

»Danke.«

Er nickte und ging zurück in Richtung Treppe. Ich trat in den Raum und schloss die Tür. Nachdem ich den Bademantel ausgezogen hatte und ihn zusammen mit der gestohlenen Karte auf einen kleinen Stuhl in der Ecke gelegt hatte, duschte ich und wusch mir das nach Honig duftende Öl von der Haut, trocknete mich rasch ab und zog den Bademantel wieder an. Sobald ich die Musik und die Unterwasserdüsen ein- und das Licht ausgeschaltet hatte, verließ ich die Kabine.

Der Flur war leer, bis auf eine Frau im Bademantel, die mir vom anderen Ende entgegenkam. Als ich in ihre Richtung ging, achtete sie nicht weiter auf mich und verschwand in einer der Kabinen. Kurz darauf wurden dort die Unterwasserdüsen eingeschaltet, was bedeutete, dass sie die nächsten zwanzig Minuten beschäftigt war.

Ich blieb am Ende des Flurs stehen und sah nach rechts und nach links.

Rechts ging es zu dem Hauptbereich des Gebäudes und den Fahrstühlen. In die Richtung wollte ich nicht. Außerdem waren die Ausgänge verschlossen und alarmgesichert.

Wie der Junge gesagt hatte, befanden sich links die Toiletten und daneben eine doppelte Glastür mit der Aufschrift »Zutritt nur für Personal« – eine Einladung für Neugierige.

Ich sah kurz über meine Schulter zurück, um mich davon zu überzeugen, dass nicht der Junge oder irgendjemand anders hinter mir herkam, dann trat ich an das Kartenlesegerät. Ich spähte durch die Scheibe, suchte nach Kameras und zog die Karte durch den Schlitz. Das Gerät piepte, das Licht sprang auf Grün, und die Tür summte. Ich öffnete sie und schlüpfte hinein.

Ich stand in einem großen stillen Raum. Vier Türen gingen von ihm ab, eine von ihnen stand offen und gab den Blick auf einen gut ausgestatteten Aufenthaltsraum für das Personal frei. Nicht die Art Raum, in dem viele Geheimnisse zu erwarten waren, und somit jedenfalls nicht die Art Raum, die ich suchte.

Ich lief auf die erste verschlossene Tür zu und öffnete sie vorsichtig. Sie führte in einen kleinen Flur, von dem verschiedene Büros abgingen, die dem weiblichen Geschnatter nach zu urteilen besetzt waren. Ich ging weiter zu Tür Nummer zwei. Dahinter befand sich lediglich ein großer Lagerraum. Tür Nummer drei war nur mit Schlüsselkarte zugänglich.

Ich zog die Karte des Jungen durch den Schlitz, aber das kleine Licht blieb stur auf Rot geschaltet. Anscheinend hatte Raj keine Zugangsberechtigung für diesen Bereich.

Ich trat zurück und musterte den Türrahmen, suchte nach einem Alarm und fragte mich, ob ich es riskieren sollte, die Tür aufzubrechen. Während ich darüber nachdachte, schrillte eine Klingel los.

Adrenalin schoss durch meinen Körper, und ein paar Sekunden war ich sicher, aufgeflogen zu sein. Mein Herz hämmerte wie verrückt in meinem Hals.

Ich wich zurück und machte mich bereit zu fliehen und mich zu verstecken, als ich bemerkte, dass das Klingeln von einem Telefon stammte. Ich musste über meine Schreckhaftigkeit schmunzeln, allerdings nur kurz. Denn als das Telefon aufhörte zu klingeln, vernahm ich Schritte.

Sie drangen aus dem Raum hinter der verschlossenen Tür.

Jemand kam heraus.

Diesmal drehte ich mich um und rannte los, aber nur bis zum nächsten Schlupfwinkel in Form des Lagerraums. Ich ließ die Tür einen Spalt breit offen stehen, so dass ich hindurchlinsen konnte.

Die verschlossene Tür ging auf, und ein großer blonder Mann, ganz in Schwarz gekleidet, kam heraus. Er hielt eine geflochtene schwarze Peitsche in der einen Hand und spielte mit der anderen daran herum. Als er näher kam, zog ich mich in die Dunkelheit zurück, schloss aber nicht die Tür, weil ich vermutete, dass eine Tür, die sich auf einmal schloss, auffälliger war als eine, die einen Spalt offen stand.

Er blieb nicht stehen, sondern schlenderte vorbei und betrat den Bürobereich. Ich blickte zurück zu der Tür, aus der er gekommen war, sah, dass sie noch nicht ganz zugefallen war, rannte wie der Teufel los und schlüpfte durch den verbleibenden Spalt, wobei ich meine Brüste mit den Händen fest an meinen Körper presste, um die Tür nicht zu streifen.

Sie fiel mit einem leisen Klicken ins Schloss, das seltsam widerzuhallen schien. Vor mir erstreckte sich ein langer, dunkler Flur. Ich hörte nichts außer meinem eigenen Atmen. Die Luft war abgestanden, roch alt und moderig und nach etwas, das ich nicht deuten konnte.

Etwas, das mir Schauer über den Rücken jagte.

Ich rieb mir fröstelnd die Arme und wünschte, ich hätte etwas Wärmeres als einen Bademantel an. Ich konnte die Kälte zwar noch nie sonderlich gut vertragen, war aber ziemlich sicher, dass die Gänsehaut, die meinen Körper nun überlief, mehr der Angst geschuldet war.

Ich hüllte mich in Schatten, für den Fall, dass jemand überraschend den Flur betrat, tappte weiter und folgte dem Geruch, den ich nicht benennen konnte.

Bald kamen weitere Gerüche hinzu. Von Schweiß und Blut. Und ein Hauch Jasmin. Wenn nicht zwei Frauen genau denselben Duft benutzten, war Jan Tait in der Nähe.

In der Dunkelheit tauchten Türen auf. Vier insgesamt,

zwei auf der linken, zwei auf der rechten Seite. Ich hob die Nase und prüfte, aus welcher Richtung der Jasminduft kam. Er schien aus der ersten Tür auf der rechten Seite zu kommen, aber es war schwer zu sagen, denn der unbekannte Geruch überdeckte alles andere. Und *der* Geruch kam aus der zweiten Tür auf der linken Seite.

Ich überlegte. Es roch ein bisschen nach Verzweiflung, sehr stark nach Tod und nach einer Mischung aus Mann und Frau. Der Geruch von Tod erinnerte mich etwas an Gautier, war aber irgendwie anders.

Mit der Mischung aus Gerüchen nahm ich ein seltsames Quäken wahr.

Wieder lief mir ein Schauder über die Haut. Ich streckte die Hand nach dem Türgriff rechts von mir aus. Unter gar keinen Umständen durfte ich den anderen Raum untersuchen oder den Geruch, der von ihm ausging, denn es fühlte sich einfach *falsch* an. Ich war zwar ein Werwolf und betrat häufig Bereiche, in die sich nur Idioten trauten, aber ich war kein vollkommener Idiot. Jedenfalls nicht, wenn ich allein war und keine Verstärkung im Rücken hatte.

Ich öffnete also vorsichtig die Tür zu dem Raum rechts von mir und spähte hinein. Er lag vollkommen im Dunkeln, und bis auf ein leises Keuchen war kein Geräusch zu hören. Jan Tait oder wer auch immer das war, befand sich allein in dem Raum.

Ich schlüpfte hinein und schloss die Tür, dann schaltete ich auf Infrarotsicht. Und sah eine Art mittelalterliche Folterkammer. Es gab Gestelle mit groben Holzrädern und dicken Seilen daran, Ketten mit Handschellen hingen von der Decke, ein riesiges Holzrad spannte sich über einen tiefen Wassertrog, und an Ringen, die in die Wände eingelassen waren, waren rustikale Seile gebunden.

An einem von ihnen hing eine Frau. Ihre Zehen berührten kaum noch den Boden, so dass ihr gesamtes Gewicht auf Armen und Schultern lastete.

Die Schmerzen mussten sie umbringen. Aber als mein Blick weiter nach unten glitt, bemerkte ich, dass das bei Weitem nicht alles war. Ihre hellbraunen Haare trug sie in einem ordentlichen Pferdeschwanz. Um den Kopf trug sie ein Tuch, das die Augen bedeckte und an ihrem Hinterkopf zusammengebunden war. Die losen Enden fielen auf ihren Rücken hinunter, der blutig und aufgerissen war. Eigentlich sah die Haut dort überhaupt nicht mehr wie Haut aus, sondern mehr wie Fleischfetzen. Sie rang nach Luft und keuchte, aber trotz ihres offenen Rückens nicht etwa aus Angst oder vor Schmerz, sondern vor Erregung. Ihre Lust hing genauso schwer in der Luft wie der Geruch von Blut. Diese Frau, wer auch immer sie war, fuhr auf den Mist ab, den man hier mit ihr veranstaltete.

Ich schüttelte mich bei der Vorstellung und ging weiter. Der Teppich wurde von Fliesen abgelöst, die sich eisig unter meinen nackten Zehen anfühlten. Meine Schritte waren ein leises Flüstern in der Stille.

Die Frau veränderte ihre Haltung, so dass ihr Gewicht stärker auf ihren Armen lastete, und stieß daraufhin ein lustvolles Stöhnen aus. »Mehr«, flüsterte sie. »Ich brauche mehr …«

Ich blieb hinter ihr stehen und betrachtete die Schnitte. Die Striemen in dem rohen Fleisch deuteten darauf hin, dass hier vermutlich die Peitsche zum Einsatz gekommen war, die ich vorhin bei dem Mann gesehen hatte. Was hieß, dass er zurückkommen würde.

Wenn ich diese Frau befragen oder ihre Gedanken lesen wollte, um ein paar Antworten zu erhalten, musste ich mich beeilen. Ich senkte meine Schutzschilde und drang rasch in das Bewusstsein der Frau ein.

Was ein schwerer Fehler war.

Ihre Gedanken bestanden nur aus Schmerz und heftiger Erregung, und die Mondhitze reagierte entsprechend. Schweiß trat auf meine Haut, und ich konnte mich gerade noch beherrschen, mich nicht umzudrehen, den nächsten Mann zu suchen und ihn besinnungslos zu vögeln.

Ich riss mich von den Gedanken der Frau los und holte tief Luft. Okay, ich musste auf die altmodische Weise an Antworten kommen.

»Jan? Wieso tust du das?«

»Ich brauche das. Ich bezahle dafür.«

Ich hob die Brauen. Der *Hunter's Club* hatte offenbar mehr als nur ein bisschen Gymnastik und Massagen zu bieten. Interessant. »Wie viel bezahlst du dafür, Jan?«

Sie wand sich in den Seilen, und ihre Handgelenke waren so wund, dass über ihren linken Arm eine Blutspur zu ihrer Schulter hinunterrann. »Goldkarte. Das Höchste. Bitte. Reiz mich nicht weiter. Bring es zu Ende.«

Sie klang so verzweifelt, dass ein Schauder nach dem anderen über meinen Körper jagte. Sie wollte tatsächlich, was sie ihr antaten. Wollte es und brauchte es. Ich rieb meine Arme und sagte: »Ich bin nicht hier, um es zu Ende zu führen.«

Sie stöhnte, und seltsamerweise verstärkte sich ihre Lust und hing quälend schwül im Raum. Ich rümpfte die Nase, nicht weil der Geruch etwa so schrecklich war oder Ähnliches, sondern weil das Blut in meinen Adern zu pochen begann und von dem verführerischen Geruch erregt wurde. Ich stand zwar nicht auf dieselbe Art von Sex, aber wenn die Mondhitze ausgebrochen war, reichte der Geruch ihrer Lust, um meine Hormone in Aufruhr zu versetzen.

»Erzähl mir, wie die Leute von der Goldkarte erfahren.«

»*Hellion Club*«, keuchte sie. »Sie haben gemerkt, dass ich mehr brauche.«

Dass sie es brutal brauchte. Dass sie es brauchte, in Stücke zerfetzt und aufgehängt zu werden, damit sie litt. Wie ein Stück Fleisch, das frisch aus dem Schlachthaus kam.

Wieder erschauderte ich. Ich mochte sexuell aufgeschlossen sein, aber auch ich hatte meine Grenzen, und das übertraf alles, was ich mir jemals für mich als Lustgewinn vorstellen konnte. Ich empfand unwillkürlich Mitleid mit dieser Frau, aber mein Mitgefühl war sicher das Letzte, was sie wollte.

Sie genoss ganz offensichtlich, was sie mit ihr anstellten. Wer war ich denn, mich über die Wünsche und Bedürfnisse anderer zu erheben? Verdammt, das war genau die Reaktion, mit der ich selbst so oft zu kämpfen hatte.

»Wer im *Hellion Club* hat dir empfohlen herzukommen, Jan?«

»Maisie, die Besitzerin. Sie hat mein Bedürfnis erkannt. Sie hat gesagt, dass sie das versteht.«

»Und wieso hat sie diesen Club empfohlen? Gibt es nicht noch andere?«

»Sie hat gesagt, dass ihr Bruder sich spezialisiert hätte.«

Ihr *Bruder*. Ein weiteres Glied in der Kette oder nur Zufall? Als ich den Mund öffnete, um ihr noch eine Frage zu stellen, hallten Schritte über den Flur. Ich wartete, wagte kaum zu atmen und hoffte, dass die Schritte vorbeigingen.

Doch das taten sie nicht.

Als sich die Tür öffnete, sprang ich hinüber zu dem riesigen Rad und glitt hinter den Deckel des großen Wassertrogs.

Es trat der Mann mit der Peitsche ein, den ich vorhin gesehen hatte. Und ihm folgte … Jin. Er musste geduscht haben, seit ich ihn zuletzt gesehen hatte, denn er wirkte frisch und roch nicht mehr nach Schweiß und Sex und Jasmin. Oder vielleicht kam mir das auch nur so vor, weil der große Peitschenträger so intensiv nach Blut, Schweiß und Moschus roch, dass er alle schwächeren Gerüche überdeckte.

Die zwei blieben direkt hinter der Frau stehen. Jin hob eine Hand und schlug beiläufig auf das geschundene Hinterteil der Frau.

Sie stöhnte, als hätte sie Schmerzen, aber der Geruch ihrer Lust war auf einmal zehnmal so stark.

»Was willst du, Jan?« Jin schlug erneut zu, diesmal fester. Als die Frau wimmerte, holte er tief Luft, als würde er das Geräusch einsaugen.

Ich zitterte. Genau das hatte er ebenfalls getan, als er dem Babyvampir, der uns angegriffen hatte, die Knochen gebrochen hatte.

Vielleicht war er tatsächlich eine Art Emovampir, wie Quinn vermutet hatte. Aber wenn das der Fall war, wieso fühlte ich ihn weiterhin als Mensch? Er konnte nicht beides sein, das war nicht möglich. Sobald man die Schwelle vom Leben zum Untod überschritten hatte, fühlte man sich wie ein Vampir an, egal was man vorher gewesen war.

»Mehr«, sagte Jan und wand sich lebhaft in den Seilen, die sie hielten. Sie konnte nichts sehen, versuchte es aber offenbar.

»Ich darf dir von Rechts wegen nicht mehr geben, Jan.«

»Aber ich habe bezahlt«, keuchte sie. »Bitte …«

»Nein.«

»*Bitte.*«

Sie klang so verzweifelt, dass ich zitterte. Denn es war allzu leicht vorstellbar, dass sich ein solches Geräusch aus meiner Kehle löste. Wenn der Vollmond am Himmel stand, war es absolut möglich, dass ich genauso verzweifelt war. Dank Talon und seinem kranken Vorhaben, mich auf jede erdenkliche Art zu schwängern, hatte ich es schon einmal erlebt und wusste von daher, dass ich alles tat und jede Art der Bestrafung aushielt, um zu bekommen, was der Mond und mein Körper verlangten.

Und wenn ich weiterhin mit Jin vögelte, würde ich vermutlich genau dort enden. Er mochte Schmerz, ernährte sich womöglich sogar davon, und was die körperliche Züchtigung anging, konnte ein Werwolf deutlich mehr aushalten als ein Mensch.

Ich biss mir auf die Lippe und beschloss, den Laden so schnell wie möglich zu verlassen. Ich wollte zwar diejenigen fassen, die für die toten Frauen verantwortlich waren, aber meine Einsatzbereitschaft für die Abteilung hatte dennoch ihre Grenzen.

Das Klatschen nackter Haut und das nachfolgende Stöhnen trieb mir einen weiteren Schauder über den Leib. Jan mochte sich zwar wünschen, was man ihr antat, und hatte viel Geld dafür bezahlt, aber ich wäre am liebsten aufgestanden und hätte sie alle geohrfeigt.

Und dann Kellen aufgesucht, der auf ganz normalen guten Sex stand, und ihm das Gehirn weggebumst.

»Bist du bereit, mehr für deine Bedürfnisse zu bezahlen, Jan?«, fragte Jin. »Bist du bereit, den ganzen Weg zu gehen?«

Den ganzen Weg? Etwas an diesem Satz ließ bei mir alle Alarmlampen aufleuchten. Ich meine, wie viel konnte ein Mensch – egal ob Mann oder Frau – denn noch ertragen?

Nach dem plötzlichen Anstieg von Lust und Verzweiflung bei Jan zu urteilen, offenbar noch deutlich mehr. »Ja, ja«, keuchte sie.

Jin lächelte den großen Mann neben sich kalt und zufrieden an. Auf meiner Seele bildete sich eine Eisschicht. An diesem Lächeln war nichts Menschliches. Nichts, das überhaupt entfernt an einen Menschen erinnerte.

»Wir haben noch eine Kandidatin, Marcus.«

»Ja.« Der große Mann hatte eine tief Brummstimme, die eigentlich sexy war, mir aber nur noch mehr Unbehagen bereitete. »Ich muss den Chef informieren.«

»Gut.« Jin blickte zu der Frau. »Beende das hier und bring sie anschließend in den Erholungsraum. Ich sehe lieber nach unseren anderen Gästen.«

»Die Frauen in Raum zwei und drei bluten sehr schön.«

Jin schnaubte. »Aber die Frau in der Zwei empfindet keinen Schmerz. Sie hat keine Angst und ist nur ein bisschen verzweifelt.«

»Sie ist eine Lesbe, oder? Können wir das nicht irgendwie nutzen?«

»Nein, sie ist bisexuell. Tod will es weiter versuchen, aber ich glaube, sie wird ebenfalls als seine Mahlzeit enden. Ich glaube kaum, dass sie uns liefert, was wir brauchen.« Er schlug dem anderen Mann auf die Schulter. »Vergiss nicht, die Papiere für Jan auszufüllen, sobald sie wieder bei Bewusstsein ist.«

»Mach ich.«

Jin ging. Marcus wickelte lässig seine Peitsche ab und ließ sie durch die Stille knallen. Ich zuckte zusammen. Jan stöhnte voller Vorfreude.

»Sag mir, was du willst, Jan.«

»Bring es zu Ende. Heftig.«

»Sag es.« Seine Stimme ging beinahe in einem weiteren Peitschenschlag unter.

»Schlag mich«, wimmerte sie. »Bitte, schlag mich.«

»Wie der Mann gesagt hat, das kann ich nicht. Noch nicht.«

Sie gab einen erstickten verzweifelten Laut von sich. Er atmete tief ein, als würde er ihre Verzweiflung in sich aufsaugen. Genau wie Jin, der ausgesehen hatte, als würde er ihren Schmerz inhalieren.

Gott, war Jan der einzige Mensch in diesem Raum?

»Bitte«, sagte sie wieder.

Marcus wickelte die Peitsche auf und schlug mit dem Griff auf ihren zerfetzten Rücken ein. »Du willst, dass ich es zu Ende bringe, und ich will deine Verzweiflung spüren. Ich will fühlen, wie du dich quälst.« Er streckte die Hand aus, um das Seil zu fassen, mit dem ihr linker Arm an dem Ring befestigt war. »Und das werde ich, Jan.«

Ihr Arm löste sich. Bevor er herunterfiel, fing er ihn auf, wirbelte sie daran herum, schleuderte sie grob mit dem Rücken gegen die Wand und band sie wieder fest.

Dann bumste er sie, wobei er mehr den dicken Griff der Peitsche als seinen Körper einsetzte. Der große Mann atmete tief ein, sein Körper bebte vor Lust, während sie sich wand, schrie und schließlich kam. Dann brach sie in den Seilen zusammen und verlor das Bewusstsein.

Marcus beugte sich vor und küsste ihre Lippen, zärtlich wie ein Liebhaber, löste sie vorsichtig aus den Seilen und trug sie hinaus. Ich blieb, wo ich war, kämpfte mit einer Mischung aus Wut, Abscheu und Lust und mit zwei Bedürfnissen. Erstens, jemanden zu finden, den ich zusammenschlagen konnte, und zweitens einen Mann, den ich richtig vögeln konnte.

Im Moment war beides nicht sehr praktikabel.

Ich stieß die Luft aus und stand auf, denn ich musste rasch zurück in die Wanne, bevor jemand nach mir sah. Ich tappte durch den Raum und öffnete vorsichtig die Tür. Der Flur lag immer noch im Dunkeln, aber es war alles andere als still. Aus dem Raum, aus dem der seltsame Geruch drang, waren jetzt Schreie und Stöhnen zu hören. Auf einmal sah ich die kleine Ziffer an der Tür und stellte fest, dass es Raum Nummer zwei war.

Wer war der Mann in dem Raum, von dem sie als Tod gesprochen hatten? War es Gautier oder jemand anders? Es roch nicht ganz wie Gautier, und außerdem hatte Gautier keinen Sex. Und was auch immer in diesem Raum vor sich ging, Sex spielte dabei auf jeden Fall eine Rolle.

Ich schüttelte mich und machte, dass ich dort wegkam.

Als ich gerade die Tür am Ende des Korridors geöffnet hatte, ging neben den Folterkammern eine andere Tür auf. Ich raste so schnell ich konnte durch den Ausgang, aber nicht schnell genug.

»He ...«

Ich blieb nicht stehen, um abzuwarten, was noch gerufen wurde, sondern rannte weiter, schlug auf den Summer, damit die Glastüren aufgingen, wartete ungeduldig, dass sie sich öffneten, schob mich hindurch und lief zum Spa.

Sobald ich dort war, zog ich mich aus, versteckte den Ausweis hinter dem Stuhl und tauchte in das Wasser. Das warme Wasser vertrieb die Eiseskälte von meiner Haut. Ich tauchte den Kopf unter die blubbernde Oberfläche, machte meine Haare nass und genoss die Wärme, die über mein Gesicht strich.

Draußen auf dem Flur wurden Türen geöffnet und wieder geschlossen.

Jemand überprüfte, wer da war und wer nicht.

Ich lehnte mich zurück und schloss die Augen. Ein paar Minuten später wurde meine Tür aufgerissen, und Jins intensiver Geruch erfüllte den Raum. Ich öffnete ein Auge und sah zu ihm hoch. »Die zwanzig Minuten sind doch nicht etwa schon um, oder?« Ich tastete nach meiner Uhr, die zu dem kleinen Stuhl gerutscht war. In dem Augenblick bemerkte ich, dass ein Stück von dem Band der Karte hinter einem der Stuhlbeine hervorlugte.

Mist. Wenn er noch einen Schritt tat, konnte er es sehen.

Ich griff meine Uhr und stand auf. Ich stieg nicht aus dem Spa, sondern ließ nur die Tropfen an meinem warmen Körper hinunterrinnen. Wie erwartet beobachtete er sie. Was immer er war, er hatte die Gestalt eines Mannes, und alle Männer glotzten, wenn sie einen nackten Körper sahen. Ich legte meine nasse Hand auf seine Brust, um zu verhindern, dass er einen Schritt nach vorn tat.

»Nach meiner Uhr bleiben mir noch elf Minuten.« Was ein ziemlicher Schock für mich war. Nach allem, was ich gesehen und getan hatte, hätte ich schwören können, dass mindestens zwanzig Minuten vergangen waren. »Willst du mich übers Ohr hauen?«

Er packte meine Hand und drückte sie fester als nötig. Ich zuckte zusammen. Er lächelte. »Bei einer Gratisbehandlung kann ich dich wohl kaum übers Ohr hauen?«

Ich hob eine Braue und sagte mit tiefer erotischer Stimme: »Ach, und ich dachte, ich würde später dafür bezahlen.«

Er lachte und zog mich nach vorn. Bei der unerwarteten Bewegung rutschte ich aus. Er fing mich auf, ließ die Arme um meinen Körper gleiten und hielt mich brutal fest.

»Was spielst du für ein Spiel, Kleine?« Er zog mich nach oben und aus dem Wasser; seine Stimme war ein dunkles Flüstern an meinem Ohr.

»Kein Spiel.« Ich keuchte mehr, als dass ich atmete, aber nicht etwa, weil ich erregt war, sondern weil er mich so verdammt fest hielt, dass ich kaum noch Luft bekam.

»Das solltest du lieber lassen. Ich mag es nicht, wenn man mich zum Narren hält.«

»Ich versuche nicht …«

»Was hast du dann in einem nicht öffentlichen Bereich getan?«

Mist, Mist, Mist. Ich hob den Blick zu ihm und sah nichts als Kälte in diesen fremdartigen Augen. Ich wusste nicht, ob er mich wirklich gesehen hatte oder ob er nur so tat. Ich hatte mich mit Vampirgeschwindigkeit bewegt, die meisten Leute hätten nicht mehr gesehen als einen weißen Fleck.

Aber Jin war nicht die meisten Leute.

Ich warf im Geiste eine Münze, um mich zwischen Lüge und Wahrheit zu entscheiden, dann sagte ich: »Ich bin auf die Toilette gegangen. Ich wusste nicht, dass der Bereich gesperrt ist …«

Er wirbelte mich herum und donnerte mich gegen die Wand. Schmerz brandete auf, flirrte durch meinen Körper, und ich musste dem heftigen Drang widerstehen, ihn auf seinen Hintern zu befördern.

»He, ich habe nichts gegen groben Sex, aber das ist jetzt genug oder …«

»Oder was?«, fiel er mir ins Wort. Er schloss eine Hand um meinen Hals und drückte gegen meine Halsschlagader. Angst ergriff mich. Ich sah, dass er es genoss. Sah es an dem Leuchten in seinen Augen. »Du willst gehen?« Er gab ein bellendes Lachen von sich. »Du brauchst, was ich dir biete, Kleine.«

»Nein …«

Er schüttelte mich, so dass meine Zähne aufeinanderschlugen, und schnitt mir das Wort ab. »Doch. Soll ich es dir beweisen?«

Bevor ich irgendetwas sagen konnte, schnappte er mit seinem Mund nach meinen Lippen. Es war ein harter, unerbittlicher Kuss, eine Forderung, die fast brutal war und es eindeutig wurde, als er meine Lippe zwischen seine Zähne nahm und fest zubiss.

Es tat schrecklich weh, aber zugleich entbrannte meine Lust. Ich konnte nichts dafür, dass ich ein Werwolf war, konnte nichts dafür, dass ich von der Gefahr angezogen wurde wie die Motten vom Licht, und vielleicht war das gut so. Denn Jin deutete meine Erregung, die von der Gefahr ausgelöst worden war, als Erregung, die der Schmerz bewirkt hatte, und in dieser Situation war das ein praktisches Missverständnis. Eines, das mir womöglich das Leben rettete.

Er lachte leise und wich zurück. Ich versuchte, das pochende Brennen in meiner Lippe zu ignorieren, ebenso wie das in meiner Mitte, und sagte: »Du bist dir meiner sehr sicher.«

»Weil du es willst. Weil es dich anmacht.« Er kniff beiläufig in einen meiner Nippel. »Du wirst so lange auf mich warten, wie ich will, weil du gierig auf das bist, was dir außer mir niemand bieten kann.«

Arroganter Mistkerl. Ich behielt den Gedanken für mich und sah ihn schweigend an, während er fortfuhr: »Aber leider muss ich erst noch etwas anderes erledigen, bevor ich mich um deine Bedürfnisse kümmern kann.«

Er drehte sich um und ging hinaus. Ich lauschte auf seine Schritte, das Geräusch sich öffnender und schließender Türen und die leisen Fragen und Antworten.

Er war also nicht ganz sicher, dass ich es war.

Gott sei Dank.

Und sein Verhalten bot mir nun eine perfekte Entschuldigung wegzulaufen. Ich hatte ihm schon vorgeworfen, dass er sich meiner zu sicher war. Angesichts seiner Arroganz war es völlig logisch, dass ich einfach ging.

Was den Preis einer angebissenen Lippe allemal wert war.

Ich duschte, um den Geruch von Chlor und von Jin abzuwaschen, trocknete mich ab und zog wieder den Bademantel an. Nachdem ich erst durch die Tür gespäht und mich davon überzeugt hatte, dass Jins Geruch ganz und gar verschwunden war, lief ich zurück zu der Treppe, die zu dem Umkleideraum führte.

Nachdem ich mich angezogen hatte, ging ich zum Empfangsbereich.

»Fertig?«, fragte die Blondine strahlend, als ich ihr den Spindschlüssel zurückgab.

»Ja. Und wenn Jin nach mir fragt, sagen Sie ihm doch bitte, dass ich es nicht schätze, wenn man sich meiner zu sicher ist.« Während ich das sagte, übernahm ich die Kontrolle über ihr Bewusstsein, reichte ihr die gestohlene Magnetkarte und machte sie glauben, dass ein Gast sie in der Nähe der Treppe gefunden hätte.

»Na, klar«, sagte sie, ohne einen Augenblick zu stutzen. Wenn es nach dem belustigten Ausdruck in ihren Augen ging, freute sie sich sehr, Jin eine solche Nachricht zu übermitteln.

Ich nickte ihr dankend zu, aber als ich mich umdrehte, fiel mein Blick kurz auf ihren Computer. Hatte eine Empfangsdame wohl Mitgliedslisten auf ihrem Computer? Ganz bestimmt, oder?

Ich drang erneut in ihr Bewusstsein ein, ließ sie die

Datenbank durchsuchen und stellte fest, dass Jan Tait nicht die einzige Frau war, die sich für eine Goldkarte eingetragen hatte.

Karen Herbert, das letzte Opfer des Serienkillers, ebenfalls.

Und alle anderen Opfer auch.

8

Jack würde nicht zulassen, dass ich mich längere Zeit von Jin fernhielt. So viel war klar. Nicht, wenn der Club, in dem er arbeitete, das verbindende Element zwischen allen ermordeten Frauen darstellte. Jin war als Informationsquelle noch nicht ausgeschöpft.

Das hielt mich allerdings nicht davon ab, jetzt zu gehen. Ich sah mich vorsichtig um, überzeugte mich davon, dass uns niemand beobachtete, und brachte die Frau dazu, die Daten der Mitglieder und alle Informationen über die Angestellten auf eine CD zu brennen. Die Daten der Goldkartenmitglieder waren gesperrt, und ich ließ die Blondine nicht den Versuch unternehmen, sie dennoch herunterzuladen. Das war zu riskant. Jack konnte einen seiner Techniker damit beauftragen. Obwohl die Karamellkuh bei der Vorstellung, ihre technischen Fähigkeiten unter Beweis zu stellen, bestimmt feuchte Höschen bekam. Sie konnte das sicher, denn ich hatte sie einmal dabei erwischt, wie sie sich in meine Personaldatei gehackt hatte.

Ich schob die CD in meine Tasche, löschte meine

Spuren aus dem Kopf der Frau und ging durch die Tür hinaus. Nachdem ich dem Wachmann meinen Ausweis zurückgegeben hatte und sicher in meinem Auto saß, griff ich zum Telefon und rief Jack an.

»Sie meldet sich zweimal innerhalb von vierundzwanzig Stunden«, sagte er anstelle einer Begrüßung. »Es ist die Zeit der Wunder.«

»Du verbringst zu viel Zeit mit der Kuh. Du redest schon genauso dreist wie sie.«

»Die einzige weibliche Angestellte, die die Dreistigkeit besitzt, ihrem Vorgesetzten zu widersprechen, telefoniert gerade mit mir. Es ist nicht nett, jemanden als Kuh zu bezeichnen.«

»Wenn man so große Brüste hat wie sie, schon. Und erzähl mir nicht, dass dir das noch nicht aufgefallen wäre.«

»Rufst du aus einem bestimmten Grund an? Oder willst du mir nur auf die Nerven gehen?«

Normalerweise beides, aber es war vermutlich nicht klug, das zuzugeben. »Ich glaube, ich habe das Verbindungsglied zwischen allen Opfern gefunden.«

»Was? Wie?«

»Alle vier hatten goldene Mitgliedskarten vom *Hunter's Club*, dem vornehmen Fitnessclub, in dem Jin zeitweise arbeitet. Nach allem, was ich herausgefunden habe, ist die goldene Karte eine mündliche Mitgliedschaft für Leute mit speziellen Bedürfnissen.«

»Welche Art von Bedürfnissen?«

»Sie kommen nur zum Höhepunkt, wenn sie extreme Schmerzen erleiden.«

»Alle unsere Opfer hatten verheilte Narben auf Rücken und Armen.«

»Nach dem, was ich gesehen habe, müssten sie heftige Narben haben.« Ich zögerte. »Es ist gut möglich, dass ich dem nächsten Opfer begegnet bin. Sie heißt Jan Tait.«

»Hast du ihre Daten?«

»Ich habe alles aus dem Clubcomputer mitgenommen, was ging. Die Daten der Goldkartenmitglieder muss man hacken.«

»Darum kümmern wir uns. Du bleibst an Jin dran.«

Ach ja, richtig. »Äh … auf dem Gebiet hat sich etwas getan. Ich fürchte, ich habe ihn verlassen.«

Er seufzte verzweifelt. »Geht denn bei dir nichts ohne Komplikationen?«

»Glaub mir, ich hatte keine andere Wahl. Aber ich werde ihm den Rest der Nacht auf den Fersen bleiben und beobachten, wo er hingeht und mit wem er spricht.«

»Gut. In der Zwischenzeit soll Salliane sich mit dem *Hunter's Club* und seinem Eigentümer beschäftigen.«

»Jan hat gesagt, dass ihr der *Hunter's Club* von der Besitzerin des *Hellion Clubs* empfohlen worden sei. Die beiden sind anscheinend Bruder und Schwester. Quinn ist zufällig an der Frau dran, der der *Hellion Club* gehört.«

»Interessant.«

»Warum?«

»Weil wir die Sicherheitsbänder vom *Cattle Club* überprüft und herausgefunden haben, dass Jin mehrfach mit einem Mann namens John Kingsley gesprochen hat.«

»Und?«

»Das ist ein ziemlich widerlicher Kerl, der verdächtigt wird, diverse Morde begangen zu haben. Man hat ihm aber nie etwas nachweisen können.«

»Das erklärt immer noch nicht, wieso du bei seinem Namen so hellhörig wirst.«

»Er hat zufällig eine Halbschwester, die Maisie Foster heißt und einen Sadomaso-Club mit Namen …«

»… *Hellion Club* besitzt«, brachte ich den Satz für ihn zu Ende. »Ist Rhoan schon an diesem Kingsley dran?«

»Ja.« Er klang amüsiert und fügte hinzu: »Dabei ist er anscheinend auf Quinn gestoßen.«

Ich hob die Brauen. »Findest du nicht, dass das ein merkwürdiger Zufall ist? Dass Quinn die Clubbesitzerin beschattet, die den Leuten die speziellen Dienste des *Hunter's Club* empfiehlt? Offensichtlich weiß er etwas, das er uns nicht verrät.«

»Das heißt, dass du so viel wie möglich von ihm in Erfahrung bringen musst.«

Als ob er mir irgendetwas erzählen würde. Wahrscheinlich wird er versuchen, mich irgendwo auf einer Toilette einzusperren. Zu meinem eigenen Schutz natürlich. »Glaubst du, dass die Frau die Person sein könnte, die die Dämonen herbeiruft?«

»Ich habe keine Ahnung. Ich bezweifle allerdings, dass Quinn ihr in dem Fall einfach nur folgen würde.«

»Doch. Wenn er nicht nur die Person finden will, die die Dämonen herbeiruft, sondern darüber hinaus noch andere Motive hat.« Ich vermutete stark, dass das der Fall war. Schließlich hatte der gruselige Kerl in der Gasse angedeutet, dass es hierbei um deutlich mehr als nur um ein paar Dämonen ging.

»Wie gesagt, frag ihn.« Er hielt kurz inne. »Ich habe den Namen überprüfen lassen, den die Seelen dir genannt haben.«

»Und?«

»Azhi Dahaki kommt in einer alten persischen Legende vor. Angeblich ist er der Diener von Angra Mainyu, dem Gott der Finsternis, der Verkörperung und dem Erfinder des Bösen und Überbringer von Tod und Krankheit.«

»Mit anderen Worten ein echter Charmeur.« Ich zögerte. »Auf dem Ring, den ich gefunden habe, standen persische Hieroglyphen.«

»Es ist eine Keilschrift.«

»Dann hast du die Übersetzung?«

»Noch nicht ganz.«

Er klang grimmig, und ich erschauderte. »Was weißt du bislang?«

»Da steht so etwas in der Art, dass sie ihre Seelen dem Gott der Finsternis anvertrauen.«

Ich rieb mir die Arme. »Aber das ist doch nur eine Legende, oder? Es gibt doch nicht wirklich einen Gott der Finsternis und der Lügen, oder?«

»Die Menschen haben früher auch geglaubt, dass es keine Werwölfe und keine Vampire gäbe.«

»Weil wir uns mit allen Mitteln versteckt gehalten haben. Die ganze Situation ist vollkommen anders.«

»Nein, das stimmt nicht. Und es spricht nichts dagegen, dass es auf dieser Welt Wesen gibt, die lieber im Verborgenen bleiben, während unsere Rassen sich mutig herausgewagt haben.«

»Jack, wir sprechen hier von einem alten Gott.«

»Ach ja? Oder reden wir über ein Wesen, das auf den richtigen Moment gewartet hat, um aus seinem Versteck zu kommen?«

»Gibt es noch eine dritte Option? Ich meine, diese beiden sind schrecklich.«

Er lachte schwach. »Wir sind noch dabei, die Legende weiter zu erforschen. Aber es sieht nicht gut aus.« Er zögerte. »Sei vorsichtig mit Jin. Wenn er Teil der Legende ist, können wir uns womöglich nicht ansatzweise vorstellen, was für Kräfte er besitzt.«

Darüber wollte ich nicht nachdenken. »Gibt es sonst noch etwas, das ich über Azhi Dahaki wissen muss?«

»Nun, er ist vermutlich ein dreiköpfiger Drache, der für Schmerz, Verzweiflung und Tod steht.«

»Es tut mir leid, dir das sagen zu müssen, aber ich bin keinem Drachen begegnet, geschweige denn einem mit drei Köpfen.«

»Es könnte eine Redensart sein. Und schließlich hast du erwähnt, dass Jin Schmerzen offenbar genießt.«

»Er scheint sich davon zu ernähren«, sagte ich und erinnerte mich an den Ring, den ich bei Dunleavy gefunden hatte und den auch Jin trug. Dachte an den dunklen Raum und die zwei Männer. Der eine sog das Geräusch von Schmerz ein, der andere das von Verzweiflung.

Verdammt.

Legenden *konnten* Wirklichkeit werden.

»Jin und Marcus«, fügte ich hinzu. »Schmerz und Verzweiflung. Zwei der Köpfe.«

»Wer ist Marcus?«

»Ein Angestellter des Clubs und der Mann, der Jan Tait bearbeitet hat.«

»Dann bleibt nur noch einer übrig – der Tod.«

Ich zögerte. »Gautier arbeitet für diese Leute. Könnte er der Totenkopf sein?«

»Das ist möglich, aber Gautier ist nicht sexuell, und das scheint eine Anforderung an die Drachen zu sein.«

»Gautier ist schon eine Weile nicht mehr bei der Abteilung. Er könnte sich geändert oder entwickelt haben.«

»Aber um sexuell zu werden, müsste er seine Natur ändern. Schalte deinen Peilsender ein und halte Kontakt, Riley.«

»Mach ich.« Ich legte auf und betätigte das kleine Gerät in meinem Ohr, um den Peilsender zu aktivieren. Ich wusste, dass Jack neuerdings angeordnet hatte, dass alle Wächter rund um die Uhr zu orten sein mussten, aber ich befolgte diese Anweisung nur, wenn es absolut notwendig war. Ein Mädchen brauchte schließlich seine Privatsphäre. Insbesondere kurz vor Vollmond.

Ich startete den Wagen und fuhr um das Gebäude herum, bis ich den Ausgang des Parkplatzes gefunden hatte. Dann parkte ich ein Stück weiter unten in der Straße, machte mich auf dem Sitz klein und wartete.

Nach einer halben Stunde klingelte das Telefon. Ich

blickte auf die Nummer und lächelte. Jin hatte offensichtlich bemerkt, dass ich entwischt war.

Ich nahm das Gespräch an und sagte: »Hallo?«

»Riley? Wo zum Teufel steckst du?«

»Ich bin auf dem Weg nach Hause. Wo sollte ich nach deiner charmanten kleinen Machovorstellung sonst sein?«

»Es hat dir gefallen. Das kannst du nicht leugnen.«

»Nur weil ich es im Bett etwas gröber mag, heißt das nicht, dass ich auch sonst darauf stehe. Wenn dir das gefällt, musst du dir eine andere Spielgefährtin suchen.« Mit diesen Worten legte ich auf.

Das Gras auf der anderen Seite des Zaunes schien immer grüner zu sein – und ich wettete, dass Jin sich jetzt verzweifelt das wünschte, was er nicht bekommen konnte. Ich war nicht die Einzige, die heute Abend schmachtete. Ich hatte Jin in Aktion erlebt, und sein Verlangen war genauso heftig wie das eines Wolfes bei Mondhitze.

Er hatte mich angerufen und würde mich weiterhin anrufen, bis ich wieder abnahm. Denn nicht zuletzt war ich ein Wolf, und der Sex mit mir war gut.

Er rief an. Mehrmals. Ich ignorierte geflissentlich alle Anrufe, und nach ungefähr einer Stunde sah ich, wie er in einem weißen BMW den Parkplatz verließ. Es war nicht die Art von Wagen, die ich bei ihm erwartet hatte, etwas Schwarzes, Sportliches und Gefährliches wäre passender gewesen.

Nachdem er an mir vorbeigefahren war, richtete ich mich auf, parkte aus und fuhr hinter ihm her. Trotz seiner Geschwindigkeit war es nicht schwer, ihm zu folgen. Die

Hauptverkehrszeit war vorbei und die Straßen relativ frei. Das Schwierigste an der ganzen Übung war es, weit genug hinter ihm zu bleiben, dass er mich nicht bemerkte, und ihn zugleich nicht zu verlieren.

Ich war nicht wirklich überrascht, als wir in Toorak landeten. Dort befand sich Quinn, und der wusste anscheinend deutlich mehr über die ganze Situation als der Rest von uns. Wenn er mich nicht in seine Geheimnisse einweihte, wurde ich wirklich wütend. Ob das etwas nutzte, war allerdings fraglich.

Wetten, dass nicht?

Jin bog in die Einfahrt eines umzäunten Anwesens ein. Ich parkte ein gutes Stück die Straße hinauf und wartete, bis sich die Tore geöffnet hatten und er hineingefahren war, dann stieg ich aus.

Ein kühler Wind umfing mich und trug einen vertrauten Geruch zu mir herüber. Aber nicht den, mit dem ich gerechnet hatte.

Ich schob die Hände in die Taschen und beobachtete aufmerksam die Dunkelheit hinter mir. »Gautier, wenn du eines Tages badest, habe ich ein Problem.«

Sein leises Kichern zog sich so schmierig durch die Dunkelheit wie ein Ölfilm über das Wasser. Ich schüttelte mich. Gautiers Lachen war immer schon ganz besonders widerlich gewesen, aber heute Abend kam es mir noch zehnmal schlimmer vor.

»Ich freue mich, dir eines Tages dein freches Maul zu polieren.« Er schüttelte die Schatten ab und schlenderte auf mich zu. »Interessant, dass wir beide hier auftauchen.«

Meine Glieder waren verspannt. Ich änderte etwas meine Haltung, fühlte mich aber noch wie ein Sprinter kurz vor dem Startschuss. Total nervös und darauf vorbereitet, jede Sekunde loszurasen. »Interessant ist nur, dass es sich dabei meiner Einschätzung nach nicht um einen Zufall handelt.«

Er blieb knapp außerhalb der Reichweite einer Laserwaffe stehen. Nicht, dass ich eine Laserwaffe dabeigehabt hätte, aber dieses kleine Geheimnis würde ich schön für mich behalten.

»Der Zufall spielt bei dem, was ich tue, normalerweise keine Rolle«, gab er zu, »aber ich bin neugierig, was du hier treibst.«

Ich hob skeptisch eine Braue. »Das weißt du nicht? Ich dachte, du wüsstest alles.«

»Oh, ich weiß mehr, als du dir vorstellen kannst.«

Er lächelte und zeigte seine Zähne. Zu viele Zähne. Aber es war sein Blick, der mir einen weiteren Schauder über den Rücken jagte.

Irgendetwas stimmte nicht mit seinen Augen.

Sie wirkten beinahe unmenschlich.

Nicht unmenschlich wie bei Vampiren, sondern anders. Irgendwie alt und nicht von dieser Welt.

Sie erinnerten mich an den kalten Ausdruck, den ich bei Jin gesehen hatte.

Gautier *war* der Totenkopf des Drachen.

Sex hin oder her, er gehörte eindeutig zu ihnen.

Ich blähte meine Nasenflügel auf, sog seinen Geruch ein und konzentrierte mich auf die Nuancen und Feinheiten. Er *hatte* sich verändert, es war kaum zu bemerken, aber nichtsdestotrotz gab es Unterschiede. Aber ich konnte nicht mit Sicherheit sagen, dass es der Geruch war, der mir im Fitnessclub aus dem Raum mit der Nummer zwei entgegengeschlagen war. Vielleicht verfälschten die Nacht, die Kälte und meine Angst irgendwie meine Sinneswahrnehmung.

Oder vielleicht war es etwas anderes. *Jemand* anderes.

Ich unterdrückte den Drang, mich zurückzuziehen, und bewegte die Hand in meiner Tasche, als würde ich eine nicht existente Waffe fester umfassen. Sein Blick zuckte nach unten, und sein breites Grinsen wuchs. Ich hatte das dumme Gefühl, dass er nicht auf meine Täuschung hereinfiel.

Entweder das oder er hatte keine Angst, von einer Laserwaffe erschossen zu werden. Was wahrscheinlicher war. Er war der Typ, der fand, dass man sich schon einmal erschießen lassen konnte, wenn dafür das eigene Ziel in Erfüllung ging. Was mir Sorgen bereitete, war die Frage, wie seine Ziele in Bezug auf die unmittelbare Zukunft und auf mich aussahen.

Das wusste er ganz genau. Verdammt. Das kurze amüsierte Aufblitzen in seinen kalten Augen war selbst in der Dunkelheit nicht zu übersehen.

»Riley, halte das Gespräch in Gang«, hörte ich Rhoan über die Verbindung in meinem Ohr sagen. »Ich bin bewaffnet und auf dem Weg zu dir.«

Gut, hätte ich am liebsten gesagt. Beeil dich.

Aber Rhoan konnte nicht auf telepathische Weise kommunizieren, und die Verbindung in meinem Ohr wagte ich nicht zu benutzen, denn dadurch hätte ich Gautier gewarnt. Ich zwang ein Lächeln auf mein Gesicht und sagte: »Nun, wenn du alles weißt, erzähl mir, wieso du Dunleavy und seine Freundin umgebracht hast.«

Er hob spöttisch eine Braue. »Wie kommst du darauf, dass ich das getan habe?«

»Das ist eben diese Sache mit dem Geruch, vor der ich dich immer warne. Er hängt einfach in der Luft, weißt du?«

»Sie sind am Tag gestorben. Du weißt, dass ich nicht bei Tageslicht herumlaufen kann.«

»Ich weiß, dass du das nicht konntest, aber du bist schon eine Weile nicht mehr bei uns. Keine Ahnung, in welche schlechte Gesellschaft du geraten bist. Oder ob diese Leute vielleicht über Fähigkeiten verfügen, mit denen sie einem fauligen Kerl wie dir helfen können.«

Er sah mich erneut spöttisch an. »Schlecht trifft es nicht im Entferntesten, liebe Riley. Und du solltest auf dich aufpassen. Er hat dich im Visier.«

Ich zwang mich zu grinsen. »Höre ich da etwa Sorge aus deiner Stimme, Gautier? Ich bin gerührt.«

»Warte ab, bis er dich in die Finger kriegt.«

»Du warnst mich, Gautier? Wieso warnst du mich, wenn du für diese Leute arbeitest?«

»Weil ich dich selbst vernichten will.« Er machte einen Schritt nach vorn. Ich wich einen zurück. Er grinste kalt und böse. »Ich werde alles vernichten, was dir lieb ist, und anschließend werde ich dich vernichten. Langsam und genüsslich. Und niemand, ganz egal wer oder was, wird mich aufhalten. Nicht, wenn ich alles bekomme, was man mir dafür versprochen hat.«

Meine Seele erstarrte vor Kälte. Von ihm vernichtet zu werden, war alles andere als ein Genuss, dessen war ich mir sicher. Vor allem nicht, nachdem er nun zum Totenkopf einer alten Legende geworden war. »Und was hat man dir versprochen, Gautier? Soll ich raten? Na? Was wünschen sich denn alle kleinen Psychopathen? Macht?«

»Das wirst du noch früh genug erfahren.«

Und mit diesen Worten griff er mich an.

Es war, als würde ich mit einem Zyklon kämpfen, er war unglaublich stark, schnell und brutal, und es war so gut wie unmöglich, ihn aufzuhalten. Er war gezüchtet worden, um zu kämpfen und zu töten, und ich war nur ein Rekrut. Und noch dazu einer wider Willen.

Ich wich seinen Schlägen aus und zog mich so schnell ich konnte zurück. Ich wollte nicht gegen Gautier kämpfen, nicht jetzt und nicht in Zukunft. Und vor allem nicht, wenn Rhoan mit Waffen auf dem Weg war, mit denen wir diesen Mistkerl ein für allemal beseitigen konnten.

Aber Gautier folgte meinem Rückzug nicht. Er blieb einfach stehen und schüttelte wieder die Schatten von sich. Er grinste mich an und atmete tief ein.

»Ah, Angst ist so etwas unglaublich Köstliches.«

Ein vertrautes Kribbeln lief über meine Haut und verriet mir, dass Rhoan in der Nähe war. Ich reagierte nicht, noch nicht einmal, als der rote Laserstrahl die Dunkelheit durchschnitt und sich in einem Bogen auf Gautier zubewegte.

Aber er musste Rhoan im letzten Augenblick bemerkt haben, denn plötzlich wich er aus. Der Laser hatte auf seinen Kopf gezielt und erwischte ihn stattdessen an der Schulter. Der Geruch von verbranntem Fleisch waberte durch die Luft.

Gautier lachte. Er *lachte*.

Der Kerl war vollkommen durchgedreht, daran bestand kein Zweifel.

Er war verrückt, aber nicht dumm. Er verneigte sich respektvoll, verschwand in der Nacht und lief davon.

»Greif nie Riley an, ohne dich erst nach mir umzusehen«, schrie Rhoan seiner fliehenden Gestalt hinterher. Dann grinste er mich an und hing lässig die Laserwaffe über seine Schulter. »Willst du ihn jagen?«

»So sehr ich eine gute Jagd schätze, aber dieser Mistkerl stellt uns bestimmt eine Falle.«

»Wahrscheinlich. Aber das macht doch den Reiz aus.«

»Du bist genauso irre wie er.«

»Nicht wirklich.« Er beugte sich vor und küsste mich auf die Wange. »Ich bin nicht so irre, mich mit dir anzulegen.«

Ich grinste. »Nur weil ich über heikle Informationen verfüge, die deinen Liebhaber sehr interessieren würden, und du weißt, dass ich sie ohne Skrupel gegen dich verwenden würde. Diesen Vorteil habe ich bei Gautier nicht.«

»Gautier können wir nur zusammen bezwingen.« Er

hakte sich bei mir ein und führte mich die Straße hinunter. »Wenn du ihn das nächste Mal witterst, bleib nicht stehen und warte. Renn einfach weg.«

»Um ihm das befriedigende Gefühl zu geben, dass ich Angst habe? Auf keinen Fall.«

Er blickte mich mit erhobenen Brauen an. »Und du meinst, *ich* wäre verrückt?«

»Nun, das liegt wohl in der Familie.«

Er lachte und sagte: »Los, bring mich auf den neuesten Stand.«

Ich erzählte ihm alles, einschließlich dessen, was Jack von den alten persischen Legenden berichtet hatte, sowie von meiner Vermutung, wer hinter den Drachenköpfen steckte und dass Gautier zu ihnen gehörte. Dann berichtete ich ihm alles, was Gautier gesagt hatte.

»Glaubst du ihm?«, fragte Rhoan.

»Ich glaube, dass er sein ganz eigenes Spiel spielt, unabhängig davon, was er ansonsten tut oder zu was er geworden ist.« Ich zuckte mit den Schultern. »Gautier ist ein Mörder, aber er ist kein großer Denker. Es ist möglich, dass er sich mit jemandem zusammentut, der stärker und böser ist als er, wenn so jemand gerade in der Gegend ist. Selbst wenn er nur Mittel zum Zweck ist.«

»Ich verstehe nicht, was Gautier von einem solchen Geschäft hätte.«

»Nun, als Totenkopf einer finsteren Gottheit wird man bestimmt belohnt. Zum Beispiel mit der Fähigkeit, sich dem Tageslicht aussetzen zu können. Wenn er Dunleavy und seine Freundin umgebracht hat, und das hat er nicht abgestritten, dann kann er sich jetzt dem Sonnenlicht aussetzen. Das ist bei einem Vampir seines Alters eigentlich unmöglich.«

»Gibt es einen Zauber, der einen solchen Schutz gewährt?«

»Wer weiß? Aber wenn man mit Hilfe der Magie Dämonen und einen Gott der Finsternis herbeirufen kann, wieso sollte man dann nicht auch einen Vampir vor der Sonne schützen können?«

Er runzelte die Stirn und schob die Tür des Lieferwagens zur Seite. »Nun, dann müssen wir erst herausfinden, was Gautier und seine Genossen eigentlich für Wesen sind, und dann, wie wir sie aufhalten können.«

»Ich nehme Jin als Menschen wahr und Gautier immer noch als Vampir, aber vielleicht spüre ich nur ihre Hüllen. Vielleicht haben sie sich im Kern in etwas völlig anderes verwandelt.«

Er sah mich skeptisch an und half mir auf die Rückbank des Lieferwagens. »So eine Art Geister?«

»Wenn ich sehen kann, wie die Seelen der Toten aufsteigen und Quinn von Dämonen gejagt wird, spricht wirklich nichts dagegen, dass ein alter Geist nicht in einem neuen Körper auftauchen kann, oder?«

Er schob die Tür zu und deutete auf eine Thermoskanne mit Kaffee, die zwischen diversen Waffen auf einer Bank stand, während er sich selbst vor einer Reihe Monitore niederließ. »Das ist eine ziemlich gruselige Vorstellung.«

»Ja. Ich kann geradezu sehen, wie du dich gruselst.«

»Innerlich schon.« Sein Lächeln strafte seine Worten Lügen. »Die Abteilung hat keine Erfahrung im Umgang mit nicht körperlichen Wesen. Ich meine, wie tötet man einen Geist?«

»Das weiß ich nicht.« Ich goss mir einen Becher Kaffee ein und genoss den Geruch. Das Glück in einem Becher, selbst wenn es wie Matsch aussah und vermutlich genauso schmeckte. »Aber ich kenne jemanden, der es wissen könnte.«

Er sah mich fragend an. »Wer?«

»Quinn.«

Er blickte auf den Bildschirm. »Er versteckt sich hinten rechts im Garten, wenn du mit ihm sprechen willst.«

Ich grinste. »Das ist noch ein bisschen schlimmer, als Elfen im Garten zu haben.«

»Ich bin momentan die einzige Elfe hier.«

»In Hinblick auf den Mond ist das gut so.« Ich leerte mit wenigen Schlucken meinen Becher und schüttelte mich, weil der Kaffee so bitter schmeckte.

»Stimmt.« Er deutete auf den Bildschirm. »Sieh dir die gesicherten Bereiche an, bevor du gehst. Ich will nicht, dass du versehentlich einen Alarm auslöst.«

»He, ganz unerfahren bin ich auch nicht.«

Er grinste bloß und deutete auf den Bildschirm. »Ich habe das Gelände überprüft und alle kritischen Stellen markiert. Es ist ziemlich gut gesichert.«

»Da fragt man sich doch, was die eigentlich schützen wollen, oder?«

Ich blickte auf die anderen Bildschirme. An allen Hausecken waren Kameras angebracht, innen gab es allerdings keine. »Hast du schon ihre Gespräche abhören können?«

»Nur einige. Sie haben eine Art Abwehr installiert. Wir können nur etwas verstehen, wenn sie nah am Fenster stehen.«

»Das ist ja frustrierend.«

»Ziemlich. Aber Jack arbeitet daran, sich in ihr Sicherheitssystem einzuschalten und es mit unserem zu koppeln.«

»Das könnte praktisch sein. Wir müssen wissen, worüber diese Mistkerle reden.« Denn dass es grausame Themen waren, war klar. Aber es galt herauszufinden, ob sie mit unseren Ermittlungen zu tun hatten.

Bislang deutete alles darauf hin.

Ich trat von den Bildschirmen zurück. »Ich suche Quinn. Sag mir Bescheid, wenn dir etwas Seltsames auffällt.« Ich schob die Tür zur Seite, hielt kurz inne und sah mich noch einmal nach meinem Bruder um. »Und schließ die Tür ab. Gautier ist zwar weggelaufen, aber er könnte zurückkommen. Ich traue ihm kein Stück über den Weg.«

»Ich kann schon auf mich aufpassen, Riley.«

»Aber dieser Mistkerl will mich verletzen, und das schafft er am besten, indem er dir etwas antut.«

»Wenn er mich umbringen will, muss er dazu noch nicht einmal in die Nähe des Wagens kommen.«

Nun, ja, aber Gautier genoss seinen Sieg gern. Er sog ihn tief in sich ein und geilte sich daran auf. Das konnte er schwerlich tun, wenn er einfach nur den Lieferwagen zusammenschoss.

»Tut es dir weh, die Tür zu schließen?«

Er stand auf. »Ich mache sie zu, wenn du dann aufhörst zu meckern. Such deinen Vampir, Kleines, und sorg dafür, dass du ein bisschen von deiner sexuellen Anspannung loswirst.«

»Ich habe das Gefühl, mein Vampir ist in dieser Hinsicht nicht sehr kooperativ.«

»Nun, dann arbeite dran, Kleines. Es wird Zeit.«

»Miststück.«

»Das kann ich nur zurückgeben, Baby. Und schalte nicht die Verbindung aus, es sei denn, es geht zur Sache mit Quinn. Das muss ich nicht mit anhören.«

Ich grinste und stieg aus dem Wagen. Hinter mir ging die Tür des Lieferwagens zu und rastete in das Schloss ein. Ich war in Habachtstellung. Obwohl ich nicht glaubte, dass Gautier mich noch einmal angreifen würde, konnte ich nicht sicher sein. Wenn es eine Person auf der Welt gab, die immer etwas Unerwartetes tat, dann war es dieser schleimige Mistkerl.

Ich wandelte in der Dunkelheit meine Gestalt und sprang in den erstbesten Garten. Ich hatte keine Ahnung, welche Alarmanlagen in den Nachbarhäusern installiert waren, aber sollte ich dort einen Alarm auslösen, sahen die Bewohner lediglich einen wolfsähnlich aussehenden Hund.

Ich sprang über das Tor, ratschte mir dabei an den Spitzen den Bauch auf und suchte den Weg zum Garten. Einige Zäune später befand ich mich in dem Garten hinter Kingsleys Haus.

Quinns köstlicher Geruch hing in der Luft. Ich sog ihn glücklich in meine Lungen und ließ mich von dem Duft ausfüllen, wie ich gern von ihm ausgefüllt worden wäre, dann tappte ich zu ihm und vermied sorgsam die beiden kritischen Stellen, an denen Infrarotsensoren installiert waren.

»Einige Leute muss man offenbar fesseln«, sagte er amüsiert und zugleich leicht verzweifelt.

Ich wandelte die Gestalt, griff unter meinen zerrissenen Pullover und zog meinen BH aus. Spitze hielt dem Wandel nicht so gut stand wie dehnbares Material. Meine Sporthose war noch in Ordnung, und der Pullover war zwar zerrissen, aber man konnte ihn vorn zusammenknoten. Das war bei dem BH unmöglich.

»Das hat Jin gestern schon getan.« Ich warf den BH über den Nachbarzaun. Das würde lustig werden, wenn die Nachbarn herauszufinden versuchten, wo er herkam. »Ich habe festgestellt, dass es nicht zu meinen Vorlieben gehört.«

»Ach.« Er sah mir in die Augen, und aus seinem Blick sprach die pure Lust, er war erregt. »Bist du deshalb hier?«

»Zum Teil. Jin hat sich außerhalb des Bettes danebenbenommen. Daraufhin habe ich beschlossen, ihm eine Lektion zu erteilen, und bin gegangen. Er hat schlechte Laune bekommen und ist hergefahren.«

»Dann ist die ganze Bande hier?«

»Einschließlich Rhoan und Gautier.« Ich musterte ihn, während ich meine Brust mit den Pulloverenden bedeckte und sie zusammenknotete. »Bist du inzwischen zu Hause gewesen?«

Er sah mich fragend an. »Sollte ich?«

»Nun, ich habe ein paar Sachen zertrümmert, aber davon abgesehen ist alles in Ordnung.«

»Aha.« Er zögerte. »Ich nehme an, es waren einige Figurinen dabei?«

»Ein oder zwei.«

»Sie waren ein Vermögen wert.«

»Gut.«

»Das ist kein sehr erwachsenes Verhalten.«

»Ach? Aber mich unter Drogen zu setzen, mir die Kleidung und meinen Wagen wegzunehmen und mich einzuschließen schon, ja?«

»Ich habe nur versucht, dich zu …«

»Behandle mich«, unterbrach ich ihn, »das nächste Mal wie eine Erwachsene. Lass mich meine eigenen Entscheidungen treffen und meine eigenen Fehler machen.«

»Ein Fehler kann in diesem Fall deinen Tod bedeuten.«

»Dessen bin ich mir sehr wohl bewusst. Aber das ist ganz allein meine Entscheidung. Du hast kein Recht auf mein Leben und mir nichts zu sagen, Quinn. Nie.«

»Das werden wir ja sehen.«

Ein Gefühl der Verzweiflung befiel mich. Ich fragte mich, und das nicht zum ersten Mal, ob die Beziehung zu Quinn den ganzen Stress wert war. Dann erinnerte ich mich an den Sex und dachte: ›Zum Teufel, natürlich.‹ Aber ich konnte nicht anders und fragte: »Wieso nimmst du nicht endlich Abschied von dieser Fantasie? Wieso gibst du dich nicht endlich mit dem zufrieden, was du haben kannst? Nämlich dich und mich in einer dauerhaften, allerdings nicht exklusiven Beziehung?«

Er hob eine Braue. »Bist du bereit, deinen Traum von dem weißen Gartenzaun und den zweieinhalb Kindern aufzugeben?«

»Nein …«

»Dann erzähl mir nicht, dass ich von meinem Traum Abschied nehmen soll.«

»Der Unterschied ist, dass ich nicht versuche, jemandem meinen Traum aufzuzwingen. Du aber schon.«

Darauf erwiderte er nichts, sondern wandte den Blick stattdessen dem Haus zu. Etwas sagte mir zwar, dass das nur ein Trick war, um nicht auf meinen schwerwiegenden Vorwurf reagieren zu müssen, aber ich senkte einen Schutzschild und tastete mich telepathisch vor. Nicht in seine Richtung. Das wäre angesichts seiner telepathischen Fähigkeiten, mit denen er mich locker in die Radieschen fegen konnte, lächerlich gewesen. Nein, ich konzentrierte mich auf das Haus. Aber mein telepathischer »Strahl« verhedderte sich irgendwie mit Quinns, und während ich seine Gedanken wegen seiner guten Schutzschilde nicht hören konnte, verstärkte die daraus resultierende Mischung auf seltsame Art die Verbindung zwischen uns und dem Haus.

In einer merkwürdigen Form der »Konferenzschaltung« hörte ich Stimmen. Nicht nur von einer Person, sondern von jedem in dem Haus. Ich hörte ihre Unterhaltung wie ihre Gedanken gleichzeitig. Seltsam, sehr seltsam.

Es war ein weiteres Zeichen, dass das Medikament, das man mir injiziert hatte, sich zunehmend in unerwarteter Form auf meinen Körper und meine übersinnlichen Fähigkeiten auswirkte.

»Wir können es uns nicht leisten, diesen O'Conor noch länger herumschnüffeln zu lassen.« Jins Stimme in meinem Kopf vibrierte vor fiebriger Anspannung, sexueller wie körperlicher Natur. »Er kommt uns zu nahe.«

»Wir tun unser Bestes, um ihn loszuwerden«, sagte eine andere Stimme in meinem Kopf. Sie klang mild, und dennoch lag eine Eiseskälte in ihr. Es war mehr etwas Unmenschliches als bloße Kälte, und es ließ meine Seele erschaudern.

»Das ist ganz offensichtlich nicht genug.« Die Worte wurden quasi ausgespieen. Jin war wirklich ein sehr unglücklicher Junge. Der Gedanke erheiterte mich maßlos.

»Die Dämonen haben Schwierigkeiten, seine Lebenskraft aufzuspüren. Sie ist nicht permanent da.« Das war eine weibliche Stimme, vermutlich Maisie Foster. Etwas an ihrer Art zu sprechen kam mir irgendwie vertraut vor. Ich wusste nicht, wieso.

»Er ist ein verdammter Vampir. Wie kann da seine Lebenskraft unterbrochen sein?«

»Bevor er in einen Vampir verwandelt wurde, war er etwas anderes. Er hat mich einmal fast vernichtet. Das will ich nicht noch einmal riskieren.«

Meine Gereiztheit von vorhin kehrte zehnmal stärker

zurück. Quinn hatte mir zwar erzählt, dass er nicht nur ein Mensch, sondern noch etwas anderes gewesen war, bevor man ihn in einen Vampir verwandelt hatte. Das überraschte mich nicht. Aber er hatte zufällig vergessen zu erwähnen, dass er als *dieses* andere dem Bösen bereits einmal begegnet war.

»Ich habe meine Gründe, meine Geheimnisse für mich zu behalten«, sagte er leise, ohne mich überhaupt anzusehen.

»Und ich habe genug von deinen Geheimnissen und Lügen. Du hättest der Abteilung viel Zeit und Arbeit erspart, wenn du uns einfach von Anfang an gesagt hättest, was du weißt.«

Ganz zu schweigen davon, dass mir seine Information vermutlich erspart hätte, mit diesem Irren vögeln zu müssen. Ich wollte nicht mit bösen Kerlen schlafen, um an Informationen zu kommen, und das wusste Quinn ganz genau. Verdammt, er fand es schrecklich, dass ich das tat, wieso war er also nicht mit der Information herausgerückt, wenn er es dadurch hätte verhindern können?

»Weil ich nicht wusste, dass dein Fall und mein Fall ein und derselbe sind.«

Weil er sich gar nicht erst die Mühe gemacht hatte, es zu überprüfen. Aber ich widerstand der Versuchung, die Worte laut auszusprechen. Die Unterhaltung im Haus ging weiter. Es war jetzt deutlich wichtiger, an Informationen zu kommen, die zur Lösung des Falls beitrugen, ,als sich einen Vampir vorzuknöpfen, der seinen eigenen

Weg gehen wollte, sei es in Bezug auf den Fall oder auf unsere Beziehung.

»Wenn wir nicht vorsichtig vorgehen, könnte er uns wieder zerstören«, sagte die tiefe Stimme. »Er ist einer der wenigen auf dieser Erde, der uns nicht nur aus der Legende kennt.«

»Sollen wir hier herumsitzen und Däumchen drehen, bis seine Lebenskraft so stark ist, dass die Dämonen ihn finden?«

»Nein«, erwiderte Maisie. »Ich beschwöre stärkere Dämonen herauf, aber das wird ein bisschen dauern. Ich muss die niederen Dämonen erst zurück in die Hölle schicken, damit ich über die nötige Energie verfüge.«

Während Jin Maisie weiter befragte, blickte ich zu Quinn. »Hört sich für mich an, als sollten wir uns Maisie Foster schnappen.«

»Wenn sie verschwindet, sind die anderen gewarnt.«

»Sie wissen doch bereits, dass du hinter ihnen her bist.«

»Aber sie wissen nicht, dass ihnen die Abteilung auf den Fersen ist.«

Ich schnaubte. »Wenn das die Leute sind, die für die Opferungen verantwortlich sind, dann wissen sie, dass wir hinter ihnen her sind.«

»Aber sie wissen nicht, wie nah ihr an ihnen dran seid.«

»Darauf würde ich an deiner Stelle nicht wetten. Wir glauben, dass Gautier zu ihnen gehört. Dass er der Totenkopf ist.«

Er sah mich scharf an.

»Ja«, fügte ich hinzu. »Wir haben etwas über die Geschichte herausgefunden. Aber es wäre nett, wenn du in deinem überfüllten Terminkalender etwas Zeit finden könntest, die Leerstellen zu füllen.«

»Wenn Gautier der Totenkopf ist, dann weiß Jin, dass du ein Wächter bist. Deshalb ist es noch wichtiger, dass du dich von ihm fernhältst.«

»Das weiß er nicht.«

»Du kannst dir nicht sicher sein …«

»Doch, das kann ich, denn Gautier ist abgesehen von Macht nur auf eine Sache aus: Er will mich eigenhändig vernichten. Er würde seine Seele hergeben, er würde die Kontrolle über seinen Körper hergeben, aber nicht das.«

»Würdest du darauf dein Leben verwetten?«

»Ja.« Ich blickte zurück zu dem Haus. »Wenn wir uns Maisie schnappen, denken sie, dass du sie außer Gefecht gesetzt hast.«

Er musterte mich mit ausdruckslosem Gesicht. Das kannte ich schon von ihm. Normalerweise setzte er diese Miene auf, kurz bevor er mir eine Lüge auftischte.

»Maisie Foster ist eine extrem mächtige Hexe. Man kann sie nicht so einfach außer Gefecht setzen.«

»Dennoch ist es bestimmt deutlich einfacher, sie von der Bildfläche verschwinden zu lassen, als einen von den Drachen, oder?« Die Frage war mehr an Rhoan als an Quinn gerichtet. Ich hatte keinen Zweifel, dass Quinn und ich mit Maisie zurechtkamen, aber ich wollte nichts ohne offizielle Zustimmung unternehmen.

»Du meinst, du willst sie festnehmen?«, fragte Quinn.

Ich nickte. »Ich bin sicher, dass Jack sich gern mit ihr unterhalten würde.«

»Sie wird sich nicht mit euch ›unterhalten‹, und Jack oder die Abteilung können sie auch nicht festnehmen.«

Ich hob erstaunt die Brauen. »Wieso?«

»Weil sie, wie gesagt, eine sehr mächtige Hexe ist. Man kann Magie nicht durch übersinnliche Kräfte oder technische Hilfsmittel bezwingen.«

»Aber mit anderen Mitteln?«

»Ja.« Er zögerte. »Um ehrlich zu sein, ich glaube nicht, dass es die Mühe wert ist. Sie wird lieber sterben, als irgendetwas über ihren Meister zu verraten.«

»John Kingsley ist ihr Halbbruder, nicht ihr Meister.«

»John Kingsley existiert nicht mehr. Genauso wenig wie alle anderen in dem Haus. Das sind lediglich die Hüllen, in denen sich die bösen Geister bewegen.«

Vielleicht waren Jin und dieser blonde Mann, den ich in dem Fitnessclub gesehen hatte, nur Hüllen, aber der gruselige Geist, den ich als Gautier kannte, war immer noch sehr präsent. Ich zitterte und versuchte, die Tatsache zu ignorieren, dass ich mit etwas gebumst hatte, das nicht von dieser Welt war.

»Aber wie können Geister hereinmarschieren und einfach so den Körper von jemandem einnehmen?«

»Das ist Magie. Blutmagie.« Er musterte mich. »Um ihre Existenz aufrechtzuerhalten, brauchen sie regelmäßig freiwillige Opfer.«

»Deshalb die Leichen.« Deshalb waren sie hinter Leuten mit extremen sexuellen Vorlieben her. »Wieso freiwillige Opfer? Opfer ist Opfer, oder?«

»Die Drachen ernähren sich von dem Geschmack von Schmerz, Verzweiflung und Todesangst, aber der Gott der Finsternis erhält seine Kraft dadurch, dass das Böse akzeptiert wird.«

»Das ist nicht ganz logisch, wenn seine Drachen sich von Schmerz, Verzweiflung und Tod ernähren.«

»Aber Angra Mainyu ist der Gott der Finsternis, der ewige Zerstörer des Guten. Er ernährt sich von der *Freude* an dem Bösen und dem Tod.«

Ich fand das alles sehr merkwürdig. »Selbst wenn diese Leute die Schmerzen noch so sehr genießen, verstehe ich nicht, wieso sie bereitwillig in den Tod gehen. Hast du gesehen, was er mit ihnen anstellt?«

Er zögerte. »Ja. Aber die Sehnsucht nach Schmerz wächst bei den meisten mit der Zeit, und so werden diese Leute langsam dazu gebracht, immer mehr zu begehren, bis ihnen nur noch der Tod die ultimative Befriedigung verschaffen kann.«

In meinem Kopf tauchten Bilder von Jan auf. Ihr übel zugerichteter Rücken, die Art, wie sie mich angefleht hatte, es zu Ende zu bringen. Wie lange hatten Jin und seine Freunde gebraucht, sie so weit zu bringen? War sie das nächste Opfer? Wie lange dauerte es, bis man sie ordentlich aufgeschlitzt und zerteilt auf dem Boden eines Lagerhauses finden würde?

»Schlimm ist«, sagte ich, »dass er sich nicht nur von der Freude an ihrem Tod ernährt.«

»Nein. Herz, Leber und Niere schmecken ganz köstlich.«

»Ich will gar nicht darüber nachdenken, woher du das weißt.«

Er lächelte sanft und irgendwie traurig. »Ich bin schon sehr lange ein Vampir, Riley. Und alle Vampire, ob sie es zugeben oder nicht, haben finstere Zeiten hinter sich.«

»Das heißt nicht, dass ich darüber Bescheid wissen muss.«

»Das solltest du aber, denn sie sind ein Teil von mir.«

»Und ein Teil von mir ist ein Werwolf, aber das hält dich nicht davon ab, diese Tatsache fortwährend zu ignorieren.«

Er antwortete nicht, sondern blickte zurück zum Haus. Wenn man eine Frage nicht beantworten wollte, musste man sie einfach ignorieren. Das jedenfalls war Quinns Strategie, und sie ging mir zunehmend auf die Nerven.

Ich musste allerdings zugeben, dass es ein Widerspruch war, alles über seine Vergangenheit wissen zu wollen, aber nichts über die düsteren Zeiten. Das eine ging nicht ohne das andere. Nicht, wenn ich diesen Vampir wirklich verstehen wollte.

»Und Jan?«, sagte Jin, als ich meine Aufmerksamkeit wieder dem Haus zuwandte. »Wann hat sie sich so weit erholt, dass sie wieder einsatzfähig ist?«

»Vielleicht morgen«, erklärte eine neue Stimme. Ich brauchte einen Augenblick, um zu merken, dass es Marcus war, der fröhliche blonde Peitschenschwinger aus dem

Club. »Wir haben Jins Wundsalbe aufgetragen, und die Heilung verläuft zufriedenstellend.«

»Dann morgen Abend. Wir sollten uns treffen und feststellen, wie geeignet sie ist.« Er zögerte. »Jin, bring eine passende Partnerin mit.«

»Es ist vermutlich nicht klug, ein solches Risiko einzugehen, wenn O'Conor und die Abteilung uns auf den Fersen sind«, bemerkte Maisie.

»Es hilft nichts«, sagte Kingsley mit Wut erstickter Stimme. »Es sei denn, du willst deine eigene Haut opfern?«

Maisies Schaudern lief über unsere mentalen Verbindungslinien und wurde zu meinem eigenen, auch wenn ich überhaupt keine Ahnung hatte, was Kingsley eigentlich meinte und es nicht unbedingt herausfinden wollte.

»Ich mache mir nur Sorgen um deine Sicherheit, John.«

»Ich weiß. Aber ich brauche eine volle Blutung. Wenn du vorher einen weiteren Dämon heraufbeschwörst und Quinn tötest, sollte das kein Problem sein.«

»Ich habe nur eine begrenzte Menge Blut in meinem Körper, John. Ich kann nicht …«

»Du kannst, und du wirst. Ich brauche sechs weitere Opfer, um meine Existenz auf der Erde aufrechtzuerhalten. Danach sind wir weniger angreifbar.«

Ich blickte zu Quinn. »Wusstest du das?«

Er nickte.

»Wieso hast du sie dir dann nicht geschnappt?«

»Weil ich vor allem ein Vampir bin und Vampire ihre Grenzen haben.« Er deutete auf das Haus. »Wenn sie sich nicht aus ihrer Höhle bewegen, kann ich sie nicht umbringen.«

»Maisie bewegt sich sehr wohl.«

»Maisie war meine einzige Verbindung zu den anderen. Ich konnte sie nicht umbringen, bis ich wusste, wer alles in die Angelegenheit verstrickt ist.«

»Und wieso nimmst du Maisie jetzt nicht fest, wo wir die anderen Mitspieler gefunden haben?«

»Weil ich damit die anderen warnen würde und sie dann vielleicht wieder untertauchen.«

Im Haus sagte Maisie: »Wir können momentan nicht riskieren, zu viel Magie zu sammeln.«

»Das Haus ist sicher. Ebenso der Altar.«

»Ja.« Aber Maisie klang nicht überzeugt.

»Ich habe gerade mit Jack gesprochen«, sagte Rhoan in meinem Ohr. »Wenn Maisie diejenige ist, die die Dämonen herbeiruft, sollst du sie so schnell du kannst vernichten.«

»Will er nicht mit ihr reden?« Mir war klar, dass ich eine Aufgabe zu erledigen hatte. Ich wusste auch, dass es anderen viel Leid ersparte, wenn wir Maisie umbrachten. Aber ich wehrte mich dagegen, jemanden auf Befehl zu töten.

Quinn warf mir einen seltsamen Blick zu, dann blickte er auf mein Ohr und grinste grimmig. Offensichtlich hatte er vergessen, dass ich dauerhaft verwanzt war.

»Er meint, wenn sie die Magierin des Blutes ist, wäre das Risiko zu groß.« Rhoan zögerte. »Wir können tauschen, wenn du willst. Ich bringe sie um, und du übernimmst dafür die Überwachung.«

»Nein, es ist okay.« Das war es zwar nicht, aber ich würde nicht zulassen, dass Rhoan sich in eine gefährliche Situation begab, nur weil ich ein Problem hatte. Verdammt, es war schließlich nicht so, dass ich noch nie getötet hatte, und Maisie war kein Stück besser als die Männer, deren Leben ich beendet hatte.

Aber es war ein weiterer Schritt. Wieder entfernte ich mich ein Stück weiter von meinem Vorhaben, diesen Weg niemals zu beschreiten.

Ich stieß die Luft aus und blickte zu Quinn. »Irgendeine Idee, wie man eine Hexe umbringt?«

»Ich glaube nicht, dass das jetzt ein kluger Schachzug wäre.«

»Sie hat bereits eine Bande von Dämonen herbeigerufen, um dich zu fassen, und sie ist angewiesen worden, noch mehr heraufzubeschwören. Wer sagt, dass sie sie nicht zusätzlich auf mich oder Rhoan oder Jack ansetzt? Und anders als du können wir unsere Lebenskraft nicht einfach so verschwinden lassen. Keiner von uns weiß, wie man mit einem Dämon umgeht.«

»Ich habe nicht gesagt, dass wir sie nicht umbringen können, sondern nur, dass wir es verschieben sollten, bis wir das Tor gefunden haben, durch das sie die Dämonen hereinbringt.«

Ich blinzelte. »Ein Tor? Dämonen haben ein Tor?«

Meine Hormone bemerkten sein viel zu flüchtiges Lächeln sofort und erwachten. Nicht, dass sie sich je lange bitten ließen. »Weißt du, Dämonen können nicht so mir nichts, dir nichts in unsere Welt kommen.«

»Nun, das ist schön zu hören.« Zumindest vermutete ich das. »Aber was ist mit Seelen, Geistern und diesen Sachen?«

»Seelen sind die Essenz der Leute, die auf dieser Welt leben und sterben. Sie halten sich nicht lange hier auf, sondern wechseln rasch in das nächste Leben. Geister sind Seelen, die aus irgendeinem Grund an die Existenz hier gebunden sind.«

Manches davon wusste ich, aber ich war froh, von ihm zu hören, dass es kein Tor zum Jenseits gab, durch das diese Erscheinungen permanent eindringen konnten, um mich zu ärgern. Insbesondere angesichts der neuesten Entwicklungen meiner hellseherischen Fähigkeiten. Ich sehnte mich nicht gerade danach, dass Geister und Seelen zu jeder Nachtzeit auf einen kurzen Plausch bei mir vorbeikamen.

»Wie sieht ein Dämonentor aus?«

»Es ist nicht wirklich ein Tor. Es ist ein speziell gesäuberter Bereich, der einen magischen Kreis enthält und wahrscheinlich ein Pentagramm. In diesem Fall ein umgedrehtes.«

Ich rieb meinen Kopf. Dieser Kram war eindeutig ein Lustkiller, was Quinn wahrscheinlich beabsichtigt hatte. Er begehrte mich zwar, aber wenn er auf der Jagd war, gab er nie seiner Lust nach. »Die Dämonen befinden sich also in dem magischen Kreis?«

»Nein. Es ist ein heiliger und gereinigter Raum, in dem ein Zauber, in diesem Fall eine Einberufung, ungestört angewandt werden kann. Er dient als Sammelpunkt der Zauberkraft und als Übergang von dieser Welt in die Welt der Geister.«

»Und das Pentagramm?«

»Ein umgedrehtes Pentagramm ist das Zeichen des Bösen, heißt es.«

»Heißt es?«

Er zuckte mit den Schultern. »Ein Pentagramm, das nach Norden zeigt, kann große Probleme verursachen, weil der Norden für das Dunkle steht und für das Unbekannte aus heidnischen Zeiten.«

»Woher weißt du diesen ganzen Mist?«

Er lächelte beinahe bitter. »Ich bin ein sehr alter Vampir; und manchmal langweile ich mich.«

»Aha.« Ich hatte das Gefühl, dass das Wesen, dem ich in der Gasse begegnet war, das Wesen, das sich selbst als Hoher Priester der Aedh bezeichnete, vermutlich ebenso viel mit diesem Wissen zu tun hatte.

»Wo finden wir wohl diesen Kreis?«

»Irgendwo, wo sie sich sicher fühlt.«

»In ihrem Haus?«

»Möglich. Ich kann nicht hineingehen, um nachzusehen.«

»Aber ich kann das.« Und falls ich erwischt wurde, hatte ich sogar eine plausible Erklärung – Jin. »Wir können unsere telepathische Verbindung nutzen. Ich beschreibe dir, was ich sehe, und du erklärst mir, wie ich es zerstöre.«

Er blickte zu dem Haus und dann zu mir. »Sie wird sofort spüren, wenn wir den Kreis zerstören.«

»Und?«

»Sie dürfte ein bisschen wütend werden.«

Ich grinste. »Mit ein bisschen Wut kann ich locker umgehen, Vamp.«

Er sagte nichts, sondern sah mich nur an. Mir verging das Grinsen. »Hör zu, lass es uns angehen, bevor noch jemand stirbt.«

Es dauerte einen Moment, bis er nickte. Dann blickte er wieder zum Haus. »Hat Rhoan das Haus angezapft?«

»Ja.« Ich erwähnte nicht, dass Rhoan eigentlich nicht sehr viel hören konnte. Ich hatte das Gefühl, dann würde Quinn sich hier nicht vom Fleck rühren.

»Hat er Infrarotaufnahmen von den Räumen?«

»Noch nicht«, meldete Rhoan in meinem Ohr. »Vielleicht in einer Stunde, sobald Jacks Team das Sicherheitssystem geknackt hat.«

Ich wiederholte seine Worte, und Quinn nickte. »Irgendwo in dem Haus, wahrscheinlich irgendwo im Keller, muss es eine Art Tunnel geben, der in einen tiefer gelegenen Raum führt. Den müssen wir finden.«

»Warum?«

»Weil dort seine Kräfte lagern. Dort opfert und ernährt er sich. Um ihn zu zerstören, müssen wir zuerst seinen Altar zerstören.«

»Ich kann mir vorstellen, dass ihn das mehr als nur ein bisschen wütend macht.«

»Ja.« Da war etwas in seinen Augen, eine Finsternis – teils Erinnerung, teils brutale Gewalt –, die mir einen Schauder über den Rücken jagte. »In dem Moment wirst du die eigentliche Bedeutung vom Gott der Finsternis begreifen.«

»Auf die Lektion kann ich gut verzichten.«

»Eine weise Entscheidung.«

So war ich eben. Weise. Ganz und Gar. *Nicht.*

»Steht dein Auto in der Nähe?«

»Ja.«

»Wenn es dir recht ist, fahre ich dir zu Jin hinterher.«

Er nickte, legte eine Hand auf meinen Rücken und führte mich vorsichtig zur Rückseite des Gartens. Warme Wellen strömten über meine Haut, und verstärkt durch die Kraft des Mondes erwachte eine heftige Lust in mir. »Ich darf wohl nicht annehmen ...«

»Nein«, unterbrach er, »nicht hier. Nicht jetzt.«

Ich blickte ihn finster an. »Du bist eine echte Spaßbremse.«

»Wenn die Mondhitze so schlimm ist, solltest du nicht hier sein.«

Nun, ja, da war es wieder. »Es ist bloß wie ein Stich, an dem ich mich kratzen muss. Nicht schlimm.« Noch nicht.

Er sagte nichts, aber das war auch nicht nötig. Er war zwar nicht in der Lage, meine Lust zu riechen, aber er war ein Vampir *und* ein Empath. Er spürte meine Lust über meine Gefühle und hörte, dass mein Herz schneller schlug.

Ich ging zurück zu meinem Wagen und folgte ihm in einem göttlichen schwarzen Porsche Coupé zu Jin. Da ich in der Nähe keinen Parkplatz finden konnte, musste ich in der nächsten Straße parken und zurücklaufen. Quinn, der Mistkerl, hatte mehr Glück und hatte einen erstklassigen Parkplatz fünf Häuser von Jin entfernt gefunden.

Ich sah zu dem Gebäude und spürte einen Schauder meinen Rücken hinunterlaufen. Es war fast, als würde die Fassade uns beobachten.

Irgendwie unheimlich.

Ich rieb meine Arme und blickte zu Quinn. »Sieht nicht so aus, als wäre jemand zu Hause.«

Sein Blick ruhte auf dem Gebäude. »Mit Infrarotsicht kann ich niemanden entdecken, aber das heißt nicht, dass das Haus leer ist.«

Ich hob eine Braue. »Nicht?«

»Dämonen sind mit Infrarot nicht zu erkennen.«

»Wie beruhigend.« Ich zögerte. »Und wie bekämpfe ich einen Dämon?«

»Man kann Dämonen töten, wenn sie sich zeigen.« Er ging zu dem Kofferraum seines Wagens und öffnete ihn. »Du musst ihnen lediglich den Kopf abschlagen.«

»Ach, das ist ja ein Kinderspiel«, sagte ich trocken.

Er lächelte. »Genauso einfach, wie einem Vampir den Kopf abzuschlagen.«

Ich winkte ab. »Ein Spaziergang.«

»Ja.« Er gab mir ein langes Silbermesser, wartete, bis ich es befestigt hatte, und reichte mir zwei Flaschen Wasser und eine Packung Salz.

»Was soll ich denn damit machen?«, fragte ich grinsend.

»Heiliges Wasser und Salz dienen sowohl als Waffen als auch zur Reinigung.« Er schlug den Kofferraum zu. »Damit kannst du den Dämon entweder so lange von dir fernhalten, bis du das Messer benutzen kannst, oder den Kreis verschmutzen, so dass er unbrauchbar wird.«

»Wir zerstören ihn nicht?«

Er schüttelte den Kopf. »Indem wir ihn unbrauchbar machen, zwingen wir sie, einen zweiten zu errichten, und das kostet sie weitere Kraft. Wir müssen jeden Vorteil nutzen.«

»Darf ich darauf hinweisen, dass wir zwei gegen einen sind?«

»Nein, wir sind zwei gegen fünf. Wenn sie angegriffen wird, ruft sie die anderen, und die reagieren schneller, als du es dir vorstellen kannst.«

Er berührte wieder meinen Rücken und führte mich zum Haus, womit er kleine Wonneschauer auf meiner Haut auslöste. »Wie? Sie sind doch in menschlicher Gestalt und somit auch menschlichen Grenzen unterworfen.«

»Wenn sie wollen, können sie sich ihrer menschlichen Gestalt entledigen. Das heißt allerdings, dass sie dann einen neuen Körper finden müssen.«

»Ist das so einfach?«

Er sah mich an, seine dunklen Augen gaben wenig preis. »Kein Mensch kann sich dagegen wehren.«

»In dem Fall braucht man also kein freiwilliges Opfer, das das Böse akzeptiert? Sie können sich einfach nehmen, wen sie wollen?«

»Es gibt einen Unterschied zwischen dem Ernähren, um die Existenz aufrechtzuerhalten, und der Übernahme eines Körpers. Im ersten Fall muss derjenige dazu bereit sein, im zweiten Fall nicht.«

»Ist ein Nichtmensch in der Lage, sich ihnen zu widersetzen?«

»Nicht, wenn es um die gewaltsame Übernahme eines Körpers geht.«

Ich zitterte. Auf diese Frage hatte ich eigentlich gar keine Antwort haben wollen. Nicht, wenn ich den Mistkerlen wahrscheinlich eher früher als später gegenüberstehen würde.

Ich öffnete das Tor und lief die Stufen zum Eingang hinauf. Natürlich war die Haustür verschlossen, und eine kurze Durchsuchung der Topfpflanzen förderte leider keinen Schlüssel zutage. »Du warst nicht zufällig in deinen finsteren Zeiten ein Fassadenkletterer, oder?«

»Ich bin ein Vampir. Du erinnerst dich?«

»Ach, ja.« Türschwellen und all das. »Na, gut.«

Ich trat heftig gegen den Punkt direkt über dem Schloss, und die Tür sprang auf. Quinn hob die Brauen. »Das ist ein hübscher kleiner Trick.«

»Das ist der Vorteil einer Wohnung, bei der die Schlösser nicht funktionieren und die Vermieterin sich weigert, sie auszutauschen. Es ist dieselbe Art von Schloss.« Ich öffnete das Salz und eine der Flaschen und hielt beides bereit. Dabei kam ich mir ziemlich albern vor.

Ich meine, Wasser und Salz gehörten bislang nicht gerade zu den Waffen, die ich unbedingt schätzte. Wenn es um unkonventionelle Waffen ging, zog ich allemal Pumps mit Holzabsätzen vor.

Ich starrte in die dunkle Eingangshalle, dann wieder zu Quinn. »Wonach suche ich?«

»Nach einem Keller oder einem Raum unterhalb der Erdoberfläche.«

»Wieso unterhalb der Erdoberfläche?«

»Die Erde wirkt auf diejenigen, die sensibel für Magie sind, wie eine Barriere.«

»Genauso, wie sie als Barriere bei Infrarot wirkt?«

Er nickte. »Die Tür wird vermutlich abgeschlossen sein. Pass auf, dass dort nicht irgendwelche Symbole eingeritzt oder aufgezeichnet sind, bevor du sie berührst.«

»Symbole sind schlecht?«

»Sie können *sehr* schlecht sein.« Er strich mit seinen warmen Fingern über meine Wange. »Sei vorsichtig.«

»Das bin ich.« Ich beugte mich vor und küsste ihn. Unsere Lippen berührten sich nur flüchtig, es war nur eine Andeutung von Lust, und dennoch brachte es meine Hormone zum Tanzen. Bevor ich der Versuchung, mehr zu wollen, nicht mehr widerstehen konnte, löste ich mich von ihm und trat über die Schwelle.

Die Stille im Haus legte sich wie eine Decke über mich und fühlte sich beinahe surreal an. Es war nicht schlicht die Stille eines leeren Hauses. Dazu war sie zu wachsam, zu *angespannt*.

Eine Gänsehaut lief über meinen Körper. Ich umfasste fester die Salzpackung und öffnete die telepathische Verbindung zwischen Quinn und mir.

Lust wirbelte durch meinen Kopf, ein Verlangen, das intensiver war als alle anderen Gefühle. *Mann, Mann, Mann,* sagte ich mit einem geistigen Grinsen. *Ich glaube, den Vampir verlangt es nach mehr als nur nach Blut.*

Ich stehe ganz in der Nähe einer äußerst erregten Zicke, stellte seine geistige Stimme trocken fest. *Ist es da ein Wunder, dass ich ebenfalls ein bisschen geil werde?*

Nun, die Zicke hat dir Erleichterung angeboten.

Nicht bei der Arbeit.

Ich gab einen dramatischen Seufzer von mir. *Du bist so ein alter Mann.*

Ich würde mich eher als vorsichtig bezeichnen. Du und ich können manchmal recht laut werden.

Ja, aber macht dir das denn keinen Spaß?

Nicht, wenn wir in das Haus eines Verdächtigen einbrechen.

Ich lächelte und ging einige Schritte weiter in den Flur hinein. In dem Zimmer rechts von mir tickte leise eine Uhr, und die Luft war kühl. Beinahe anormal kühl. Meine Belustigung verschwand, und ich leckte mir die Lippen. *Die Kellertür befindet sich wahrscheinlich in der Küche, oder?*

Im Allgemeinen, ja.

Bei meinem letzten Besuch war mir keine Kellertür aufgefallen, aber da war ich vollauf damit beschäftigt gewesen, etwas in den Magen zu bekommen, bevor ich vor Schwäche ohnmächtig wurde. Ich tappte den Flur hinunter, meine Schritte hallten leise durch die Stille. Ich achtete aufmerksam darauf, ob sich irgendetwas verändert hatte oder mir anormal vorkam. Aber seit ich das letzte Mal hier war, hatte sich nichts verändert. Nach wie vor lag Staub auf dem Telefontisch, und an der Pinnwand neben der Küchentür hingen Rechnungen. In dem Spülbecken standen Teller, an denen Reste von Schokoladenkuchen klebten.

Nur die Atmosphäre war anders. Ich hatte das seltsame Gefühl, nicht allein in dem Haus zu sein, obwohl ich niemanden wittern oder sehen konnte.

Ich blieb neben dem Küchentisch stehen und sah mich um. Links von mir befand sich eine einflügelige Glastür, durch die ich den Garten sehen konnte. Daneben lag die Tür zur Speisekammer.

Öffne sie.

Die Speisekammer?

Ja.

Die habe ich schon gesehen, als die Tür offen stand. Es ist wirklich eine Speisekammer.

Seine Verzweiflung durchströmte mich. *Kannst du nicht einmal tun, worum ich dich bitte, ohne erst darüber zu diskutieren?*

Ich glaube nicht, dass ich das kann. Ich grinste und durchquerte die Küche. Die Tür zur Speisekammer quietschte, als ich sie öffnete. Das Geräusch riss an meinen Nerven. *Ich sehe Regale voller Konserven und Ähnlichem.*

Überall?

Mein Blick glitt nach unten. *Rechts gibt es drei leere Regalbretter.*

Hock dich nach unten.

Ich gehorchte. *Und?*

Befindet sich auf einem der Bretter ein Knopf oder ein Griff?

Ich rutschte etwas näher an die Regalbretter heran. Staub wirbelte auf, kroch mir in die Nase und brachte mich zum Niesen. Durch das Niesen wurden ein paar lose Blätter aufgewirbelt, die auf einem halbleeren Regalbrett lagen. Darunter kam ein kleiner dunkler Hebel zum Vorschein.

Ich habe etwas gefunden.

Befinden sich darauf oder darum herum irgendwelche merkwürdigen Symbole?

Ein paar tote Käfer und ein paar Papiere mit Rezepten, ansonsten nichts Auffälliges.

Dann benutze den Hebel. Aber sei vorsichtig.

Anspannung breitete sich in meinem Körper aus. Ich lockerte die Schultern, dann stellte ich die Flaschen mit dem heiligen Wasser vor mir ab und umfasste den Hebel. Ich brauchte nicht viel Kraft, um ihn nach unten zu ziehen, und als ich es tat, ertönte ein lautes, knarrendes Geräusch. Die drei Regalbretter glitten zur Seite, und der Eingang zu einem Tunnel kam zum Vorschein.

Ich spähte hinein. Der Tunnel war groß genug, dass man auf allen vieren hineinkrabbeln konnte, und mit Holz verkleidet. Aber der Geruch von Erde und Moder hing schwer in der Luft. Er war lang und dunkel und wirkte gruselig. Ich schaltete auf Infrarot, aber es half nichts. Der Tunnel fiel schräg nach unten ab und machte eine Biegung nach links. Ich konnte mit meinem Infrarotblick zwar durch Wände, nicht aber durch die Erde sehen.

Was riechst du?

Bei der plötzlichen Frage zuckte ich etwas zusammen.

Feuchtigkeit. Ich schnupperte und versuchte die etwas schwächeren Gerüche herauszufiltern, die mir aus dem Tunnel entgegenschlugen. *Blut und Schwefel.*

Schwefel ist der Geruch der Dämonen. Wie stark ist er?

Nicht sehr stark.

Wenn es ein alter Geruch ist, stammt er vermutlich von vergangenen Beschwörungen. Er zögerte. *Dennoch, geh vorsichtig weiter und halt das heilige Wasser und das Salz bereit.*

Aber was zum Teufel soll ich denn damit machen?

Das heilige Wasser brennt, wenn es sie berührt. Das Salz kann als Barriere dienen. Wenn du damit einen Kreis um dich bildest, können sie ihn nicht übertreten.

Wenn mir dazu die Zeit bleibt.

Wenn dir dazu die Zeit bleibt.

Ich stieß die Luft aus, griff die Flaschen mit dem heiligen Wasser und schloss den losen Deckel, so dass ich nichts verschüttete, als ich in den Tunnel stieg.

Obwohl ausreichend Platz war, kam ich nur langsam voran. Denn ich konzentrierte mich auf die Gerüche in der Luft, schob das Wasser vor mir her und versuchte zu erkennen, wo der Tunnel eigentlich hinführte. Da war nicht viel Zeit, sich schnell zu bewegen.

Das sanfte Gefälle machte eine Biegung nach links, dann nach rechts, und der Geruch von Feuchtigkeit, Blut und Schwefel wurde stärker. Und ich witterte noch einen weiteren Geruch. Moschus.

Tiermoschus.

Hier unten war noch etwas anderes. Ich hielt an, holte tief Luft und versuchte den Geruch zu identifizieren. Er war scharf und deutlich und fühlte sich auf eine Weise alt an, die ich nicht erklären konnte. So etwas war mir noch nie begegnet.

Hier ist etwas.

Was?

Ich weiß es nicht. Es riecht nach Tier, aber anders, wenn das irgendeinen Sinn ergibt.

Das könnte jede Art von Dämon sein.

Na, das ist ja beruhigend.

Ich spürte Belustigung über unsere telepathische Verbindung fließen. *Es gibt nur einen Weg, es herauszufinden.*

Sagt der Mann, der sicher auf der anderen Seite der Tür steht.

Die Belustigung erstarb. *Wenn ich tauschen könnte, würde ich es sofort tun.*

Ich weiß. Ich kroch weiter. Das Gefälle führte in einem Bogen langsam weiter nach unten, und die seltsame Ansammlung von Gerüchen wurde weder stärker noch schwächer. Ungefähr nach einer Minute wurde der Tunnel breiter, und ich war in der Lage aufzustehen.

Ich klopfte den Schmutz von Händen und Knien und blickte mich um. Der Raum war klein und unheimlich. Wie der Tunnel war er mit Holz verkleidet. In den dunklen Ecken schien sich nichts versteckt zu halten, obwohl der tierähnliche Geruch weiterhin in der Luft hing.

Sprich mit mir, Riley.

Ich habe den Keller erreicht. Ich machte einen Schritt, und das Geräusch hallte über den Holzfußboden. Ein eisiger

Schauer lief über meine Haut, aber ich war nicht ganz sicher, wieso. Mein Blick blieb an einer weißen Kerze hängen, die sich in einer Nische links von mir befand. Daneben lag eine Schachtel mit Streichhölzern. Ich sagte es Quinn und fügte hinzu: *Ist es gefährlich, sie anzuzünden?*

Riley, du bist ein Werpir mit Infrarotsicht. Du brauchst kein Kerzenlicht.

Das ist eine psychische Angelegenheit. Ich glaube, der Raum würde sich mit etwas Kerzenlicht ein bisschen angenehmer anfühlen.

Dann mach.

Ich stellte eine der Flaschen an die Wand, klemmte die andere unter den Arm und nahm die Streichholzschachtel, um den Docht anzuzünden. Gelbes Licht flackerte sanft in der Dunkelheit, betonte zwar noch die dunklen Ecken, vertrieb aber die seltsame Kälte.

Hier scheint nichts zu sein.

Überprüfe den Boden.

Ich blickte hinunter. Bis jetzt hatte ich ein bisschen gehofft, dass Quinn sich täuschte, dass Zauberei bei dieser ganzen Sache keine Rolle spielte. Aber wie gewöhnlich wurden meine Hoffnungen zunichtegemacht.

Ich sehe Wachsreste von fünf schwarzen Kerzen, die jeweils an der Spitze eines Pentagramms gestanden haben, das mit Asche oder etwas Ähnlichem auf den Boden gezeichnet worden ist. Darum herum bilden faustgroße schwarze Steine einen Kreis.

Die schwarzen Steine sind Schutzsteine. Sie sind stärker als normale Schutzkreise, haben aber dieselben Funktionen.

Ich musterte die Steine in meiner Nähe und bemerkte, dass die schwarze Oberfläche das Kerzenlicht eher verschluckte als reflektierte. *Hat das heilige Wasser oder das Salz irgendeine Wirkung auf sie?*

Auf die? Nein. Je nachdem, welcher Zauberspruch angewandt wurde, halten sie dich sogar davon ab, das Pentagramm zu reinigen und es unbrauchbar zu machen.

Wie?

Sie bilden eine physische Grenze. Leg deine Hände neben die Steine und fühle, was ich meine, aber sei vorsichtig.

Ich trat näher an die ersten beiden Steine heran und hob eine Hand. Elektrischer Strom surrte über meine Fingerspitzen wie kleine wütende Fliegen. Als ich näher trat, schossen blitzartig kleine rote Flammen in die Höhe. Ich hielt meine Hand ganz dicht über die Barriere, beobachtete die beinahe wütende Lichtvorführung und ließ die Energie über meine Haut streichen. Sie fühlte sich faulig an. Sogar böse.

Das war angesichts der Tatsache, dass das von ihnen geschützte Pentagramm dazu diente, Wesen aus der Hölle herbeizurufen, nicht überraschend.

Ich ließ die Hand sinken und schüttelte sie etwas, um wieder warme Finger zu bekommen und das Gefühl von dem Strom loszuwerden. Als ich zurücktrat, bewegte sich etwas in der dunklen Ecke rechts von mir, und der seltsame Geruch wurde augenblicklich stärker.

Ein tiefes Brüllen tönte durch die Stille, und meine Nackenhaare stellten sich auf. Ich griff nach dem Messer, aber meine Finger hatten sich kaum um das Heft geschlossen, als die Schatten sich zu einer Gestalt formten.

Und zu was für einer Gestalt!

Sie war groß und schwarz, hatte gelbe Augen, die in dem hellen Kerzenschein unnatürlich blitzten, und Zähne so lang wie mein Unterarm.

Das war kein Dämon.

Das war ein Höllenhund.

9

Houston, wir haben ein Problem. Ich umklammerte das Messer derart fest, dass meine Knöchel schmerzten, aber ich hatte die Klinge noch nicht aus der Scheide gezogen. Ich hatte das dumme Gefühl, dass mich das Wesen mit den gruselig aussehenden Zähnen dort drüben in der Ecke angreifen würde, sobald ich mich bewegte oder überhaupt nur zuckte.

Die Zähne sahen aus, als könnte es mich damit zweiteilen.

Ist da ein Dämon? Quinns Anspannung strömte plötzlich so intensiv über die Verbindung zwischen uns, dass ich nicht sicher war, wo seine endete und meine anfing.

Wenn ein Höllenhund als Dämon gilt, ja, dann haben wir hier einen.

Ein Höllenhund ist stärker als ein Dämon und lässt sich mit Salz nicht aufhalten. Man kann ihn aber mit dem heiligen Wasser verbrennen.

Ich löste etwas ungelenk mit der einen Hand den Deckel von der Wasserflasche. Was den Schutz anging, flößte es mir nicht gerade viel Vertrauen ein. Vor allem, als das

Wesen den Kopf senkte und erneut die Zähne fletschte. Das Geräusch rollte durch den Raum, und wenn ich in Wolfgestalt gewesen wäre, hätten sich meine Nackenhaare aufgestellt. Dieses Wesen mochte kein normaler Dämon sein, aber es war ein Hundedämon, und meine Wolfsseele ertrug es nicht, von irgendetwas Hundeähnlichem bedroht zu werden.

Deshalb hielt ich überwiegend meinen Wolf in Schach. Manchmal war er absolut unvernünftig.

Muss ich ihm den Kopf abtrennen, um ihn umzubringen, oder reicht ein gut platzierter Stich?

Langsam und ganz vorsichtig zog ich das Messer aus der Scheide. Das tiefe Knurren wurde lauter und der drohende Blick in den Augen des Wesens schärfer.

Ich fürchte, du musst ihm den Kopf abschlagen.

Mist. Das hieß, dass ich diesen messerscharfen, ewig langen Zähnen näher kommen musste, als es irgendjemand tun würde, der nur halbwegs bei Verstand war.

Schließlich hatte ich das Messer aus der Scheide befreit. Wieder ertönte das Knurren des Höllenhundes, es klang wütend und alarmierend. Mein gesamter Körper stand unter Spannung, und mir trat der Schweiß auf die Stirn. Während ich das Messer bereithielt, setzte ich mit der anderen Hand meinen ungelenken Versuch fort, die Wasserflasche zu öffnen.

Der Höllenhund sprang auf. Ich warf mich zur Seite, krachte unnötig hart auf den Holzboden und stieß die Luft aus. Als ich erschrocken nach Luft schnappte, rutschte mir die Flasche aus der Hand und rollte davon, wobei einige Tropfen verschüttet wurden, die auf dem Boden zischten und dampften. Ich fluchte und stürzte hinter der Flasche her, hörte jedoch das Klicken scharfer Krallen auf dem Holz, als das Wesen auf mich zukam. Ich rollte aus dem Weg und stieß seitlich mit dem Messer zu. Die Klinge schabte über das Fell des Hundes und schnitt in seine Haare, aber nicht in seine Haut.

Der Hund hob die Lefzen und zeigte neben seinen abstoßenden Zähnen auch noch sein widerlich aussehendes Zahnfleisch. Ich sprang auf, fuchtelte mit dem Messer vor mir herum und versuchte die Aufmerksamkeit des Wesens so lange auf mich zu lenken, dass ich einen Angriff wagen konnte. Es war schlauer. Es sah mir unverwandt mit funkelndem, tödlichem Blick in die Augen. Die Angst in meinem Magen wuchs. Man hatte mich nicht angestellt, um mit mythischen oder magischen Wesen zu kämpfen. Psychopathen und Vampirverbrecher reichten mir voll und ganz.

Der Höllenhund sprang auf mich zu. Ich drehte mich zur Seite weg, zielte mit dem Messer auf die weiche Haut in seinem Nacken und hoffte, wenigstens etwas Lebenswichtiges zu treffen. Aber er wich im letzten Augenblick aus, war kaum noch zu fassen und landete auf einmal hinter mir.

Seine Zähne versanken in meiner Haut, und etwas Warmes strömte an der Rückseite meines Beines hinunter. Ich unterdrückte einen Schrei, drehte mich um und bohrte die Klinge tief in das rechte Auge des Wesens, bis in seinen Schädel.

Blut quoll aus der Augenhöhle hervor und ergoss sich warm über meine Finger. Das Wesen brüllte und riss den Kopf zurück, wobei es mein Bein aufriss. Ein glühender Schmerz schoss durch meinen Körper, und ich stieß durch meine zusammengebissenen Zähne die Luft aus. Aber ich ließ das Messer nicht los und zwang mich fortzuhumpeln, um der direkten Reichweite des Wesens zu entkommen.

Ich hatte so fest und so tief zugestoßen, dass ich Gehirnmasse getroffen hatte. Es hätte sofort tot sein müssen. Aber das war es nicht, denn es war kein gewöhnliches Tier. Das hatte ich im Eifer des Gefechtes kurz vergessen.

Der Hund schüttelte den Kopf, das Blut spritzte durch den Raum, tropfte auf die Schutzsteine und verdampfte blitzartig. Dann sprang er auf und überwand den geringen Abstand zwischen uns. Wieder versuchte ich, ihm auszuweichen, aber diesmal musste er irgendwie damit gerechnet haben, denn er änderte mitten in der Luft die Richtung. Sein Körper stieß gegen meinen und drängte mich mit unglaublicher Wucht nach vorn.

Ich krachte mit dem Gesicht zuerst gegen die Wand, brach mir die Nase und riss mir die Lippe auf. Ich blutete stark, der metallene Geschmack füllte meinen Mund und krampfte meinen Magen bedrohlich zusammen. Für eine Sekunde wurde alles rot, und ich wusste nicht, ob es Blut oder die wütende Energie der Schutzsteine war. Ich stieß mich von der Wand ab und spürte den Angriff des Hundes mehr, als dass ich ihn sah. Ich warf mich flach auf den Boden und rollte mich zur Seite, um mich im letzten Augenblick an die Steine zu erinnern. Ich stützte mich mit einer Hand ab und kam knapp vor dem Schutzkreis zum Halten, während ich zugleich mit dem Messer in die Luft stieß. Als das Wesen über mich hinwegsegelte und die surrende Schutzwand aus Energie nur knapp verpasste, schlitzte ich ihm mit der Silberklinge den Bauch auf. Schwarzes Blut quoll aus der Wunde und spritzte auf mein Gesicht und meine Arme. Es brannte wie Säure.

Ich krabbelte fluchend davon und an den Steinen entlang, wobei ich sie wie eine Wand benutzte, um meinen Körper von einer Seite her zu schützen. Der Strom surrte über mein Gesicht, die warnenden Blitze aus roten Flammen schossen durch die Dunkelheit und verliehen dem Raum einen wütenden Ausdruck.

Dass ich ihm den Magen aufgeschlitzt hatte, schien den Hund überhaupt nicht zu stören, wobei ich nicht weiß, wieso ich etwas anderes erwartet hatte, nachdem selbst das Messer in seinem Gehirn ohne Wirkung geblieben war. Während ich so dastand und das Wesen anstarrte, das seinerseits mich anstarrte, wurde mir bewusst, dass ich diesen Kampf niemals gewinnen konnte. Nicht so. Der Hund war zu schnell und zu stark. Und er war ein Dämon und nicht in seinen Möglichkeiten begrenzt wie ein Lebewesen.

Dieses Wesen reißt mich in Stücke, bevor ich überhaupt nur in die Nähe seines Nackens komme.

Dann setze die Kraft der Steine gegen es ein.

Ist dann nicht unsere Hexe gewarnt, dass etwas vor sich geht?

Ja, aber wenn du es nicht schaffst, seinen Kopf abzutrennen, bleibt uns wenig anderes übrig.

Okay. Ich holte tief Luft und sprang seitlich zu der Grenze. Der Hund griff mich an, kaum dass ich mich bewegt hatte, und schlug mit seinen gefährlichen Klauen nach mir. Ich duckte mich und wich im letzten Moment aus, aber das Wesen erwischte meinen linken Ärmel und riss mir die Haut auf. Das war egal, denn es konzentrierte sich mehr auf mich als darauf, wo es hinging, und genau das war meine Absicht. Das Wesen stieß gegen die Energiewand, und die Steine reagierten sofort. Rotes Feuer loderte auf, umgab den Höllenhund mit einem wirbelnden glühenden Flammenkessel und verbrannte ihn in weniger als ein paar Sekunden, bis nichts mehr von ihm übrig war, noch nicht einmal Asche, die leblos auf den Boden fiel.

Ich stieß die Luft aus und war dankbar, dass die Steine offenbar nicht zwischen gut und böse unterschieden. Das schien mir sinnvoll. Es war wahrscheinlich einfacher, den Kreis vor allen Eindringlingen zu schützen, als einen diskriminierenden Zauber anzuwenden. Wenn das überhaupt möglich war. *Der Höllenhund ist tot und weg.*

Ich spürte Erleichterung über die telepathische Verbindung fließen. *Bist du okay?*

Ich setzte mich auf und machte eine Bestandaufnahme. Die Wunde an meinem Bein war am schlimmsten, die Klauen des Wesens hatten sich tief in meine Haut gebohrt und drei blutige Schnitte auf meinem Oberschenkel hinterlassen. Es tat verdammt weh.

Die Schnitte an meinem Arm waren nicht weniger blutig oder schmerzhaft, aber wenigstens hatte der Hund mit seinen Krallen nur wenig Haut erwischt. Das verheilte schnell. Meine Lippe und meine Nase taten weh, waren aber nebensächlich.

Der Mistkerl hat mich ein paarmal erwischt.

Dann reinige die Wunden mit dem heiligen Wasser, bevor du die Gestalt wandelst. Wunden von Dämonen können eitern und heilen ansonsten nicht.

Selbst bei einem Werwolf?

Nur weil Werwölfe selbst magische Wesen sind, sind sie nicht immun gegen magische Kräfte, egal ob gegen gute oder böse.

Ich zog mein zerfetztes Oberteil aus, beugte mich zur Seite und nahm die Wasserflasche, die ich hatte fallen lassen. Das Wesen hatte mir keine Zeit gelassen, den Deckel ordentlich abzuschrauben, bevor es mich angegriffen hatte, so dass nur ein bisschen Wasser verloren gegangen war. Ich schraubte den Deckel ab und goss etwas von dem Wasser über meine Wunden.

Kurz nachdem das Wasser meine Haut berührt hatte, wurde diese weiß, begann zu blubbern und wie verrückt zu brennen. Ich biss die Zähne zusammen, unterdrückte den Schrei, der meinen Hals hinaufkroch, und beschimpfte Quinn auf das Übelste.

Seine Belustigung strömte über die geistige Verbindung zu mir. *Wenn ich dich gewarnt hätte, hättest du es nicht getan.*

Ganz recht, du Mistkerl, sagte ich, als ich wieder konnte.

Wenn du die Gestalt gewandelt hättest, ohne das Wasser zu

benutzen, hättest du die Infektion in deinen Körper getragen. Du wärst daran gestorben, Riley. Wenn das Gift von einem Dämonenbiss erst einmal in den Körper eingedrungen ist, gibt es kein Mittel dagegen.

Noch nicht einmal ein Zaubermittel?

Er zögerte. *Es gibt Zaubermittel, aber ich bin kein Magier, und es gibt heutzutage nur wenige, die überhaupt an Dämonen glauben, ganz zu schweigen davon, dass sie Zaubersprüche kennen, mit denen man Bisse heilen kann.*

Das ist doch seltsam, wenn man bedenkt, dass alle möglichen Arten von Nichtmenschen herumlaufen, oder? Als das Blubbern endlich nachließ, wandelte ich die Gestalt, verharrte einige Sekunden in Wolfsform und wandelte mich dann wieder zurück. Dadurch verheilten die Schnitte an meinem Arm, und meine gesprungene Lippe hörte auf zu bluten, aber mein Bein würde noch ein paar Wandlungen brauchen, bis es wieder ganz hergestellt war. Außerdem würde ich trotzdem blaue Flecken, eine geschwollene Lippe und eine schmerzende Nase zurückbehalten. Zum Glück sah ich Jin heute Nacht nicht, denn Mund und Nase wären ein bisschen schwierig zu erklären.

Aber Zauberei kann man lernen, erklärte Quinn, *und wie jede Fähigkeit kann man sie auch verlieren.*

Wie die Priester von Aedh verloren sind? Ich griff die Wasserflasche und stemmte mich hoch. Schmerz schoss mein Bein hinauf, aber ansonsten war ich okay. Zumindest blutete ich nicht mehr, aber ich war sicher, dass die bereits hübsche Prellung noch stärker wurde.

Die Priester sind nicht verloren. Sie wurden zerstört.

Der in der Gasse hat auf mich keinen sehr zerstörten Eindruck gemacht.

Du hast ihn nicht gesehen. Du hast ihn nur gehört.

Stimmt. Ich betrachtete einen Augenblick den Kreis, dann spritzte ich etwas Wasser in die Richtung. Die Steine reagierten nicht und ließen zu, dass das Wasser in einem Bogen direkt über sie hinwegspritzte. Der Strahl traf eine Ecke des Pentagramms, woraufhin die Stelle zischte und dampfte.

Das heilige Wasser kommt an den Schutzsteinen vorbei.

Ah. Gut. Das heißt, dass die Steine mit einem Zauber belegt sind, der nur auf Fleisch und Blut, nicht aber auf tote Gegenstände reagiert.

Wieso haben sie dann auf den Dämon reagiert? Der ist ebenfalls nicht real und lebendig im menschlichen Sinne des Wortes.

Wenn sie in fleischlicher Gestalt auftreten, schon. Verteil das Salz großzügig auf dem Pentagramm, dann benutze das Wasser, um zwei Kreise um die Schutzsteine zu bilden. Achte darauf, dass zwischen beiden ungefähr fünf Fuß Abstand bleibt.

Wieso? Ich begann, das Salz zu verteilen, und passte auf, dass meine Hand nicht in die Nähe der roten Flammen geriet.

Weil das Böse in der Lage ist, einen Kreis zu übertreten, aber nicht zwei.

Ich verstand nicht, wieso nicht, aber schließlich wusste ich nicht viel über Magie, heiliges Wasser und Dämonen. Und eigentlich wollte ich das auch gar nicht.

Ich verteilte das restliche Salz so gut es ging auf dem

Pentagramm, dann bildete ich zwei Kreise aus Wasser. Es zischte wie Säure, als es auf den Boden traf, brannte eine leichte Furche in das Holz und füllte den Raum mit weißem Dampf.

Nachdem ich damit fertig war, sah ich zu, dass ich dort weg kam. Als ich die Eingangstür hinter mir schloss, zog Quinn seinen Pullover aus und bot ihn mir an.

Ich blickte auf den Pullover und dann in sein Gesicht. »Gefalle ich dir nicht halbnackt?«

»Ich mag dich nackt, aber wenn du so nach Hause fährst, wirst du von der Polizei angehalten.«

Er hielt mir wieder den Pullover entgegen. Ich verschränkte die Arme und ignorierte das Angebot. Ich hatte frische Kleidung im Wagen. Ich brauchte seinen Pullover nicht, egal wie wunderbar er vermutlich roch. »Wieso sollte ich nach Hause fahren?«

»Weil du duschen und dich ausruhen musst.«

»Und was machst du, während ich dusche und mich ausruhe?« Ich wusste *ganz genau*, was er vorhatte. Ich wollte nur wissen, ob er es zugab. Ob er zugab, dass er mich schon wieder verhätschelte. Ich meine, zum Teufel, ja, ich war blutverschmiert und hatte Schmerzen und musste unbedingt in die Wanne, aber es war nicht das erste Mal, und es würde wahrscheinlich auch nicht das letzte Mal sein. Es hielt mich sicherlich nicht davon ab, meine Arbeit zu tun.

Es war gruselig, dass ich mein Wächterdasein jetzt schon als richtige Arbeit ansah. Himmel, wie sich alles verändert hatte.

»Ich kümmere mich um unsere Zauberin.« Er legte den Pullover auf meine Schulter.

Ich zuckte und ließ ihn auf den Boden fallen. »Das wirst du nicht allein tun.«

Seine dunklen Augen schienen noch dunkler zu werden, irgendwie tiefer, bis ich das Gefühl hatte, in einen Tunnel zu fallen, einen Tunnel, in dem ich mich ganz leicht verlieren konnte. Dieser Vampir mochte nicht mein Seelenverwandter sein, aber was wir miteinander teilten, war trotzdem gut. Es war etwas Besonderes.

Irgendwo in meinem Hinterkopf schrillte ein Alarm los. Ich blinzelte, aber das Gefühl, von seinen dunklen Augen gefangen zu sein, verschwand nicht.

»Du gehst jetzt nach Hause, Riley«, sagte er leise, »und ruhst dich aus.«

Der Tunnel schien tiefer und tiefer zu werden, bis ich ganz von ihm umgeben war, von ihm verschlungen wurde, mitsamt meinem Bewusstsein und meiner Willenskraft. Ich sah nur noch die kohlenschwarzen Tiefen seiner Augen und hörte nichts als seine Worte. Der Zwang, ihnen zu gehorchen, erfasste meinen Körper, meine Nerven, mein Gehirn. So dass ich einen Schritt zurücktrat, bevor ich es überhaupt bemerkte. Ich brauchte meine ganze Willenskraft, um nicht noch einen zweiten Schritt zu tun und stehen zu bleiben.

Da begriff ich, was er tat.

Die Wut traf mich so heftig, dass sie vorübergehend die Kraft seines Befehls schwächte. Ich schloss meine Schutzschilde und unterbrach die geistige Verbindung zwischen uns, aber es war zu spät, viel zu spät. Er hatte den Zwang bereits in mein Bewusstsein gepflanzt, ein Verlangen, das mit jedem Herzschlag an meinen Sinnen riss.

Ich ballte die Fäuste und widerstand dem Drang, zu schreien und ihn heftig zu beschimpfen. Ich brauchte meine ganze Selbstkontrolle, um stattdessen nur zu sagen: »Tu das nicht.«

Er hob fragend eine Braue. »Was soll ich nicht tun?«

Ich ballte die Hände so fest zu Fäusten, dass sich meine Fingernägel tief in meine Handflächen gruben. Der Schmerz half, meine Wut in Schach zu halten und den Zwang vorübergehend zu schwächen.

»Halt mich nicht zum Narren, Quinn. Ich habe dich gewarnt, was passiert, wenn du versuchst, mich mit deinen Vampirtricks zu überrumpeln, und ich habe jedes Wort ernst gemeint.«

Er wandte kurz den Blick ab und musterte mit unbewegter Miene die Straße hinter mir. Sein leerer Gesichtsausdruck machte mich nur noch wütender. Ich fand es schrecklich, dass ich nicht seine Gedanken lesen konnte so wie er meine.

Dass er mich zu einer Entscheidung zwingen konnte, die ich nicht hatte treffen wollen. Und zu einer Handlung, die ich nicht hatte ausführen wollen.

Er sah wieder zu mir zurück und sagte: »Es ist mir lieber, du bist wütend und lebendig als tot.« Er strich mit seinen Fingern über meine Wange, und sie fühlten sich ganz warm auf meiner Haut an. »Sei vernünftig. Fahr nach Hause, wo du sicher bist.«

Ich widerstand der Versuchung, mein Gesicht in seine Hand zu schmiegen, und riss mich stattdessen von ihm los. »Nein. Dein ganzes Verhalten beweist nur, dass du mir immer noch nicht vertraust.«

»Ich vertraue dir. Ich glaube nur nicht, dass du oder die Abteilung mit diesen Leuten fertig werdet.«

»Du kannst diese Leute nicht allein verfolgen.«

»Ich habe sie schon einmal zerstört. Dann kann ich es auch wieder tun.«

»Quinn …«

»Nein«, schnitt er mir kurzerhand das Wort ab. »Ich habe schon zu viele Leute durch das Böse verloren. Ich will dich nicht auch noch verlieren.«

Sein Befehl pochte in meinem Kopf. Das Pochen wurde so stark, dass meine Muskeln zitterten, weil sie seine Befehle ausführen wollten. Ich konnte mich nicht viel länger dagegen wehren, und das wusste er genau. »Selbst um den Preis, dass du mich dann nie wiedersiehst?«

Er lächelte. »Du bist ein Werwolf. Du kannst großartigem Sex ebenso wenig widerstehen wie dem Mondwechsel.«

Ich starrte ihn eine Weile an, geschockt, dass er so etwas überhaupt *denken* konnte. In diesem Moment verabscheute ich nicht nur, was er tat, sondern ich verabscheute *ihn.*

Das würde nicht lange anhalten, konnte nicht lange anhalten, denn es war nur Wut und kein Hass. Aber seine Worte verletzten mich. Hatte er tatsächlich eine so geringe Meinung von mir, dass er meinte, für einen guten Fick würde ich alle Bedenken über Bord werfen? Glaubte er wirklich, dass ich meine Drohung nicht wahr machte? »Du musst noch eine ganze Menge über Werwölfe lernen, mein Freund. Oder zumindest über diesen *einen.*«

»Geh nach Hause, Riley. Ruh dich aus und kuriere deine Wunden. Wir sehen uns morgen früh.«

»Nein, du siehst mich verdammt noch mal nicht morgen früh. Oder an irgendeinem anderen verfluchten Morgen.«

»Riley …«

»Fick dich.«

Da ich kaum noch Kraft hatte, drehte ich mich um und ging. Sein Blick brannte ein Loch in meinen Rücken, aber ich drehte mich nicht noch einmal zu ihm um. Ich stolzierte die Straße hinauf, bog um die Ecke und überquerte die Fahrbahn. Ich hatte den Wagen nicht kommen sehen und hörte nur das plötzliche Quietschen der Reifen, als der Fahrer mir auswich. Ein mit Bier abgefüllter Kerl hing aus dem Beifahrerfenster und gab unflätige Bemerkungen von sich.

Ich beschimpfte ihn ebenfalls und verwandelte mich in einen Wolf. Ich war jetzt nicht in der Stimmung für irgendeine Form männlicher Aufmerksamkeit, was nur zeigte, wie tief meine Wut saß. Der Mond war bereits fast voll, und das Fieber hätte meine Reaktion auf den Mann und seine Bemerkungen eigentlich beeinflussen müssen.

Ich ging weiter und wünschte, ich hätte nicht so weit weg geparkt. Meine Nägel klackerten in einem sanften

Rhythmus über das Pflaster, der sich mit der pochenden Wut in meinen Adern verband. Vermutlich brauchte ich deshalb ein paar Minuten, bis ich bemerkte, dass der Zwang, nach Hause zu fahren, nicht mehr annähernd so stark war wie zuvor.

Ich blieb stehen.

Fahr nach Hause, fahr nach Hause, fahr nach Hause. Dieses Mantra tönte immer noch durch meinen Kopf und drehte dort seine Runden. Aber dennoch konnte ich den Zwang genau wie die Mondlust scheinbar auf einmal unterdrücken und ignorieren. Wieso?

Ich nahm wieder menschliche Gestalt an. Der Zwang kehrte mit voller Wucht zurück und war genauso stark und heftig wie das Mondfieber, das durch meinen Körper flirrte. Meine Füße bewegten sich vorwärts und tappten, ohne dass ich einen Einfluss darauf hatte, entschieden über das Pflaster. Als ich mich wieder in einen Wolf verwandelte, schienen beide Zwänge erneut nachzulassen.

Aha, aha, aha.

Mir hatte zwar noch nie jemand gesagt, dass das Fieber in Wolfsgestalt abnahm, aber das war in gewisser Weise logisch. Werwölfe schliefen nicht miteinander, solange sie in Wolfsgestalt waren. Es galt zumindest als respektlos, wurde oft als Erniedrigung empfunden und schlimmstenfalls sogar als Vergewaltigung. Wenn man seinen Partner respektierte, paarte man sich nicht in Tiergestalt. Das war ein ungeschriebenes Gesetz, das jeder Wolf kannte, egal ob jung oder alt.

Welcher vernünftige Werwolf sollte im Übrigen das

Mondfieber anders als durch die altbewährte, menschliche Art der Paarung lindern wollen?

Doch wie viele Leute wussten wohl, dass man auch die Kraft eines Vampirzwangs durch einen Gestaltwandel schwächen konnte? Quinn hatte den Befehl, nach Hause zu gehen, tief in mein menschliches Gehirn gepflanzt, aber in meinem Wolfspelz verwandelte sich dieser Befehl anscheinend in etwas, das man vielleicht nicht vergessen, aber zumindest ignorieren konnte.

Das war sehr praktisch zu wissen, wenn es auch in Bezug auf Quinn keine Rolle mehr spielte. Er hatte nichts mehr in meinem Leben verloren, ob er es glaubte oder nicht.

Bei dem Gedanken fluchte ich innerlich. Auf ihn, auf meine Arbeit und auf das Schicksal im Allgemeinen. Verflucht, wieso konnte nicht einmal etwas glatt laufen?

Ich konnte mich in einer Beziehung mit so einigem arrangieren. Verdammt, das hatte ich schließlich bewiesen, als ich es derart lange mit einem so arroganten, egoistischen Mistkerl wie Talon ausgehalten hatte. Quinn konnte genauso sein, sogar noch viel schlimmer, aber er konnte andererseits ein hinreißend fürsorglicher und zärtlicher Mann sein, mit dem man viel Spaß haben konnte. Wir hatten es gut zusammen, zumindest wenn er sich nicht gerade wie ein Mistkerl benahm.

Aber wenn ich etwas nicht ausstehen konnte, waren es Partner, die versuchten, mich mit Gewalt zu etwas zu zwingen, was *sie* wollten. Das konnte ich einfach nicht akzeptieren.

Und diese Grenze hatte Quinn heute Abend überschritten, selbst wenn er nur psychische Kraft und keine körperliche Gewalt angewandt hatte.

Er wusste sehr gut, was ich empfand. Ich hatte ihn mehr als einmal gewarnt. Jetzt musste ich diese Worte in die Tat umsetzen. Ich *musste.* Wenn nicht, würde er rücksichtslos über mein Leben hinwegtrampeln. Wenn man einem Vampir den kleinen Finger reichte, nahm er gleich die ganze Hand. Quinn hatte wieder einmal bewiesen, wie viel Wahrheit in diesem Sprichwort steckte.

Verflixt, wieso musste er mich zwingen? Wieso konnte er mich nicht einfach meine Arbeit machen lassen, egal ob das gefährlich war oder nicht? Das Leben an sich war gefährlich, der Tod konnte einen jederzeit und überall ereilen. Er konnte mich nicht einfach in Watte packen, auch wenn er das offenbar glaubte. Ich war nicht der Frauentyp, der gern rund um die Uhr verhätschelt wurde. So war ich nicht, selbst wenn ich kein Wächter gewesen wäre. Wenn er sich das in einer Beziehung wünschte, dann verfolgte er die falsche Fährte.

Wo wir gerade von Fährte sprechen, ich hatte noch etwas zu erledigen.

Ich ignorierte die überwältigende Traurigkeit und den tiefen, dunklen Schmerz, der sich ganz in der Nähe meines Herzens festgesetzt hatte, drehte um und lief zurück zu Jins Haus.

Quinn stand nicht mehr vor der Haustür, sondern hatte ein paar Häuser weiter in einem dunklen Garten Posten bezogen. Ich trottete auf der anderen Straßenseite entlang, hielt mich dicht an den geparkten Wagen und versteckte mich in ihrem Schatten. Eigentlich hatte ich nicht wirklich Angst, von ihm entdeckt zu werden. Schließlich hielt er nach dem Bösen Ausschau und nicht nach einem Wolf. Außerdem bezweifelte ich, dass er überhaupt auf die Idee kam, ich könnte mich seinem Zwang widersetzen.

Als ich nah bei Jins Haus war, positionierte ich mich zwischen zwei Autos, duckte mich tief in die Dunkelheit und wartete. Um diese Uhrzeit war nicht viel Verkehr, aber die Nacht war alles andere als ruhig. Hinter mir gingen Leute ins Haus, betätigten Toilettenspülungen und schalteten Lichter ein und aus. Lachen schallte durch die Nacht, und irgendwo in der Ferne waren Musik und das Wummern von Bässen zu hören. Beinahe hätte ich mit den Pfoten den Rhythmus mitgeklopft.

Quinn rührte sich nicht. Ich ebenso nicht.

Die Zeit verging. Der Mond erreichte seinen höchsten Stand und begann langsam zu sinken. Ich schlug die Vorderläufe übereinander und rückte die Hinterläufe zurecht, um eine bequeme Position zu finden. Das kalte, harte Pflaster linderte meine Schmerzen nicht gerade.

Es war ungefähr drei, als endlich ein Wagen vor Jins Haus hielt. Aber es war nicht Jin. Die Beine, die unter der Autotür hervorlugten, gehörten eindeutig einer Frau, ebenso wie der blumige Duft, der zu mir herüberwehte.

Die Autotür wurde zugeschlagen, und zum Vorschein kam eine kleine Blondine mit ziemlich hohen Absätzen, hochgekrempelten Jeans und einem lilafarbenen bauchfreien Top. Sie war leicht übergewichtig, sah jedoch absolut hinreißend aus. Ihre Schlüssel klirrten unüberhörbar, und etwas silbern Glänzendes fing meinen Blick. An dem Schlüsselbund baumelten zwei Buchstaben – MF. Maisie Foster? Wenn sie das war, sah sie überhaupt nicht aus, wie ich mir eine Hexe vorgestellt hatte.

Sie trat durch das Tor zu Jins Haus und ging die Stufen hinauf. Ich blickte zu dem Gebäude, neben dem Quinn sich versteckt hielt, und zuckte vor Schreck zusammen.

Er war weg.

Ganz und gar.

Aber ich hatte nichts gesehen oder gehört, und sein Wagen parkte immer noch in der Straße.

Wie konnte er verschwinden, ohne dass ich davon etwas mitbekommen hatte? Er verfügte zwar über Vampirgeschwindigkeit, aber selbst wenn er sich schneller als eine Gewehrkugel bewegt hatte, hätte ich etwas bemerken müssen. Hätte die Flamme seiner Lebenskraft sehen müssen.

Ich schaltete auf Infrarotsicht, sah mich skeptisch um und suchte nach einem Zeichen von ihm. Wieso sollte er die ganze Zeit auf Maisie warten und dann weglaufen? Das ergab überhaupt keinen Sinn.

Dann stieg mir der vertraute Geruch von Sandelholz und Männlichkeit in die Nase. Quinns Geruch.

Er *war* noch da, auch wenn ich ihn nicht sehe konnte.

Ich hob die Schnauze, sog den Geruch ein und versuchte zu ermitteln, aus welcher Richtung er kam. Von irgendwo hoch über mir. Nicht von den Dächern, aber vom Himmel.

Mein Blick glitt zu den Sternen am Nachthimmel, aber da war abgesehen von aufkommenden Wolken und dem hell leuchtenden Mond nichts zu sehen.

Was zum Teufel ging hier vor? Vampire konnten nicht fliegen … es sei denn, sie waren in ihrem Vorvampirleben Vogelwandler gewesen. Was immer Quinn gewesen war, er war kein Gestaltwandler. Da war ich sicher.

Dann fiel mir wieder etwas ein, das er vor ein paar Monaten gesagt hatte. Ich hatte ihn gefragt, wie er in Starrs Lager eingedrungen war, ohne dass Rhoan oder jemand anders ihn gesehen hatte, und er hatte erklärt: *Ich habe mich als etwas materialisiert, das ein menschliches Gehirn nicht wahrnehmen kann.*

Schade, dass er vergessen hatte zu erwähnen, dass ihn diese Eigenschaft zudem befähigte zu *fliegen*.

Mein Blick glitt zurück zu Maisie. Sie hatte die Haustür erreicht und wühlte in ihrer Tasche. Offensichtlich bewahrte sie ihren Haustürschlüssel nicht zusammen mit ihrem Autoschlüssel auf. Für eine so mächtige Hexe war sie ein bisschen ungeschickt.

Auf einmal wurde Quinns Geruch intensiver, und ich spürte einen Luftzug, konnte aber immer noch nichts sehen.

Im letzten Augenblick schien Maisie dasselbe zu spüren, denn sie fuhr herum und keuchte. Aus der dünnen Luft bildete sich eine Hand und schlug kurz und heftig zu. Maisie fiel wie ein Stein auf die Stufen.

Quinns Gestalt schien sich aus der Nacht zu lösen, schwebte die Stufen hinunter und landete leichtfüßig direkt neben Maisie. Er musterte sie kurz, dann sah er sich um, sein Blick glitt über mein Versteck hinweg, ohne dass er irgendetwas zu bemerken schien. Dann beugte er sich vor, hob Maisie hoch und ging die Stufen hinunter zu seinem Wagen. Er legte sie auf den Beifahrersitz, stieg selbst auf der Fahrerseite ein, startete den Motor und fuhr los. Ich sah zu, wie der Wagen verschwand, kroch aus meinem Versteck und wandelte die Gestalt. Der Zwang und die Mondhitze kehrten augenblicklich zurück, nur dass Letztere jetzt deutlich stärker war als der Zwang.

Vielleicht hatte der mehrfache Gestaltwandel die Kraft von Quinns Befehl geschwächt. Was gut war, denn ich musste dringend einen Club aufsuchen und etwas tun, um meine Lust zu stillen.

Während meine Schritte durch die stille Nacht hallten, betätigte ich die Verbindung in meinem Ohr und sagte: »Hallo, hallo, ist da jemand?«

»Im Gegensatz zu einigen ehemaligen Assistenten, die ich hier nicht namentlich erwähnen will, bin ich immer erreichbar.«

Ah, wie schön. Die Karamellkuh. »Dir auch einen guten Abend, Sal.«

»Was willst du, Riley?«

Ich würde sie nie dazu bringen, mir etwas Nettes zu sagen. Aber ich schätze, ich war selbst nicht gerade verschwenderisch mit Nettigkeiten, obwohl ich kaum in der Position war, herumzuzicken.

Was mich allerdings noch nie davon abgehalten hatte.

»Ist Jack in der Nähe?«

»Einen Moment, bitte.«

Ich hörte das Klackern ihrer Absätze, was hieß, dass Jack nicht an seinem Schreibtisch war. »Riley?«, sagte er nach einem Augenblick. »Hast du dich um unsere Hexe gekümmert?«

»Nicht ganz.«

»Was ist passiert?«

»Quinn ist passiert.« Als ich nur seinen Namen erwähnte, kochte der kaum verrauchte Ärger wieder in mir hoch.

Jack seufzte. »Was hat er diesmal angestellt?«

»Er hat einfach unsere kleine Hexe entführt.«

»*Was?*«

»Ja. Wir haben das Pentagramm, durch das sie die Dämonen ruft, unbrauchbar gemacht. Er meinte, das wäre besser, als es zu zerstören, weil es mehr Energie kostet, ein neues zu bilden.«

»Bei finsteren Zaubersprüchen braucht man meist das Blut des Magiers, um Dämonen herbeizurufen. Es unbrauchbar zu machen, hält sie nicht davon ab, es zu benutzen; es verhindert lediglich, dass sie bestimmte Arten von Wesen rufen kann.«

»Heißt das, ich hätte es zerstören sollen?« Dass Quinn mich wieder einmal belogen hatte?

»Sie hätte die Zerstörung gespürt. Vielleicht wäre sie zusammen mit den anderen in den Keller gekommen.« Er hielt inne, und das Geräusch von Flüssigkeit, die gurgelnd in eine Tasse floss, schwappte durch die Leitung. Er befand sich entweder in dem Büro der Tagschicht oder in der Halle, wo die andere Kaffeemaschine stand. »Was ist danach passiert? Wie ist es dazu gekommen, dass Quinn die Hexe entführt hat, und wieso warst du nicht bei ihm?«

»Weil dieser Mistkerl mich mit einem Vampirtrick überrumpelt hat. Während unsere telepathische Verbindung geöffnet war, hat er meinem Gehirn den Befehl gegeben, nach Hause zu gehen.«

»Mutig. Hat er seine Eier noch?«

Ich grinste, fand es aber eigentlich nicht komisch. Ich war gerade nicht zu Scherzen aufgelegt. »Noch. Ich habe auf dem Nachhauseweg allerdings eine interessante Entdeckung gemacht. Wenn ich mich in einen Wolf verwandle, lässt der Zwang nach.«

»Ach ja? Das ist allerdings interessant.«

»Ja. Nachdem ich das herausgefunden habe, bin ich natürlich zurückgelaufen, um zu sehen, was Quinn vorhat. Da habe ich nicht nur entdeckt, dass er in der Lage ist, sich so unsichtbar zu machen, dass man ihn nur noch mit dem Geruchssinn wahrnimmt, sondern dass er obendrein fliegen kann.«

»*Was?*«

»Nun, ich bin nicht ganz sicher, ob er geflogen ist. Ich habe keine Flügel oder so etwas gesehen. Er schien mehr in der Luft zu treiben.«

»Selbst sehr alte Vampire können nicht fliegen.«

»Aber bevor er zum Vampir geworden ist, war er ein

halber Mensch und noch etwas anderes«, korrigierte ich. »Und diese andere Spezies existiert nicht mehr.«

»Nur Vögel oder Vogelwandler können fliegen.«

»Ebenso wie Greifer und hundert andere Wesen, die nicht in die Gattung der Vögel fallen.«

»Quinn ist nichts von alledem.«

Ich hob interessiert eine Braue. »Weißt du, was er ist?«

»Nein. Ich weiß nur, was man mir erzählt hat.«

Zweifellos seine Schwester, die in der Vampirhierarchie eine Stufe über Quinn stand. Was ein Rätsel war, das darauf wartete, gelöst zu werden, denn Jack war gemessen an Vampirmaßstäben deutlich jünger als Quinn und seine Schwester. »Quinn fährt einen schwarzen Porsche.« Ich nannte ihm das Kennzeichen und fügte hinzu: »Er hat ein GPS-System im Wagen. Du kannst dich nicht vielleicht in den Satelliten einloggen und verfolgen, wo er hinfährt?«

»Es wird eine Weile dauern, den Code von seinem Wagen herauszufinden und ihn zu orten, aber wir versuchen es.«

»Was soll ich in der Zwischenzeit tun?«

»Hast du etwas von Jin gehört?«

»Nein.« Es war allerdings schwierig, von ihm zu hören, wenn ich das Telefon ausgeschaltet hatte. Aber das erwähnte ich lieber nicht, denn dann würde Jack mich umbringen.

»Gibt es eine Chance, dass sie dich morgen Abend zu ihrem Essen einladen?«

Wer rechnet denn *damit*? »Funktioniert das Infrarotgerät nicht?«

»Nein. Die haben in diesem Haus die ungewöhnlichste Abwehrtechnik, die mir je begegnet ist. Wir sehen ihre Körperwärme und wo sie stehen, aber wir schnappen nach wie vor nur Bruchstücke ihrer Gespräche auf.«

»Ich kann es versuchen.« Vermutlich wäre es ein guter Anfang, mein Telefon einzuschalten. Angesichts der brennenden Verzweiflung, die ich vorhin über die telepathische Verbindung wahrgenommen hatte, war Jin ein recht bedürftiger kleiner Dämon. Er konnte zwar ausgehen und sich ein anderes Mädchen besorgen, aber er hatte Gefallen an einem Werwolf gefunden. Und es war keine Angeberei, wenn ich behauptete, dass wir bei hartem Sex einfach besser waren als die meisten Menschen. Wir konnten schlichtweg länger durchhalten.

»Dann versuch es. Wir müssen in dieses Haus kommen und herausfinden, was sie vorhaben.«

Ich stieß die Luft aus und hoffte inständig, dass Jin seine Lektion gelernt hatte und jetzt wie ein normaler Psycho vögelte anstatt wie ein perverser.

Obwohl, gab es überhaupt so etwas wie einen perversen Psycho?

»Ich gehe ins *Blue Moon*, Chef. Ruf mich auf dem Handy an, wenn ihr Quinn gefunden habt.«

»Mach ich.«

Ich tippte einmal an mein Ohr, um den Ton auszuschalten, den Peilsender ließ ich jedoch an. Dann zog ich mich um, stieg in mein Auto und fuhr zum Club.

Wie üblich stand vor der Tür eine Schlange, aber da der Mond erst in ein paar Tagen voll sein würde, war sie noch nicht ganz so lang. Ich lief an der Schlange vorbei und ignorierte die gereizten Kommentare. Wenn sie zu dumm waren, in einem so beliebten Club wie diesem nicht dauerhaft einen Tisch zu reservieren, war das ihr Problem, nicht meins.

Jimmy, der Türsteher, halb Mensch, halb Löwenwandler, grinste mich breit an und ließ seine Goldzähne blitzen, während er mich von oben bis unten musterte. »Das Kleid gefällt mir, aber das getrocknete Blut an Armen und Beinen macht mir etwas Sorge.«

»Meinst du nicht, dass das als modischer Trend durchgeht?« Ich bezahlte den Eintritt und setzte mich in Pose.

Er schnaubte etwas. »Nein. Hast du dich schon wieder geprügelt, Mädchen?«

»Nichts regt die Hormone so sehr an wie ein guter Kampf. Das weiß doch jeder.« Ich grinste und stellte mich auf die Zehenspitzen, um einen flüchtigen Kuss auf seine Wange zu hauchen. »Ist jemand da, den ich kenne?«

»Kellen ist vor einer halben Stunde gekommen und hat nach dir gesucht.«

Ah, gut. Ich hatte gehofft, dass er hier war, dann musste ich ihn nicht erst anrufen und herbitten. Jimmy öffnete die Tür, und ich rauschte hinein. Es roch intensiv nach Lust und Sex. Ich atmete tief ein und ließ die Atmosphäre in meine Poren dringen, in jeden Muskel und jeden Knochen. Die Lust, die in meinen Venen pochte, erhielt neue Kraft, und auf einmal konnte ich mich gerade noch beherrschen, mir nicht das Kleid vom Leib zu reißen, meine Tasche fortzuschleudern und mich in die schwitzende, leidenschaftliche Menge zu werfen, die sich auf der Tanzfläche drängte.

Ich liebte diesen Laden. Schon immer. Aber in den letzten Monaten war ich nicht so oft hier gewesen wie sonst, und als ich nun dort stand, fragte ich mich, wieso eigentlich nicht. Quinn hatte überaus deutlich zum Ausdruck gebracht, dass er die Lebensart der Werwölfe nicht mochte, dass er nichts mit unserer offenen und ungezwungenen Haltung in Bezug auf Sex anfangen konnte, obwohl er von dieser Haltung durchaus profitierte. Er fand es schrecklich, wenn ich einen Club besuchte, solange er in der Stadt war.

Aber erst jetzt begriff ich, *wie* sehr ich meine wilde Seite für ihn unterdrückt hatte.

Das Problem hatte ich jetzt wenigstens nicht mehr. Ich konnte es treiben, mit wem ich wollte und wann ich wollte. Ich legte kurz den Kopf in den Nacken, betrachtete die Hologrammsterne, die an der nachtblauen Decke funkelten, und blinzelte ein paar Tränen weg.

Fahr zur Hölle, dachte ich, und stieg die Treppe hinunter. So nah an der Tanzfläche mischte sich lustvolles Stöhnen und das Geräusch aneinanderklatschender Körper in die sinnlichen Klänge der Musik. Das Fieber in meinen Adern stieg bis zum Siedepunkt. Mein Atem ging unregelmäßig und schnell. Ich wollte, ich musste dort hinein. Wollte mich inmitten dieser schwitzenden, sich windenden Menge verlieren und an nichts mehr denken als an Lust und Verlangen.

Noch einmal widerstand ich der Versuchung, einfach meine Sachen auf einen Tisch zu schleudern, und ging stattdessen in eine der Umkleidekabinen. Ich duschte schnell und wusch Schweiß und Blut von meiner Haut, kämmte meine feuchten Haare mit den Fingern und verstaute meine Sachen in dem Spind. Nachdem ich den Schlüssel an einer Kette um meinen Hals befestigt hatte, verließ ich die Kabine.

Der intensive Duft von Lust und Verlangen umfing mich wie etwas Lebendiges, raubte mir den Atem und steigerte das Ziehen in meiner Mitte. Dennoch blieb ich stehen und ließ den Blick über die ausgelassene Menge gleiten. Das Mondfieber brannte zwar in mir, aber heute Nacht begehrte ich nur einen. Jemand, der in jeder Beziehung das Gegenteil von Quinn war. Jemand, der warm und fürsorglich war und am allerwichtigsten: zuverlässig.

Jemand, der mich nicht nur ganz genauso sehr begehrte wie Quinn, sondern der mich wollte, wie ich war, nicht so, wie ich sein könnte, wenn ich doch nur ein bisschen anpassungsfähiger wäre.

Mein Blick konzentrierte sich auf einen braunen Wolf, der mit diversen Frauen am anderen Ende der Tanzfläche tanzte. Voll freudiger Erwartung drängte ich mich in die Menge, flirtete, tanzte, spielte mit meinen Reizen und genoss das Gefühl von so viel Haut um mich herum. Ich blieb jedoch nicht stehen und ließ den Hauptgewinn nicht aus den Augen.

Als ich in seine Nähe kam, tanzte er nicht mehr, sondern wanderte eher abwartend umher, als dass er wirklich am Geschehen teilnahm. Der Gedanke veranlasste meine Hormone zu einem fröhlichen kleinen Tanz. Ich küsste ihn auf das Schulterblatt und atmete seinen Geruch ein, der so würzig und intensiv und so *männlich* war. Dann ließ ich meine Hände um seine Taille gleiten und presste meine Brüste gegen seinen erhitzten Rücken. Während ich mich seinen Tanzbewegungen anpasste, strich ich mit den Fingern über seine Bauchmuskeln, genoss das Beben seiner Muskeln und spürte einen plötzlichen Energiestoß, als er sich mit dem Rücken fordernd und herausfordernd an mich drückte. Ich ließ die Hände tiefer gleiten, streichelte zunächst Haare, dann Haut. Sein Glied war groß und steif und pochte vor Verlangen. Ich streichelte ihn und reizte ihn und strich mit den Händen auf und ab, während ich mich zugleich mit den Brüsten an seinem Rücken rieb. Sein Begehren packte mich, umfing mich wie ein Lasso der Lust und machte mich bereit für ihn.

Ich ließ meine Hände zu seinen Hüften gleiten, zog ihn sanft zurück und führte ihn tiefer zwischen die vielen nackten Körper, bis der Geruch von Sex so intensiv war, als wäre er flüssig, und es so eng war, dass man das Gefühl hatte, von hundert verschiedenen Leuten berührt, gedrückt und gestreichelt zu werden.

Mein Bauch an seinem Rücken tanzten wir eine langsame und zugleich sinnliche Ouvertüre. Dort, wo sich unsere Körper berührten, bildete sich Schweiß, und unsere Lust hing so schwer in der Luft, dass wir kaum noch atmen konnten. Dann drehte er sich zu mir herum und lächelte, bevor er seinen Mund auf meine Lippen presste und wir uns küssten, als hinge unser Leben davon ab.

Als er es nicht mehr aushielt, hob er mich auf seine Hüften. Dann war er in mir, dehnte mich und füllte mich auf eine so wundervolle Weise aus, dass ich meine Freude darüber dem Mond entgegenstöhnte.

Er begann sich zu bewegen und zu stoßen, und ich passte mich ihm an, ritt ihn hart und genoss die Gefühle, die mich durchströmten, bis die Wellen der Lust zu einer flüssigen Kraft verschmolzen, der ich mich nicht mehr entziehen konnte. Aber als wir beide zum Höhepunkt kamen und sein warmer Samen sich tief in mich ergoss, wünschte sich ein winziger Teil von mir, mit jemand anderem zusammen zu sein.

Ich schloss die Augen und atmete tief ein. Vergiss ihn. Vergiss ihn einfach.

Kellen legte seine freie Hand um meinen Nacken, hielt mich fest und küsste noch einmal meine Lippen. Leidenschaftlich und fordernd. Ich ließ zu, dass seine Lust erneut Besitz von mir ergriff, und war entschlossen, mich zu amüsieren, egal wie traurig dieser eine winzige Teil von mir sein mochte.

»Deine Nase und dein Mund sehen etwas mitgenommen aus«, sage er nach einer Weile.

»Ich hatte einen kleinen Zusammenstoß mit einer Wand.«

»Arbeit oder Unfall?«

»Arbeit.«

»Hoffentlich hat der Mistkerl dafür bezahlt.«

»Oh, ja.«

Er berührte zärtlich meine Lippe, und meine Glieder bebten vor Lust. »Es sieht ziemlich schmerzhaft aus. Vielleicht sollte ich lieber aufhören, dich zu küssen.«

»Bloß nicht.« Ich zog ihn an mich und küsste ihn leidenschaftlich, nur um zu beweisen, dass es nicht wehtat. Das stimmte zwar nicht, aber es war nicht schlimm.

»Ich habe uns einen Raum reserviert«, sagte er schließlich.

»Den mit dem Whirlpool oder den mit dem Luftbett?«

»Den mit Whirlpool. Das Luftbett war schon vergeben, als ich gekommen bin.«

»Gut.« Ich hatte die Nase voll von Sachen, die durch die Luft flogen, obwohl sie es nicht durften. Ich küsste ihn zärtlich. »Ich bin froh, dass du heute Nacht hergekommen bist.«

»Riley, ich will nicht, dass du mehr als unbedingt nötig mit anderen zusammen bist.« Diesmal berührte er sanft meine Wange, strich mit seinen warmen Fingern eine verschwitzte Haarsträhne aus meinem Gesicht und steckte sie hinter mein Ohr. »Ich will, dass du mir gehörst, nur mir.«

»Gut. Heute Nacht geht dein Wunsch in Erfüllung.«

»Ich habe nicht nur von heute Nacht gesprochen.«

»Ich weiß.« Ich lächelte, legte eine Hand auf seine Wange und strich mit dem Daumen über seine vertrauten Lippen. »Und vielleicht bin ich sogar bereit, darüber zu reden. Aber nicht hier. Und nicht jetzt.«

Sein Lächeln strahlte so viel Glück und Wärme aus, dass mir ganz anders wurde. Er hob mich auf seine Arme und schritt entschlossen zur Rückseite des Clubs, wo sich die privaten Räume befanden.

Und als ich meinen Kopf an seine Schulter lehnte und das regelmäßige Schlagen seines Herzens hörte, wurde mir klar, dass ich durchaus bereit *war*. Quinn mochte mich heute Abend mit seinem Handeln verletzt haben, aber vielleicht hatte er mir auch einen Gefallen getan.

Vielleicht war es wirklich an der Zeit, meinem braunen Wolf eine Chance zu geben zu beweisen, dass wir füreinander bestimmt waren. Oder eben nicht.

Als ich nach Hause kam, war Rhoan bereits aufgestanden. Er spähte aus der Küche, als ich die Tür hinter mir schloss, und hielt mir mit fragendem Blick einen Becher entgegen. Ich nickte, warf meine Sporttasche auf das Sofa und ließ mich daneben fallen.

»Du siehst aus wie ein Wolf, der eine harte Nacht hinter sich hat.« Er reichte mir den dampfenden Becher, bevor er sich auf dem gegenüberliegenden Sofa niederließ. »Darf ich fragen, wieso?«

»Kellen hatte im *Blue Moon* den Raum mit dem Whirlpool für uns reserviert. Wir haben beides voll ausgenutzt, Bett und Whirlpool.«

Rhoan hob fragend die Brauen. »Kellen? Was ist mit Quinn passiert?«

»Der Mistkerl ist in mein Bewusstsein eingedrungen und hat die Kontrolle übernommen.«

»Ah.« Rhoan trank einen Schluck Kaffee, seine Miene verriet wenig. Aber er war mein Zwilling, und obwohl wir nicht die Empathie von Zwillingen teilten, wusste ich ganz genau, was er dachte. Quinn würde wegen seines Verhaltens ordentlich etwas auf die Ohren bekommen, und ich rede nicht nur von Worten. Wenn mich jemand verletzte, hatte Rhoan kein Problem damit, seinen Standpunkt mit ein oder zwei Ohrfeigen deutlich zu machen.

Ich nippte an dem Kaffee und seufzte zufrieden, als ich das nussartige Aroma bemerkte. Rhoan war offensichtlich einkaufen gewesen. »Ist letzte Nacht irgendetwas Interessantes passiert?«

Er zuckte mit den Schultern. »Meine Schicht war um zwei Uhr zu Ende, und bis dahin waren sie alle ein Ausbund an Ehrbarkeit. Ziemlich deprimierend.«

Ich grinste. »Ich wette, du warst nicht gerade ein Ausbund an Ehrbarkeit, als du wieder bei Liander warst.«

»Nun, nein. Es ist erstaunlich, wie viel Spaß man mit einem Affenkostüm aus Gummi haben kann.«

Das wollte ich so genau gar nicht wissen. »Und, was passiert als Nächstes?«

Er trank einen Schluck von seinem Kaffee und schien über die Frage nachzudenken. Das nervte mich. Ich kannte meinen Zwillingsbruder besser als mich selbst, und jetzt druckste er gerade herum. »Spuck es aus, Bruder.«

»Okay. Wir haben eine kleine Razzia in dem Hotelzimmer eines gewissen Quinn O'Conor geplant.«

»Ich will mit.«

»Riley …«

»Dieser *Mistkerl* hat mich zum letzten Mal benutzt und missbraucht. Es wird Zeit, dass er mich endlich ernst nimmt.«

»Wenn du ihn in Handschellen ohrfeigst, tut er das noch lange nicht.«

»Vielleicht nicht, aber stell dir nur vor, wie viel Spaß ich haben werde, wenn ich sehe, wie er aus der Wäsche guckt.«

Er schnaubte. »Du hast noch nicht einmal gefragt, weshalb wir ihn festnehmen.«

»Weil er mit der bösen Hexe unterwegs ist.«

Sein ansonsten so gelassenes Gesicht zeigte einen Anflug von Überraschung. »Das weißt du?«

»Das habe ich letzte Nacht entdeckt.« Ich zögerte. »Ich habe auch herausgefunden, dass man sich durch einen Gestaltwandel der Kontrolle eines Vampirs entziehen kann.«

Er nickte, als wüsste er das schon lange. Wenn das stimmte, hätte er es mir sagen können. »Dann hat Jack ihn nur deinetwegen überhaupt gefunden?«

»Ja.« Ich leerte meinen Kaffeebecher mit wenigen Schlucken und stand auf. »Wann soll die Razzia stattfinden?«

Rhoan blickte auf seine Armbanduhr. »Jack will, dass wir um zehn Uhr da sind.« Er sah mich lächelnd an. »Er wusste, dass du dabei sein willst.«

»Ich werde berechenbar. Das ist traurig.« Ich blickte

auf die Uhr. »Dann bleibt mir noch Zeit, mich ein bisschen frisch zu machen.«

Die heiße Dusche änderte nicht viel an meiner bleiernen Müdigkeit, aber zumindest fühlte ich mich anschließend sauber. Ich griff eine Hose und einen dicken Pullover gegen die Eiseskälte und kramte meine Stiefel aus den Wollmäusen unter meinem Bett hervor. Nicht nur, dass diese besonderen Stiefel einen hübschen großen Absatz hatten, der Absatz war auch noch aus Holz. Was sehr praktisch war, falls ein gewisser Vampir nervös werden sollte. Ich wollte ihn nicht etwa mit dem Pflock umbringen, aber ihn etwas zu verletzen war durchaus eine verlockende Aussicht.

Nachdem ich angezogen war, griff ich meinen Ausweis, meine Kreditkarten und mein Mobiltelefon und ging hinaus. Rhoan warf mir meine Waffe zu. »Wenn du sie diesmal vergisst, bringt Jack dich um.«

»Nur, wenn ihm irgendeine Petze steckt, dass ich sie immer vergesse.« Ich schnürte sie widerwillig fest. »Ich will mich nicht an diese Sachen gewöhnen, Bruder.«

»Ich weiß. Aber manchmal reichen die Zähne eines Werwolfs und die Geschwindigkeit eines Vampirs einfach nicht aus. Glaub mir das.« Er umarmte mich flüchtig und schob mich aus der Tür. »Und wenn du diese Arbeit machst, und uns ist beiden klar, dass du keine andere Wahl hast, dann musst du lernen, alle Arbeitsgeräte zu benutzen. Ob sie dir gefallen oder nicht.«

Wo wir gerade von Arbeitsgeräten sprachen … Ich zog mein Telefon aus der Tasche und schaltete es ein.

Und fand ein Dutzend Nachrichten auf meiner Mailbox, alle von Jin. Ich hörte sie ab, während ich Rhoan die Treppen hinunterfolgte. Es war immer ungefähr der gleiche Text – eine Entschuldigung und die Bitte, ihn anzurufen. Erst bei der letzten klang er annähernd reumütig.

»Das ist ein böser Junge, der böse auf dich steht«, bemerkte Rhoan, während er die Beifahrertür von seinem alten Ford öffnete und mich hineinschob.

»Er liebt nur meine Art, Schläge hinzunehmen«, murmelte ich und konzentrierte mich darauf, Jin eine halbwegs kühle Textnachricht zu schicken. Ich hatte zwar den Auftrag, heute Abend auf dieses Abendessen zu gelangen, aber deshalb musste ich ja nicht gleich zuckersüß zu ihm sein.

»Viele böse Männer scheinen auf so etwas zu stehen«, bemerkte Rhoan, nachdem er in den Wagen gestiegen war und sich in den Verkehr eingefädelt hatte. »Das muss Veranlagung sein. Sie geilen sich daran auf, anderen wehzutun.«

Ich blickte ihn an. »Macht dir die Arbeit deshalb so viel Spaß?«

Er zuckte mit den Schultern. »Manchmal tut eine Abwechslung ganz gut.«

»Meinst du eine Abwechslung zu Liander?«

Er sah mich eindringlich an. »Versteh mich nicht falsch, ich liebe Liander, aber manchmal brauche ich einfach mehr. Das besorge ich mir bei der Arbeit, Riley.«

»Er beschwert sich ja nicht über die Männer, mit denen

du bei deiner Arbeit zu tun hast. Er beschwert sich nur über die außerhalb deiner Arbeit.«

Rhoan schniefte. »Ja, okay ….«

»Hör auf mit diesem Ja-okay-Quatsch. Liander ist ein guter Kerl und hat es nicht verdient, dass du solchen Mist baust. Du solltest zumindest mit ihm reden.«

»Ich kann nicht.«

»Wieso zum Teufel nicht?« Mein Telefon klingelte. Ich blickte auf das Display und sah, dass es Jin war. Ich ignorierte das Klingeln, wandte mich wieder meinem Bruder zu und wartete auf seine Antwort.

Er rieb sich mit der Hand das Kinn und blickte in den Rückspiegel. »Weil ich ihn nicht verlieren will.«

Ich blinzelte. Ich hatte mit diversen Ausreden gerechnet, aber ganz sicher nicht *damit.* »Was?«

»Wenn ich das Thema anspreche, beschließt er womöglich, mich zu verlassen. Das will ich nicht riskieren, Riley. Wirklich nicht.«

Ich streckte die Hand aus und berührte sein Knie. »Liander liebt dich und wird dich nicht verlassen, wenn du ihn nicht dazu drängst. Aber genau das tust du gerade. Er ist ziemlich verzweifelt, weil du dich weigerst, mit ihm über die Situation zu sprechen.«

Er sah mich an. »Verzweifelt genug, um mich zu verlassen?«

»Ja.«

»Mist.«

»Ja.«

»Ich kann nicht in einer monogamen Beziehung leben. Ich *will* nicht in einer monogamen Beziehung leben.«

»In jeder Beziehung muss man Kompromisse schließen, Rhoan. Vielleicht ist das der, auf den du dich mit Liander einigen musst.« Ich war überzeugt davon, dass Liander nichts dagegen hatte, wenn Rhoan mit anderen Partnern verkehrte, solange es mit seiner Arbeit zu tun hatte und er ihm ansonsten treu war. »Wenn er dir so viel bedeutet, wie du sagst, Bruder, lohnt es sich vielleicht, etwas zu opfern.«

Er verzog das Gesicht zu einer Grimasse. »Ich weiß nicht …«

»Rede mit ihm. Wenigstens das.«

»Okay.«

»Versprochen?«

»Versprochen.«

»Wenn du es nicht tust, werde ich dich endlos nerven.«

Er lachte. »Das tust du doch sowieso.« Wieder klingelte das Telefon, und ich sah hinunter auf das Display. »Und geh um Gottes willen ans Telefon, bevor der arme Mann einen Herzinfarkt bekommt.«

»Wenn er einen Herzinfarkt bekäme, wären einige Probleme gelöst.«

»Nicht, wenn er ein Dämon ist, der sich einfach einen anderen Körper nehmen kann.« Rhoan blickte wieder in den Rückspiegel. »Geh an das verdammte Telefon.«

Ich nahm das Gespräch an und sagte: »Hallo«, während ich die Sonnenblende herunterklappte und die Abdeckung des Kosmetikspiegels zur Seite schob. Rhoan beobachtete etwas hinter uns, aber im Moment konnte ich nicht erkennen, was.

»Es tut mir leid«, sagte Jin. Seine Stimme klang warm und reumütig. »Ich habe mich gestern Abend wie ein Arschloch benommen.«

»Ja, das hast du«, erwiderte ich kühl. »Das schätze ich gar nicht.«

»Kann ich es wiedergutmachen?«

»Ich weiß nicht. Kannst du?«

»Wäre ein exklusives Mittagessen ein Anfang?«

In Anbetracht der Tatsache, dass ich mit diesem Mann nicht mehr Zeit als unbedingt nötig verbringen wollte – ich ging mit dem Begriff *Mann* hier relativ frei um –, schied ein Mittagessen definitiv aus. »Das wäre sehr schön, aber heute Mittag kann ich leider nicht.«

»Wie wäre es dann heute Abend? Ein Freund von mir veranstaltet ein exklusives Abendessen in seiner Villa in Toorak. Essen und Gäste sind im Allgemeinen ganz exquisit.«

Ja, ganz bestimmt. »Das könnte mir gefallen.«

»Könnte?«

»Bestimmt.«

»Soll ich dich abholen?«

»Ich fahre lieber selbst. Dann bin ich unabhängig, solltest du dich wieder danebenbenehmen.«

Er lachte. »Dann treffen wir uns bei meinem Freund.« Er nannte mir Kingsleys Adresse. »Ich verspreche dir, mich heute Abend nicht danebenzubenehmen.«

Entweder war er sich der Anziehungskraft zwischen

uns sehr sicher, oder er versuchte, mein Vertrauen zurückzugewinnen, indem er so tat, als hätte er nichts zu verbergen. Wieso sollte er mir ansonsten die Adresse geben? Er musste sich ziemlich sicher sein, dass ich sie niemandem verriet, beispielsweise der Polizei. »Gut. Wann soll ich dort sein?«

»Um sieben.«

»Okay. Bis dann.«

Ich legte auf und schob das Telefon zurück in meine Tasche. »Das wäre erledigt.«

»Du musst da heute Abend sehr vorsichtig sein.«

»Ich krieg das schon hin. Und du hörst im Lieferwagen ja schließlich mit, oder nicht?«

»Ja, aber es gibt noch ziemlich viele Stellen, an denen wir nichts verstehen, und ich habe das dumme Gefühl, das Ganze könnte mächtig schiefgehen.«

Er blickte zum wiederholten Mal in den Spiegel, und ich runzelte die Stirn. »Was zum Teufel beobachtest du die ganze Zeit?«

»Ich glaube, wir werden verfolgt.«

Ich klappte noch einmal den Kosmetikspiegel herunter. »Von wem?«

»Drei Wagen hinter uns. Der weiße Toyota.«

Der Wagen war nicht schwer zu erkennen, er gab sich keine Mühe, sich zu verstecken. »Bist du sicher?«

»Nicht hundertprozentig. Es ist nur so ein Gefühl.«

Ich hatte mehr Vertrauen in Rhoans Gefühl als in das, was andere Leute für sicher hielten. »Soll ich ihn überprüfen lassen?«

»Nein. Hast du Lust auf ein kleines Verhör?«

Ich hob die Brauen und versuchte, nicht auf meinen Puls zu achten, der vor Aufregung schneller ging. »Haben wir noch Zeit?«

Er blickte auf seine Uhr. »Noch fünf Minuten.«

Ich lockerte meine Schultern und gab der prickelnden Aufregung nach. »Na, los.«

Rhoan grinste, sah noch einmal kurz in den Rückspiegel, bog in eine Seitenstraße ab und drückte das Gaspedal durch. Die Reifen quietschten und drehten durch, bevor der Wagen nach vorn schoss. Noch ein Blick in den Rückspiegel, noch einmal eine Abbiegung nach links, dann hielt er an. Ich sprang aus dem Wagen, lief auf das erstbeste Gebäude zu und kauerte mich in den dunklen Eingang, so dass ich nicht zu sehen war. Rhoan fuhr weiter, diesmal jedoch langsamer.

Kurz darauf glitt der weiße Toyota um die Ecke und beschleunigte. Ich wartete, bis er fast vorbei war, zog meine Laserwaffe aus dem Halfter und schoss auf die Reifen auf meiner Seite des Wagens. Dann sprang ich auf und lief los.

Der Wagen kam schlingernd zum Halten und verfehlte nur knapp einen blauen Ford, der am Straßenrand stand. Weiter vorn parkte Rhoan quer auf der Straße und blockierte den Weg. Er stieg aus.

Aus dem Toyota stürzten zwei Männer. Der Fahrer ging auf Rhoan zu, während der Beifahrer in meine Richtung lief. Ich stellte mich ihm in den Weg, und er verzog die groben, behaarten Gesichtszüge zu einem Grinsen.

»Du willst doch nicht etwa versuchen, mich aufzuhalten, Kleine?«

»Nein.« Ich schlug so schnell zu, dass er kaum blinzeln konnte, bevor ich meine Faust in seiner Magengrube versenkte. »Ich *versuche* es nicht. Ich halte dich auf.«

Mit einem Zischen entwich die Luft aus seinen Lungen, und er sank seltsam keuchend auf die Knie nieder. Ich packte ihn am Schlafittchen und zerrte ihn zurück zum Wagen. Ein kurzer Blick zu Rhoan bestätigte mir, dass er den Fahrer ebenfalls unter Kontrolle hatte.

Ich schleuderte den behaarten Kerl mit dem Gesicht nach vorn seitlich gegen den Wagen. Er fluchte. Ich ignorierte es, durchsuchte ihn nach Waffen, griff seinen rechten Arm, drehte ihn nach hinten und presste ihn auf seinen Rücken. Sein Fluchen verwandelte sich in ein schmerzhaftes Keuchen.

»Nur ruhig, Mädchen. Ich habe dir nichts getan.«

»Ihr verfolgt einen Wächter. Das ist zwar nicht verboten, die meisten Leute würden es allerdings als ungesund bezeichnen. Vor allem Wächter.«

»Du bist kein Wächter.«

Ich drückte seinen Arm etwas fester gegen seinen Rücken, zog meinen Ausweis hervor und hielt ihn ihm vor die Nase. »Reicht das, Kumpel?« Er nickte, und ich steckte den Ausweis zurück. »Wieso verfolgt ihr uns?«

»Man bezahlt uns dafür.«

»Wer?«

»Das weiß ich nicht. Ich habe nicht mit dem gesprochen.«

»Hat dein Freund, der Fahrer, mit ihm gesprochen?«

»Ja.«

Ich griff zur Seite und öffnete die Beifahrertür. »Du setzt dich in den Wagen und rührst dich nicht von der Stelle, oder ich reiße dir die Beine aus. Verstanden?«

Er nickte. Ich schob ihn in den Wagen, schlug die Tür zu und ging hinüber zu Rhoan. Er hatte den Fahrer mit gegrätschten Beinen an die Rückseite unseres Wagens gestellt, lehnte sich gegen ihn und presste den Ellbogen in seinem Rücken. So hielt er ihn fest, während er seine Brieftasche durchsuchte.

»Hast du den Namen von seinem Auftraggeber?«, fragte ich und positionierte mich so, dass ich den behaarten Kerl im Auge behalten konnte.

»Noch nicht. Er will, dass wir ihn festnehmen, und möchte telefonieren, bevor er irgendetwas sagt.«

Ich hob erstaunt die Brauen. »Du hast ihm aber schon gesagt, dass wir Wächter und keine Cops sind, oder?«

»Nein. Wieso sollte ich mich bei Abschaum mit Nettigkeiten aufhalten?« Er klappte die Brieftasche zu und schob sie zurück in die Tasche des Mannes. »Willst du uns die Ehre erweisen?«

»Ehre?«, quiekte der Fahrer. »Welche verdammte Ehre? Wovon reden Sie?«

Wir ignorierten ihn. »Hör zu, es ist ziemlich widerlich, bei einem solchen Kerl mit Telepathie zu arbeiten. Wieso prügelst du es nicht einfach aus ihm heraus?«

»Prügeln? Sie können mich nicht verprügeln, das widerspricht dem verdammten …«

Rhoan stieß mit dem Ellbogen etwas fester zu, und der Rest des Satzes ging in dem Keuchen des Fahrers unter.

»Er ist ein Mensch.«

»Na und? Verprügle ihn, damit er den Namen von seinem Auftraggeber ausspuckt, und lass uns gehen.«

»Okay, okay, ich werde reden.«

Rhoan grinste mich an, legte den Arm um den Hals des Fahrers und zerrte ihn hoch. »Dann sprich«, sagte er mit leiser, bedrohlicher Stimme.

»Der Mann heißt Gautier. Ich habe ihn letzte Nacht getroffen. Er hat gesagt, dass wir euch verfolgen und ihm berichten sollten, wo ihr hinfahrt.«

Gautier. Wurden wir diesen Scheißkerl denn nie los? »War das alles, was ihr für ihn tun solltet?«

»Ja«, keuchte der Fahrer.

Rhoan beugte sich nach vorn, dicht neben seinen Fettkopf und sagte: »Du lügst.«

»Wir haben Peilsender an eurem Wagen angebracht, für den Fall, dass wir euch verlieren.«

Rhoan fasste ihn fester, bis der Mann verzweifelt nach Luft rang. »Ist das alles?«

»Ja. Um Gottes willen. Ja.«

»Wo solltet ihr euch melden?«

»Er hat uns eine Telefonnummer gegeben.«

»Gib sie mir.«

Der Mann stieß ein paar Zahlen hervor. Rhoan wirbelte den Kerl herum und stieß ihn gegen den Wagen. »Wenn du deinem Auftraggeber von diesem kleinen Intermezzo erzählst, werde ich dir einen Besuch abstatten. Versprochen.«

Der Mann fand sein Gleichgewicht wieder und keuchte: »Nein, das mache ich nicht, das mache ich nicht.«

»Gut«, sagte Rhoan milde. »Lasst euch nicht noch einmal dabei erwischen, dass ihr uns verfolgt, sonst schießt meine Partnerin nicht nur auf eure Reifen.«

Der Mann lief zu seinem Wagen, warf den Rückwärtsgang ein und raste los. Mit platten Reifen. Ich schüttelte den Kopf über meinen Bruder. »Das hat dir Spaß gemacht, stimmt's?«

»Dir etwa nicht?«

Ich grinste. »Jetzt brauche ich nur noch einen zweiten Kaffee, und mein Morgen ist perfekt.«

Irgendwie machte mir mein Geständnis Sorgen. Ich war besorgt, weil es mir Spaß gemacht hatte, diesem Drecksack Angst einzujagen. Besorgt, weil es so einfach war, sich nur von seinem Instinkt leiten zu lassen und zu dem zu werden, was ich nie sein wollte – ein genauso talentierter und gefährlicher Jäger wie mein Bruder.

Die Möglichkeit bestand. Ganz klar.

Ich rieb mir zitternd die Arme. »Willst du auf deiner Seite des Wagens nach Wanzen suchen? Ich sehe auf meiner nach.«

Rhoan nickte. Zehn Minuten später lagen fünf Peilsender auf der Motorhaube des Wagens. »Gautier ist kein Risiko eingegangen«, stellte ich fest, warf eine von ihnen auf den Boden und zertrat sie mit meinem Absatz. »Ich verstehe nicht, wieso er sich die Mühe macht, solche Idioten zu engagieren. Vor allem, wenn er sich jetzt tagsüber frei bewegen kann.«

»Vielleicht hat das seine Grenzen. Vielleicht wirkt dieser Zauber, was auch immer das ist, nur vorübergehend. Das heißt, dass er auf Hilfe angewiesen ist, um uns zu verfolgen.« Rhoan zertrat ebenfalls eine Wanze.

»Gautier hat irgendetwas gesagt, dass er sich mich vorknöpft, wenn er hat, was ihm versprochen wurde.« Ich ließ eine weitere Wanze fallen und trat darauf. »Ich habe das dumpfe Gefühl, dass wir ihn lieber vorher stoppen sollten.«

»Das tun wir. Weder Jack noch ich lassen zu, dass dir irgendetwas geschieht, Riley.«

Ja, aber mein Bruder war nur ein Werpir und Jack nur ein Vampir. Wenn Gautiers Warnung stimmte, dann verwandelte er sich in etwas Stärkeres. Etwas Tödliches, das nicht von dieser Welt war.

Der Gedanke löste eiskalte Schauer in meinem Körper aus. Ich beachtete sie nicht, zerquetschte die letzte Wanze und verteilte mit der Schuhspitze die Metallreste. »Soll ich Jack die Telefonnummer geben?«

»Ja. Er kann sie zurückverfolgen, obwohl ich nicht glaube, dass Gautier so dumm ist, sich dort aufzuhalten. Vermutlich benutzt er ein Fernwahlsystem.«

Wahrscheinlich. Wenn man Gautier etwas nicht vorwerfen konnte, dann, dass er sich dumm anstellte. Wir stiegen in den Wagen, und ich rief Jack an, während Rhoan zum Langham Hotel weiterfuhr.

Ich war dort ein paar Mal mit Quinn gewesen. Als

ich aus dem Auto stieg, blickte ich in die luxuriöse Hotelhalle und fragte mich auf einmal, wie viele Frauen er wohl außer mir schon durch die opulente Einrichtung aus Marmor und Kristall geführt hatte.

Nicht, dass es mir etwas ausmachte, wenn Quinn andere Frauen hatte. Aber mit Lügen kam ich nicht zurecht. Dass er das eine sagte, in Wirklichkeit aber etwas anderes tat. Unehrlichkeit konnte ich nicht verzeihen.

»Wir kommen jetzt rein, Jack«, sagte Rhoan, während er um den Wagen herumging und dem Personal die Schlüssel zuwarf. Er sah mich an. »Jack meint, du sollst aufhören zu nerven und den Ton von deiner Verbindung wieder einschalten.«

»Ach. Ja.« Ich berührte den kleinen Knopf an meinem Ohr. »Tut mir leid, Jack.«

»Eines Tages bist du irgendwo gefesselt und steckst in ernsthaften Schwierigkeiten, weil du deine Verbindung ausgeschaltet hast und nicht mehr an sie herankommst.«

»Ich habe doch gesagt, dass es mir leidtut.«

»Lass es einfach.«

»Schon gut, schon gut.« Wir betraten die untere Halle und stiegen die prächtige Treppe hinauf. Rhoan trat an die Rezeption, während ich den Speisesaal überprüfte. Der intensive Duft von Toast und süßen Teigwaren stieg mir in die Nase, aber ich versuchte das köstliche Essen auf dem Buffet zu ignorieren und ließ den Blick durch den Saal gleiten. Kein Zeichen von Quinn oder der bösen Hexe. Mein Blick glitt wieder zu dem Essen, mein Magen knurrte.

Ich zwang meine Füße irgendwie, sich dort wegzubewegen, und ging zurück zur Rezeption. »Sie sind in Zimmer sechs-zwölf«, erklärte Rhoan. »Er hat sich offenbar vor einer halben Stunde etwas zu essen bringen lassen.«

»Warum? Er muss nichts essen, und sie war bewusstlos.«

»Offensichtlich ist das nicht mehr der Fall.«

Offensichtlich. Die Frage war, wieso er mich erst gezwungen hatte wegzugehen und sie dann entführt hatte? Was hatte er vor, wovon die Abteilung nichts wissen sollte?

»Quinn wird das nicht locker hinnehmen«, sagte Jack. »Was immer er plant, er will nicht, dass wir davon wissen, und wird sich deshalb wahrscheinlich einer Festnahme widersetzen.«

Mein Magen krampfte sich seltsam zusammen. Ich war nicht sicher, ob vor Aufregung oder aus Angst. »Obwohl wir es sind?«

»Sentimentale Gefühle spielen im Denken eines alten Vampirs keine große Rolle«, erklärte Jack trocken. »Nicht, wenn er auf der Jagd ist.«

»Na, toll.« Ich blickte zu Rhoan. »Bringen wir es hinter uns.«

Wir fuhren nach oben. Als wir das Zimmer erreichten, blinzelte ich und schaltete auf Infrarotsicht. Ich sah zwei Körper, einer war deutlich dunkler als der andere. Quinn gehörte der hellere, was äußerst seltsam war. Er stand näher an der Wand. Maisie saß am Fenster. Ich blickte zu meinem Bruder.

Er deutete erst auf mich, dann nach rechts auf die Tür. Ich nickte und legte die Hand an die Tür, während er die Schlüsselkarte aus seiner Tasche zog. Wieder sah er mich an und hob fragend eine Braue. Ich holte tief Luft, hielt die Laserwaffe bereit und nickte wieder. Er zog die Karte durch den Schlitz, ich stieß die Tür auf und wartete, bis er drin war, dann folgte ich ihm.

Ein Schrei ertönte, ein rotes Licht blitzte auf, ich sah eine verwischte Bewegung, dann wurde Rhoan zur Seite gestoßen, und der Wärmefleck bewegte sich auf mich zu. Ich drückte den Laser, zielte nach unten und streifte den Teppich und den Rand von Quinns Zehen. Schließlich wollte ich ihn nicht dauerhaft verletzen. Ich nahm einen intensiven würzigen Duft und den Geruch von verbranntem Fleisch wahr, dann war Quinn bei mir. Ich wich einem Schlag aus, ließ mich auf den Boden fallen und holte mit dem Bein Schwung. Unglaublicherweise traf ich ihn und fegte ihn um. Sein Hintern landete mit einem dumpfen Aufprall auf dem Boden, der bei jedem anderen Mann eine Prellung des Steißbeins zur Folge gehabt hätte. Obwohl ich mir sicher war, dass er sich bewegen konnte, tat er es nicht. Er saß einfach nur da und wirkte überrascht.

Zu jedem anderen Zeitpunkt wäre das lustig gewesen.

Jetzt allerdings nicht, denn es war nur ein weiterer Beweis, wie sehr er mich unterschätzte.

Ich stand auf und richtete den Laser auf ihn. »Keine Bewegung. Das nächste Mal sind es nicht nur deine Zehen.«

Der überraschte Ausdruck wandelte sich in Wut, seine Augen funkelten zornig, und die Luft um mich herum brannte. »Was tust du hier?«

»Meine Arbeit. Alles okay bei dir, Rhoan?«

»Ja. Ich habe mir etwas das Kinn geprellt, aber das ist alles.« Schritte huschten über den Teppich. »Er hat die Hexe eingesperrt.«

»Gut.« Ich blickte zu Quinn. »Stehst du auf?«

Das tat er. Seine Nähe und sein intensiver, wunderbarer Geruch brachten meine Hormone dazu, kleine Purzelbäume zu schlagen. Ich konnte mir nicht vorstellen, diesen Vampir irgendwann einmal nicht mehr zu begehren, Mondhitze hin oder her. Doch wie ich ihm immer wieder zu erklären versuchte, spielte Sex in meinem Leben zwar eine große Rolle, aber auch ich konnte nur ein gewisses Maß an negativen Erfahrungen verkraften, ehe die Verlockung von gutem Sex ihre Wirkung verlor und ich nur noch verzweifelt und gereizt war.

Diesen Punkt hatten Quinn und ich lange überschritten.

»Wie hast du mich hier gefunden?« Er sprach leise, mit starkem irischem Singsang. Was darauf hindeutete, dass er seine Gefühle nur schwer beherrschen konnte. Ansonsten war sein Akzent kaum zu hören.

»Ich habe Jack gebeten, dich zu orten, nachdem du gestern Nacht die Hexe bewusstlos geschlagen hast.«

Er hob erstaunt die Brauen, wieder wirkte er eindeutig überrascht. »Du hast dich meiner Anweisung widersetzt, nach Hause zu gehen?«

»Ja. Nicht schlecht, was?« Ich sah an ihm vorbei. »Soll ich ihm Handschellen anlegen?«

»Das ist nicht nötig …«

Ich legte automatisch den Finger fester um den Laser, und ein leises Wimmern erfüllte den Raum. »Ich suche nur nach einer Ausrede zu schießen, weißt du.«

»Wenn du willst, leg ihm Handschellen an«, sagte Rhoan.

»Ich will.«

»Ist das die Rache für gestern Abend?«, fragte Quinn und klang trotz seiner Wut belustigt.

»Ich mache nur meine Arbeit«, entgegnete ich und sah ihm in die Augen.

Ich weiß nicht genau, was er in meinem Blick gesehen hat, aber seine Wut und seine Belustigung verflüchtigten sich augenblicklich. »Riley …«

»Es ist zu spät, Quinn«, sagte ich leise. Resigniert. »Ich habe deine Entschuldigungen und dieses ungerechte Verhalten satt. Ich *bin* ein Werwolf, ich *bin* ein Wächter, und anscheinend kannst du weder das eine noch das andere akzeptieren.«

»Wir hatten eine Vereinbarung …«

»Sprichst du von der Vereinbarung, die du andauernd brichst?« Ich fing die Handschellen auf, die Rhoan mir zuwarf. »Verrat mir, wie lange du unsere telepathische Verbindung missbraucht hast, um mich davon abzuhalten, in die Clubs zu gehen?«

Es war nur ein Verdacht, allerdings ein begründeter. Natürlich hatte ich meine Besuche bewusst reduziert, aber meine Reaktion gestern Abend im Blue Moon hatte mir deutlich gezeigt, dass ich manipuliert worden war. Der Wolf in mir hätte sich nicht freiwillig so lange von dort ferngehalten. Der wollte, dass ich häufiger dorthin ging, nicht weniger. Verdammt.

Also musste es eine unbewusste Entscheidung gewesen sein. Und er hatte mich durch eine so leichte Verbindung dazu gedrängt, dass ich sie noch nicht einmal bemerkt hatte.

Er sagte nichts, und das war schlecht.

»Dreh dich um und leg die Hände auf den Rücken.«

»Das ist nicht nötig«, sagte er ruhig, gehorchte jedoch. »Ich hatte gute Gründe, dich letzte Nacht nach Hause zu schicken.«

»Das ist mir egal. Und das *ist* nötig. Jede Handlung hat Konsequenzen, Quinn. Es wird Zeit, dass ich dich deine spüren lasse.«

»Wir …«

»Sind fertig miteinander.« Ich sah zu Rhoan. »Bist du bereit?«

Er nickte und wandte sich dann an Quinn. »Keine Tricks. Wenn sie dich nicht erschießt, tue ich es.«

»Weil ich eine Verdächtige verhört habe?«

»Nein. Weil du schon wieder Rileys Vertrauen missbraucht hast.« Er packte Maisie und warf sie wie einen Sack über seine Schulter. »Na, dann los.«

Ich trat zur Seite und winkte Quinn an mir vorbei. Er hatte sein Vampirgesicht aufgesetzt, aber seine Wut brannte in der Luft. Doch ich spürte auch Überraschung.

Er hatte nicht damit gerechnet, dass ich wirklich Schluss machte. Hatte nicht geglaubt, dass meine Worte ernst gemeint waren.

Jetzt musste ich nur noch die Kraft finden, wirklich zu gehen.

10

Ich stützte den Kopf auf die Hand und musste unwillkürlich heftig gähnen. »So kommen wir aber nicht sehr schnell weiter.«

Mit grimmiger Miene reichte Jack mir einen Becher Kaffee. »Niemand hat behauptet, dass es leicht wäre, den Widerstand einer Hexe zu brechen.«

Ich nippte an der heißen Flüssigkeit in meinem Becher. Als Kaffee konnte man das eigentlich nicht bezeichnen, weder sah es so aus, noch schmeckte es annähernd danach. Aber solange es mich wach hielt, würde ich dennoch eine Gallone von der Brühe trinken.

Ich musterte unsere Gefangene durch den Einwegspiegel. Maisie wurde momentan von zwei Spezialistinnen verhört, einer für Magie und einer für »Interview«-Techniken. Ich hatte die beiden in den letzten Monaten verschiedentlich bei der Arbeit beobachtet und wusste, dass sie mit ihren Methoden extrem erfolgreich waren. Anders als die normale Polizei musste die Abteilung keine Rücksicht auf die Rechte der Gefangenen nehmen. Wenn eine Person in irgendeiner Form oder Gestalt eine

Bedrohung für die menschliche Bevölkerung darstellte, konnte die Abteilung im Grunde tun, was sie wollte, um Informationen aus ihr herauszubekommen. Außer natürlich die Person war ganz oder teilweise ein Mensch. Dann war es schwieriger.

Deshalb war man heute bislang recht behutsam vorgegangen. Maisie mochte zwar eine überaus mächtige Hexe sein, aber in einem menschlichen Körper. Laut Gesetz musste die Abteilung vorsichtig mit ihr umgehen.

Mein Blick glitt zu der spindeldürren Frau in der Ecke des Raumes. Ich hatte nicht gewusst, dass wir mehrere Leute beschäftigten, die auf Zauberei spezialisiert waren, und ich arbeitete immerhin seit acht Jahren hier. Momentan schien sie nach außen nicht viel zu tun, aber in den Falten auf ihrer Stirn glänzten Schweißperlen, und die weißen Steine um Maisie herum waren von einem Schimmer umgeben, wie eine Straße nach einem langen heißen Sommertag. Ich wusste nicht, ob unsere Beamtin das bewirkte oder ob Maisie ihre Abwehr testete.

»Wie lange kann Marg Maisie noch in den Steinen festhalten?«

Jack zuckte mit den Schultern. »Marg gibt uns ein Zeichen, wenn ihre Energie nachlässt. Im Allgemeinen kann sie vier oder fünf Stunden durchhalten, wenn sie ausschließlich die Kraft der Schutzsteine aufrechterhält.«

»Wieso dringen wir nicht einfach in ihre Gedanken ein?«

»Das habe ich vorhin versucht, als du mit Quinn gesprochen hast.«

Na, *das* hatte vielleicht viel gebracht. Quinn war noch nie besonders auskunftsfreudig gewesen, aber jetzt war er vollkommen zugeknöpft, und wenn ich wütend wurde, machte er sich auch noch über mich lustig. Momentan plauderte Rhoan ein bisschen mit unserem schweigsamen Vampir, aber ich bezweifelte, dass er mehr Erfolg hatte als ich. »Und?«

»Ihre Schutzschilde sind stärker als alles, was mir je untergekommen ist. Ich habe Direktorin Hunter gebeten, herunterzukommen und mir zu helfen.«

Das überraschte mich. Nachdem ich acht Jahre hier arbeitete, sollte ich endlich die geheimnisvolle Direktorin zu Gesicht bekommen? »Sie beeilt sich aber nicht gerade.«

»Sie hat sich entschlossen, erst Rhoan mit Quinn zu helfen.«

»Aha.« Nach dem merkwürdigen hierarchischen Ehrsystem der Vampire war Quinn moralisch verpflichtet, Direktorin Hunter ausnahmslos alle Fragen zu beantworten. Niemand wusste, ob er von Geburt an gerechnet jünger oder älter war als sie, aber in Vampirjahren war sie älter. »Das kann Stunden dauern.«

»Möglich. Quinn ist zwar jünger, aber ich glaube, er ist genauso mächtig.«

»Und das heißt?«

»Dass er zwar verpflichtet ist, ihr zu antworten, man ihn aber nicht dazu zwingen kann. Es kommt ganz darauf an, ob Quinn sich an die Regeln hält.«

Und Vampire hielten sich nur an die Regeln, wenn es

ihnen passte. Ich trank einen Schluck von der braunen Brühe und blickte auf meine Armbanduhr. Wenn ich nicht bald etwas Schlaf bekam, würde ich heute Abend ein Wrack mit tiefen Ringen unter den Augen sein. Das machte sich gar nicht gut.

»Wieso versuchen wir nicht, sie zusammen zu knacken?«

Jack sah mich an, und ich hätte schwören können, dass seine Augen zufrieden glänzten. »Fühlst du dich dem gewachsen?«

»Nein, aber wenn es die einzige Möglichkeit ist, von hier weg und ins Bett zu kommen, will ich es versuchen.«

»Gut.« Er stand sofort von seinem Stuhl auf, und der zufriedene Ausdruck in seinen Augen verstärkte sich. Ich hatte plötzlich das starke Gefühl, in eine Falle getappt zu sein. Ich fragte mich, ob er Direktorin Hunter überhaupt gefragt hatte, ob sie herunterkommen könnte, um ihm zu helfen, oder ob das nur ein netter kleiner Trick war, damit ich mich freiwillig anbot. Aber ich fragte ihn gar nicht erst, denn mir fehlte schlichtweg die Energie, um auszurasten.

Ich wollte nur noch nach Hause, selbst wenn ich dafür Jacks Spiel mitspielen musste und noch einen weiteren Schritt hin zu einem vollwertigen Wächter tat.

»Ich übernehme die Kontrolle über ihr Bewusstsein und sorge dafür, dass sie für dich offen ist«, fuhr er fort. »Währenddessen versuchst du in ihren Verstand einzudringen und so viel herauszufinden, wie du kannst.«

»Okay.« Ich trank den letzten Schluck der braunen

Brühe und stellte den leeren Becher auf den Tresen. »Fangen wir an.«

Ich folgte ihm in das Verhörzimmer und blieb dicht hinter ihm stehen. Maisies Blick glitt über uns beide hinweg, und ein leichtes Schmunzeln spielte um ihre blassen Lippen. »Was? Zwei Leute reichen nicht, um eine kleine Blondine zu knacken? Brauchen wir noch mehr?« Sie klang scharf und wütend, aber ihre Art zu reden kam mir vertraut vor und erinnerte mich an irgendetwas.

»Und die Leute haben doch tatsächlich Angst vor Wächtern«, fuhr sie fort. »Sehr witzig.«

Jack wandte sich der Spezialistin zu, die ohne ein weiteres Wort den Raum verließ. »Letzte Chance, Miss Foster. Beantworten Sie freiwillig unsere Fragen, oder müssen wir es auf die harte Tour versuchen?«

»Wenn Sie irgendetwas anderes könnten, als mich bloß festzuhalten, hätten Sie es ja vermutlich bereits getan. Sie wissen genauso gut wie ich, dass Ihre Hausmagierin den Kreis nicht mehr lange aufrechterhalten kann. Dann bin ich weg.«

Auf einmal bildete sich im Raum blitzschnell ein surrendes elektrisch geladenes Netz. In der Mitte dieses Energienetzes stand nicht etwa Maisie oder die Magierin der Abteilung, sondern Jack, was dazu führte, dass sich die kleinen Härchen in meinem Nacken und auf meinen Armen aufstellten.

»Die Leute unterschätzen die Abteilung immer wieder«, sagte er leise, während sich das Energienetz um Maisie spann. Sie erstarrte und bekam runde Augen, denn auf einmal konnte sie sich nicht mehr bewegen. »Das hat noch keinem gut getan. Los, Riley, fang an.«

Ich stieß die Luft aus, schloss die Augen und schaltete meine anderen Sinne aus, bis ich nur noch Maisie und das Energienetz um sie herum wahrnahm. Langsam und vorsichtig berührte ich auf telepathische Weise das Netz. Es surrte heftig darin, es klang wie ein fernes bedrohliches und unkontrolliertes Grollen. Wie ein aufziehendes Gewitter.

Das war irgendwie beängstigend. Ich hatte zwar immer gewusst, dass Jack sehr mächtig war, aber ich hatte nie erlebt, *wie* mächtig, selbst in unseren Trainingsstunden nicht. Und dabei hatte er gesagt, er wäre noch deutlich schwächer als Quinn. In gewisser Hinsicht zeigte es, wie viel Quinn mir verschwiegen hatte und zu wie viel mehr er in der Lage war. Für jemanden, der so viel Kraft besaß, musste es ein Spaziergang gewesen sein, die Bedürfnisse eines Werwolfs zu unterdrücken. Kein Wunder, dass ich nichts davon gemerkt hatte.

Ich tastete mich an der Oberfläche von Jacks Energienetz entlang, ritt darauf wie auf einer Welle und benutzte es als Rampe, über die ich in Maisies Bewusstsein eindrang. Ihre äußere Abwehr hatte Jack bereits gebrochen, so dass ich ihre obersten Gedanken problemlos lesen konnte. Aber die oberflächlichen Gedanken interessierten uns nicht.

Ich drang über Jacks Kontrolle hinaus in die Tiefen von Maisies Gehirn vor. Dort stieß ich auf das, was Jack beschrieben hatte.

Maisies telepathische Abwehr bestand nicht aus einer Wand oder mentalem »Kleber« oder irgendetwas anderem, das mir schon einmal begegnet war. Bei ihr war es eine Art fein gesponnenes Spinnennetz, das ganz zart und zerbrechlich wirkte, aber klebrig und unglaublich fest war. Nachdem ich einen Faden zerrissen hatte, war ich noch lange nicht durch. Um tief in ihr Bewusstsein einzudringen, musste ich alle Verbindungen kappen. Deshalb brauchte man dazu zwei Personen – eine, die sie festhielt, und die andere, die dort eindrang.

Selbst zu zweit war es noch harte Arbeit.

Je weiter ich mich in das Zentrum ihres Abwehrnetzes vorarbeitete, desto dichter schien es zu werden. Je näher ich den tiefer liegenden Gedanken kam, desto elastischer waren die Fäden und desto schwerer zu durchtrennen. Schweiß rann mir den Rücken hinunter, und hinter meinen geschlossenen Augen bildete sich ein stechender Schmerz. Eine aufkommende Migräne.

Als ich angefangen hatte, meine telepathischen Fähigkeiten zu trainieren, war ich danach häufig körperlich und geistig erschöpft gewesen, aber mit der Zeit hatte ich eine gewisse mentale Fitness erlangt. Jetzt fühlte ich mich wieder wie ein Anfänger. Ich musste meine gesamte Kraft aufwenden, um Maisies ungewöhnlich starke Abwehr zu durchbrechen, und zitterte vor Anstrengung am ganzen Körper.

Wie ein Gummiband gab das dünne Netz auf einmal nach und riss mit solcher Wucht entzwei, dass meine Gehirnzellen von dem Druck erschüttert wurden. Doch nun konnte ich mich frei in Maisies Bewusstsein bewegen.

Nur dass Maisies Geist oder Seele oder wie auch immer man diesen Teil des menschlichen Bewusstseins nannte, nicht vorhanden war.

Da war jemand oder etwas anderes.

Und es war wachsam und hatte mich erwartet.

Der Angriff erfolgte so plötzlich, dass ich taumelte. Ich nahm kurz eine weibliche archaische Macht wahr und schrie auf, als mein gesamter Körper von einem heftigen geistigen Schlag erschüttert wurde.

Jemand packte meinen Arm und hielt mich fest. Jack war neben mir, eine Konzentration von Macht und Wut, die vielleicht nicht ganz so alt war wie das Wesen in Maisies Kopf, aber genauso gefährlich.

Der archaische Geist war sofort still.

Riley. Das war ein Befehl und zugleich eine Frage, und an der Art, wie Jack meinen Namen aussprach, merkte ich, dass ich mich beeilen musste.

Ich befeuchtete meine Lippen und drang weiter in Maisies Bewusstsein vor. Das Wesen in ihrem Kopf mochte zwar außer Gefecht gesetzt sein, aber immer noch sehr wachsam.

Wer bist du? Meine Frage klang in dem dunklen besetzten Gehirn extrem laut und hallte, als befänden wir uns in einem leeren Keller und nicht tief in einem menschlichen Bewusstsein. Der Gedanke trieb mir eine Gänsehaut über den Rücken, und ich hatte keine Ahnung, wieso.

Dann schien sich die Dunkelheit zu bewegen. *Ich spüre etwas Vertrautes in deinen Gedanken.*

Die Stimme klang alt, und wieder erinnerte mich ihre Art zu sprechen an jemanden. Irgendwie kam mir dieser weiche Singsang bekannt vor.

Sag mir, wer du bist, oder ich bringe dich um.

Belustigung wirbelte durch die Dunkelheit. *Du kannst mich nicht töten. Selbst er kann mich nicht töten.*

Ich runzelte die Stirn. Wer er? Jack? *Unterschätze uns nicht.*

Überschätzt euch nicht. Ihr habt nicht die Macht, mich zu töten. Nicht die Mittel. Die wenigen, die das konnten, sind vor langer Zeit gestorben.

Sie musste die Priester von Aedh meinen. Wieso sollte der Geist des Priesters überhaupt hier sein, wenn nicht, um sich einer archaischen Bedrohung anzunehmen? Die Frage war, was Quinn mit alldem zu tun hatte. In welcher Verbindung stand er zu dem Priester? Was verband ihn mit dem alten Geist, der Maisies Körper gefangen hielt?

Was hast du mit Maisie gemacht? Mir war ziemlich klar, dass sich Maisie nicht mehr in diesem Körper befand, egal was oder wer auch immer sie gewesen war. Was in gewisser Weise gut war. Dann waren wir nicht an die Regeln gebunden, die uns im Umgang mit Menschen behinderten.

Die Tatsache, dass ich so etwas überhaupt dachte, löste Übelkeit bei mir aus.

Die Sterbliche, die diesen Körper einst bewohnt hat, ist lange fort.

Hast du sie umgebracht?

Erneute Belustigung hallte durch die Leere. *Man kann eine Seele nicht töten. Man kann sie nur kontrollieren oder zerstören.* Die Stimme hielt inne, als wollte sie die Bedeutung des Ganzen unterstreichen. *Diese Inkarnation wird ihre letzte sein.*

Wieder fuhr ein Schauder durch meinen Körper, obwohl mir Maisie nicht wirklich leidtat. Nicht, wenn sie dieses böse Wesen sowie die anderen zum Leben erweckt hatte. *Sag mir, wie du heißt.*

Ich heiße Caelfind O'Cuinn.

Wieso kam mir der Name so bekannt vor? Wo hatte ich ihn schon einmal gehört … dann fiel es mir schlagartig ein. *O'Cuinn.* Quinns eigentlicher Nachname.

Auf einmal ergab seine Geheimnistuerei deutlich mehr Sinn.

Dann bist du irgendwie mit Quinn verwandt?

Quinn?

Ich formte sein Bild in meinem Kopf, und das Wesen lachte. Es war ein spöttisches, boshaftes Lachen. *Ach, mein naiver kleiner Bruder. Der glaubt, er hätte meinen Verstand und meinen Körper außer Gefecht gesetzt, als er gestern Nacht versucht hat, mich auszuschalten.*

So wie wir dich ausgeschaltet haben?

Ihr haltet bloß meinen Körper fest und hindert mich daran, mich zu wehren. Meine eigentlichen Gedanken gehören immer noch mir, ansonsten würde ich jetzt nicht antworten, oder?

Dem konnte ich kaum widersprechen. *Wieso hast du Azhi Dahaki herbeigerufen?*

Ich brauchte die Kraft des dreiköpfigen Drachen, um den ewigen Zerstörer herbeizurufen.

Und wieso sollte jemand wie Maisie jemanden wie dich herbeirufen?

Weil in der Finsternis viel Kraft liegt. Maisie wollte Macht. Die habe ich ihr versprochen.

Und dann hast du sie umgebracht. Oder zumindest ihren Geist.

Ich spürte eine Art Schulterzucken in Maisies Kopf. *Träume haben ihren Preis.*

Und welchen Preis hast du bezahlt? Entfremdung von deiner Familie? Ein Leben in der Unterwelt? In der Hölle?

Dafür bin ich unsterblich. Sie machte ein abschätziges Geräusch. *Und meine Familie hat es sich in ihrem nutzlosen Leben zur Aufgabe gemacht, die Welt von mir und von dem Gott der Finsternis zu befreien. Sie verstehen nicht, dass das zwecklos ist. Sie sehen nicht ein, dass die Finsternis nur existiert, weil die Menschheit existiert und, wenn man die eine auslöscht, man die andere gleich mit vernichtet.*

Nun, diese Verbindung sah ich persönlich nicht. Natürlich konnten Menschen manchmal ziemliche Nervensägen sein, aber ich bezweifelte, dass das Böse nur ihretwegen existierte. *Du meinst also, man kann Angra Mainyu nicht zerstören?*

Er kann niemals zerstört werden. Nicht, solange ein Mensch auf dieser Erde lebt und atmet.

Sie sagte das mit äußerstem Nachdruck. Als wollte sie mich unbedingt davon überzeugen. Doch das ging nach hinten los, denn ich konnte nur noch daran denken, dass dieser so allmächtige Gott der Finsternis zwar noch lebte – wenn man bei einem Geist davon sprechen konnte –, aber Hunderte, wenn nicht gar Tausende von Generationen lang in der Unterwelt gefangen gewesen war.

Wenn das einmal funktioniert hatte, konnte es doch auch wieder funktionieren.

Wir müssen zum Schluss kommen, Riley.

Jacks geistige Stimme klang erstickt und deutete darauf hin, wie viel Kraft es ihn kostete, das Wesen in Maisies Körper und Geist zu kontrollieren.

Ich stieß die Luft aus. *Sag mir, wie wir die Welt von deinem finsteren Meister befreien können, oder ich bringe dich um.*

Versuche es. Das wirst du nicht schaffen. Wenn du diesen Körper tötest, schlüpft mein Geist einfach in einen anderen.

Ich war gereizt. Extreme Arroganz und Überheblichkeit gingen mir schnell auf die Nerven. Das hatte ich in der Zeit mit Talon einfach zu oft ertragen müssen.

Talon …

Der Gedanke an ihn brachte mich auf eine Idee. Eine schreckliche, hässliche Idee, die ein Teil von mir – der Teil, der zu viele verstümmelte Frauenleichen gesehen hatte, die von diesem bösen Wesen und ihren sogenannten Verbündeten malträtiert worden waren – großartig fand. *Jack, darf ich im Prinzip mit dieser Frau machen, was ich will, jetzt, wo wir wissen, dass Maisie lange weg ist?*

Ja.

Ich öffnete die Augen und blickte auf den einseitigen Spiegel. »Gebt mir ein überzogenes Messer mit Faden.«

Die überzogenen Messer waren eine Spezialität der Abteilung. Im Grunde waren es hauchdünne, durchsichtige Plastikplättchen, die hart wie Stahl waren und mit denen man schlichtweg alles problemlos durchtrennen konnte – Haut, Metall oder Holz. Die überzogenen Messer mit Faden sahen genauso aus, enthielten jedoch einen besonderen Inhaltstoff, der mit Blut reagierte und dazu führte, dass sich das Messer auflöste und ein Silberfaden zum Vorschein kam. Es eignete sich perfekt, um Werwölfe und andere Gestaltwandler in ihrer menschlichen Gestalt gefangen zu halten. Ich wusste hundertprozentig, dass es funktionierte, denn ich hatte es an Talon ausprobiert.

Wenn ein Messer mit Faden bei Vollmond bewirkte, dass die Seele eines Werwolfs in seiner menschlichen Gestalt gefangen wurde, konnte es sicher auch den Geist eines Dämons in einem menschlichen Körper gefangen halten.

Jedenfalls war es einen Versuch wert. Reden und Drohen brachte uns jedenfalls nicht weiter.

Als die Tür aufging, drehte ich mich um. Ein Sicherheitsbeamter kam herein und reichte mir ein Messer. Als er ging, hielt ich es hoch.

Caelfind wirkte wieder mal belustigt. *Soll ich mich von so einem dünnen Ding etwa bedroht fühlen?*

Ich dachte abermals an die Leichen. Beschwor die Bilder der Frauen herauf, ihre aufgeschlitzte Haut, die herausgerissenen Organe, die man verschlungen hatte, während sie im Sterben lagen. Ekel stieg in mir hoch, begleitet von Wut. Aus diesen Gefühlen zog ich Kraft und benutzte sie als Schutzschilde, während ich die Messerspitze über Maisies linker Brust, direkt über ihrem Herzen, positionierte.

Sag mir, wie wir die Welt von deinem finsteren Meister befreien, oder ich sorge dafür, dass du für immer in einer Leiche gefangen bist.

Das kannst du nicht. Sobald dieser Körper stirbt, ist mein Geist frei.

Auch Unsterbliche können sich täuschen.

Ich stieß mit dem Messer zu und sah, wie es mit lächerlicher Leichtigkeit durch Kleidung, Muskeln und Knochen glitt. Sie riss die Augen auf, und die Leere in ihrem Kopf füllte sich mit Schmerz. Doch das berührte mich nicht. Entweder wurde es durch meine Wut verhindert oder durch Jacks eiserne Kontrolle.

Ich stieß tiefer zu, rammte das Messer in ihr Brustbein und tief in ihr Herz. Blut lief über meine Finger, warmes Blut, dessen süßer Geruch mir in die Nase stieg und meinen Puls beschleunigte.

Nein, nein, nein, ein Teil von mir wollte schreien, aber ich unterdrückte vehement den Impuls, konzentrierte mich auf Caelfind, beobachtete ihre Augen und wartete auf den Moment, in dem der Körper tot war und sie merkte, dass sie nie mehr frei kam.

Das Messer begann sich aufzulösen, aus der Wunde stieg Rauch auf. Der Silberdraht saß tief in ihrem Körper und band ihren Geist genauso, wie er Talons festgehalten hatte.

Nur dass sie nicht so schrie, wie er geschrien hatte. Sie lächelte bloß und wartete, ihre Gedanken waren voll Schmerz und dennoch amüsiert.

Bis ihr Herz schließlich aufgab und ihr Körper auf dem Boden zusammensackte.

Dann schrie sie. Sie schrie wie eine Todesfee, bis ihre Wut meinen Geist erfüllte und ich kaum noch denken konnte.

Sag mir, wie wir diese Welt von deinem Meister befreien können.

Meine Worte waren kaum mehr als ein leises Knurren inmitten eines Wirbelsturms, dennoch hörte sie mich.

Er kann nur von einem Priester verbannt werden. Einem Priester der Aedh.

Und dein Bruder ist einer?

Der letzte.

Nun, nicht ganz. Aber vielleicht der letzte, der noch in körperlicher Form existierte. *Und die Drachen?*

Enthaupte sie.

Können sie sich nicht einfach einen anderen Körper nehmen, so wie du?

Sie zögerte und wand sich vor Wut. *Nein. Nicht ohne meine Hilfe. Lass mich jetzt los. Du hast es versprochen.*

Ich lachte rau und hasserfüllt und wich zurück. *Du hast all die Jahre einem Gott der Finsternis gedient und glaubst immer noch an Versprechen?*

Ihre Wut verfolgte mich, schnappte wie ein Hund im Geist nach meinen Fersen, bis Jack mit seiner Kraft einschritt und sie aufhielt. Ich floh aus ihrem Geist, hatte das

Gefühl, aus großer Höhe zu fallen, und fand mich zitternd, bebend und in Schweiß gebadet auf dem Fußboden kniend wieder.

Dann spürte ich das warme klebrige Gefühl von Blut an meiner Hand und nahm wieder den Geruch von Eisen wahr. Mein Magen krampfte sich zusammen.

Ich rappelte mich auf alle viere hoch, krabbelte hinüber zu einem Papierkorb und würgte alles hervor, was ich heute gegessen und getrunken hatte.

Als ich nichts mehr im Magen hatte, ließ ich mich mit dem Rücken an die Wand sinken und rang nach Luft. Ich fühlte mich, als hätte ich zehn Übungsrunden gegen Gautier geboxt, alles tat mir weh, und mein Kopf pochte. Das Einzige, was ich nicht hatte, waren blaue Flecken.

Es dauerte gut fünf Minuten, bevor ich überhaupt die Kraft fand, meine Augen zu öffnen. Jack lehnte an der anderen Wand, hatte die Hände auf die Knie gestützt und rang ebenfalls nach Luft, die Haut auf seinen Armen war blasser als je zuvor, und seine Finger bestanden nur aus Haut und Knochen. Es zeigte, wie viel Kraft es ihn gekostet hatte, Caelfind zu kontrollieren.

Mein Blick fiel auf den Kreis aus Steinen. Maisies Leiche lag zusammengesunken in der Mitte. Blut glänzte dunkel auf ihrer Bluse, und bei dem intensiven Geruch krampfte sich mein Magen erneut zusammen. Vielleicht war es gar nicht der Geruch von Blut. Vielleicht war es eher die Erkenntnis, wie leicht, wie überaus leicht ich ihr Blut vergossen und ihr Leben beendet hatte.

Ich mochte mir einreden, dass ich nie der Killer werden würde, zu dem Jack mich machen wollte, aber in Wahrheit war ich durchaus dazu in der Lage.

Ich *konnte* töten, wenn ich musste, und zwar mit Leichtigkeit. Wenn ich wollte. Wenn es nötig war.

Galle brannte in meinem Hals. Ich legte meine Hand auf den Mund, schluckte heftig und zwang mich daran zu denken, wie viele Leben Maisie und ihre Genossen zerstört hatten.

Denn obwohl es schrecklich war, was ich heute hier getan hatte, und ich wahrscheinlich wochen- und monatelang unter Albträumen leiden würde, fand ein Teil von mir, dass es sich gelohnt hatte, solange dadurch nur *ein* Leben gerettet wurde.

Was den Teil anging, dem es leidtat... nun, der bewies zumindest, dass es noch Hoffnung für mich gab. Der heutige Tag hatte bewiesen, dass der Killer, zu dem Jack mich machen wollte, bereits in mir steckte, aber ich noch lange nicht so weit war, diesen Teil meiner Seele zu akzeptieren und mich mit ihm anzufreunden.

Dafür sollte ich dankbar sein und mich so gut ich konnte daran festhalten. Denn es war meine einzige Hoffnung.

Heftig stöhnend stand Jack auf. Sein Gesicht war eingefallen. Der Mann brauchte dringend etwas zu essen.

Der gefährliche Hunger glänzte in seinen Augen.

»Beherrsche dich, Chef«, sagte ich leise, vorsichtig.

»Wenn ich das nicht täte, würdest du nicht hier sitzen und dumme Bemerkungen machen, sondern hättest längst als Mittagessen hergehalten.«

Ich grinste. »Schön, dass du den Humor nicht verlierst, wenn dich die Blutlust überkommt.«

»Nicht mehr lange, wenn du weiter so dumm herumquatschst. Beweg deinen Hintern nach Hause und ruh dich aus, Riley. Ich kümmere mich um alles.«

Mein Blick glitt zu der Leiche auf dem Boden, zu der dunklen Blutlache, die daneben zu trocknen begann.

Ich wusste, dass das Blut nicht in den Müll wandern würde.

Ich schüttelte mich und machte, dass ich dort wegkam.

Vier Stunden Schlaf reichten bei Weitem nicht, und der Wecker konnte sich glücklich schätzen, dass er nicht quer durch das Zimmer flog, als er um sechs Uhr klingelte. Meine Gereiztheit, die von meinem Schlafdefizit herrührte, verstärkte sich noch erheblich, als ich bemerkte, dass ich nicht allein in meinem Schlafzimmer war.

Der warme Geruch von Sandelholz verriet mir, um wen es sich handelte.

Ich rollte mich auf die Seite. Quinn saß umgeben von einem Lichtkranz der untergehenden Sonne am Fenster. Es war die Silhouette eines perfekten männlichen Körpers. Mutter Natur in perverser Bestform. Denn während der Körper wundervoll war, ließ der Charakter des Mannes einiges zu wünschen übrig.

Ich nahm an, dass er das Gleiche von mir behauptete. Und vermutlich hatte er damit sogar recht.

»Was tust du hier?«

»Ich wollte mich bei dir bedanken«, sagte er mit seiner leisen, ach so erotischen Stimme.

»Für was?« Ich schlug die Decke zurück und stieg aus dem Bett. Quinns Blick floss wie flüssige Lust über meine Haut, und meine Hormone reagierten entsprechend.

»Dafür, dass du geschafft hast, wozu ich nicht in der Lage war. Dass du Caelfind gefasst und unschädlich gemacht hast.«

Ich hob ein T-Shirt vom Boden auf, roch daran, ob es noch frisch war, und zog es an. »Es hätte uns allen Zeit und Mühe gespart, wenn du von Anfang an offen mit uns geredet hättest.«

»Du verstehst das nicht …««

»Nein. Das stimmt«, erwiderte ich, während ich hinausstampfte, um mir einen Kaffee zu machen. Der half zwar nicht gegen meine Erregung, die zum Teil Quinns Anwesenheit und zum Teil meiner Natur geschuldet war, aber meiner schlechten Laune konnte ein Kaffee nicht schaden. »In der Nacht, als der Priester aufgetaucht ist, gab es keinen Grund, mir nichts zu erzählen. Abgesehen von deinem zweifelhaften Bedürfnis, alles allein regeln zu wollen.«

»Wer im Glashaus sitzt, sollte nicht mit Steinen werfen«, murmelte er.

Ich strafte ihn mit einem wütenden Blick. Er war nicht mehr von Sonnenlicht umgeben, wirkte aber dennoch wie ein Schatten, denn er war von Kopf bis Fuß in Schwarz gekleidet.

Selbst seine dunklen Augen lagen im Schatten. Er wirkte vorsichtig. Wachsam.

Irgendeine perverse Seite tief in mir freute sich darüber. Eine andere Seite stand unter dem Einfluss des bevorstehenden Vollmonds und hätte ihn am liebsten besinnungslos gevögelt.

Denn dem Wolf in mir war es jetzt, wo das Mondfieber in seinen Adern brannte, egal, ob man ihn verletzt hatte, ihn interessierte keine Wut oder was auch immer. Aber sobald der Vollmond vorüber war, würde er die Verletzung spüren und es bedauern, schon wieder nachgegeben zu haben.

Ich durfte das nicht tun. Ich musste standhaft bleiben. Egal wie.

Verdammt, ein Wolf war an mir interessiert. Ein Wolf, der nicht mein Vertrauen oder meine Gefühle missbrauchte. Ein Wolf, der sich nach der gleichen Zukunft sehnte wie ich.

Das *musste* doch reichen.

Es war pervers, krank, mehr zu wollen.

Und dennoch, tief in mir wollte ich mehr.

»Hör zu«, sagte ich mit leicht gereiztem Unterton, der sich mehr gegen mich selbst als gegen ihn richtete, »wenn du hergekommen bist, um zu streiten, kannst du gleich wieder gehen. Ich bin nicht in der Stimmung.«

»Nein. Ich will nur reden.«

»Gut.« Ich stellte den Wasserkessel auf den Herd und griff nach oben, um den Kaffee aus dem Regal zu holen. Zum Glück war noch genug von meiner Lieblingssorte vorrätig. »Dann erzähl mir von dem Priester in der Gasse. Wer war das?«

Er zögerte. »Mein Vater.«

Nun, das erklärte die seltsamen Fragen. Der alte Mann hatte die künftige Frau seines Sohnes ausgefragt. »Dann weiß ich, woher du deine Sturheit hast. Dein Vater war genauso hilfreich wie du.«

Er hob eine dunkle Braue. »Du hast mit ihm gesprochen?«

»Ja. Was ist er? Ein Geist? Ein Gespenst? Was?«

»Er ist ein Geist. In gewisser Weise.« Er zögerte. »Er ist… war… der Torwächter. Der Priester, der dafür verantwortlich ist, dass die Wege aus der Geisterwelt in diese Welt verschlossen bleiben.«

»Alle Wege?«

»Die meisten. Die Priester sind überaus sensibel. Sie spüren, wenn ein neues Tor gebildet wird.«

»Wieso hast du das hier dann nicht bemerkt, wenn du ein Priester bist?«

»Weil ich nur eingeweiht, aber nicht ausgebildet bin.«

Der Kessel begann zu pfeifen. Ich schaltete die Herdplatte aus und goss das Wasser in den Becher. »Bist du deshalb ein Vampir geworden? Weil du das ewige Leben brauchtest, um warten zu können, bis deine Schwester wieder auftaucht?«

Er lächelte, und mehr noch als ich es sah, spürte ich tief in mir eine Wärme.

»Und Henri hat dich verwandelt.« Das war geraten, aber ich war ziemlich sicher, dass es stimmte. Schließlich war er sein ganzes untotes Leben über mit Henri befreundet gewesen und hatte alle Regeln, Gesetze und mich selbst missbraucht, um seinen Mörder zu finden.

»Ja. Er hat während der Blutlust auf mich aufgepasst.«

Ich nickte. So langsam fügte sich eins zum anderen. »Was sind die Priester von Aedh genau? Was bist du?«

»Ich bin … war … ein Mensch.«

»Menschen können nicht fliegen. Vampire auch nicht, es sei denn, es sind irgendwelche Vogelwandler. Du bist vielleicht zum Teil ein Mensch, aber du hast vor einiger Zeit bereits zugegeben, dass du noch etwas anderes bist.«

Seine dunklen Augen blitzten überrascht. »Du hast mich fliegen sehen? Wie?«

»Ich habe dich nicht gesehen, ich habe dich gespürt. Jetzt beantworte meine verdammte Frage. Was bist du noch?«

Er zögerte. »Die Priester waren keine Menschen im eigentlichen Sinn. Sie waren noch nicht einmal entfernt mit ihnen verwandt wie Werwölfe und Gestaltwandler. Sie bestanden eher aus Energie als aus Fleisch und Blut.«

»Aber sie müssen in der Lage gewesen sein, menschliche Gestalt anzunehmen. Da du existierst, waren sie ganz offensichtlich fähig, sich zu paaren, und die menschliche Empfängnis setzt gewisse Bedingungen voraus.«

Er lächelte, und meine Hormone führten wie üblich ihren verrückten Tanz auf. »Ja.«

»Wie sahen sie aus?«

»Sie waren groß, golden und hatten Flügel. In alten Texten werden sie oft als Engel beschrieben.«

Ich hob erstaunt die Brauen. »Wo sind deine Flügel?«

»Mischlinge haben keine Flügel.«

»Nur die Kräfte?«

»Ja.«

Ich trank einen Schluck von meinem Kaffee und musterte ihn einen Augenblick. »Hast du den Geist von deiner Schwester verbannt, nachdem ich sie gefangen habe?«

»Nein. Was du mit ihr gemacht hast, ist viel besser. Sie ist in einem toten Körper gefangen. Sie kann nie mehr entkommen.«

»Fleisch verwest. Kommt sie dann nicht wieder frei?«

Wieder lächelte er. Diesmal war nichts Warmes daran. Mir lief eine Gänsehaut über den Leib. Ich konnte nur hoffen, dass *dieses* Lächeln nie für mich bestimmt war.

»Die Leiche wird mumifiziert, dann mit Silber umwickelt und mit Zaubersprüchen versiegelt, die nur ein Priester rückgängig machen kann. Sie wird niemals entkommen. Sie wird nie mehr zurückkehren, um dieser Welt zu schaden.«

Sie musste bis in alle Ewigkeit in einem untoten Körper leiden. Das war ein grausames Ende, selbst für einen Geist, der versessen darauf war, die Welt von ihrem finsteren Meister beherrschen zu lassen. Dennoch hatte ich kein Mitleid. »Womit nur noch die Drachen und ihr Meister übrig wären.«

»Den ich entweder verbannen oder in einem Körper versiegeln kann, sobald wir seine Opferstelle gereinigt haben.«

»Wieso ist es so wichtig, seine Opferstelle zu reinigen?«

»Wenn wir uns für diese Variante entscheiden, kann ich ihn durch die Macht des Ortes zurückschicken und anschließend die Stelle reinigen, damit er niemals in unsere Welt zurückkehrt.«

»Ich dachte, deine Schwester wäre dafür verantwortlich, dass er hier ist?«

»Das war sie. Aber wenn das Tor nicht verschlossen ist, kann er immer wieder hindurchkommen.«

»Das ist nicht gut.«

»Nein.« Er zögerte, dann trat er ganz dicht vor mich. Seine Lust und sein Geruch umfingen und durchströmten mich, füllten meine Lungen, mein Herz und meine Seele. Ich hielt die Luft an, dann atmete ich schneller und musste meine gesamte Willenskraft aufbringen zu bleiben, wo ich war, und nicht einen Schritt nach vorn in seine Arme zu treten. »Sei vorsichtig heute Abend«, sagte er und sah mich besorgt und warm aus seinen dunklen Augen an. »Der Gott der Finsternis ist eine ziemlich mächtige Seele und hat viel Erfahrung darin, Unvorsichtige zu verführen.«

»Ich bin noch nie unvorsichtig gewesen.« Das entsprach nicht ganz der Wahrheit. Wieso stand ich sonst hier herum und atmete den Geruch von Sandelholz, Mann und Verlangen ein, bis ich nichts anderes wollte, als meine Arme um ihn zu schlingen und ihn festzuhalten? Wieso entfernte ich mich nicht so schnell und so weit wie möglich von diesem Mann und allen Problemen, die mit ihm verbunden waren?

Weil er meine Schokolade war. Es mochte pervers sein, es mochte krank sein, aber er war die eine Versuchung, der ich nicht widerstehen konnte.

Aber er hatte immer wieder gezeigt, dass er mir nicht guttat. Meinem Gefühlshaushalt.

Ich mochte ihn körperlich begehren, aber das reichte nicht mehr. Selbst kurz vor Vollmond, obwohl die Lust meine Sinne malträtierte, war ein Teil von mir das alles leid.

War die Kämpfe leid. War es leid, dass er ständig die Art der Werwölfe niedermachte. War es einfach leid, es zu versuchen. Wenn er nicht wenigstens bereit war, mir irgendwie entgegenzukommen – und so verhielt er sich absolut nicht –, wieso sollte ich dann überhaupt noch mit ihm zusammen sein?

Ich hatte einmal gesagt, dass Sex ein ziemlich guter Anfang für eine Beziehung war, und davon war ich immer noch überzeugt. Aber Sex war nicht alles in einer Beziehung, selbst für einen Werwolf nicht. Da musste mehr sein.

Man musste sich vertrauen.

Und ich vertraute Quinn nicht mehr. Mehr als alles andere, was er in den letzten Monaten gesagt oder getan hatte, war das tödlich für eine Beziehung.

Ich wich von ihm zurück.

Er runzelte die Stirn. »Riley …«

»Nein«, entgegnete ich leise. »Ich habe eine Aufgabe zu erledigen und muss dich bitten, jetzt zu gehen.«

»Ich habe nicht vor …«

»Aber ganz bestimmt hast du das vor«, erwiderte ich, und etwas von der Wut, die tief in mir brodelte, schwappte nach oben. »Erinnerst du dich an eine Dame mit Namen Eryn Jones?«

»Sie war meine vermeintliche Verlobte. Also ja. Aber was hat sie mit uns zu tun?«

»Weißt du noch, was du mit ihr gemacht hast?«

»Ich habe ihr gegeben, was sie verdient, aber ich verstehe immer noch nicht …«

»Sie hat dich unter Drogen gesetzt«, erwiderte ich knapp und wütend. »Und damit dein Denken und Handeln beeinflusst. Sie hat dich mit Drogen dazu gebracht, dich in sie zu verlieben.« Ich verschränkte die Arme und starrte ihn an. »Inwiefern unterscheidet sich das von dem, was du mit mir machst?«

»Das ist etwas anderes.« Er sprach sehr leise. Er wusste genau, worauf ich hinauswollte. Er wollte es nur nicht zugeben.

»Inwiefern?«, schrie ich. »Wie zum Teufel noch mal kannst du einfach dastehen und behaupten, das wäre etwas anderes?«

»Sie war nur hinter meinem Geld her und hat sich nicht für mich interessiert.«

»Und du meinst, weil du dich für mich interessierst, wäre es in Ordnung, dass du versuchst, meine Persönlichkeit zu beeinflussen, indem du in mein Bewusstsein eindringst?«

»Ich habe nur …«

Ich hob abwehrend die Hand. »Ich habe deine Entschuldigungen satt, Quinn. Ich habe es satt zu geben, satt zu vergeben. Geh einfach.«

»Es gibt so viel zwischen uns. Das dürfen wir nicht so einfach aufgeben. Ich werde nicht …«

»Das sagst du jedes Mal, und trotzdem versuchst du immer wieder, meine Persönlichkeit zu verändern. Genug ist genug. Bitte, geh jetzt, Quinn.«

»Nein …«

»Sie hat dich freundlich gebeten«, schaltete sich auf einmal Rhoan leicht gereizt ein. Er lehnte mit verschränkten Armen am Türrahmen.

Quinns Miene verfinsterte sich. »Das ist eine Sache zwischen ihr und mir …«

»Wenn du dich mit ihr anlegst, legst du dich gleichzeitig mit mir an«, erklärte Rhoan. »Sie will nicht, dass du dich jetzt in dieser Wohnung oder in ihrem Leben aufhältst. Geh, wenn sie dich darum bittet, oder ich schmeiß dich raus.«

Quinns Blick glitt zu Rhoan und dann wieder zurück zu mir. Auf einmal spürte ich Gefahr, und die Haare in meinem Nacken stellten sich auf. Obwohl er keinen einzigen Muskel bewegt hatte, war der Mann vor mir plötzlich durch und durch ein alter, gefährlicher Vampir. Dann schüttelte er den Kopf, und das Gefühl fiel von mir ab.

»Ich hätte nie gedacht, dass du feige bist, Riley. Ich glaube, ich habe mich getäuscht.«

»Wahrscheinlich.« Ich trank einen Schluck Kaffee und fügte hinzu: »Aber du bist derjenige, der versucht, die Natur eines Werwolfs zu verändern, nicht ich.«

Er sah mich seltsam an, in seinem Blick mischten sich Wut, Entschlossenheit und Bedauern, dann drehte er sich um und ging. Als die Wohnungstür ins Schloss fiel, seufzte ich erleichtert auf.

»Danke, Bruder.«

Er nickte. »Bist du sicher, dass du tun willst, was du gerade getan hast?«

»Er hat versucht, meine Persönlichkeit zu verändern, Rhoan. Ich kann ihm vieles verzeihen, aber nicht das.«

»Nie oder nur im Moment nicht?«

»Ich weiß es nicht. Ich sag dir Bescheid, wenn ich es selbst weiß.«

»Na gut.« Er trat neben mich und stellte den Wasserkessel an. »Ich bin heute Abend da, um dich zu beschützen«

»Nichts für ungut, Bruder, aber ich hoffe, dass du nicht der Einzige bist.«

»Jack ist ebenfalls da. Und das Gelände ist umstellt.« Er zögerte und fügte mit schiefem Grinsen hinzu: »Und unser rätselhafter Vampir wird zweifellos auch da sein, und wenn nur, um das Tor zu schließen.«

»Je mehr, desto besser.« Ich griff in das Regal, holte den normalen Kaffee hervor und reichte ihn Rhoan. Was Kaffee anging, war er nicht so wählerisch wie ich, aber wenn es hart auf hart kam, würde ich ebenfalls fast alles trinken.

Er nickte mir dankend zu, nahm mir die Dose ab und füllte etwas Pulver in einen Becher. »Machst du dir Sorgen wegen heute Abend?«

»Ja.« Ich rieb über meinen Arm und versuchte die Gänsehaut zu vertreiben, die meinen Körper unweigerlich bei der Vorstellung überlief, mich in die Höhle des Gottes der Finsternis und seiner Drachen zu begeben. »Wenn sie gemerkt haben, dass Caelfind geschnappt wurde, könnte es heute Abend ziemlich unangenehm werden.«

»Aber sie haben keinen Grund anzunehmen, dass du etwas damit zu tun hast.«

»Nein. Aber Caelfind war ein ziemlich altes Wesen, über dessen Macht wir nur Mutmaßungen anstellen können. Es ist nicht ausgeschlossen, dass sie irgendwie Kontakt zu Kingsley aufgenommen hat, als sie gefangen wurde.«

»Wenn sie wüssten, dass Caelfind geschnappt und unschädlich gemacht wurde, wären sie schon unterwegs. Bislang hat Kingsley aber das Haus nicht verlassen.«

»Soweit wir wissen. Er könnte Zugang zu unterirdischen Gängen oder so etwas haben.«

»Mitten in Toorak?« Rhoan grinste. »Das bezweifle ich.«

»In Toorak gibt es wie in jedem anderen Stadtteil ein Abwassersystem. Wer weiß, ob er im Keller einen Zugang hat oder so etwas.«

»Nein. Aber das ist unwahrscheinlich.«

Vielleicht. Aber wir arbeiteten in einer Welt, in der es sehr wahrscheinlich war, dass etliches Unwahrscheinliches geschah. »Ich würde gern ein paar unsichtbare Waffen mit dorthin nehmen. Nur für den Fall.«

»Es wäre vernünftig, wenn du ein Paar von deinen Spezialschuhen anziehst.« Sein Blick glitt zu meinen Haaren. »Und ich glaube, wir können ein paar von den Messern mit den Fäden an deinen Haarklammern befestigen. Aber wir müssen sie erst in der Abteilung holen.«

Wir mussten sowieso dorthin zurück. Jack wollte, dass ich versuchte, ein paar Abhörgeräte und Minikameras in dem Haus zu installieren. »Wenn wir sie an Haarklemmen befestigen, müssen es kurze Messer sein, und mit kurzen Messern reicht man nicht bis ans Herz.«

»Nein, aber du musst nur seinen Geist in dem Körper fangen. Danach können wir konventionelle Waffen einsetzen, und Quinn überlassen wir den Kram mit dem Priesterbann und der Reinigung.«

Ich nickte und blickte auf die Uhr. Es war gleich halb sieben. Da ich Jin um sieben treffen sollte, musste ich mich beeilen. Allerdings gefiel mir der Gedanke, den Mistkerl ein bisschen schmoren zu lassen.

Außerdem hatte ich es wirklich nicht eilig, dorthin zu kommen.

Ich trank meinen Kaffee aus und stieß mich von der Arbeitsplatte ab. »Ich dusche noch eben, dann können wir los.«

»Ich suche dir etwas zum Anziehen heraus, das sie garantiert von irgendwelchen versteckten Waffen ablenken wird.«

»Großartig. Dann werde ich ja wohl so gut wie nackt gehen.«

Er grinste. »Wenn du etwas zu verbergen hast, solltest

du möglichst viel Haut zeigen. Geh jetzt duschen, sonst kommen wir viel zu spät.«

Ich ging.

Und wir kamen viel zu spät.

Als ich aus dem Taxi stieg, war es fast halb acht. Jin lief mit besorgter Miene auf dem Bürgersteig vor Kingsleys Haus auf und ab. Ich fragte mich, wieso. Schließlich hatte er doch nichts Schlimmes zu befürchten, wenn er ohne Begleitung erschien.

Oder etwa doch?

Ich erinnerte mich an Kingsleys Tonfall, als er ihn aufgefordert hatte, eine Begleitung zu besorgen, und war plötzlich nicht mehr so sicher.

Der Verkehrslärm von der Hauptstraße ließ nach, und das Klacken meiner Absätze auf dem Asphalt hallte deutlich hörbar durch die Nacht. Jin fuhr herum und lächelte irgendwie erleichtert. Aber als ich in seine dunklen Augen sah, bemerkte ich den wütenden Ausdruck darin. Nach außen hin gab er sich freundlich und höflich, aber das Wesen in ihm raste vor Wut.

Ein Schauder durchlief mich. Ich wollte dieser Wut nicht begegnen. Wollte nicht ihre Auswirkungen spüren.

Aber ich wusste, dass sich beides vermutlich nicht vermeiden ließ.

Er kam mit lässigem Schritt auf mich zu, sein Gang wirkte irgendwie sexy. Es war der Gang eines Mannes, der wusste, dass er gut aussah und wie er dieses gute Aussehen zur Geltung brachte. Ich ließ meinen Blick nach unten gleiten und bewunderte unwillkürlich seinen Körper, selbst wenn das Wesen darin mich zu Tode ängstigte.

Er blieb ein Stück vor mir stehen und musterte mich ausgiebig von oben bis unten. Meine Haut brannte, und mein Blut geriet in Wallung. Er stand dicht genug vor mir, dass mich seine Lust, sein männlicher Moschusgeruch umfing und kurz die anderen Gerüche, die in der Nachtluft hingen, überdeckte. Ich atmete ein, sog seinen Moschusduft tief in meine Lungen und trieb mein Mondfieber in neue Höhen. Ich hatte das dumpfe Gefühl, dass ich das Fieber in die Höhe treiben musste, wenn ich diese Nacht überstehen wollte, ohne der Versuchung nachzugeben, einfach wegzulaufen.

»Ich dachte schon, du würdest mich versetzen.« Seine Stimme klang heiser und tief, und in seinem dunklen Blick konkurrierte jetzt die Lust mit der Wut.

Ein Schauder, teils durch Lust, teils durch Angst ausgelöst, lief über meinen Rücken. »Erst bin ich nicht rechtzeitig von der Arbeit losgekommen, und dann konnte ich kein Taxi finden.« Ich zuckte lässig mit den Schultern. »Ich bin davon ausgegangen, dass du wartest.«

Er hob eine Braue. »Und wieso warst du dir da so sicher?«

Ich trat so dicht vor ihn, dass meine Nippel, die sich deutlich durch den dünnen Stoff meines knappen grünen Kleides drückten, über den Seidenstoff seines grauen Hemdes strichen. »Weil du dich nach mir verzehrst.«

Er gab ein gurrendes Geräusch von sich, legte eine Hand um meinen Nacken und zog mich dicht an sich.

Für einen winzigen Augenblick erinnerte ich mich daran, wer und was er war, und in mir bildete sich ein Widerstand. Doch ich wusste, dass mir keine andere Wahl blieb, dass ein Teil von mir gar keine andere Wahl haben wollte, und schob den Gedanken und den Widerstand entschieden beiseite. Als seine Lippen meinen Mund berührten, küsste ich ihn fordernd, erwiderte den Druck seines Körpers gegen meinen und steigerte die Lust.

Er ließ die freie Hand meinen Rücken hinuntergleiten, fasste meinen Hintern und drückte mich heftig an sich. Nach ein paar Minuten stöhnte er leise und löste sich von dem Kuss.

»Du trägst«, keuchte er atemlos und berührte beim Sprechen meine Lippen mit seinen, »keinen Slip.«

»Der würde mich nur stören, wenn ich mich amüsieren will.« Ich strich über seine Arme und legte die Hände auf seine Taille. Nur wenn er tief in mich eindrang, konnten wir uns noch näher sein. Und ein Teil von mir, der überwiegende Teil von mir, wollte das. Ich war in erster Linie ein Werwolf, und Sex stand heute Abend ganz oben auf meinem Terminplan. »Bist du sicher, dass du mit deinen Freunden zu Abend essen willst?«

Ich musste diese Frage stellen, weil jede normale, heftig erregte Frau sie gestellt hätte. Wenn ich es nicht tat, schöpfte er vielleicht Verdacht. Ich konnte nur beten, dass er mein Angebot nicht annahm. Ich musste in dieses Haus gelangen, so viel wie möglich herausfinden und dann so schnell es ging wieder von dort verschwinden. Wenn ich mit Jin eine Solonummer schob, ging das alles nicht, dann konnte ich den Fall nicht abschließen, und das wollte ich mehr als alles andere.

»Ich muss.« Er küsste mich kurz auf die Lippen, dann auf die Wange und auf das Kinn. »Aber ich verspreche dir, dass es sich lohnt. John hat für ein hervorragendes Unterhaltungsprogramm gesorgt.«

Was verstanden ein dreiköpfiger Drache und sein finsterer Herr wohl unter hervorragender Unterhaltung? Mir lief eine Gänsehaut über den Leib, die aber schnell von einer neuen Lustwelle vertrieben wurde, als Jin eine Hand unter meinen Saum gleiten ließ und meine Haut und meinen Po streichelte.

»Unterhaltsamer als mit mir zusammen zu sein?«

Meine Stimme war ein heiseres Schnurren, und ein Beben ergriff den Körper, der sich so fest an mich drückte. »Oh, ich habe vor, mit dir zusammen zu sein. Nur nicht hier. Nicht jetzt.«

»Wenn du dich nicht beeilst, muss ich mir womöglich jemand anders suchen, der meine Bedürfnisse befriedigt.«

Seine Augen blitzten belustigt. »Auch dafür dürfte bereits gesorgt sein.« Er trat zurück, löste sich aus meiner losen Umarmung und nahm meine Hand. »Gehen wir.«

Er zog mich auf das Haus zu und schob mich durch das offen stehende Tor. Kingsleys Haus war sehr modern, ein eckiger Betonklotz. Mein Blick glitt an der monolithischen Fassade nach oben, und ich dachte unwillkürlich, dass es mit seinen schmalen Glasschlitzen aussah, als hätte das Haus Augen. Dunkle Knopfaugen, die mich mit prüfendem Blick anstarrten. Augen, die viel zu viel wussten.

Ein kalter Schauer ergriff mich. Ich biss mir auf die Lippe und verfluchte leise meine Fantasie. Es war nur ein Haus. Nicht mehr und nicht weniger.

Abgesehen davon, dass hier ein Gott der Finsternis wohnte, der vorhatte, die Welt ins Verderben zu stürzen.

Nicht nur, dass ich diese Höhle überhaupt betrat, ich musste außerdem noch versuchen, sie zu verwanzen.

Und ich hatte das dumpfe Gefühl, wenn ich nicht sehr gut aufpasste, würde es das Letzte sein, was ich tat.

11

Jin stieg die Stufen hinauf und drückte die Klingel neben der riesigen verchromten Eingangstür. Ich blieb neben ihm stehen und drückte mich dichter an ihn, als ich es normalerweise getan hätte. Denn ich brauchte die Wärme seines Körpers, um die Kälteschauer zu vertreiben.

Ich wurde das Gefühl nicht los, dass ich dabei war, etwas absolut Schlechtes zu tun. Schlecht in dem Sinn, dass es für mich ziemlich böse ausgehen konnte. Jin war zwar ein Psychopath, und Gott wusste, was sonst noch, aber bei ihm wusste ich zumindest annähernd, wozu er in der Lage war.

Was ich von dem Mann, dessen Schritte hinter der Tür widerhallten, nicht behaupten konnte.

Ich befeuchtete meine trockenen Lippen und war beinahe erleichtert, als Jin einen Arm um meine Schulter legte. Allerdings war es keine schützende Geste und fühlte sich alles andere als angenehm an. Er grub seine Finger so brutal in meine Schulter, als hätte er meine plötzliche Unsicherheit bemerkt und wäre fest entschlossen, jeden Fluchtversuch zu unterbinden.

Er wusste nicht, dass ich nicht weglaufen konnte. Dass ich das nicht tun würde. Egal, was hier geschah.

Die Schritte kamen langsam näher. Mein Herz schlug bis zu meinem Hals, und ich bekam kaum noch Luft. Ich verlagerte mein Gewicht von einem Fuß auf den anderen, verschränkte die Arme und schaffte es, sie nicht zu reiben. Hoffentlich dachte Jin, meine Gänsehaut käme von der Kälte und nicht daher, dass ich Angst hatte.

Schließlich wurde die Tür geöffnet. Ich weiß nicht, was ich eigentlich erwartet hatte, aber ganz sicher nicht diesen dünnen, Brille tragenden, beinahe unbeholfen wirkenden Mann, der nun vor mir stand. Ich war so erleichtert, dass ich fast gelacht hätte.

Aber auch nur fast.

Denn als ich in seine blauen Augen sah, wurde mir klar, wie sehr das Aussehen einer Person täuschen kann. Dieser Mann mochte ganz gewöhnlich aussehen, aber wenn man in seine Augen sah, kam sein eigentliches Wesen zum Vorschein.

Er bestand nur aus Energie, purer Energie, einer Energie, die zugleich brutal und verführerisch war. Anziehend. Obwohl zwischen uns gut vier oder fünf Fuß Abstand waren, spürte ich den Sog, der von ihm ausging. Seine Energie strich wie elektrischer Strom über meine Haut, fühlte sich nur viel gefährlicher an.

Der konnte jemanden auf vielerlei Art vernichten, nicht bloß durch den Tod.

»Ich dachte schon, ihr kommt nicht.« Obwohl seine Worte an Jin gerichtet waren, ließ er mich, während er sprach, nicht aus den Augen. »Wir wollten gerade anfangen.«

Seine Stimme hatte einen höflichen verführerischen Klang, von dem sich meine Sinne angesprochen fühlten und mir warm wurde. Ein warnendes Beben durchfuhr mich, eine böse Vorahnung.

Ich steckte in Schwierigkeiten. In sehr großen Schwierigkeiten.

Ich war zwar ein Werwolf und bereit, mit jemandem zu schlafen, um an wichtige Informationen zu kommen, aber dieser Mann, dieser Gott der Finsternis, hatte Jahrhunderte voller Lust und heftigem Verlangen hinter sich. Ich stand vor einem Meister der Verführung.

Und der Meister hatte seine Pläne mit mir. Gautier hatte mich zu Recht gewarnt. Das bestätigte mir das dunkle, gierige Glühen in seinen Augen.

»Riley ist auf der Arbeit aufgehalten worden«, erklärte Jin. »Es tut mir leid.«

»Das sollte es allerdings.« Er ließ mich immer noch nicht aus den Augen und musterte mich genüsslich. Als er mir seine Hand entgegenstreckte, reichte ich ihm meine unwillkürlich und ohne darüber nachzudenken. Er beugte sich vor und küsste meine Hand, wobei er mit den Lippen ein paar Sekunden dort verweilte und es genoss. »Herzlich willkommen in meinem Haus, Riley.«

»Danke«, quiekte ich und räusperte mich. »Es ist mir eine Freude, Sie kennenzulernen.«

»Die Freude ist ganz auf meiner Seite.« Er ließ meine Hand los, aber dort, wo er mit den Lippen meine Hand berührt hatte, war sie ganz heiß. Notdürftig widerstand ich der Versuchung, sie an meinem Kleid abzureiben. »Jin, begleite unseren hübschen Besuch doch bitte hinein und stelle sie unseren anderen Gästen vor.«

Er trat zur Seite. Jin legte eine Hand auf meinen Rücken, sehr weit unten, kurz über meinem Hinterteil, so dass er beim Gehen mit den Fingerspitzen meine Pobacken streicheln konnte, und schob mich hinein. Lust kribbelte auf meiner Haut, und das Brennen in meiner Mitte verstärkte sich. Ich hatte das Mondfieber zwar noch gut unter Kontrolle, aber ich spürte es deutlich, was hieß, dass ich früher oder später Sex haben musste.

Das durfte kein Problem sein, dachte ich zitternd.

Meine Hacken klackerten über die glänzenden Marmorfliesen, und das Geräusch hallte in der leeren Halle wider. Kingsley hielt anscheinend nicht viel von Möbeln. In der Halle stand lediglich ein Garderobenständer neben der Tür, und auf halbem Weg fand sich ein verschnörkelter Telefontisch aus Kirschbaum. Das war alles. An den hellen Goldwänden hingen weder Gemälde noch Spiegel noch irgendwelche anderen Dekorationen. Die Lampen waren verspielt, aber in keiner befand sich eine Glühbirne, so dass die Halle in Schatten getaucht war. Zum Glück konnte ich im Dunkeln sehen, aber ich fragte mich, ob die Finsternis und die Leere ein Trick waren, um bei den Gästen für Anspannung zu sorgen. Schließlich handelte es sich hier um Männer, die von dunklen Gefühlen erregt wurden, und Angst, egal wie schwach sie war, schmeckte sicher köstlich.

Als wir an dem Telefontisch vorbeikamen, drückte ich einen Finger auf eine der winzigen Wanzen, die außen an meiner Tasche befestigt waren, dann ließ ich die Hand beiläufig über das Kirschholz gleiten und platzierte sie vorsichtig, aber schnell unter der Tischplatte.

Eine war ich los, fünf musste ich noch unterbringen.

Zu unserer Linken tauchte eine große geschnitzte Tür auf. So wie Jin sich anstrengte, um sie zu öffnen, musste sie höllisch schwer sein.

Als ich eintrat, verstand ich, wieso.

Energie strich wie kalte Fingerspitzen über meine Haut und hielt mich kurz davon ab, den dämmerigen Raum zu betreten. Vermutlich hatte die Abteilung deshalb so große Schwierigkeiten, das Haus abzuhören. Caelfind hatte offenbar ihr eigenes Abwehrsystem installiert, und ich hatte keine Zweifel, dass es psychischer wie elektronischer Natur war. Sie hatte wie eine sorgfältige Hexe gewirkt, selbst wenn sie am Ende ein bisschen zu selbstsicher gewesen war.

Mit einem seltsamen saugenden Gefühl glitt die Energie über meine Haut, dann ließ sie von mir ab. Ich kratzte mich am Ohr und fragte mich, ob Rhoan wohl noch mitbekam, was vor sich ging, ob der Peilsender in diesem Raum noch funktionierte oder ob ich im Grunde auf mich allein gestellt war.

Ich wollte nicht auf mich allein gestellt sein. Nicht mit diesen Leuten.

Wenn man sie überhaupt als Leute bezeichnen konnte.

Wieder berührte Jin meinen Rücken und drängte mich

mit leichtem Druck nach vorn. Der Raum war lang, und in den Ecken spukten Schatten. In der Luft lag eine wilde Mischung aus scharfen Gewürzen, blumigem Parfum, Angst und Lust. Ich vermied es, diese Mischung tief zu inhalieren, aber Jin hatte keinerlei Hemmungen. Er atmete tief ein und langsam wieder aus.

»Ah, der köstliche Duft von einem guten Roten. Möchtest du einen?«

Wenn er hier den Geruch von Rotwein wahrnahm, hatte er eine bessere Nase als ich. »Gern. Ein kleines Glas.«

»Ich stelle dich den anderen vor, dann besorge ich dir etwas zu trinken.«

Ich nickte und ließ den Blick zu den Gesichtern der Leute schweifen, die sich um das Kaminfeuer am anderen Ende des Raumes versammelt hatten. Ich hatte keine Ahnung, wieso sie sich dort tummelten, denn in dem Raum war es unerträglich heiß. Vielleicht fühlten sie sich dort sicherer, schließlich war das Feuer die einzige Lichtquelle im Raum.

Dann fiel mein Blick auf einen Mann, dessen Gesicht ich kannte, und ich blieb stehen. Ich konnte nicht anders.

Gautier.

Oh, *Gott*, was zum Teufel sollte ich jetzt tun? Das hätte ich wissen müssen, mir hätte klar sein müssen, dass er hier war. Wenn man Jin und Marcus zu dieser kleinen Party eingeladen hatte, war es nur logisch, dass Gautier, der Totenkopf des Drachen, auch dabei war.

Nur dass keiner von uns daran gedacht hatte. Das war dumm. Überaus dumm.

Und es konnte mich das Leben kosten.

Er lächelte und hob sein Glas zum Gruß. Mein Magen krampfte sich zusammen, und mir wurde übel. Ich schluckte heftig dagegen an.

»Alles in Ordnung?«, fragte Jin mit leichter Sorge in der Stimme, die ich ihm keine Minute abnahm.

Ich brachte irgendwie ein Nicken zustande. »Tut mir leid, meine Augen müssen sich erst an die Dunkelheit gewöhnen.«

Er fasste meinen Ellbogen. »Ich führe dich.«

Mir blieb nichts anderes übrig. Ich musste weitergehen. Ich musste gute Miene zum bösen Spiel machen und ausprobieren, wie weit Gautier es trieb. Ich konnte nur hoffen, dass die Kavallerie, die vor dem Haus wartete, sofort da war, wenn ich sie brauchte.

Mit durch und durch angespanntem Körper zwang ich mich weiterzugehen. Ein langer Holztisch war zum Abendessen eingedeckt, aber die Kerzen, die in den verschnörkelten Kerzenständern steckten, brannten nicht. Wir traten in den warmen Schein neben das Feuer. Während wir uns dem Feuer näherten, rann mir eine Schweißspur den Rücken hinunter. Ob das von der Hitze oder schlicht von der Angst vor dem schmalgesichtigen Mann kam, der mich mit einem spöttischen, überheblichen Lächeln im Gesicht musterte, wusste ich nicht.

Ich zwang mich, den Blick von ihm abzuwenden und die anderen anzusehen. Die meisten der Leute hier kannte ich bereits. Der erste war Marcus, der große Mann, der Jan im Club terrorisiert hatte. Die wirkte zumindest deutlich lebendiger als beim letzten Mal, als ich sie gesehen hatte. Allerdings bewegte sie sich sehr langsam, so als wären ihre Wunden noch nicht verheilt.

Die dritte Person stellte Jin mir als Raven vor. Sie hing nervös, aber sehr sinnlich an Gautiers Arm. Es war eine dünne Frau mit schwarzen Haaren, verhärmten Gesichtszügen und stechenden, blutunterlaufenen grauen Augen. Sie war eine Gestaltwandlerin, und ebenso wie Jan wirkte sie irgendwie verzweifelt. Ich fragte mich, ob sie vielleicht ein künftiges Opfer war.

Als ich ihren Geruch wahrnahm, fühlte ich mich an den Club erinnert, an die seltsame Mischung, die aus dem zweiten Raum gekommen war. Es hatte dort ein bisschen nach Verzweiflung und sehr stark nach Tod gerochen.

Gautier *war* in dem Raum gewesen. Und zwar mit dieser Frau.

Seit er zum Totenkopf des Drachens geworden war, war er nicht nur gegen die Sonne immun, sondern war fähig zu Sex. Finsterem, tödlichem Sex.

Bei dem Gedanken hätte ich mich am liebsten übergeben.

Jin berührte leicht meinen Rücken und riss mich aus meinen Gedanken und Ängsten, dann ging er fort, um uns etwas zu trinken zu besorgen, und überließ mich dem Gespräch mit diesen Leuten, die ich absolut nicht näher kennenlernen wollte. Gautier musterte mich wie eine Spinne, sagte nichts und zeigte bloß sein kaltes, giftiges Lächeln. Mein Instinkt schrie mir förmlich zu, ich sollte wegrennen, solange ich noch konnte.

Aber Gautier würde mich nicht gehen lassen. Das wusste ich. Was auch immer er für ein Spiel trieb, ich war mittendrin gefangen und hatte keine andere Wahl, als den Abend verstreichen zu lassen und abzuwarten, was passierte. Zu sehen, was sie vorhatten.

Als Jin mir ein Glas Rotwein reichte, trank ich gierig ein paar Schlucke. Der Wein löste zwar kaum die Anspannung in meinem Körper, aber zumindest war er nass und half gegen meinen trockenen Hals.

Nach ungefähr fünf Minuten belanglosem Gerede über das Wetter und dergleichen ertönte hinter uns eine kleine Klingel. Als wir uns umdrehten, brannten die Kerzen auf dem Tisch, ergossen ihr warmes Licht auf Kristall und Silber und ließen regenbogenfarbene Lichtreflexe durch den Raum tanzen.

Kingsley stand wie ein König, der seine Untertanen überwacht, am Kopfende des Tisches. Er suchte meinen Blick und sah mir unverwandt in die Augen. Kurz setzte mein Herz aus, dann raste es noch mehr. Das Schlimmste war, dass ich nicht wusste, ob das von der Angst oder von etwas anderem herrührte. Daher, dass ich mich nach einer Behandlung sehnte, die mir ganz offensichtlich überhaupt nicht guttun würde.

»Jin, du und die reizende Riley sitzen heute Abend mit mir am Kopfende des Tisches.«

Er sagte das, als würde er uns damit ein großes Geschenk machen, und für Jin schien es das tatsächlich zu sein. Er strahlte über das ganze Gesicht, als er mich zu meinem Stuhl rechts neben Kingsley begleitete. Ich legte meine Tasche auf den Tisch, nahm beiläufig eine weitere Wanze auf meine Fingerspitze und ließ meine zitternden Hände sinken. Gautier beobachtete mich weiterhin, schwieg aber weiterhin. Ich klebte die zweite Wanze unter meinen Stuhl und hoffte inständig, dass sie trotz der magischen Abwehrtechnik hier drin funktionierte.

Die Kamera, die lediglich wie eine etwas größere Silberperle auf meiner glitzernden Tasche aussah, musste eigentlich auf einem höheren Standpunkt platziert werden, doch das war momentan unmöglich.

Kingsley nahm eine Weinflasche, die in der Nähe stand, und füllte mein Glas auf. Dann griff er sein eigenes und hielt es hoch.

»Auf neue Freunde und gute Zeiten.« Er stieß leicht mit seinem Glas gegen meins, dann an Jins.

»Und eine lange Nacht voller Lust und Leidenschaft«, fügte Jin hinzu. Sein Blick war so intensiv, dass er kleine Blitze meinen Rücken hinauf- und hinunterjagte, und das, obwohl ich große Angst hatte.

Aber die Lust, die Jin in mir auslöste, war nichts verglichen mit dem, was sein finsterer Meister neben mir bewirkte. Neben Kingsley zu sitzen war wie neben einem Wolf, der mit voller Kraft seine Aura verströmte. Es trieb mir den Schweiß auf die Stirn und erregte mich, wie ich es noch nie erlebt hatte.

Wäre er ein Werwolf gewesen, hätte ich einfach meine eigene Aura einsetzen können, um seine zu dämmen. Aber wie wehrte man sich gegen die Kraft von einem Gott der Finsternis? Vor allem wenn er in einem menschlichen Körper auftrat? Ich konnte meine Aura noch nicht einmal *benutzen*, denn außer Gautier wusste niemand im Raum, dass ich ein Wolf war, und ich wollte, dass das auf jeden Fall so blieb.

Wenn Gautier es zuließ.

Frauen, die sich leise wie Geister durch den Raum bewegten und im Gesicht genauso blass waren wie diese, servierten das Essen. Es waren allerdings keine Geister. Das hätte ich aufgrund meiner zunehmend innigen Verbindung zum Tod gemerkt. Aber ihre Augen und ihre Gesichter wirkten wenig lebendig. Vielleicht hatte Kingsley alle Energie und alles Leben aus ihnen herausgesaugt.

Alle bis auf Gautier aßen, tranken und plauderten weiter, während das Essen serviert und abgeräumt wurde. Mit einer Sache hatte Jin recht: Das Essen war hervorragend.

Je weiter der Abend voranschritt, desto schwummeriger wurde mir, als hätte ich zu viel getrunken. Ich war entspannt und etwas zu locker. Eigentlich hatte ich nach der Vorspeise aufgehört, Wein zu trinken, aber mein Kopf wurde dennoch nicht klarer. Es fühlte sich seltsam an, als wäre ich da und irgendwie doch nicht da. Als würde ich neben mir stehen und zusehen, was vor sich ging, ohne selbst am Geschehen teilzunehmen. Selbst die Angst vor Gautier und dem, was er vorhatte, schien sich in Luft aufzulösen.

Irgendwo in mir reifte eine böse Vorahnung, aber ich hatte noch nicht einmal die Kraft, mich genauer mit ihr zu befassen. Das schien mir zu anstrengend. Alles war zu anstrengend, außer hier zu sitzen und zu genießen.

Das Dessert, ein schwerer Schokoladenkuchen, der beinahe so gut war wie ein Orgasmus, wurde serviert, und anschließend gab es Kaffee. Es war zwar kein Haselnusskaffee, aber er war ganz exquisit und schmeckte absolut göttlich.

Nun kamen wir zu dem unterhaltsamen Teil des Abends. Sobald die blassen Frauen die letzte Kaffeetasse abgeräumt hatten, stand Kingsley auf, und die Anspannung, die ich schon vorher gespürt hatte, breitete sich sofort wieder in dem überheizten Raum aus. Aber sie war von Angst, Lust und Erregung durchwirkt. Angst und Verlangen kamen von Jan, die Erregung stammte von Jin, Marcus und der dünnen Gestaltwandlerin. Gautier wirkte genauso undurchschaubar wie üblich, doch in seinen Augen sah ich einen Glanz, bei dem mir Schauder über den Rücken liefen.

»Wollen wir uns dem Unterhaltungsprogramm widmen?«

»Oh, ja, bitte.« Jans Stimme war vor Aufregung ganz heiser.

Marcus umarmte sie, und mein Magen krampfte sich zusammen. Vielleicht war es keine gute Idee gewesen, so viel Schokoladenkuchen zu essen. Nicht, wenn es sich bei dem Unterhaltungsprogramm um das handelte, was ich vermutete.

Kingsley schritt durch den Raum zu einer weiteren Doppeltür, die ich bis jetzt noch nicht bemerkt hatte, und stieß sie auf. Der Raum dahinter war ebenso spärlich beleuchtet wie dieser, wurde von riesigen Schatten beherrscht und roch intensiv nach Blut, Angst und Tod.

Als Kingsley in der Dunkelheit verschwand, streckte Jin mir seine Hand entgegen. Ich zögerte nur kurz, aber ich zögerte, und darüber war ein Teil von mir unendlich froh. Zumindest begab ich mich noch nicht vollkommen gedanken- und furchtlos in Schwierigkeiten. Wobei das zu diesem Zeitpunkt keinen Unterschied machte.

Jeweils zu zweit betraten wir den Raum. Am anderen Ende wurde eine Lampe eingeschaltet, die mit ihrem blassen Licht diverse Instrumente aus Holz sichtbar machte, die mit dunklen Flecken übersät waren. Es handelte sich um eine weitere verdammte Folterkammer. Wie zuvor gab es eine Folterbank aus grobem Holz, von der Decke hingen Ketten mit Handschellen, und über einem tiefen Wasserbottich lag ein Holzrad. Grobe Seile waren an Ringen in der Mauer befestigt. Darüber hinaus gab es noch andere Folterinstrumente, die wirklich widerlich aussahen, mit Stacheln verkleidete Metallnischen und andere noch brutaler aussehende Sachen.

Ich betrachtete sie irgendwie leidenschaftslos. Ich war zwar geschockt, aber das Gefühl war weit weg, als wäre ich durch eine Wand von ihm getrennt. Der Zustand, hier zu sein und doch nicht hier zu sein, schien mir seltsam, und zugleich war ich froh darüber. Wäre diese Distanz nicht gewesen, wäre ich womöglich schreiend aus dem Raum gelaufen.

Oder sollte ich das vielleicht? Ich wollte meine Arbeit machen. Ich wollte diese Irren ein für allemal ausschalten.

Das war der einzige klare Gedanke, der in dem Nebel in meinem Kopf aufblitzte.

Aus der Dunkelheit tauchte Kingsley auf. Er hatte sein Jackett ausgezogen und die Krawatte gelockert. Die Spannung im Raum verstärkte sich blitzartig. Sie traf mich wie ein heftiger Schlag, und meine Knie wurden weich.

Jin legte seine Hände um meine Taille und zog mich rücklings an sich. Ich spürte seinen heißen Atem in meinem Nacken, während er seine harte Erektion von hinten gegen meinen Körper presste.

Kingsley blieb vor Jan stehen, hob eine Hand und strich sanft über ihre Wange. Bei seiner Berührung bebte sie, und der intensive, quälende Geruch von Verlangen und Begierde wirbelte um uns herum. In Reaktion darauf ging mein Atem schneller, und Jins leises Lachen strich über meine Haare.

»Bald«, flüsterte er. »Bald.«

»Weißt du, wieso du hier bist?« Kingsley ließ eine Hand an Jans Hals hinuntergleiten und begann, ihre Bluse aufzuknöpfen.

Sie drängte sich gegen seine Hand und bot ihre kleinen Brüste seinem Blick und seiner Berührung dar. »Es ist ein Test«, erwiderte sie.

»Ein Test, nicht das Ende. Verstehst du das?« Er öffnete den letzten Knopf, schob die Bluse zur Seite und entblößte ihre Brüste, ohne sie zu berühren.

»Ja«, flüsterte sie, und ihrer Stimme war deutlich anzuhören, wie sehr sie sich danach sehnte, von ihm angefasst zu werden. Aber sie rührte sich nicht. Ich fragte mich, was sie wohl daran hinderte? War es Angst oder etwas in Kingsleys Blick? Etwas, das ich von meinem Platz aus nicht sehen konnte?

»Dann suche dir ein Gerät aus.«

Ihr Blick glitt suchend durch den Raum und blieb an dem kleinsten Gerät hängen. »Das Fass. Ich nehme das Fass.«

»Ah, gute Wahl.« Kingsley wandte sich an Marcus. »Du weißt, was du zu tun hast.«

Der große Mann nickte und führte Jan hinüber zu dem Fass, das mit winzigen Holzstacheln bedeckt war. Gautier zog Raven dicht an sich und begann auf eine brutale Art mit ihren Brüsten zu spielen, was ziemlich schmerzhaft aussah. Ich schluckte und zwang mich, den Blick abzuwenden. Mit einem sexuellen Gautier konnte ich nicht umgehen. Das war einfach nicht richtig.

Kingsley kam zu Jin und mir herüber. Er blieb links neben uns stehen, und anstatt seiner sogenannten Vorstellung zuzusehen, betrachtete er uns. Sein intensiver, schwerer Geruch legte sich wie eine Decke um uns und bewirkte, dass ich schwitzte und zitterte.

Begehrte.

»Willst du wissen, was passiert?«

»Ja.« Meine Stimme klang leise, heiser. Ich hoffte ein bisschen, dass das von der Angst kam, aber ich wusste, dass es meine Erregung war.

»Erregt dich der Gedanke?«

»Jin erregt mich. Und du erregst mich.«

Er hob skeptisch eine Braue. »Ich glaube, du lügst.«

»Nein.«

»Na, das werden wir ja sehen.« Er hatte einen leichten Befehlston, und ich begehrte instinktiv auf.

»Nein.«

Er verzog amüsiert die Lippen. »Du hast recht, Jin. Sie *ist* stark. Eine wirklich gute Wahl.«

»Danke«, sagte Jin und bewegte die Hände von meiner Taille zu meinen Brüsten und weiter zu meinen Schultern.

Ich bebte erwartungsvoll, als er die Träger von meinen Schultern schob.

»Sieh zu«, befahl Kingsley, und dieses Mal hatte ich keine andere Wahl.

Jan lag quer über dem Fass. Marcus hatte ihre Arme und Beine an Ringen im Boden befestigt, so dass sie gestreckt waren und ihr Bauch gegen die winzigen Dornen gedrückt wurde. Bis jetzt war ihre Haut unverletzt, denn ich konnte kein Blut sehen oder riechen, aber das würde nicht lange so bleiben.

Marcus begann sich auszuziehen, und selbst in meinem weggetretenen Zustand konnte ich wirklich nichts Schönes an ihm finden. Er war einfach ein sehniger Mann mit groben Knochen und einem normalen Standardschwanz. Nicht, dass ich etwas gegen normale Standardschwänze hatte, wenn die Verpackung ansonsten stimmte.

Bei dem klatschenden Geräusch einer Hand, die fest

auf einen Körper einschlug, zuckte ich etwas zusammen. Ich blinzelte und stellte fest, dass Marcus einen Lederhandschuh über die rechte Hand gezogen hatte. An jeder Fingerspitze hingen mit Stacheln versehene Lederriemen. Als er auf Jans Rücken einschlug, wurde ihr Bauch von der Kraft der Schläge gegen die Dornen gepresst, und die kleinen Lederriemen mit den Stacheln rissen brutal ihre Schultern auf.

Es dauerte nicht lange, bis ihr bereits schrecklich aussehender Rücken offen und blutig war, aber aus ihrer Brust drangen kurze, erstickte Freudenschreie, und der Geruch ihres Blutes und ihrer Lust hing schwer in der Luft.

Und nicht nur ihrer.

Der scharfe Geruch von Ravens Erregung waberte vermischt mit Verzweiflung und Begierde durch den Raum. So widerlich mir der Gedanke sein mochte, dass sie das Schauspiel *und* Gautier genoss, der Geruch steigerte dennoch meine eigene Lust.

Jins Fingerspitzen strichen meine Arme hinunter und zogen dabei die Träger meines Kleides mit, so dass sich kurz darauf die grüne Seide auf meine Füße ergoss. Er nahm meine Tasche und warf sie zur Seite, dann ließ er die Finger über meinen Bauch nach oben gleiten und umfasste entschieden meine geschwollenen Nippel. Er kniff fest in sie hinein, und ich zuckte vor Lust. Inmitten der Mondhitze konnte einem Wolf jede Art der Berührung Lust bereiten. Und gerade jetzt sehnte ich mich trotz der Situation, trotz meiner seltsamen Distanziertheit – oder vielleicht gerade deshalb – danach, von ihm berührt zu werden, egal ob grob oder zärtlich.

»Sieh zu«, forderte Kingsley. Seine Stimme schien im Raum widerzuhallen, als käme sie aus weiter Ferne.

Marcus schlug jetzt nicht mehr nur auf Jan ein. Er stand zwischen ihren Beinen und fickte sie, schob sich fest und tief in sie hinein, während sie sich wand, schrie und schließlich kam. Sie lag schlaff auf dem Fass, aber der große Mann hörte nicht auf, er schlug und schlug und schlug seinen Körper immer wieder gegen ihren.

Meine Muskeln zuckten, und meine Haut bebte, als würde ich dort liegen, und ich sehnte mich unendlich nach der Erlösung, die so nah und doch so fern war.

Aber dann kam Marcus zum Höhepunkt, das Beben erstarb, und ich konnte mich gerade noch beherrschen, nicht verzweifelt aufzuschreien.

Kingsley lachte leise. »Ich glaube, die hier ist so weit, mehr zu tun, als nur zuzusehen.«

Jin kniff und reizte immer noch meine Brüste. »Ja«, sagte er mit heiserer Stimme neben meinem Ohr. »Das ist sie.«

»Dann bereite sie vor.« Er streckte die Hand aus und strich über meine Wange. »Gautier, du darfst dich weiter mit Raven vergnügen und hast die freie Wahl, womit.«

Das heftige Stöhnen der Frau folgte mir aus dem Raum. Ich war froh, dass ich Gautier nicht mehr sehen konnte, aber ich spürte seinen Blick noch auf mir, als wir den Raum schon lange verlassen hatten.

Wir passierten eine weitere Tür, die ebenfalls mit dieser widerständigen Energie geschützt war, und betraten einen kleinen quadratischen Raum. Darin stand eine Auswahl der üblichen mittelalterlichen Folterinstrumente und daneben, ungefähr zwei Fuß von den eigentlichen Folterinstrumenten entfernt, ein seltsamer hüfthoher Holzbarren. Ansonsten befand sich nichts in dem Raum. Jedenfalls nichts Lebendiges oder Totes.

Aus den dunklen Ecken stiegen Rauchwolken auf, und ich schwöre, dass sie im Flüsterton Horrorgeschichten erzählten, von denen ich nur hoffen konnte, sie nie erleben zu müssen.

Kurz ergriff mich Angst, und ich taumelte. Nur einen kurzen Augenblick löste sich der Nebel in meinem Kopf auf, und ich konnte klar denken. Etwas stimmte nicht. Etwas stimmte ganz und gar nicht. Ich musste hier weg. Unbedingt.

Ich riss mich von Jin los, fuhr herum, holte mit einem Bein Schwung und versetzte ihm einen heftigen Tritt in den Bauch. Drache oder nicht, er befand sich immer noch in einem menschlichen Körper, und dieser Mensch ging heftig keuchend zu Boden.

Aber er blieb nicht lange dort unten.

Als ich zur Tür rannte, stürzte er sich nach vorn, packte meinen Knöchel und riss heftig daran. Ich krachte mit dem Gesicht auf den Boden und schlug mir auf den kalten Fliesen das Kinn auf. Blut spritzte aus der Wunde, und ich spürte einen heftigen Schmerz. Ich drehte mich fluchend um und trat gegen Jins Kopf, damit er mich losließ. Ich besaß die Kraft eines Werwolfs und eines Vampirs, aber das schien keine Rolle zu spielen. Stück für Stück zog er mich unaufhaltsam in seine Richtung.

Wieder fluchte ich, stemmte mich in eine sitzende Position hoch, stürzte mich auf einen seiner Finger und knickte ihn brutal um. Der Knochen brach, und er schrie voller Wut, Schmerz und Lust.

Er schlug mit der freien Hand nach mir und erwischte mich so heftig, dass mein Kopf nach hinten geschleudert wurde. Ich schlug zum zweiten Mal auf die Fliesen und sah sekundenlang Sterne.

Dann war er auf mir, drückte mich mit seinem Gewicht nach unten und schob meine Beine mit seinen auseinander, während er zugleich meine Handgelenke packte und über meinem Kopf festhielt. »Ich dachte, du magst es nicht so brutal«, sagte er, während er eine Hand zwischen unsere Körper schob und an dem Reißverschluss seiner Hose zerrte.

Ich wand mich unter ihm, aber als er tief in mich eindrang, bebte ich unwillkürlich vor Lust. Es war kurz vor Vollmond, das Fieber brannte in meinen Adern, und ich wollte Sex. Egal welchen Sex. Selbst diesen.

Aber es war noch nicht so weit, dass die Lust stärker war als mein Bedürfnis nach Sicherheit.

»Brutal ist eine Sache. Zwang eine andere.«

Ich schaffte es irgendwie, mich aufzubäumen und ihn von mir herunterzuwerfen, dann rappelte ich mich auf und lief wieder zur Tür. Und direkt in den warmen nackten Körper von John Kingsley.

Es war, als stieße ich gegen eine Stahlwand. Ich prallte

keuchend von ihm ab. Bevor ich mein Gleichgewicht wiedererlangt hatte, holte er aus, hämmerte seine Faust gegen mein blutendes Kinn und schleuderte mich quer durch den Raum. Ich krachte stöhnend gegen die Wand und glitt auf den Boden.

»Schluss«, sagte er. »Du wirst dich nicht mehr wehren.«

Ich wollte mich unbedingt wehren, aber es war, als ob jemand einen Stecker gezogen hätte und meine gesamte Wut und Verzweiflung aus mir herausflossen. Sie waren einfach weg, und diese seltsame Distanziertheit kehrte mit voller Wucht zurück.

»Jin, schnall sie in den Pranger.«

Er rappelte sich vom Boden auf, griff grob meinen Arm und riss mich nach oben. Ohne Umschweife schob er mich rücksichtslos zu dem Pranger. Nun erschloss sich der Sinn des Barrens. Ich musste mich darüberlehnen, dann wurden mein Kopf und meine Arme fest in dem Pranger eingeschlossen und meine gespreizten Beine an den beiden Füßen des Barrens festgekettet. Es war eine sehr unangenehme Position, die zuließ, dass man ungehindert in mich eindringen konnte und bei der jeder Muskel bis zum Anschlag gestreckt wurde, so dass ich bald vor Schmerz schreien würde.

Und genau darum ging es ihnen. Um nichts anderes.

Aber das war noch nicht *alles*, was sie wollten.

Jin stand hinter mir, sein fetter Schwanz berührte mich, reizte mich, drang aber nicht in mich ein. Kingsley trat vor den Pranger. Obwohl er nackt war, hing sein Schwanz schlaff herunter. Irgendwo ganz tief in meinem Inneren betete ich inständig, dass sich daran nichts änderte.

Er blieb stehen. Seine Lust, sein beißender männlicher Geruch umfing mich, rief den Wolf in mir und weckte meine Lust.

Das spürte Kingsley. Keine Ahnung wie, aber er merkte es.

»Sieh mich an«, sagte er leise.

Seine Worte waren ein Befehl, der um mich herumschwirrte. Als ich nicht augenblicklich gehorchte, kicherte er leise, schob einen Finger unter mein blutiges Kinn und hob es hoch. In der Haltung schrien meine Nackenmuskeln auf, und doch war der Schmerz irgendwie seltsam entfernt, ebenso wie meine böse Vorahnung, meine Angst und meine Verzweiflung, die allesamt verschwunden waren. Ich wusste, dass diese Gefühle irgendwo noch da waren, aber sie erreichten mich nicht.

Ich wünschte, ich könnte dasselbe von Kingsley behaupten.

Die Lust und Begehrlichkeit in seinen Augen hätte Stahl zum Schmelzen gebracht, und ich habe nie von mir behauptet, sonderlich stark zu sein. Mein Körper bebte, und das Blut rauschte heiß durch meine Adern.

Seine Augen blitzten. Seine Energie strich brennend über meine Haut und überwältigte mich auf eine Art, die nichts Körperliches an sich hatte. Sie bildete eine Verbindung, die nicht telepathischer Natur war. Ich hatte so etwas noch nie erlebt, ich spürte sie mit jeder Faser meines Körpers und meiner Seele, die vor Erregung zitterten.

Es war beinahe, als würde er mich streicheln, mich von Innen heraus reizen. Als würde er seine mächtige Energie nutzen, um auf den Saiten meiner Lust zu spielen.

»Sehnst du dich nach Erlösung?«

Er streichelte meine linke Hand und spielte mit meinen Fingern. Etwas in mir schrie entsetzt auf, aber nur sehr leise. Ich hatte keine Ahnung, wieso seine harmlose Geste eine solche Panik in mir hervorrief. Vielleicht war es lediglich die Tatsache, dass er mich berührte.

»Dafür können wir sorgen, weißt du?«, fuhr er fort. »Wir können dich auf eine Art befriedigen, wie du es in deinem jungen Leben noch nicht erlebt hast.«

Ich sagte nichts. Konnte nichts sagen. Meine Zunge schien an meinem Gaumen festzukleben.

»Willst du einen kleinen Vorgeschmack haben, Kleines?«

Ganz von allein löste sich meine Zunge von meinem Gaumen, als wollte sie gleich antworten, und trotz des Nebels in meinem Kopf, obwohl ich leicht weggetreten war, biss ich heftig hinein. Diesem Kerl, diesem finsteren Gott, meine Einwilligung zu geben, war nicht gut. Ich wusste nicht wieso und schaffte es nicht, den Nebel lange genug zu vertreiben, um in Ruhe darüber nachzudenken. Aber ich ignorierte mein Gefühl nicht. Nicht, wenn etwas auf dem Spiel stand, das kostbarer als das Leben an sich war.

Kingsley lachte leise. Es klang verführerisch und durch und durch böse. Er wandte den Blick von mir ab und nickte kurz.

Jin schlug heftig auf mein Hinterteil. Ich stöhnte, hin- und hergerissen zwischen Lust und Schmerz, dem Verlangen danach und doch wieder nicht.

Beide Männer atmeten tief ein, als würden sie den Geschmack von Schmerz und Lust einsaugen. Kingsleys Finger an meinem Handgelenk zitterten, was auf die Lust hindeutete, die ich an ihm riechen konnte. Seltsam, dass diese Lust noch nicht seinen Schwanz erreicht hatte. Vielleicht erhörte irgendjemand dort oben meine Gebete.

Jin schlug immer wieder zu, bis meine Muskeln bebten, meine Haut brannte und mein Körper vor Lust schmerzte. Es war heftiger als alles, was ich jemals erlebt hatte.

Ich wollte es. Gott, wie sehr ich es wollte.

Egal was sie mir gaben. Was auch immer sie zuließen.

Schweiß lief meine Stirn hinunter und weiter über meine Wangen und mischte sich mit dem Blut, das nach wie vor von meinem Kinn tropfte. Ein Teil davon stammte jetzt aus meinem Mund, denn ich biss mir unverändert auf die Zunge und beherrschte mich, um nicht um das zu betteln und zu flehen, wonach mein Körper so verzweifelt verlangte.

Als ich gerade dachte, ich könnte es nicht mehr aushalten, nickte Kingsley, und Jin drang in mich ein. An seiner Art, heftig zuzustoßen, sich zurückzuziehen und erneut fest zuzustoßen, war nichts Zärtliches, nichts Sanftes, aber das war mir egal.

Außerdem fühlte ich eigentlich nicht Jin, sondern

Kingsley. Er war überall, um mich herum und in mir, füllte mich mit seiner dunklen Energie und seinem Verlangen. Er berührte mich, streichelte mich, eroberte mich, nicht körperlich, sondern geistig, und das war in mehrfacher Hinsicht deutlich intensiver als jede normale Berührung. Mein Körper, meine Sinne reagierten bereitwillig, gierig. Auf einmal konnte er mit mir machen, was er wollte, und ich konnte mich nicht dagegen wehren.

Um ehrlich zu sein, wollte ich mich überhaupt nicht wehren. Ich verlor mich in der Leidenschaft und Intensität des Augenblicks und ertrank willenlos darin. Mein Herz hämmerte wie wild, mein Körper schrie nach Erlösung, und jeder Muskel, jede Faser war bis zum Bersten gespannt.

Dann nahm Kingsley den kleinen Finger meiner linken Hand in den Mund und begann daran zu lecken und zu saugen. Das Gefühl gab mir den Rest. Ich kam heftig und schnell zu einem überwältigenden Höhepunkt. Genau in dem Augenblick grub Kingsley seine Zähne tief in mein Fleisch. Schmerz durchströmte mich und umhüllte mich, stieß in meinem Kopf und in meiner Seele auf Kingsleys Energie und verband sie mit ihr zu so etwas unglaublich Wunderbarem, dass ich ein zweites Mal kam.

Erst als ich wieder atmen konnte, bemerkte ich, dass Jin weiterhin tief in mich eindrang, kurz und heftig atmete und bald zum Höhepunkt kommen würde. Erst jetzt bemerkte ich Kingsley, der weiterhin an meinem Finger sog.

Ich hatte kein Gefühl in meinem kleinen Finger, spürte

nur ein Pochen, einen seltsamen Schmerz. Und ich blutete stark. So stark, dass selbst Kingsley mit seinem Lecken und Saugen nicht verhindern konnte, dass das Blut meine Hand und mein Handgelenk hinunterlief.

Dann sah ich, warum.

Mein Finger endete am ersten Gelenk.

Genau wie bei den Frauen, die aufgeschlitzt und ausgenommen auf dem Boden der Lagerhäuser ihr Ende gefunden hatten.

Das hatte mir meine Vorahnung versucht zu sagen. Das hatte sie vorausgesehen, davor hatte sie sich gefürchtet.

Jetzt wusste ich es, jetzt, wo alles zu spät war.

Ich schrie. Keine Ahnung, ob innerlich oder laut. Ich schrie einfach.

Und dann wurde ich von der Dunkelheit überwältigt und verlor das Bewusstsein.

12

Langsam kam ich wieder zu mir. Mein Kopf pochte vor Schmerz. Vor meinen geschlossenen Augen tanzten bunte Punkte wild durcheinander, und mein Magen krampfte sich im passenden Rhythmus zusammen. Ich konnte nicht im Entferntesten den Schmerz beschreiben, der von meiner linken Hand ausstrahlte.

Es war besser, ihn zu ignorieren. So zu tun, als wäre er nicht da, selbst wenn er so stark war, dass er mir den Schweiß auf die Stirn trieb.

Aber vielleicht kam das auch von der Hitze. Es war heiß hier drin, wo auch immer »hier« war. Meine Haut brannte, und das nicht nur von den Wunden. Die Luft war schwül-feucht und roch intensiv nach Moschus und alter Erde. Dazwischen nahm ich die Gerüche von Blut und Tod, von Sorge und Schmerz wahr, einige waren alt, andere frisch, alle intensiv.

Der Ort schien sich unter der Erde zu befinden und bereits einen Haufen Tote gesehen zu haben.

Ebenso der Tisch, auf dem ich lag. Elend und Tod schienen sich förmlich in den Stein hineingefressen zu haben, und das gruselige Gefühl, das von ihm ausging, bohrte sich schmerzhaft in mein Rückgrat und mein Hinterteil. Ich widerstand dem Drang, mich zu bewegen, und konzentrierte mich auf das, was in dem Raum vor sich ging.

Irgendwo links von mir knisterte ein Feuer. Ich nahm keinen Rauch wahr und spürte nicht den geringsten Luftzug. Es schien sich nicht um ein normales Kaminfeuer zu handeln. Da ich mir denken konnte, wer das Feuer entzündet hatte, war es ganz bestimmt magischen Ursprungs. Caelfind war vermutlich nicht die einzige praktizierende Hexe gewesen. Ein Gott der Finsternis kannte sich garantiert auch ein bisschen mit schwarzer Magie aus.

Neben dem Knistern der Flammen war ein Sprechgesang zu hören. Ich lauschte einige Sekunden und versuchte den Singsang zu verstehen, doch es handelte sich um eine Sprache, die mir fremd war. Aber ich erkannte Jins Stimme.

Ein Schauder überlief meine Seele. Ich wusste zwar nicht, wo ich war, aber der Geruch, mein Gefühl und mein Instinkt sagten mir eindeutig, wozu dieser Ort benutzt wurde.

Das war Quinns Tor. Der Ort, an dem Kingsley seine Opfer darbrachte oder Fütterungen durchführte oder was zum Teufel sonst noch. Keine Ahnung, wieso er die Leichen anschließend in ein Lagerhaus verfrachtete. Vielleicht wollte er nur nicht, dass die Opferstelle von dem Gestank des verwesenden Fleisches verpestet wurde.

Ich hätte gern meine Augen geöffnet und mich genauer umgesehen, aber solange ich nicht wusste, ob Jin und ich allein in diesem Raum waren, durfte ich es nicht riskieren, auch nur zu zucken.

Ich atmete langsam ein, vorsichtig, aber tief, und suchte zwischen den intensiven Gerüchen von Tod, Alter und Macht nach einem Hinweis auf Kingsley.

Nichts.

Er war nicht hier, wofür auch die Tatsache sprach, dass ich relativ klar im Kopf war. Ich war nicht mehr das gefügige, bedürftige Mädchen, als das ich mich im Haus gefühlt hatte, und meine Gedanken waren frei von dem Nebel, der mich vorhin so gefügig gemacht hatte. Klar, dafür klopften jetzt Tausende kleiner Hämmerchen in meinem Schädel und in meiner Hand, aber der Schmerz war gut, selbst wenn er mir die Tränen in die Augen trieb. Denn ich war in der Lage zu denken. Ich konnte etwas empfinden. Und nach den Ereignissen der letzten Stunden fühlte sich allein das himmlisch an.

Der bittere metallische Geschmack in meinem Mund hatte vermutlich damit zu tun, dass man mich künstlich in diesen vernebelten Zustand versetzt hatte, vielleicht hatte man mir Drogen in Wasser und Wein getan. So musste es gewesen sein, anders ließ sich nicht erklären, was geschehen war. Was ich zugelassen hatte.

Wenn sie meinen Willen ausgeschaltet hatten, war es für Kingsley ein Kinderspiel, durch einen von meinen Schutzschilden zu dringen und mich ihm hörig zu machen.

Aber nur wenn er in meiner Nähe war. Das hatte sich bei meinem kurzen Angriff auf Jin gezeigt.

Das Gute an der ganzen Situation war, dass er offenbar nicht an *all* meinen Schilden vorbeigekommen war. Andernfalls wüsste er, dass ich nicht ein normales neues Opfer war, sondern ein Werwolf und Wächter. Wenn sie wüssten, wen sie da vor sich hatten, hätten sie bestimmt mehr Sicherheitsvorkehrungen getroffen.

Aber sie hatten mich nicht gefesselt. Ich war zwar nackt, aber meine Arme lagen locker neben meinem Körper, und meine Beine waren bequem ausgestreckt. Zwar trug ich keine Schuhe mehr, aber ich konnte die beiden Messer spüren, die in meinen Haarspangen versteckt waren. Wenn es darauf ankam, verfügte ich über Waffen, gute Waffen.

Mein erster Impuls war aufzustehen und wegzurennen, solange Jins Aufmerksamkeit von etwas anderem gefangen war, aber das bekam ich schnell unter Kontrolle. Obwohl ich im Raum nur Jin spürte, hatte ich keine Ahnung, ob sich hier noch etwas anderes befand. Es konnten fiese kleine oder auch weniger kleine Bestien hier sein, so etwas wie der Höllenhund, der in der Dunkelheit auf mich gelauert hatte. Und ich bezweifelte ernsthaft, dass ich stark genug war, ihn *und* Jin zu schlagen.

Nein, ich sollte besser den richtigen Moment abwarten. Möglichst irgendwann, *bevor* sie anfingen, mir die Eingeweide herauszunehmen.

Ich atmete noch einmal tief ein, ganz vorsichtig, und

versuchte dabei, noch mehr über den Raum herauszufinden. In der Luft hingen nur die Gerüche, die ich bereits wahrgenommen hatte. Ich musste das Risiko eingehen und die Augen aufschlagen.

Ich öffnete zunächst nur ein Augenlid. Warmes Licht tanzte über die dunklen grob gehauenen Wände und beleuchtete die schwachen Hieroglyphen, die man in sie hineingeritzt hatte. Einige der Zeichen kamen mir bekannt vor, es waren die gleichen wie auf dem Ring, den ich in dem Haus von dem gehäuteten Dieb gefunden hatte. Bei den übrigen wusste ich nicht, worum es sich dabei handelte, doch allein ihr Anblick machte einen bedrohlichen Eindruck auf mich. Keine Ahnung, wieso, aber sie gaben mir das Gefühl, schrecklich allein zu sein, und jagten mir Angst ein.

Bis jetzt war die Angst von den starken Schmerzen überlagert gewesen. Nun kam sie mit voller Wucht zurück, und wieder konnte ich mich gerade noch beherrschen, aufzustehen und wegzulaufen.

Ich stieß behutsam die Luft aus und versuchte meine Panik in den Griff zu bekommen, atmete langsam und gleichmäßig und inspizierte weiterhin vorsichtig meine Umgebung.

Wenn ich hier herauskommen wollte, musste ich genau wissen, wer sich wo befand, und mir einen Überblick über die Gesamtsituation verschaffen. Ich konnte mir zwar denken, wo ich war und welches Schicksal man für mich vorgesehen hatte, aber bevor ich irgendwelche Pläne fasste, musste ich erst die Gesamtlage kennen.

Das hieß, dass ich meine Haltung leicht verändern musste, um besser sehen zu können.

Das war gefährlich. Ich sah, dass Jin rechts von dem Feuer im Schatten stand und leise vor sich hinsang, aber ich hatte keine Ahnung, ob noch etwas oder jemand dort lauerte, den ich mit meinen Sinnen nicht erfassen konnte.

Dennoch, ich musste es versuchen.

Mein Herz hämmerte. Ganz langsam rutschte ich ein winziges Stück zur Seite. Und wartete. Wieder bewegte ich mich ein Stück und wartete. So machte ich weiter, bis ich in einem leichten Winkel auf dem Stein lag. Als ich fertig war, war mein Magen ein einziger Knoten, und mir war heiß vor lauter Angst, aber mein Kopf lag näher am Rand des riesigen Tisches, und ich konnte gut die Hälfte des Raumes überblicken.

Doch der Raum war nicht in die Erde gehauen worden, wie ich zunächst angenommen hatte, sondern es handelte sich um einen echten Keller. Einen alten Keller, an dessen Wänden die Zeit ihre Spuren hinterlassen hatte. Aus dieser Perspektive schienen die Hieroglyphen deutlich jünger als die Wände zu sein, sie wirkten wie offene blutende Wunden in der Wand.

Wieder überlief mich ein Schauder, und ich riss den Blick von der Wand los. Jin stand ein ganzes Stück links von mir und war vom Hals bis zu den Füßen in eine schwarze Kutte gehüllt. Interessanterweise war die Körperwärme des Drachen mit Infrarotsicht kaum zu erkennen. Er war dunkel und purpurfarben. Er sah auch nicht aus wie ein Körper auf der Schwelle zum Tod, sondern ganz anders, irgendwie vollkommen fremd.

Aber schließlich hatte ich es mit dem Geist eines alten Drachen zu tun, der abgesehen von der Körperhülle, in die er leihweise geschlüpft war, rein gar nichts Menschliches an sich hatte.

Hinter ihm befand sich eine Tür. Es war ein schweres Teil aus modernem Stahl, das überhaupt nicht zu der sonstigen Atmosphäre dieses Ortes passte. Aber aus irgendeinem Grund fühlte ich mich allein bei ihrem Anblick besser.

Wenn es eine Tür gab, konnten Leute hereinkommen. Falls es mir zufällig nicht gelingen sollte, mich selbst zu retten, konnte mir immer noch jemand zu Hilfe eilen.

Es stimmte mich zuversichtlich, nachdem ein Teil von mir bis jetzt nicht mehr zu hoffen gewagt hatte.

Auf halbem Weg zwischen mir und der Tür befand sich ein kleiner Tisch. Er war mit einem Lederlappen bedeckt, auf dem ein gebogenes Messer lag und ein schwerer Silberkelch stand.

Beide Gegenstände rochen alt und nach Tod. Wobei ich bis zu dieser Minute geschworen hätte, dass Silber keinen Geruch konservierte.

Mein Blick glitt von dem kleinen Tisch, weiter zu Jin und wieder zurück zu dem Tisch.

Dieses Messer war vielleicht meine einzige Chance, frei zu kommen. Vorausgesetzt, Maisie hatte die Wahrheit gesagt, als sie erklärt hatte, man müsse Drachen enthaupten, um sie zu töten.

Ich beobachtete Jin erneut. Er hielt die Augen geschlossen und war ganz auf den Gesang konzentriert, den ich nicht verstand. Wenn es eine Art Zauberspruch war, schien er nicht für mich bestimmt zu sein. Zumindest nicht dazu, mich bewegungslos zu machen. Er konnte aber eine andere Wirkung auf mich haben, die ich erst spürte, wenn ich mich bewegte.

Wenn ich das herausfinden wollte, blieb mir nichts anderes übrig, als es auszuprobieren.

Ich stieß langsam die Luft aus, hüllte mich in Schatten und ließ mich von dem Steintisch heruntergleiten. Jin sang unverändert in gleichmäßigem Rhythmus weiter und schien nichts bemerkt zu haben.

Ich stieg über die Steine, ihre Wärme strich über meine Haut und trieb eine sanfte kribbelnde Energie meine Beine hinauf. Ich achtete nicht weiter darauf, umfasste den schwarzen Griff des gebogenen Messers, griff es und rannte so schnell ich konnte auf Jin zu.

Ich war ein Werpir und besaß somit die Schnelligkeit eines Vampirs sowie die Kraft eines Werwolfs *und* eines Vampirs. Dem hatte noch nicht einmal der Geist eines Drachen etwas entgegenzusetzen. Vor allem, wenn man ihn überraschte. Jin blickte erst in letzter Sekunde auf, stotterte, und dann verstummte er ganz. Er kam noch nicht einmal mehr dazu, die Augen richtig aufzureißen, bevor die Klinge durch seine Haut, seine Muskeln und seine Knochen schnitt und schnell und sauber seinen Nacken durchtrennte. Der überraschte Ausdruck gefror in seinem Gesicht und wirkte beinahe komisch, als sich sein Kopf von seinem Hals löste und auf den Boden rollte. Eine Sekunde später fiel sein Körper hinterher und sackte auf dem Boden zusammen. Aus dem Stumpf über seinem Nacken schoss Blut hervor und bildete eine Lache um seinen Kopf herum. Es sah fast aus wie ein dunkler Heiligenschein.

Von seiner Leiche stiegen kleine Rauchwölkchen auf. Ich hob das Messer und zog mich schnell zu dem Kreis aus Steinen zurück. Ich hatte keine Ahnung, ob eine Drachenseele jemanden angreifen konnte oder ob die Silberklinge oder der Kreis aus Steinen mich schützten, aber es fühlte sich auf jeden Fall sicherer an als direkt neben einer aufsteigenden Seele zu stehen, die dem Meister der Schmerzen gehört hatte.

Die Rauchfahnen wirbelten umeinander, vermischten sich und formten sich zu einer Gestalt, zu einer Schlange ohne Flügel. Die Schlange zischte. Das Geräusch hallte in dem Raum wider, und ich zuckte zusammen.

Aber sie griff nicht an, löste sich lediglich auf und schwebte davon.

Hoffentlich zurück in die Hölle, aus der sie gekommen war.

Offenbar hatte Maisie nicht gelogen.

Ich spähte durch die Tür hinter Jin. Der nächste Raum hing voller Schatten. Ich konnte niemanden sehen, konnte auch niemanden spüren. Und dennoch … hatte ich das Gefühl, dass ich nicht mehr allein war.

Ein Verdacht, der sich bestätigte, als sich einer der Schatten bewegte.

Mein Herz machte einen Sprung, und Freude durchströmte mich. Rhoan. Das musste Rhoan sein, auch wenn ich seine Anwesenheit nicht spürte. Er musste gemerkt haben, dass ich in Schwierigkeiten steckte, und hatte Himmel und Hölle in Bewegung gesetzt, um mir zu helfen.

Dann erreichte mich aus dem anderen Raum ein frischer Luftzug, der den widerlichen Geruch von ungewaschenem Fleisch zu mir herüberwehte.

Beinahe musste ich über die Ironie der Situation lachen.

Das war nicht Rhoan.

Es war Gautier.

Wie vollkommen, absolut, verdammt passend.

Einen Augenblick spürte ich den starken Impuls wegzurennen, mich einfach an ihm vorbeizudrängen und wegzulaufen. Ich ging ein paar Schritte vorwärts, dann zwang ich mich stehen zu bleiben.

Ich hatte keine Ahnung, was mich hinter dieser Tür und hinter Gautier erwartete. Dort konnte der andere Drache lauern. Oder der Gott der Finsternis persönlich. Drei gegen einen waren jedenfalls keine gute Voraussetzung, egal welcher Gestalt, Art oder Form sie waren.

Außerdem landete ich vermutlich dort in einem Raum, der absolut keinen Platz zum Kämpfen und, was noch wichtiger war, zum Ausweichen bot. Wenn ich gegen Gautier kämpfen musste, dann in diesem Raum, der geräumiger war.

Ich sah hinunter auf die Steine, die um den Tisch

herumlagen. Leider verströmten sie keine Energie mehr, seit Jins Gesang verstummt war. Die Inschriften an der Wand verströmten kein rötliches Licht mehr.

Das Schicksal schien nicht vorzuhaben, mir mehr zu helfen, als es das bislang bereits getan hatte. Nicht, dass mich das überraschte. Das Schicksal und ich waren noch nie dicke Freunde gewesen.

»Was machst du hier, Gautier?«

Er antwortete nicht gleich, sondern hockte sich stattdessen neben Jins Leiche und tauchte einen Finger in die dicke Blutpfütze. Er hob ihn an den Mund und leckte ihn ab. Aus seinen Augen sprach ein irrer wütender Ausdruck, der nicht nur von Gautier stammte, da war noch etwas anderes. Etwas Fremdes und Tödliches.

»Das Blut von einem Drachen schmeckt wie das von Menschen, falls du dich das fragen solltest.«

»Habe ich nicht, aber danke für die Information, Stinker.«

Er lächelte und stand auf. Hinter seinem Rücken holte er ein Messer hervor, länger und glänzender als das in meiner Hand. »Ich bin gespannt, ob dein Blut so süß schmeckt wie das von anderen Wölfen oder ob es genauso scharf ist wie deine Zunge.«

Meine Knöchel färbten sich weiß, so fest umklammerte ich das gebogene Messer. »Bevor wir anfangen, sag mir eins, Gautier.«

»Du willst einen letzten Wunsch äußern? Es entspricht eigentlich nicht meinem Charakter, so etwas zuzulassen, aber da wir über die Jahre eine so nette und herzliche

Beziehung gepflegt haben, mach ich eine Ausnahme. Frag.«

»Wie bist du in Dunleavys Haus gekommen, ohne dass er dich explizit eingeladen hat?«

»Ach.« Er lächelte spöttisch, strich mit der Fingerspitze über die Messerklinge und schnitt sich dabei, was ihn nicht zu stören schien. »Ich stamme aus einem Labor. Ich bin ein Vampir, den man mit den Stärken anderer Wesen optimiert hat. Ich hatte deshalb nie dieses Türschwellenproblem von anderen Vampiren.«

Hieß das etwa, dass er unaufgefordert jede Türschwelle übertreten konnte? Das dürfte allerdings wesentlich dazu beigetragen haben, dass er unser bester Wächter geworden war. Das und die Tatsache, dass er ein Psychopath war, der gern Leute umbrachte.

Aber zumindest erklärte das, wie er eine Nachricht in der Wohnung hatte hinterlassen können, in der Jack uns sicherheitshalber zunächst untergebracht hatte, nachdem Gautier sich von der Abteilung losgesagt hatte. Ich erschauderte. Er hätte uns schnappen können, wann er wollte und wo er wollte. Selbst an den Orten, an denen wir uns absolut sicher gefühlt hatten.

»Wieso hast du im Gegensatz zu den anderen deine Seele behalten können, wenn du der Totenkopf des Drachen bist? Und wieso hast du deinem Meister der Finsternis nicht gesagt, dass ich ein Wächter bin?«

Er ging an Jins Leiche vorbei. Es war nur ein Schritt, aber mir sprang vor Schreck beinahe das Herz aus der Brust. »Das sind drei Fragen.«

»Es wird dich sicher nicht umbringen, mir noch ein paar Fragen zu beantworten.«

»Sicher ist, dass du langsam und qualvoll sterben wirst, und zwar in dem Bewusstsein, dass die Verstärkung, die da draußen wartet, dich an diesem Ort niemals finden wird. Und in dem Bewusstsein, dass ich alle umbringen werde, die dir etwas bedeuten, und zwar so, wie es mir Spaß macht. Weil mich niemand aufhalten kann. Ich bin der Tod, und du gehörst *mir.*«

»Dieser Totengeist, der jetzt mit in deinem Körper wohnt, hat dich zwar deutlich eloquenter gemacht, aber er redet noch genauso viel Mist wie du.«

Er zog kaum wahrnehmbar die Augen zusammen, aber das Gefühl drohender Gefahr wirbelte deutlich spürbar um mich herum und ließ die feinen Härchen in meinem Nacken senkrecht nach oben stehen. Es war noch nie besonders vernünftig gewesen, Gautier zu verärgern, aber jetzt, nachdem er von dem Geist des Todes besetzt war, musste ich wohl wahnsinnig sein. Und dennoch, wenn ich sterben musste, würde ich ihm dabei ins Gesicht spucken und ihm Gehässigkeiten an den Kopf werfen.

»Wir werden es genießen, dich umzubringen.«

»Werden *wir* denn auch die Fragen beantworten?«

Wieder lächelte er. Es war ein Lächeln, das von schmieriger Selbstüberzeugung zeugte. Das Lächeln, das mir so vertraut war.

»Die anderen waren Menschen und ihre Seelen leicht zu beseitigen. Bei mir ist das etwas anderes, denn ich bin, wie gesagt, ein Vampir aus dem Labor. Mich wird man nicht so leicht los.«

Als ob wir *das* nicht wüssten. »Und wieso hast du Kingsley nicht gesagt, wer ich bin?«

»Er hat noch andere Opfer oben. Er nimmt nicht meins. Hier gibt es niemanden, der dich rettet. Hier gibt es nur dich und mich.«

Ich starrte ihn eine Weile an, dann holte ich tief Luft, nahm all meinen Mut zusammen und stieg über die Steine in die Mitte des runden Gewölbes. Es war größer, als ich ursprünglich gedacht hatte, und voller sich bewegender Schatten, die für keinen von uns gut waren.

Ich rollte die Schultern und versuchte die schmerzhafte Verspannung zu lockern, dann scharrte ich mit den Füßen und bohrte die Fersen in den weichen erdigen Boden, um mehr Halt zu bekommen. Als ich bereit war oder zumindest so bereit, wie es mir eben möglich war, hob ich die freie Hand und machte eine kurze auffordernde Geste. »Na, dann los, Stinker.«

Er lachte, und es war das fröhlichste Geräusch, das ich je von ihm gehört hatte. Mit einer geschmeidigen Bewegung steckte er das Messer wieder in die Scheide hinter seinem Rücken, verwandelte sich in einen verschwommenen Streifen aus Energie, Hitze und purer Mordlust und schoss auf mich zu.

Ich konnte eigentlich nur versuchen, irgendwie zu überleben. Ich wich ihm aus, duckte mich und blockte, wandte alles an, was man mir in den letzten Monaten eingebläut hatte, nutzte jeden Instinkt und meine gesamte Schnelligkeit. Er war schnell, superschnell und besaß schärfere Instinkte und mehr Geschick, als ich sie jemals haben würde. Aber ich kämpfte um mein Leben, und was die Überlebenschancen anging, brachte mich das ein Riesenstück nach vorn. Immerhin genug, um zu bestehen.

Wir bewegten uns durch den Raum, tänzelten umeinander herum und wichen einander aus. Staub wirbelte durch die schwüle Luft und machte sie noch stickiger, so dass ich nur schwer atmen konnte. Vielleicht war es auch nur die Angst, die immer schwerer auf mir lastete. Abgesehen von dem gelegentlichen Geräusch aneinanderklatschender Körper oder einem schweren Schritt auf dem erdigen Boden vollführten wir einen teuflischen, lautlosen Tanz. Immer mehr Schläge drangen durch meine Verteidigung und prasselten auf meinen Körper nieder, hinterließen Schrammen und Prellungen, aber keine Brüche. Noch nicht. Jedes Mal, wenn er mich traf, jedes Mal, wenn er mich mit seinen Zähnen oder Nägeln kratzte, schloss ich den Schmerz in mir ein. Wenn er daran wollte, musste er ein ganzes Stück härter kämpfen.

Dass er dazu vermutlich problemlos in der Lage war und davor nicht zurückschrecken würde, war ein grausiger Gedanke.

Aber immerhin stand ich, nachdem wir ein paar unendlich lange Minuten heftig gekämpft hatten, noch auf den Beinen, und das relativ unverletzt. Aber, Himmel, war ich dankbar, als er innehielt! So sehr der Wolf in mir darum bettelte, ihn anzugreifen, mit den Krallen nach ihm zu schlagen, ihn zu beißen und diese stinkende Kreatur in Stücke zu reißen: Meine Vernunft behielt die Oberhand. Dieses Tempo konnte ich nicht lange durchhalten. Ich besaß zwar die Kraft eines Wolfs und eines Vampirs, aber Gautier war jetzt deutlich mehr. Wer weiß, welche Kraft der Drache ihm verlieh? Ich musste meine Kräfte einteilen und mich nach ihm richten, bis ich die Gelegenheit bekam, die Führung zu übernehmen.

Er atmete tief ein. Seine trüben Augen blitzten entzückt. »Ach, der süße Geruch von deiner Angst, Riley. Das ist so viel köstlicher als Blut.«

Ich wich noch ein Stück zurück und wischte mir mit meinem blutverschmierten Arm den Schweiß von der Stirn. Er verströmte mit jeder Pore Selbstvertrauen, und ganz ehrlich, wer wollte ihm das verübeln? Man roch meinen Schweiß, meine Anstrengung und mein Blut ebenso wie die bereits erwähnte Angst. Das konnte ich nicht leugnen.

»Genieße es, solange du noch kannst, Psycho, denn es wird dein letztes Mal sein.«

Er griff hinter sich und zog erneut das Messer hervor. In dem flackernden Schein der Fackeln wirkte es, als würde die Silberklinge rotgolden glühen. Als ob an ihr bereits mein Blut klebte.

Ich zitterte, ignorierte die Klinge und beobachtete stattdessen seine Hände. Bei normalen Psychopathen verfolgte man die Bewegung der Augen, aber Gautier war viel zu verschlagen. So leicht machte er es einem nicht. Wenn er mit dem Messer zustieß, würde ich es nur daran merken, dass seine Finger kurz vorher zuckten.

Er stieß nicht zu.

Er lachte nur. Das Geräusch donnerte durch die Stille und riss an meinen Nerven.

Ich dehnte die Finger und wartete.

Er lächelte und ließ die Klinge lässig vor- und zurückschwingen.

Als er mich schließlich angriff, ging es so schnell, dass ich kaum Zeit hatte zu blinzeln. Ich fuhr herum und trat mit dem nackten Fuß nach ihm. Mit meiner Ferse traf ich seinen Magen und stieß ihn zurück. Er schlug mit der freien Hand nach unten und verpasste nur knapp mein Schienbein; dann folgte er der Richtung des Schlages, wirbelte herum und schlug und trat dabei in einer einzigen geschmeidigen Bewegung um sich. Plötzlich entglitt meinen nervösen Fingern das Messer. Sein Messer verfehlte nur knapp meine Nase und hätte mir vermutlich das Gesicht aufgeschlitzt, wenn ich nicht gerade noch ausgewichen wäre.

Das machte mich aus irgendeinem Grund wütend. Ich konnte damit umgehen, wenn man mich zu Brei schlug, aber mir das Gesicht zu zerschneiden, gehörte sich einfach nicht. Ich war vielleicht nicht besonders hübsch, so dass ich mir deshalb keine großen Sorgen machen musste, aber ich hing enorm an dem, was ich hatte.

Gautier dehnte kurz die Finger, schloss sie um den Schaft des Messers und verschwamm zu einem unscharfen Fleck. Mit federleichten Schritten bewegte er sich über den staubigen Boden. Es war kaum mehr als ein Flüstern zu hören. Ich wünschte, ich könnte dasselbe von seinem Geruch behaupten. Er roch intensiv nach Tod. Dieser widerwärtige Gestank raubte mir den Atem, so dass ich noch mehr Schwierigkeiten hatte, mich zu konzentrieren.

Ich verfolgte ihn mit Infrarotsicht, wartete, bis er ganz nah war, ließ mich dann fallen, wirbelte herum und versuchte, ihn zu Fall zu bringen, indem ich mit dem Fuß nach ihm trat. Er wich dem Tritt mit Leichtigkeit aus und stieß mit der Faust nach mir. Ich duckte mich, spürte den Luftzug seiner Faust an meiner Wange, stürzte mich nach unten auf sein Knie und riss ihn um. Wir krachten beide stöhnend auf den Boden und rollten übereinander, wobei sich unsere Arme und Beine ineinander verhakten und wir uns gegenseitig bissen. Ich rief meine andere Gestalt, spürte, wie sie wütend meinen Körper ergriff, und schlug mit den Wolfszähnen nach seinem Bauch. Mein Maul war voll Blut und Haut, die noch fauliger schmeckten, als er roch. Mir wurde übel, ich hustete und spuckte und kroch davon. In der Luft blitzte etwas Silbernes auf. Ich duckte mich, stürzte mich ein zweites Mal nach vorn und riss an der Hand und den Fingern, die das Messer hielten.

Er fluchte, dann bohrte er seine freie Faust tief in meine Seite. Etwas brach, und während ich von dem heftigen Schlag zurückgeschleudert wurde, sah ich rot. Ich überschlug mich auf dem erdigen Boden, wandelte unterwegs die Gestalt und krachte schließlich in menschlicher

Form an die gegenüberliegende Wand, wobei mein gesamtes Rückgrat vibrierte.

Aber ich hatte keine Zeit, dort herumzuliegen. Keine Zeit, nach Luft zu ringen. Es war deutlich zu riechen und zu hören, dass Gautiers Gegenangriff nahte. Wenn er mich auf dem Boden festnagelte, war das mein Ende. Das wusste ich von dem einzigen Kampf, den wir bis zum heutigen Tag miteinander ausgefochten hatten.

Ich rollte mich zur Seite und stieß seitlich mit dem Fuß zu. Der Stoß traf ihn relativ weit unten und knallte kurz unter seinem Knie gegen sein Bein. Haut und Knochen gaben nach, und ich schwöre, dass ich ein Krachen hörte. Er stöhnte auf, und seine ausdruckslose Miene blitzte auf einmal wütend, dann wirbelte er herum und packte mein Bein, als ich gerade versuchte wegzukriechen. Ich schnappte unwillkürlich nach Luft, und er kicherte.

Ich drehte mich um und stürzte mich, meine Finger als Dolche benutzend, auf seine Augen. Er wich zurück. Ich änderte die Richtung meines Schlages, griff stattdessen nach unten und versuchte, seine Hand von meinem Bein zu lösen.

Er fluchte und schleuderte mich zum zweiten Mal quer durch den Raum. Ich stieß so heftig gegen die Wand, dass mir die Luft wegblieb und ich keuchte. Vielleicht kam es auch nicht von dem Schlag. Vielleicht war überhaupt keine Luft zum Atmen mehr da, denn meine Lungen brannten, und egal wie sehr ich hechelte, ich bekam anscheinend keine Luft.

Und wieder stürzte er auf mich zu.

Irgendwie rappelte ich mich vorher hoch. Irgendwie zwang ich mich, mich zu bewegen. Mehr, als dass ich es sah, spürte ich, wie die Klinge auf mich zuschoss, und warf mich zur Seite. Spürte, wie die silberne Spitze im Vorbeisausen meine Waden aufriss und eine Wunde hinterließ, die wie Feuer auf meiner Haut brannte.

Ich rollte mich auf die Füße hoch, krabbelte um den Tisch herum und nutzte ihn als Schutz. Ich stand da, beobachtete ihn und rang nach Luft, während mein Körper zitterte, schmerzte und blutete. Doch das spielte keine Rolle. Ich war wenigstens noch auf den Beinen und kämpfte. Bislang hatte der große Gautier mich nicht geschlagen, und das würde er auch nicht schaffen. Verdammt. Egal was er machte. Egal wie schlimm es wurde.

Wieder schoss er auf mich zu. Diesmal nahm ich sein tödliches Messer nur als verschwommenen Silberfleck wahr und hatte keine andere Wahl, als zurückzuweichen. Die Bewegung traf mich unvorbereitet, denn ich hatte nicht damit gerechnet, dass er sich nach vorn stürzen würde. Ich sprang zurück, aber meine Füße stießen gegen etwas Festes, Jins Leiche, wie ich verzweifelt feststellte, und plötzlich fiel ich der Länge nach auf den Boden. Direkt neben die gebogene Opferklinge … zu Gautiers Füßen.

Er lachte triumphierend und holte mit dem Messer Schwung, dessen blutige Klinge in dem Licht der Fackeln glänzte.

Eine Chance hatte ich noch, und ich nutzte sie.

»Rhoan«, keuchte ich und blickte an Gautier vorbei. »Blas dem Mistkerl das Gehirn weg.«

Gegen jede Wahrscheinlichkeit und gegen jede Vernunft drehte Gautier sich um. Ich schnappte mir das gebogene Messer, richtete mich auf, schwang die glänzende Klinge von links nach rechts und trennte Gautiers Kopf von den Schultern.

Ich sah noch den ungläubigen Blick in seinen Augen, bevor sein Körper zusammensackte und der Kopf in die Dunkelheit rollte. Was gut war, denn ich wollte diese hässliche Visage nicht länger als nötig sehen.

Ich sank neben seiner Leiche auf die Knie, atmete tief ein und schluchzte auf. Rhoan hatte einmal gesagt, dass mir alte Tricks nicht das Leben retten würden. Da hatte er sich aber mächtig getäuscht.

Ich hatte den Kampf gewonnen, von dem ich nicht geglaubt hatte, dass ich ihn jemals gewinnen könnte. Ich hatte den großen Gautier geschlagen, und zwar mit einem uralten Trick.

Aber die Gefahr war noch nicht vorüber. Zwei Köpfe des Drachen waren zwar tot, aber einer war noch übrig, ebenso wie der Gott der Finsternis. Ich musste hier weg, solange ich noch konnte.

Aber das Schicksal schien mir nicht mehr helfen zu wollen, denn als ich mich hochrappelte, betrat John Kingsley den Raum.

Sein Blick glitt von dem Altar zu den Leichen der beiden Männer und dann zu mir. Wenn ihm der Tod der beiden Drachen irgendetwas ausmachte, zeigte er es nicht. Wenn überhaupt, wirkte er amüsiert. Vermutlich konnte ein Gott der Finsternis die Seelen seiner Drachen ganz leicht zurückholen.

»Wie es aussieht, hatte Gautier recht. Ich habe dich unterschätzt.«

Ich krallte die Finger fest um das rituelle Messer. »Das geht den meisten so.«

Er ließ den Blick hinunter zu dem Messer gleiten, das ich fest in der Hand hielt, und verzog die schmalen Lippen zu einem Lächeln. »Nun. Wer bist du?«

»Hat Gautier dir wirklich nichts gesagt?«

»Gautier war bedauerlicherweise sehr verschlossen, was deine Person angeht. Eine Sache, für die er teuer bezahlt hat.«

»Ich bin ein Wächter«, erklärte ich. »Und ich bin hier, um dich aufzuhalten.«

Er lachte so warm und verführerisch, dass es mir vor Angst kalt den Rücken hinunterlief.

Ich dachte, ich stünde nicht mehr unter dem Einfluss des Gottes der Finsternis.

Da hatte ich mich schwer getäuscht.

Kingsley hob die Hände und stimmte einen Gesang an. Anscheinend weckte seine Energie eine Magie in den Hieroglyphen an der Wand, denn sie begannen schwach purpurn zu leuchten. Scharf und ätzend floss eine Energie um uns herum, strömte wie warmes Wasser über meine Haut und brannte doch wie Salz in einer Wunde.

Meine Haut kribbelte, meine Finger und meine Zehen zuckten. Als ich die Luft einatmete, die auf einmal schwül und aromatisch war, ließ der brennende Schmerz in meinem Körper nach, bis ich ihn nur noch ganz dumpf wahrnahm.

Ich erinnerte mich an das Lächeln auf den Gesichtern der anderen Opfer. Erinnerte mich an den Eindruck, dass sie gestorben waren, weil sie sich nach dem Tod und dem Leid, das Kingsley ihnen angetan hatte, gesehnt hatten.

Und stellte fest, dass diese Energie der Grund dafür war, woraus auch immer sie bestand. Die Energie führte nicht nur dazu, dass der Schmerz nachließ, sondern gleichzeitig der Wille. Aber ich durfte nicht zulassen, dass irgendetwas mich davon abhielt, klar zu denken. Nicht, wenn ich am Leben bleiben wollte.

Ich hob das rituelle Messer. Unter dem seltsamen, purpurroten Schein, der von den Hieroglyphen ausging, leuchtete das Messer dunkelrot. Als wäre es ein Lebewesen, durch dessen Adern Blut floss.

»Was immer du da tust, Kingsley, lass es! Oder ich werde dir etwas Lebenswichtiges abschneiden.« Ich konnte ihn nicht umbringen, ohne zuerst seine Seele an seinen Körper zu heften.

Dazu brauchte ich die Silbermesser, die erstaunlicherweise immer noch in meinen Haaren versteckt waren. Aber wenn ich sie benutzen wollte, musste ich ihm näher kommen, und das wollte ich ganz und gar nicht.

Er lächelte. Energie umfing mich und durchströmte mich, brachte meine Entschlusskraft ins Wanken und schwächte meinen Willen.

»Du wirst das Messer fallen lassen, kleine Riley.«

Ich umfasste den Griff fester. Die Energie wurde dichter, intensiver, erregte meine Sinne und weckte meine Lust. Ich war ein Wolf, und Lust gehörte zu meiner Natur, aber die Lust, die er versprach, kündete nicht von dem himmlischen Gefühl eines Orgasmus, sondern von Tod.

Schweiß lief mir den Rücken hinunter. »Das Gelände ist von der Abteilung umstellt, Kingsley. Wenn sie nicht bereits dabei sind, deinen Unterschlupf zu stürmen, tun sie es bald. Gib auf, solange du noch kannst.«

»Hier finden sie uns nie. Wir sind tief unter der Erde und werden außerdem von Magie geschützt. Es ist sinnlos, sich mit mir anzulegen, Kleines.«

Die magische Energie wirbelte um mich herum und wurde so stark, dass ich mich ihr nicht länger entziehen konnte. Ich versuchte verzweifelt, mich dagegen zu wehren, aber es war, als hätte sich eine Öffnung aufgetan, durch die mein gesamter Mut und meine ganze Entschlossenheit entwichen. Sie flossen einfach dahin, und die alte Benommenheit kehrte mit voller Wucht zurück.

Ich konnte ihn nicht besiegen. Nicht allein.

»Komm her«, sagte er.

Meine Füße bewegten sich durch den Raum. Ich bekämpfte jeden Schritt, aber verdammt, das war vollkommen egal. Kingsley lächelte und strich über meine Wange. Seine Finger waren kühl und feucht, sie erinnerten mich an totes Fleisch, und der Teil von mir, der noch nicht ganz von ihm besetzt war, wollte schockiert aufschreien.

»Sieh mich an«, sagte er leise.

Die Worte peitschten um mich herum, und ich konnte nichts anderes tun, als seinem Befehl Folge zu leisten. So dicht in seiner Nähe war sein Wille unendlich stark und quälte meine Haut mit Energie, Lust und Verlangen. Trotz allem begann mein Körper zu reagieren, mein Blut fühlte sich erneut wie ein Lauffeuer an, das in meinen Adern brannte.

Seine Augen strahlten Macht und Begierde aus, aber diesmal begehrte er keinen Sex, keine Emotionen, sondern etwas viel Stärkeres.

Den Tod.

»Sehnst du dich nach der Vollendung?«

Dieselbe Frage hatte er in dem Raum mit den Folterinstrumenten gestellt. Genau wie dort biss ich mir fest auf die Zunge und unterdrückte den Impuls zu antworten.

Wenn ich das tat, bedeutete das mein Ende.

»Ich kann sie dir geben, weißt du?«, fuhr er fort. »Ich kann dich auf eine Art befriedigen, die du noch nie erlebt hast.«

Ich sagte nichts. Konnte nichts sagen. Meine Zunge schien an meinem Gaumen zu kleben.

»Willst du eine kleine Kostprobe haben, Kleines?«

Die Energie wirbelte lebhafter und intensiver um mich herum, bis mein gesamter Körper vibrierte, und wie eine Welle rollte der Drang, nachzugeben, mit zunehmender Geschwindigkeit auf die Küste der Begierde zu.

Dann bewegte sich in dem anderen Raum ein Schatten, und mir war schlagartig klar, dass ich diesen Kampf nicht länger allein führen musste. Dieser Gedanke setzte ungeahnte Energien in mir frei und stärkte meine Willens- und meine Entschlusskraft.

»Ich will«, stieß ich keuchend hervor, »dass du verdammt noch mal stirbst, und zwar genauso grausam wie all diese Frauen.«

Mit einer geschmeidigen Bewegung zog ich eines der Messer aus meinen Haaren, schob blitzschnell mit dem Daumen die Schutzhülle zurück und versenkte es tief in Kingsleys Brust.

In seinen Augen flammte Wut auf, und die Energie, die in der Luft hing, verwandelte sich in eine Waffe, die mich mit einem kräftigen Schlag quer durch den Raum schleuderte. Ich krachte mit dem Hinterkopf gegen die Wand und glitt auf den Boden hinunter. Das Bild vor meinen Augen verschwamm. Während Kingsley auf mich zukam, huschten Sterne und Schatten vor meinen Augen vorbei. Aus seiner Wunde quoll Blut und Rauch, aber das schien er kaum zu bemerken.

Ich krabbelte auf allen vieren davon, aber er packte grob meinen Fuß und hielt mich fest.

»Dafür wirst du büßen, bevor ich dich umbringe.«

»Mistkerl«, keuchte ich und trat mit dem freien Fuß nach ihm. »Lass mich los.«

»Oder was? Bringst du mich sonst um? Diese Drohung habe ich schon einmal gehört, Kleines, und sie ist genauso unbedeutend wie dieses kleine Messer, das in meiner Haut steckt.«

Ich sagte nichts. Ich kam nicht mehr dazu. Denn in diesem Augenblick ertönte ein Geräusch.

Nicht bloß ein Geräusch, sondern ein Schuss.

Die Kugel pustete Kingsley sein verdammtes Gehirn weg und verteilte es auf der Wand.

Ich hatte noch nicht einmal mehr genügend Kraft, um zu jubeln.

Als Kingsleys Leiche auf den Boden sackte, trat Rhoan in den Raum.

»Wieso wollt ihr bösen Kerle nur nicht hören?«, sprach er mit Kingsley, als ob der ihn noch hören könnte. Wenn das Messer mit dem Silberfaden seine Funktion erfüllte und seinen Geist in dem leblosen Körper gefangen hielt, dann *war* er noch in der Lage, uns zu verstehen. Er konnte nur nicht mehr antworten. »Ich werde nicht müde, die Leute zu warnen, aber anscheinend will niemand auf mich hören. Eines Tages wird jemand begreifen, dass ich es ernst meine, wenn ich sage, dass niemand meine Schwester angreifen soll, ohne sich erst über seine Schulter nach mir umzusehen.«

Ich setzte mich auf und lehnte mich vorsichtig gegen die Wand. »Vielleicht solltest du ein Infoblatt an die Büros der bösen Kerle schicken. Vielleicht kannst du nur so sicher sein, dass es alle wissen.«

»Klingt nach einem guten Plan.« Er hievte die Waffe auf seine Schulter und grinste mich an. »Und danke, dass du mir das Beste übrig gelassen hast.«

Ich lachte. Über die Ironie seiner Worte. Und aus purer Erleichterung darüber, dass ich noch lebte.

Ich lachte, bis mir die Tränen über die Wangen liefen und mich der Schmerz mit voller Wucht traf.

Lachte, bis ich das Bewusstsein verlor.

13

Rhoan ließ sich neben mich auf den Rand des Gehsteigs sinken und bot mir einen von zwei Kaffeebechern an, die er in Händen hielt. »Es ist nur normaler.«

»Das ist mir ganz egal.« Ich legte meine eiskalten Hände um den Becher und ließ sie von der heißen Flüssigkeit wärmen. »Wie laufen die Aufräumarbeiten?«

Er zuckte mit den Schultern. »Wie üblich. Wie geht es deiner Hand?«

Ich blickte hinunter. Mein kleiner Finger stand schräg ab, er war dick geschwollen und sah böse aus. Ein Gestaltwandel hatte die Blutung gestoppt, aber er konnte nicht ersetzen, was ich verloren hatte. Ab jetzt würde mich immer ein verstümmelter Finger an die Zeit mit dem Gott der Finsternis erinnern.

»Er tut weh.«

»Jack will, dass du dich im Krankenhaus untersuchen lässt.«

»Ich habe Jack schon gesagt, wohin er sich seinen Vorschlag schieben kann.« Ich blickte ihn an. »Hat er dich etwa geschickt, damit du versuchst, mich umzustimmen?«

Rhoan trank einen Schluck von seinem Kaffee, dann nickte er. »Er fand, es wäre einen Versuch wert.«

»Krankenhäuser sind deprimierend.«

»Das stimmt.«

»Und sie stinken.«

»Ja, das stimmt ebenfalls.«

»Es wird heilen, ohne dass ich dorthin gehe.«

»Irgendwann schon.«

Ich grinste. »Hör zu, wenn du *keinen* Druck auf mich ausübst, erreichst du auch nicht mehr.«

»Ich kann es nur versuchen.« Er suchte meinen Blick, und seine grauen Augen wirkten so besorgt, dass mein Entschluss ins Wanken geriet. »Du hast eine Menge Blut verloren, Schwester.«

Ich verzog das Gesicht. »Das kann ein gutes Steak genauso gut ausgleichen.«

»Laut Quinn nicht, und der ist der Experte in allem, was Blut angeht.«

Ich trank von meinem Kaffee, während mein Blick zu dem Haus auf der anderen Seite der Straße glitt. Nach Rhoans Aussage war Quinn, fünf Sekunden nachdem ich bewusstlos geworden war, in dem unterirdischen Gewölbe aufgetaucht. Er hatte meinen Bruder angewiesen, mich hinauszutragen, und die Metalltür hinter sich geschlossen.

Er hatte schließlich getan, was seine Familie vor so langer Zeit nicht geschafft hatte.

Ich verstand sein Handeln, verstand sein Bedürfnis, das zu Ende zu bringen, was so lange unvollendet geblieben war, und dennoch war ein Teil von mir zugleich wütend darüber.

Wenn ich ihm so viel bedeutete, wie er behauptete, hätte er dann nicht als Erstes den Impuls haben müssen, sich persönlich um mich zu kümmern? Mich nach oben zu bringen und auf mich aufzupassen? Mich zu halten, zu küssen und mir zu versichern, dass der finstere Gott gefangen war, dass er nie mehr entkommen konnte, dass nichts von ihm in mir zurückblieb? Der Gott der Finsternis würde in diesem Keller nichts mehr anrichten. Die Silbermesser hatten ihre Funktion erfüllt. Sein Geist war gefangen, genau wie der von Quinns Schwester.

Aber nein. Bei Quinn kam die Arbeit immer vor dem Vergnügen. Die Vernunft immer vor dem Gefühl.

Ich seufzte und rieb mir mit der unverletzten Hand die Augen. Wozu damit Zeit verschwenden? Quinn würde sich nicht ändern, genauso wenig, wie ich mich ändern konnte. Und ich würde mit ihm niemals finden, wonach ich mich sehnte. Denn ich sehnte mich danach, meinen Seelenverwandten zu finden, nach Kindern und nach einem ruhigen Leben.

Mein Traum mochte sich zum Teil in Luft aufgelöst haben, aber noch nicht ganz. Und ich war wild entschlossen, an dem Wenigen, das noch übrig war, mit aller Macht festzuhalten.

Ich durfte noch hoffen. Es gab jetzt sogar einen Wolf, der bereit und willens war, dieser Möglichkeit mit mir nachzugehen.

Er verdiente eine Chance.

Wir verdienten eine Chance.

Ich trank noch einen Schluck von meinem Kaffee. »Wird Kingsley mumifiziert und versiegelt, so wie Caelfind?«

Rhoan nickte. »Tief im Keller der Abteilung. Quinn wird die Särge und die Türen zu den Kellern mit einem Zauber belegen. Sie kommen nie mehr frei.«

»Gut.« Ich blickte an ihm vorbei und betrachtete den Himmel. Zarte Rosatöne durchzogen den Nachthimmel und kündeten von dem Beginn eines neuen Tages.

»Ein neuer Tag, ein neuer Anfang«, sagte ich leise und begegnete erneut seinem Blick. Aus irgendeinem Grund stiegen mir Tränen in die Augen. »Ich wünschte, ich könnte noch einmal von vorne anfangen.«

Er stellte seinen Kaffeebecher ab, legte einen Arm um meine Schultern und zog mich an sich. Einige Minuten drückte er mich nur schweigend an seine Brust und hielt mich sanft im Arm. Mein Fels, meine Insel. Mein einziger Halt in dem ganzen Irrsinn, zu dem mein Leben geworden war.

»Es ist nichts geschehen, das du nicht ungeschehen machen kannst«, sagte er schließlich, sein Atem strich über meine Haare. »Es gibt nichts, was an deinem Leben nicht stimmt, das du nicht ändern könntest.«

Ich schnaubte leise an seiner Brust. »Es gibt eine ganze Menge Dinge, die ich nicht mehr ändern kann. Das weißt du genauso gut wie ich.«

»Aber es gibt eigentlich nur eine Sache, die dir Kummer bereitet.« Seine Hand glitt meinen Arm hinunter und streichelte ihn sanft. »Ich glaube, du brauchst eine Pause. Ich glaube, ein netter ausgiebiger Urlaub, in dem du wieder zu Kräften kommst, wird Wunder wirken.«

Halb lachend, halb schluchzend löste ich mich aus seinem Griff. »Hat Kellen dir den Floh ins Ohr gesetzt?«

Er lächelte. »Nein. *Du* hast erzählt, dass er mit dir in Urlaub fahren will. Wieso dehnt ihr das nicht etwas aus? Wieso findest du nicht einfach heraus, wie tief eure Beziehung geht? Du kannst nichts verlieren, aber alles gewinnen.«

»Ich glaube kaum, dass Jack …«

Er hob die Hand, um meinen Widerspruch abzuwehren. »Jack ist einverstanden, dass du eine Zeit lang frei nimmst.«

»*Was?*« Ich starrte ihn verdutzt an. »Wie ist es denn zu diesem Wunder gekommen?«

Rhoan lächelte. »Es ist herrlich, was man bei ihm mit der Drohung erreichen kann, er würde seine beiden besten Wächter verlieren. Du hast sechs Wochen.«

»Sechs *Wochen*?«

»Ja. Mach das Beste aus der Zeit, du Küken.«

Ich klatschte ihn auf den Arm. »Wenn du nicht aufpasst, werde ich die ganze Zeit damit verbringen, dich zu nerven und zu ärgern.«

»Das ist das, was du normalerweise tust. Das Ziel dieser Zeit ist es aber, deinem Leben eine neue Richtung zu geben.«

Eine neue Richtung. Ein Neubeginn. Zeit, mich meinen Träumen zu widmen. Allein bei der Aussicht musste ich unwillkürlich lächeln. Sechs Wochen nur das tun, wozu *ich* Lust hatte. Sechs Wochen Zeit, um neue Gegenden kennenzulernen, neue Orte, neue Leute.

Sechs Wochen Zeit, um herauszufinden, ob Kellen und ich wirklich Seelenverwandte sein konnten.

Aufregung ergriff mich. Das wollte ich. Unbedingt.

Aber ein neuer Anfang bedeutete auch, dass etwas anderes zu Ende ging, und bevor ich wirklich etwas Neues beginnen konnte, musste ich erst noch etwas erledigen.

In dem Moment trat Quinn aus dem Haus. Sein Blick glitt durch die Dunkelheit und blieb an mir hängen. Selbst aus dieser Entfernung spürte ich, wie aufgewühlt er war.

Sein Zustand entsprach ungefähr meinen eigenen Gefühlen.

Ich reichte Rhoan meinen Kaffeebecher. »Halt mal. Ich brauche nicht lange.«

Er sagte nichts, sondern nahm mir nur den Becher ab. Ich stand auf und ging auf Quinn zu. Ein leichter Wind umfing uns, riss an seinen dunklen Haaren und trug seinen Geruch zu mir herüber. Ein lustvolles Kribbeln lief über meine Haut, und meine Hormone führten ihren üblichen albernen Tanz auf.

Ich konnte mir nicht vorstellen, dass ich ihn jemals nicht mehr begehrte. Aber ich war nicht die Summe meiner Hormone, und ich hatte unser Spiel satt. Ich brauchte diesen Neubeginn, den Rhoan mir anbot, unbedingt.

Wir blieben in der Mitte der Straße stehen und sahen

uns an. Seine Augen wirkten wie aus schwarzem Glas, und sein Gesicht war verschlossen. Die Gefühle, die ich kurz zuvor bei ihm gespürt hatte, waren verschwunden, sorgfältig verschlossen hinter der Fassade dieser ganz bewusst ausdruckslosen Miene.

Es bestärkte mich nur darin, dass meine Entscheidung richtig war.

»Es ist vorbei. Jetzt. Heute Abend.«

»Zwischen uns wird es niemals aus sein, und das weißt du.«

»Was ich weiß«, entgegnete ich leise, »ist, dass du mich in den letzten zehn Monaten immer wieder benutzt hast. Du hast geschworen, ich würde dir etwas bedeuten, und dennoch denkst du nie zuerst an mich, kommst nie zuerst zu mir, wenn etwas nicht in Ordnung ist. Deine eigenen Ziele und Bedürfnisse stehen regelmäßig an erster Stelle. Das hast du bewiesen, als du die Verbindung zwischen uns benutzt hast, um meine innersten Bedürfnisse zu manipulieren, die mich zu dem machen, was ich bin.«

»Was hast du denn schon verpasst?«, fragte er mit einem leicht wütenden Unterton in der Stimme. »Ein paar Nächte mit irgendwelchen Fremden? Na, toll.«

Ich starrte ihn an und konnte nicht fassen, dass er nicht einsah, wie falsch sein Verhalten gewesen war. »Was du getan hast, ist nichts anderes, als was Talon, Misha oder sogar Starr mit mir gemacht haben. Du hast versucht, mich zu etwas zu zwingen, das ich aus freien Stücken nicht tun wollte. Verdammt, als man das mit dir getan hat, fandest du es entsetzlich, Quinn. Du hast dich an deiner sogenannten Verlobten gerächt, indem du sie um ihre Identität und ihr Leben gebracht hast. Und trotzdem hast du eine psychische Verbindung anstelle einer Droge benutzt, um mir etwas aufzuzwingen, das du gern wolltest.«

Er sagte nichts. Vermutlich war es schwer, etwas zu widerlegen, das so sehr der Wahrheit entsprach. Aber es überraschte mich trotzdem, dass er es nicht versuchte. Normalerweise tat er das.

»Jack hat mir sechs Wochen freigegeben«, fuhr ich fort. »Und ich möchte die doppelte Zeit haben, um Ordnung in mein Leben zu bringen. In dieser Zeit will ich keinen Kontakt zu dir. Ich will dich nicht sehen, ich will nichts von dir hören, ich will nicht, dass du in meinen Gedanken oder in meinen Träumen auftauchst. Ich will einen richtigen vollkommenen Bruch.«

»Nur für drei Monate?« Seine Stimme klang nach wie vor gleichgültig, aber ich hatte das Gefühl, dass er sich sehr stark kontrollierte.

Was die Hälfte des verdammten Problems ausmachte.

Wie konnte ich jemandem vertrauen, den ich nie richtig sah?

Wie konnte ich Gefühlen vertrauen, von denen er mir immer ständig erzählte, sie aber nicht in Handlungen oder Reaktionen umsetzte?

»Nach drei Monaten werde ich sehen, wie es in meinem Kopf aussieht. Es gibt keine Garantie welcher Art auch immer, dass ich je wieder mit dir zusammen sein werde, Quinn.«

Eine Weile sagte er nichts, starrte mich nur mit seinen schwarzen Glasaugen an, die dunkler waren als die Nacht und deutlich gefährlicher.

Dann griff er meine Arme, riss mich an sich und suchte fast rigoros mit seinen Lippen meinen Mund. Ich hätte mich wehren können. Wirklich. Aber ich wollte es nicht. Wenn dies ein Abschied war, dann wollte ich ihn auf jeden Fall genießen.

Und wenn nicht? Genoss ich es trotzdem und ohrfeigte ihn später.

Denn dieser Kuss war anders als alles, was ich bisher erlebt hatte. Es war ein wilder, erotischer und sehr unmissverständlicher Ausdruck dessen, was er wollte. Was er fühlte. Er hatte es mir zwar nie gesagt oder gezeigt, aber in diesem Augenblick spürte ich es, in seinem Kuss, an dem Druck seines Körpers, in der intensiven, verzweifelten Lust, die um uns herumflirrte.

Aber es war zu spät. Ich brauchte Zeit. Ich musste nachdenken. Ich unterbrach unseren Kuss und löste mich aus seiner Umarmung.

»Nein«, sagte ich, streckte abwehrend die Hand aus und wich vor ihm zurück. »Genug. Du schuldest mir Zeit, Quinn. Sonst nichts, aber das bist du mir schuldig.«

»Bitte nicht um etwas, wenn du es nicht wirklich willst.« Seine Stimme war kaum mehr als ein raues Kratzen. »Du könntest es tatsächlich bekommen.«

Mit diesen Worten hüllte er seinen Körper in Schatten, wirbelte herum und lief in großen Schritten davon. Ich stieß langsam die Luft aus und schüttelte mich.

»Nun, das ging ja viel besser, als ich dachte«, kommentierte Rhoan von der anderen Straßenseite.

Ich lachte leise und drehte mich um.

Und plötzlich fühlte ich mich himmlisch *frei*.

»Wollen wir in einen Pub gehen? Ich spendiere dir ein Steak und ein Bier? Wie wär's?« Ich schob eine Hand in die Tasche meines geliehenen Mantels und hielt ihm auffordernd meinen Arm hin.

Er reichte mir meinen Kaffee, dann hakte er sich bei mir ein, und wir gingen die Straße hinunter. »Und anschließend?«

»Rufe ich Kellen an und fange an, Pläne zu schmieden.«

»Gut.«

Ja, das *war* gut.

Denn zum ersten Mal seit sehr, sehr langer Zeit freute ich mich auf die Zukunft. *Meine* Zukunft.

Das war nach allem, was in den letzten zehn Monaten geschehen war, ein wundervoller Ort.